民共和國文化與文學叢書

三 編

李 怡 主編

第 15 冊

中國當代尋根文學與文化

熊 修 雨 著

花木蘭文化出版社

國家圖書館出版品預行編目資料

中國當代尋根文學與文化／熊修雨 著 -- 初版 -- 新北市：花木
蘭文化出版社，2016〔民105〕
目 2+252 面：19×26 公分
（人民共和國文化與文學叢書 三編；第15冊）
ISBN 978-986-404-662-1（精裝）
1. 中國當代文學 2. 文學評論
820.8   105012617

特邀編委（以姓氏筆畫為序）：

吳義勤　孟繁華　張　檸
張志忠　張清華　陳思和
陳曉明　程光煒　劉福春
（臺灣）宋如珊
（日本）岩佐昌暲
（新西蘭）王一燕
（澳大利亞）鄭　怡

人民共和國文化與文學叢書
三 編　第十五冊　　　　　　　ISBN：978-986-404-662-1

中國當代尋根文學與文化

作　　者　熊修雨
主　　編　李　怡
企　　劃　北京師範大學民國歷史文化與文學研究中心
　　　　　四川大學現代中國文化與文學研究中心
總 編 輯　杜潔祥
副總編輯　楊嘉樂
編　　輯　許郁翎、王　筑　美術編輯　陳逸婷
印　　刷　普羅文化出版廣告事業
出　　版　花木蘭文化出版社
社　　長　高小娟
聯絡地址　235 新北市中和區中安街七二號十三樓
　　　　　電話：02-2923-1455／傳眞：02-2923-1452
網　　址　http://www.huamulan.tw 信箱 hml 810518@gmail.com
初　　版　2016 年 9 月
全書字數　237690 字
定　　價　三編20冊（精裝）台幣36,000 元

中國當代尋根文學與文化

熊修雨　著

作者簡介

熊修雨，1973 年生，江西九江人。2002 年畢業於南京大學中文系，獲文學博士學位；2002～2004 年於華中師範大學文學院博士後流動站工作；2007～2008 年於香港浸會大學做訪問學者。現就職於北京師範大學文學院中國現當代文學研究所，主要從事中國當代文學與文化研究。在《文學評論》《北京師範大學學報》等核心學術刊物上發表論文多篇，出版學術專著《從「尋根」到「先鋒」——中國當代文學觀察》，主編和參編專業教材多部。

提　　要

　　本書是對發生於 20 世紀 80 年代中期的中國當代尋根文學思潮及其與中國當代社會文化之間關係的一次學術研究，從尋根文學的發生、尋根文學的精神訴求、尋根文學的審美特徵與價值取向，及尋根文學的藝術建構等方面，來探討尋根文學思潮及其對中國當代社會文化的建構作用。該研究既是一次文學史視角的文學考察，又是一次文化學視角的文化分析；既具文學欣賞價值，又具文化認識意義。本書文學史料豐富，理論聯繫實際，邏輯結構嚴謹，語言樸實，見解獨到，有利於讀者對中國當代尋根文學與文化的瞭解和認識。

正在成爲「知識」建構的中國現當代文學研究——「人民共和國文化與文學叢書」三輯引言

李　怡

一

　　回顧自所謂「新時期」以來的中國現當代文學研究的發展，我們會明顯發現一條由熱烈的思想啓蒙到冷靜的知識建構的演變軌跡：1980 年代的鋪天蓋地的思想啓蒙讓無數人爲之動容，1990 年代以來的日益冷靜的學科知識建構在當今已漸成氣候。前者是激情的，後者是理性的，前者是介入現實的，後者是克制的，與現實保持著清晰的距離，前者屬於社會進步、思想啓蒙這些巨大的工程的組成部分，後者常常與「學科建設」、「知識更新」等「分內之事」聯繫在一起。

　　當文學與文學研究都承載了過多的負荷而不堪重負，能夠回返我們學科自身，梳理與思索那些學科學術發展的相關內容，應當說是十分重要的。很明顯，正是在文學研究回返學科本位之後，我們才有了更多的機會與精力來認眞討論我們自己的「遊戲規則」問題——學術規範的意義，學術史的經驗，以及學科建設的細節等等。而且，只有當一個學科的課題能夠從巨大而籠統的社會命題中剝離出來，這個學科本身的發展才進入到一個穩定有序的狀態，只有當旁逸斜出的激情沉澱爲系統的知識加以傳播與承襲，這個學科的思想才穩健地融化爲文明體系的有機組成部分。從這個意義上說，正在成爲「知識」建構的中國現當代文學研究，是我們學科成熟的眞正標誌。

　　當然，任何一種成熟都同時可能是另外一些新的危機的開始，在今天，當我們需要進一步思考學科的發展與學術的深化之時，就不得不正視和面對這樣的危機。

二

當中國現當代文學研究在日益嚴密的「學術規範」當中成為文明體系知識建設的基本形式，這是不是從另外一個方向上意味著它介入文明批判、關注當下人生的力量的某種減弱，或者至少是某些有意無意的遮蔽？

學術性的加強與人生力量的減弱的結果會不會導致學科發展後勁的暗中流失？例如，在 1980 年代，中國現當代文學研究的曾經輝煌在很大程度上得之於廣大青年學子的主動投入與深切關懷，在這種投入與關懷的背後，恰恰就是中國現當代文學研究的人生介入力量：中國現當代文學與廣大青年思考中、探索中的人生問題密切相關。在這個時候，中國現當代文學的存在主要不是作為一種「學科知識」而是自我人生追求的有意義的組成部分。在那個時候，不會有人刻意挑剔出現在魯迅身上的「愛國問題」、「家庭婚姻問題」乃至「藝術才能問題」，因為魯迅關於「立人」的設想，那些「任個人而排眾數，掊物質而張靈明」的論述已經足以成為一個「重返人性」時代的正常的人生的理直氣壯的張揚。同樣，在「五四」作家的「問題小說」，在文學研究會「為人生」，在創造社曾經標榜「為藝術」，在郭沫若的善變，在胡適的溫厚，在蔡元培的包容，在巴金的真誠，在徐志摩的多情，在蕭紅的坎坷當中，中國現當代文學不斷展示著它的「回答人生問題」的能力，而中國現當代文學研究則似乎就是對這些能力的細緻展開和深度說明。今天的人們可能會對這樣的提問方式及尋覓人生的方式感到幼稚和不切實際，然後，平心而論，正是來自廣大青年的這份幼稚在事實上強化了中國現當代文學的魅力，造就和鞏固了一個時代的「專業興趣」。今天的學術界，常常可以讀到關於 1980 年代的批判性反思，例如說它多麼的情緒化，多麼的喪失了學術的理性，多麼的「西化」，也許這些反思都有它自身的理由，然而，我們也不得不指出，正是這些看似情緒化的中國現當代文學研究方式，不斷呈現出某些對現實人生的傾情擁抱與主體投入，來自研究者的溫熱在很大的程度上煽動了青年學子的情感，形成了後來學術規範時代蔚為大觀的學術生力軍。

從 1980 到 1990，從「人生問題」的求解到「專業知識」的完善，這樣的轉換包含了太多的社會文化因素，其中的委曲非這篇短文所能夠道盡。我這裏想提到的一點是，當眾所週知的國家政治的演變挫折了知識分子的政治熱情，是否也一併挫折了這份熱情背後的人生探險的激情？當知識分子經濟地位的提高日益明顯地與專業本位的守衛相互掛靠的時候，廣大的中國現當代

文學工作者的自我定位是否也因此已經就發生了根本性的改變？

而這些自我生存方式的改變是不是也會被我們自覺不自覺地轉化為某種富有「學術」意味的冠冕堂皇的說明？

如果真是這樣，那麼，作為今天的文學研究者，我們不僅要保持一份對於非理性的「激情方式」的警惕，同樣也應該保持一份對於理性的「學術方式」的警惕。

三

在中國現當代文學研究日益成為知識建構工程的今天，有一種流行的學術方式也值得我們加以注意和反思，這就是「知識社會學」的研究視野與方法。

知識社會學（sociology of knowledge）著力於知識與其它社會或文化存在的關係的研究。其思想淵源雖然可以追溯到歐洲啓蒙運動以來的懷疑論傳統和維科的《新科學》，首先使用這一詞彙的是 1924 年的馬克斯·舍勒，他創用了 Wissenssoziologie 一詞，從此，知識社會學作為一門獨立的學科確立了起來。此後，經過卡爾·曼海姆、彼得·伯格和托馬斯·盧克曼的等人的工作，這一研究日趨成熟。1970 年代以後，知識社會學問題再次成為西方社會科學研究中的焦點。據說，對知識的考察能夠從知識本身的邏輯關係中超越出來，轉而揭示它與各種社會文化的相互關係，乃是基於知識本身的確在一個充滿了文化衝突、價值紛爭的時代大有影響，而它所置身的複雜的社會文化力量從不同的方向上構成了對它的牽引。

同樣，文化的衝突與價值的紛爭不僅是 1990 年代以降中國知識界的普遍感受，它們更好像是中國近現當代社會發展過程的基本特徵。中國現當代文化的種種「知識」無不體現著各種文化傳統（西方的與古代的）、各種社會政治力量（政黨的、知識分子的與民間的、國家的）彼此角逐、爭奪、控制、妥協的繁複景象，中國現當代文化的許多基本概念，如真、善、美，「為人生」、「為藝術」、現實主義、浪漫主義、現當代主義、古典主義、象徵主義、生活等等至今也沒有一個完全統一的解釋，這也一再證明純知識的邏輯探討往往不如更廣闊的社會文化的透視，此種情形聯繫到馬克思「社會存在決定社會意識」這一著名的而特別為中國人耳熟能詳的觀點，當更能夠見出我們對「知識社會學」的強大的需要。事實是，在西方知識社會學的發生演變史上，馬

克思的確就是為知識社會學給出了一條基本原理，即所有知識都是由社會決定的。正如知識社會學代表人物曼海姆所指出的那樣：「事實上，知識社會學是與馬克思同時出現：馬克思深奧的提示，直指問題的核心。」〔註1〕

今天的中國現當代文學研究，正需要從不同的角度揭示出精神的產品背後的複雜社會聯繫。這樣的揭示，將使我們的文化研究不再流於空疏與空洞，而是通過一系列複雜社會文化的挖掘呈現其內部的肌理與脈絡，而這樣的呈現無疑會更加的理性，也更加的富有實證性，它與過去的一些激情式的價值判斷式的研究拉開了距離。近年來，學術界比較盛行的關於現當代傳媒與現當代文學關係、現代社會體制與現當代文學關係、現代政治文化與現當代文學關係、現代經濟方式與現當代文學關係等等的探索都是如此。

當然，正如每一種研究方式都有它不可避免的局限一樣，知識社會學的視野與方法也有它的限度。具體到中國現當代文學的闡釋當中，在我看來，起碼有兩個方面的局限值得我們加以注意。

其一是「關係結構」與知識創造本身的能動性問題。知識社會學的長處在於分析一種知識現象與整個社會文化的「關係」，梳理它們彼此間的「結構」，這樣的研究，有可能將一切分析的對象都認定為特定「結構」下「理所當然」的產物，從而有意無意地忽略了作為知識創造者的各種能動性與主動性，正如韋伯認為的那樣，把知識及其各種範疇歸併到一個以集體性為基礎的潛在結構之中容易導致忽視觀念本身的能動作用，抹殺人作為主體參與形成思想產品的實踐活動。關於中國現當代文學的研究也是如此，一方面，我們應該對各種社會文化「關係網絡」中的精神現象作出理性的分析，但是，在另一方面，卻又不能因此而陷入到「文化決定論」的泥沼之中，不能因此忽略現代中國知識分子面對種種文化關係之時的獨立思考與獨立選擇，更不能忽視廣大知識分子自身的生命體驗。在最近幾年的中國現當代文學與現代文化研究當中，我以為已經出現了這樣的危險，值得我們加以警惕。

其二便是知識社會學本身的難題，即它學科內部邏輯所呈現出來的相對主義問題。正如默頓指出的那樣，知識社會學誕生於如下假定，即認為即使是真理也要從社會方面加以說明，也要與它產生於其中的社會聯繫起來，因為不僅謬誤、幻覺或不可靠的信念，而且真理都受到社會（歷史）的影響，這種觀念始終存在於知識社會學的發展中。西方批評界幾乎都有這樣的共

〔註1〕曼海姆：《知識社會學導論》中譯本97頁，臺灣風雲論壇有限公司1998年。

識：知識社會學堅持其普遍有效性要求就意味著主張所有的知識都是相對的，所以說全部知識社會學都面臨著一個共同的相對主義問題，知識社會學止步於真理之前，因為這門學科本身即產生於用一種對稱的態度看待謬誤和真理。應該說，中國現代文化的發展本身是一個「尚未完成」的過程，包括今天運用著知識社會學的我們，也依然置身於這樣的歷史進程，作為一個時代的知識分子，並且必須為這樣的過程做出自己的貢獻，因而，即便是學術研究，我們也沒有理由刻意以學術的所謂中立性去消解我們對真理本身的追求和思考，我們不能因為連續不斷的「關係結構」的分析而認為所有的文化現象都沒有歷史價值的區別，在這裏，「公共知識分子」的精神應該構成對「專業知識分子」角色的調整甚至批判，當然，這首先是一種自我的反省與批判。

總之，知識社會學的視野與方法無疑有著它的意義，但是，同樣也有著它的限度，在通常的時候，其研究應該與更多的方法與形式結合在一起，成為我們思想的延伸而不是束縛。

在中國現當代文學研究日益成為「知識化」過程一部分的時候，我們能夠對我們所依賴的知識背景作多方面的追問，應當是一件富有意義的事情。

目

次

緒論：文化尋根與中國當代文學

　　尋根文學是發生於 20 世紀 80 年代中期中國當代文壇的一股重要的文學思潮，對中國當代文學發展和文化建構，具有深刻的影響。文學與文化密不可分，文學之中本來就包含了文化成分，是文化的重要載體和組成部分。尋根文學思潮是 20 世紀 80 年代上半期中國社會文化情緒在文學中的集中反映。20 世紀 80 年代初，在外來西方文化的激發下，中國社會掀起了一場聲勢浩大的「文化熱」，這股文化熱潮蔓延至文學領域，在多方面因素合力作用下，最終促成了尋根文學的發生。

　　1984 年底由一批青年作家主動發起、評論家積極參與的「杭州會議」，可以視爲尋根文學運動的濫觴。1985 年 4 月，湖南作家韓少功率先在《作家》雜誌發表理論文章《文學的「根」》，張揚起文化的大旗，拉開了尋根文學運動的序幕。一時應者雲集，文壇同道作家紛紛發文予以響應，如李杭育發表《理一理我們的「根」》、阿城發表《文化制約著人類》、鄭義發表《跨越文化斷裂帶》、鄭萬隆發表《我的根》等，轟轟烈烈的尋根文學運動就此展開。但令人遺憾的是，由於自身準備不足和理論體系的悖謬，尋根文學運動很快便偃旗息鼓，那些積極鼓吹文化尋根的作家們也很快都風流雲散，尋根文學運動最終以潦草方式收場。

　　尋根文學運動雖然落潮了，但是中國當代文學中的文化尋根並未終止，而是化爲文學的常態，延續至今，並結出了累累碩果。這種創作現象，可以視爲中國當代尋根文學的延續。自 20 世紀 80 年代中期以來，中國當代文學中湧現出眾多的優秀的文化尋根力作，如張煒的《古船》、陳忠實的《白鹿原》、莫言的《檀香刑》、王安憶的《長恨歌》、阿來的《塵埃落定》、遲子建的《額

爾古納河右岸》、賈平凹的《秦腔》等。尋根文學的出現，恢復了中國當代文學中失落已久的民族傳統文化意識，推動了中國當代文學與文化從一元化向多元化的藝術轉變，參與和推動了中國當代社會的新啓蒙主義文化運動，推動了中國當代文學從政治化寫作向日常生活審美的變遷，開啓了中國當代文學與文化的世界化進程。在很多方面，尋根文學都堪稱中國當代文學與文化發展的歷史轉折點，具有重要的地位和意義。

一、文化意識的復蘇

尋根文學所處的 20 世紀 80 年代上半期的中國社會，正值一個文化專制主義時代結束和一個新的文化時代開始，面臨著文化啓蒙和文化重建的迫切的時代任務。在歷經文革十年浩劫之後，中國傳統文化園地一片荒蕪。尋根文學要在這樣一片文化廢墟之上，重建當代文化的綠洲，這是一個艱難而又迫切的時代使命。尋根作家們抱著文化啓蒙的熱情，以文化尋根的方式，積極參與中國當代社會文化重建。經過一批批尋根作家們的努力，尋根文學終於恢復了當代文學中失落已久的民族傳統文化意識，推動了國人文化意識的覺醒。這對於中國當代文學發展和文化建設來講，是一個重要的貢獻。

中國文學傳統中，文學與文化本來就互相交織，水乳不分。中國最早的詩歌總集《詩經》，既是文學典籍，又是最早記錄先秦時代先民生活的文化著作。同樣的情況還可以見於《史記》和《左傳》等歷史文獻。明清時期的古典文學名著如《金瓶梅》和《紅樓夢》等同樣如此，既是文學巨著，又是記錄和反應當時社會生活變遷的文化百科全書，並在其中蘊含和體現著中國傳統的道德思想和文化精神。但是，進入近代以來，中國傳統文學與文化之間的這種天然合一的狀況遭到了人為割裂。「五四」以來，中國文學中的傳統文化意識遭受到了兩次大的衝擊，一次是「五四」新文化運動，以所謂的外來的新文化來反對封建傳統的舊文化；另一次就是文化大革命，以紅色政治文化來抹殺和取代了幾乎其它一切文化。這兩次激進的文化運動極大地傷害了中國傳統文化的元氣，造成了民族傳統文化的失落，從而出現了後來被尋根作家們集體抨擊的「文化斷裂帶」。

「五四」時期，受困於內憂外患、積貧積弱的民族生存危亡的現實，在西方現代文化的激發下，中國社會掀起了一場轟轟烈烈的以倡導西方現代文化、反對中國傳統文化為宗旨的新文化運動。新文化運動以傳統文化為批判

對象，但傳統文化並非鐵板一塊，而是良莠並存，這在「五四」時期並未得到很好的區分。所以在對待傳統文化問題上，往往出現將髒水連同嬰兒一起潑掉的粗暴對待。這就對傳統文化造成傷害，導致了傳統文化的失落。尋根文學主將之一的作家鄭義認為：「『五四運動』曾給我們民族帶來生機，這是事實。但同時否定得多，肯定得少，有隔斷民族文化之嫌，恐怕也是事實？『打倒孔家店』，作為民族文化最豐厚積澱之一的孔孟之道被踏翻在地，不是批判，是摧毀；不是揚棄，是拋棄。痛快自是痛快，文化卻從此切斷。」〔註1〕話雖然偏激了一點，但卻不無道理，一定程度上指出了「五四」新文化運動在文化態度上的偏失。

鄭義的這個觀點就是後來鬧得沸沸揚揚的「五四」文化斷裂帶論，遭到了很多人的批判。姑且不論這個觀點正確與否，但「五四」新文化運動對民族傳統文化所造成的空前掃蕩，恐怕是誰都不能否認的事實。說傳統文化「從此切斷」，這種論斷當然是武斷了點。事實上，「五四」時期，傳統文化雖然遭受掃蕩，元氣大傷，但卻不可能中斷，這主要有以下兩方面的原因。一方面是現實政治需要對傳統文化的呼喚。「五四」新文化運動所提倡的新文化，主要是民主、自由、科學、理性、個性獨立、婚姻解放等西方現代文化，這種集中的大規模的文化輸入，在促進中國社會文化覺醒的同時，也普遍存在著一個超前性和水土不服的問題，現實影響力有限，從而導致傳統文化意識某種程度上出現回流。而隨著「五四」運動的落潮和 20 世紀 20 年代末期革命文學的興起，為適應現實政治鬥爭的需要，「五四」新文學逐漸改變了對傳統文化的批判態度，轉而呼喚傳統文化，使傳統文化在革命文學中得到了部分的復歸。陳思和教授認為，「『五四』新文學對傳統文化的基本態度，依據的是歷史的標準，而不是審美的標準。或者說，文學不是從其自身的角度來選擇傳統文化，而是借用了社會鬥爭和歷史進化的角度來決定自己對傳統文化的態度。」〔註2〕在中國現代文學發展過程中，出現過多次關於文藝大眾化的論爭，目的是為了讓文藝更好地為現實政治鬥爭服務，都關係到如何對待民族傳統文化的問題。在很多時候，傳統文化都被有意識地歷史招魂，為現實政治鬥爭服務。另一方面，作為一種文學傳統和文化資源，傳統文化不可

〔註 1〕鄭義：《跨越文化斷裂帶》，《文藝報》1985 年 7 月 13 日。
〔註 2〕陳思和：《中國新文學對文化傳統的認識及其演變》，《復旦學報》1986 年第 2期。

能被一刀兩斷，而是潛移默化滲入現代文學的血肉，形成中國現代文學的民族傳統文化特色。「五四」時期很多激烈反傳統的大家，如魯迅、郭沫若、胡適等，其實都是傳統文化的深厚修養者。這方面典型的例子還有「京派」文人及其寫作，如周作人、廢名、沈從文、師陀等人作品中，都具有濃厚的民族傳統文化意味，體現出傳統文化的魅力和美。

20 世紀 50～70 年代，民族傳統文化遭受到了空前的摧殘。在強勢的極「左」政治話語的擠壓下，民族傳統文化被視作封建和落後的成分，遭到了空前的摧殘。尤其是文革期間，極「左」政治話語以一種強大的政治化的力量粗暴地阻斷了民族傳統文化與當代社會生活的交流，民族傳統文化幾乎被蕩滌淨盡。較之「五四」，這一次的文化摧殘更為嚴重，從而出現了一個真正的「文化斷裂帶」。文革結束後，在外來西方文化的激發下，中國社會很快掀起了一股聲勢浩大的全社會性的「文化熱」，當代文學中的民族傳統文化意識也迅速覺醒。民族文化重建成為一個擺在國人面前的迫切的時代任務。在汪曾祺、鄧友梅、陸文夫、張承志、王蒙等作家的筆下，我們可以看到這種民族傳統文化重建的努力。從反思文學中對民族傳統文化的隱約思考，到尋根文學對民族傳統文化的有意發掘，中國當代文學中的文化意識終於復蘇。尋根文學恢復了當代文學中的文化意識，對於中國當代文學與文化的發展，具有重要的意義。

二、多元化的文化建構

文化意識的復蘇，打破了長期以來中國當代文學單一的政治文化視角，將文學從政治的束縛下解放出來，實現了文化價值取向的多元化。尋根文學出現之前，中國當代文學基本上是政治文化的一統天下。從 20 世紀 40 年代解放區文學開始，在「政治標準第一」、「文學為政治服務」等口號的支配下，文學逐漸喪失自我。淪為政治的傳聲筒。50～70 年代期間，一浪高過一浪的頻繁的政治運動，使革命政治之外的其它文化成分基本無處可藏，尤其是文革時期，更是極「左」政治話語的一統天下，從而形成這段歷史時期政治文化單一的局面。文革結束後，「傷痕」文學、反思文學和改革文學仍然是一種政治化的寫作，有著明確的為政治服務的寫作意圖，雖然其中政治單一的局面開始有所鬆動。這種狀況直到尋根文學的出現才得到根本改觀。

尋根文學通過對歷史文化的發掘，有意拉開了與政治之間的距離，在慣

常的政治化寫作之外，爲當代文學開闢了新的話語空間。尋根文學是一種歷史文化審美，而歷史文化的豐富多彩和意義雜呈，又形成歷史文化意義和審美的多元化。從尋根文學開始，中國當代文學開啓了去政治化的進程。這種去政治化的進程其實也是一個多元文化建構的過程。從文學事實來看，尋根文學以文化發掘的方式，來表達對政治文化的厭惡與逃避；而先鋒文學則以頻繁的花樣翻新的形式實驗，來化解政治意識形態的森嚴。同尋根文學一樣，二者都表達了對政治文化的厭惡與逃避。這兩股文學思潮後來形成合流，那便是新歷史小說的出現。新歷史小說介於現實與作爲正史的歷史之間，既不遵從歷史敘事的準則，又掙脫了現實邏輯的約束，在一種虛構的歷史時空中，自由馳騁作者的才情和想像。新歷史小說規模巨大，影響至今，典型地體現了當代文學多元化和自由化的寫作追求。而 80 年代後期興起的新寫實小說，則以對普通日常生活的審美關注，同樣達到對政治意識形態解構的目的。90年代後，多元化已成中國當代文學與文化的常態。正是通過這些持續不斷的去政治化的努力，中國當代文學與文化才得以從政治的束縛下解放出來，回歸藝術自我，回歸生活本身。

文化意識的復蘇，還有一個重要的收穫，那就是給中國當代文學帶來了一種全新的人類文化學的觀察視角，有利於中國當代文學與文化的世界化進程。人類文化學是人類對自身文化發展的思考，關乎人類文化的過去、現在和未來。人類文化學研究在西方早就出現，但在中國文學中卻出現得很晚，不過是近二三十年來的事情。中國現代文學時期，在啓蒙和救亡雙重主題交替下，文學黏滯於現實，對超乎政治和現實之外的人類自身發展問題根本無暇以顧。20 世紀 50～70 年代的中國當代文學，在狂熱的政治文化左右下，對與政治無關的人類文化學問題可以說是不屑一顧。80 年代初，在蜂擁而入的西方現代文化的激發下，中國當代尋根文學身不由己地被裹攜進世界文學的大潮，開始了人類文化學的思考。從文化角度來看，文化尋根是一種世界性的文化思潮，是人類的一種文化返祖現象。在 20 世紀六七十年代，文化尋根是一次世界性的文學和文化思潮，中國的尋根文學是對世界文化尋根思潮的呼應，是世界文化尋根思潮的一部分。尋根文學發掘民族傳統文化，並在其中寄託自己的文化思考，這樣的文化闡發過程，其實就是一種人類文化學的思考。尋根文學對人類文化學的引進，使中國這個沒有人類文化學傳統的國度第一次開始了人類文化學的思考，這對於中國當代文學來講，無疑是一次

巨大的進步。

人類文化學意義上的文化尋根，並不僅僅具有尋根問祖的文化意義，而是包含了對文化多樣性的認可，在多種文化的返顧追詢中，承認各民族文化存在的理由。「20世紀以來主要由人類學家培育出的關於珍視『文化多樣性』的寶貴思想，和同一個世紀的生態意識大覺醒培育出來的珍視生物多樣性的觀念，正在成為全球社會的普遍共識。人類學家不再把尋根等同於懷古、戀舊，開歷史倒車。」〔註3〕尋根文學出現的20世紀80年代上半期，正值一個文化專制主義時代的結束和全球化進程的開始。文化尋根是對全球化進程的逆向運動。全球化是抹殺文化的差異性，追求文化的同一性；而文化尋根則是發掘民族文化的差異性，認可民族文化的多樣性。這種文化多樣性，正是20世紀以來世界各國人民普遍認可的、也是最為珍視的多元、平等、自由的文化思想。尋根文學站在新的時代起點上，通過文化尋根，倡導文化多樣性，在人類文化學的意義上，體現出中國當代社會多元化的思想訴求。

文化意識的復蘇，開啟了中國當代文學的世界化進程。長期以來，中國當代文學被排斥在世界文學的大門之外，僅被西方人當成認識和瞭解中國社會狀況的文獻資料，這當然是一種很糟糕的傳播局面。這種狀況的成因，通常的說法是由於冷戰時期的中西政治對立因素所造成。但事實恐怕不完全是這樣，因為同處於冷戰時期的前蘇聯文學，像帕斯捷爾那克和肖洛霍夫等作家的作品，同樣傳到西方甚至獲得諾貝爾文學獎。所以在我看來，政治因素的影響當然不可否認，但文化意識的匱乏才是阻礙中國當代文學進入世界的一個重要原因。真正優秀的文學，僅靠政治因素是阻撓不住的，會像空氣一樣散發，最終得到世界的公認，這樣的例子不勝枚舉。世界各民族文學的交流，其實是基於文化差異性和共同人性的交流。文化是世界各民族文學交流中的重要因素，是一種潤滑劑。而20世紀50～70年代的中國當代文學，基本上是一種政治化的文學，政治理念外露，主題思想單一，審美質地粗糙，自然也就難以為世界接受。80年代以來，中國當代文學的世界化進程開始起步。最早叩開了西方文化大門的是那些帶有文化尋根傾向的作品，如陸文夫的《美食家》、阿城的《棋王》、莫言的《紅高粱》、蘇童的《妻妾成群》等，還包括其中的一些改編電影等。這些作品或改編影視都從某一方面展現了中國文化的特色和魅力，從而引起世界

〔註3〕葉舒憲：《文化尋根的學術意義和思想意義》，《文藝理論與批評》2003年第6期。

關注。沿著這條道路，越來越多的中國當代文學走向了世界，尤其是那些帶有明確的文化發掘或人類文化學意味的作品與改編影視，如陳忠實的《白鹿原》、王安憶的《長恨歌》、阿來的《塵埃落定》、賈平凹的《懷念狼》和《秦腔》、姜戎的《狼圖騰》、遲子建的《額爾古納河右岸》、莫言的《檀香刑》和《蛙》等。在全球化進程日益加劇的今天，這種文化視角的書寫及其海外傳播，正日益受到世界的認可，產生越來越大的影響。這表明中國當代文學世界化的努力，體現出中國當代文學的進步。

三、審美意識的凸顯

尋根文學對民族傳統文化的發掘，喚醒了中國當代文學中沉睡已久的審美意識。長期以來，中國當代文學是一種政治化寫作，以政治功利性為目的，而對於那種與現實無涉的超功利性的藝術審美則比較忽視。從文學審美的角度來看，這種單一的政治化寫作也造成了當代文學審美質地的粗糙。尋根文學通過對民族傳統文化的發掘，有意地遠離政治，讓傳統文化本身成為文學表現和欣賞的對象。由於傳統文化本身往往蘊含著藝術審美的成分，與特定的歷史生活相連，尋根文學對傳統文化的發掘，其實就是一種文化審美的過程。尋根文學所要傳達的，就是這種經由文化體驗而產生的特別的文化美感。而為了更好地傳達這種文化美感，除了需要對文化本身進行發掘之外，還需要輔以適當的藝術表現形式，這就需要尋根文學在藝術形式上進行現代變革。這種內容和形式雙方面的需要，促成了當代文學審美意識的覺醒。審美意識的凸顯，改變了中國當代文學的審美構成，使其從政治化書寫走向了藝術審美。這對於中國當代文學來講，是一次重大的藝術轉折。

尋根文學恢復了當代文學的主體意識。在 20 世紀 50～70 年代期間，在政治的高壓下，中國當代作家們的主體意識日漸失落。這種情況直到尋根文學才得以根本改觀。從尋根文學開始，中國當代文學中出現風格意識。風格是作家藝術個性的體現，也是藝術成熟的標誌。尋根作家們在對民族傳統文化發掘的過程中，復活了藝術自我，形成了各自不同的個性風格特徵。比如韓少功，晦澀浪漫；李杭育，幽默風騷；阿城，樸拙洗練；賈平凹，渾厚拙重等等。正是因此，評論家季紅真認為，「『文化尋根』思潮的真正作用，不在文學價值抉擇方面的科學與否，而是在文學自身的觀念蛻變和風格更新」〔註 4〕；李慶西則

〔註 4〕季紅真：《文化尋根與當代文學》，《文藝研究》1989 年第 2 期。

將尋根文學的出現視爲「風格意識中的文化意識」〔註5〕，都注意到了尋根文學風格意識的覺醒。文學創作本來是個人化的精神行爲，風格則是個體藝術生命的標記。尋根文學之後，中國當代文學迎來了個人化寫作的熱潮，相應地，審美風格也多樣化。

與個體風格意識相一致，尋根文學還表現出對群體風格意識的追求。這種群體風格意識其實也就是民族化意識。民族化是一個民族文學的總體風格特徵。對民族化的追求是20世紀以來中國文學矢志以求的藝術目標，尋根文學是20世紀以來中國文學民族化追求的頂點和終結。尋根文學的民族化追求是對民族文化和民族身份的自我認同，是在全球化進程當中對抗西方文化霸權的文化策略。尋根文學中，出現了眾多的不同風格的民族文化書寫，如在汪曾祺、林斤瀾、陸文夫、鄧友梅、馮驥才、莫言等人身上，都可以看到這種民族化的努力。對尋根文學來講，其民族化追求更多地表現爲內容上的民族文化構成，而非簡單的形式上的招徠，當然，其民族形式上的努力同樣不容忽視。這是尋根文學非常本色和質樸的地方。但在後來，由於尋根文學理論本身的悖謬，導致尋根文學價值取向紊亂，意義追求落空，從而出現文本的故事化和傳奇化走向。這就從事實上瓦解了尋根文學的民族化追求，使其不自覺地從意義建構淪爲文本故事追逐。尤其是一些文化尋根之作被改編成影視後，爲取悅於西方觀眾，進行了特定的文化包裝，從而出現了後殖民主義文化效應。這種刻意追求的後殖民主義文化效應，是中國當代文學民族化追求的惡性發展。這種後殖民主義文化效應的出現，宣告了近一個世紀以來中國文學民族化追求的破產。尋根文學運動之後，隨著中國當代文學個人化寫作時代的到來，那種群體性的民族化追求已不可能。在這種意義上，尋根文學可以說是20世紀以來中國文學民族化追求的頂點，也是終結。

尋根文學積極參與新時期以來小說文體建構，推動了新時期小說藝術的現代化建設。從反思文學開始，中國當代小說文體意識開始覺醒，其中進行了一些現代小說藝術實驗。而尋根文學則是以退爲進，以貌似復古的方式，委婉地表達了文學現代化的藝術訴求。尋根文學身上，體現出很多現代主義的審美特徵，不論是從藝術觀念，還是敘述方式和表現技巧等，都有很多現代主義的審美原素。比如對魔幻現實主義的借鑒，對表現主義美學的吸納，從寫實到寫意敘述策略的轉變，以及對魔幻、象徵、變形、誇張等現代派表

〔註5〕李慶西：《尋根：回到事物本身》，《文學評論》1988年第4期。

現手法的運用等，從而使尋根文學在總體上呈現出現代主義的審美風格。例如尋根文學的代表作韓少功的《爸爸爸》，就是一部高度成功的現代主義文本，其中運用了象徵、魔幻、神秘、變形、誇張等多種現代表現手法，具有寓言化和陌生化的審美效果。李陀在與阿城、李歐梵等人談到尋根文學的這種現代主義藝術取向時，公開認為「現在的尋根派，恰恰就是昨天鼓吹向西方現代派借鑒的一撥人」〔註6〕，直接表明了尋根文學的現代主義藝術取向。

　　尋根文學推動了新時期以來中國當代文學的現代化進程，主要表現在其對新時期小說敘事話語、敘述策略和藝術觀念等方面的轉型。文學的現代化包括內容的現代化和形式的現代化。話語即內容，從敘事話語來看，尋根文學出現之前，中國當代文學主要是革命政治話語的一統天下，包括「傷痕」、反思和改革文學都是如此。尋根文學全面更新了中國當代文學的話語結構，使其從當前社會政治層面向歷史與文化層面位移。李慶西曾將之具體地描述為「從原有的『政治、經濟、道德與法』的範疇過渡到『自然、歷史、文化與人』的範疇」〔註7〕。這種敘事話語層面的變革，可以說是新時期文學現代化的前提。從敘述策略來看，尋根文學突破了傳統的現實主義反映論的寫實方法，而吸納了表現主義的美學原則，注重審美主體的自我表現，營造出一種「陌生化」的審美效果。而在藝術觀念方面，尋根文學同樣有諸多突破，尋根文學推動了新時期文學從傳統「載道」到現代「審美」觀念的轉變，打破了傳統小說一維平面的時空觀念，使其走向多維立體等等。而尋根文學最大的觀念變革，則是推動了新時期小說從現實主義到現代主義的觀念變遷。尋根文學之後，中國當代文學迎來了現代主義的熱潮，如新潮小說和先鋒文學等，這與尋根文學的現代化追求不無關係。

　　尋根文學改變了當代文學的審美關注，影響到了當代文學的審美走向。尋根文學之前，中國當代文學基本上屬於政治審美，是在政治主題正確前提下的審美關注，而尋根文學則追求一種日常生活審美，是對普通人日常生活的審美關注。日常生活書寫是長期以來被政治化寫作所遮蔽的內容，是文學的本來的表現對象。20世紀80年代以來，中國當代文學發展的總體趨勢是去政治化，親近日常生活和民間。尋根文學是這種審美的轉折點。尋根文學中最早開始了日常生活書寫；先鋒文學中，在頻繁的形式實驗之餘，也表現了

〔註6〕李歐梵：《文學：海外與中國》，《文學自由談》1986年第5期。
〔註7〕李慶西：《尋根：回到事物本身》，《文學評論》1988年第4期。

大量的日常生活內容，而新寫實小說則以世俗日常生活爲主要表現對象。這種日常生活審美是當代文學現代性精神的強烈表達，是當代社會生活對文學的審美要求。尋根文學中，阿城的《棋王》就是這樣一部標誌性的作品。在這部作品中，革命政治話語作爲一種潛敘事隱藏到文本的背後，而主人公的日常生活卻得到了詳細的書寫，並從中提煉出了特別的意義。所以，評論家曠新年認爲：「通過阿城的《棋王》，『新時期文學』開始回歸和擁抱被革命所懸置的『日常生活』。90 年代『日常生活』被神話化，而『尋根文學』則成爲了淪入日常生活的一個重要線索和標誌」〔註 8〕。

四、現代性的文化反思

　　尋根文學屬於現代性話語範疇，是對現代性的文化反思。尋根文學置身於傳統與現代、東方與西方矛盾交織的文化語境之中，其文化擇取與價值取向，體現出當代中國社會的精神特徵及其文化訴求。文化尋根的過程，其實是對現代性探詢的過程。文化尋根思潮的出現，根源於人類對現代化進程的迷惘和擔憂。現代性的物質呈現是現代化，但現代化是一種「歷史怪獸」，具有極大的破壞性。現代化在給人類創造巨大物質財富、提供諸多便利的同時，也具有極大的破壞性，造成包括環境污染、資源枯竭、病毒泛濫、物種滅絕、兩次世界大戰、傳統失落、人性異化、道德滑坡等一系列的惡果，從而出現現代化的災難。幾乎在現代化出現的同時，反現代化情緒也就滋生了。這種反現代化情緒抵制工業文明，主張回歸農業文明，回到大自然，容易使人產生回歸傳統、尋根問祖的文化衝動。這種情緒的蔓延，從而催生出世界性的文化尋根思潮。從 18 世紀歐洲的浪漫主義文學運動開始，以盧梭、華茲華斯等爲代表的浪漫主義詩人，讚美鄉村，謳歌大自然，以此表達對城市文明的厭惡與拒絕，就是一種最早的文化尋根。可以說，只要傳統與現代、工業文明與農業文明之間的矛盾衝突存在，這種反現代化情緒就不會終止。

　　尋根文學的現代性首先體現爲啓蒙現代性。尋根文學以文化啓蒙的方式，參與了 20 世紀 80 年代以來中國社會出現的新啓蒙主義文化運動。新啓蒙主義是與傳統啓蒙主義比較而言。「五四」以來的啓蒙主義由於受到政治的擠壓，被做了很多實用主義的利用，實質上變成了一種政治啓蒙。這種政治啓蒙追求文化思想的統一性，具有排他性。而新啓蒙主義則跳出了傳統政治

〔註 8〕曠新年：《尋根文學的指向》，《文藝研究》2005 年第 6 期。

的拘囿，倡導思想自由和文化多樣化，具有極大包容性。這種文化思想的多元和自由，是 20 世紀 80 年代以來中國社會主導性的精神訴求，也是最大的現代性精神特徵所在。尋根文學所要發掘的民族傳統文化之中，本來就包含了文化思想的豐富性和多樣性。這種人類文化學視角的文化發掘，體現和強化了中國當代社會的多元文化走勢，對中國當代社會文化建構，具有重要意義。

尋根文學的文化啓蒙具有不同的維度。一是對「五四」國民性話語的繼續。尋根文學一定的程度上繼承了「五四」時期國民性批判的寫作思路，在韓少功的《爸爸爸》和李銳的《厚土》系列中，都可以見到這種「五四」國民性話語批判的遺風。二是表現「文明與愚昧的衝突」。評論家季紅眞曾將 20 世紀 80 年代中國社會的文化特徵概括爲「文明與愚昧的衝突」，後來成爲經典之論。顯然，這是一個啓蒙性的文化命題。從反思文學開始，就有相當多的作品表現了這種文化衝突，如古華的《爬滿青藤的木屋》、葉蔚林的《五個女子和一根繩子》等。尋根文學中同樣有不少作品表現了這種文化衝突的主題，如張承志的《黑駿馬》、鄭萬隆的《黃煙》等。三是正面弘揚民族傳統文化的魅力和美，如汪曾祺的《受戒》、《歲寒三友》、阿城的《棋王》、張承志的《北方的河》等。這種對民族傳統文化的正面弘揚，能夠激發起國人對民族傳統文化的熱愛，成爲尋根文學文化啓蒙最主要的意義所在。

其次，尋根文學的現代性體現爲反思現代性。反思性是現代性的固有特徵。吉登斯認爲，現代社會的一個重要特徵就是「知識的反思性」。他認爲，現代性「並不是爲新事物而接受新事物，而是對整個反思性的認定，這當然也包括對反思性自身的反思」〔註9〕現代性充滿不確定性，無例可循，在不斷地自我否定和自我批判中前行。伊夫・瓦岱認爲：「現代性面對的是既不明確又難以預料的未來：沒有任何的傳統參照對象可以爲某些未來道路的選擇做保證，因爲現代性不斷地製造斷裂，任何建立在科學基礎上的知識都不能辨別它們。因爲它的行動本身就提高了不確定性的程度。」〔註10〕所以，在這種意義上，我們可以將中國的尋根文學視爲一次文化反思，是在現代性話語

〔註9〕【英】安東尼・吉登斯：《現代性的後果》，田禾譯，譯林出版社 2000 年版，第 34 頁。

〔註10〕【法】伊夫・瓦岱：《文學與現代性》，田慶生譯，北京大學出版社，2001 年，第 119 頁。

範疇內的自我質疑和自我批判。

　　尋根文學的文化反思具有保守主義色彩。文化保守主義是在社會現代化前行的過程中，出於對現代化負面效應的抗拒和擔憂，而產生的文化眷戀和文化懷舊心理。文化保守主義具有反現代化傾向，體現出現代性的反思特徵。葉舒憲先生認為，「文化尋根是以向後回望來路的方式代替直接的前瞻。」〔註11〕這種「回頭望」的文化姿態體現的正是一種現代性的文化反思精神。尋根文學中，李杭育和張煒的小說都表現出這種文化反思特徵。李杭育的《最後一個漁佬兒》一方面表現了葛川江上最後的一位漁民福奎的古樸、偉岸而又倔強的個性，對其不乏欣賞和讚美；另一方面又表現了在工業文明的擠壓下福奎不乏淒涼的人生境遇，對其感到同情和無奈，從而突出了傳統文明和現代文明衝突的主題，體現出審美現代性特徵；張煒的《九月寓言》一方面表現了膠東半島海邊小村人艱苦而又浪漫的鄉村生活，另一方面則表現了煤礦工區的過度開發最終導致了小村的毀滅，從而表現了工業文明對農業文明的破壞，也體現出反思現代性特徵。這兩部作品都呈現出浪漫主義審美風格，具有感傷色彩。這兩部作品都一方面表達了對於傳統文明的欣賞和留戀心理，另一方面則表達了對於前行中的中國社會現代化進程的恐懼和擔憂，體現出反思現代性特徵。

　　文化反思是對歷史主體的一種自我檢視，尋根文學的文化反思是對當代中國社會現代化進程的逆向思考。新時期以來，改革開放拉開了中國社會現代化的大幕。時至今日，現代化如火如荼，而傳統文化正在快速地失落，中國社會傳統文化與現代文化之間的矛盾衝突空前激烈。在全球化時代的今天，現代化帶來了中國經濟的快速增長，但也讓我們切切實實地感受到了諸多的威脅，霧霾、水污染、癌症村、病毒泛濫、恐怖主義、人性異化和道德淪喪等等，這些都需要我們從傳統文化視角加以思考。尋根文學所表現出來的文化反思，對於當代中國社會的現代化進程，既是一種歷史思考，更是一種文化警示。

〔註11〕 葉舒憲：《文化尋根的學術意義和思想意義》，《文藝理論與批評》2003 年第 6 期。

第一章　尋根文學的發生

在 20 世紀 80 年代眾多的文學思潮中，尋根文學是很特別的一個。與其它文學思潮不同的是，尋根文學是唯一的一次由作家們主動提出並通過聚會和發表宣言的方式有組織有準備的文學運動。正是這種「唯一」和「主動」所體現出來的特別，所以，尋根文學運動歷來爲人所關注。尋根文學運動有其具體的發生發展過程，有其得以產生的特別的歷史背景和文化原因。在尋根文學運動過程中，尋根作家們發表理論文章，提出了各自的尋根文學主張，並形成了一些理論焦點。本章將聚焦尋根文學的發生，圍繞上述問題，展開探討。

第一節　尋根文學運動的興起

通常認爲尋根文學作爲一種文學運動，是在 1985 年展開。1985 年，韓少功的《文學的「根」》發表，被視爲尋根文學運動的宣言。但在此之前，很多事後被追認爲尋根的作品，其實早就在民間自在地出現了，比如汪曾祺、張承志、賈平凹的風俗文化寫作等。但尋根文學最早的潮汛卻要追溯到朦朧詩領域，在楊煉、江河等人的詩歌寫作中，文化作爲一種「朦朧」的審美因素，第一次地得到正面的張揚，散發出巨大的審美魅力，引起廣泛關注。這種文化尋根意識，從詩歌漫入小說，在 20 世紀 80 年代上半期逐漸風起雲湧，最終形成尋根創作的蔚然大觀。

1984 年 12 月份的「杭州會議」可以視爲尋根文學的創作峰會，尋根作家們集體亮相。但在 1985 年尋根文學的大旗高舉之後，尋根作家們卻很快偃旗

息鼓，乃至最後風流雲散。尋根文學運動可謂來勢洶洶，去也匆匆。在 1985
年盛世的文學景觀中，尋根文學雖是一個重要的組成部分，但顯然不如新潮
小說和先鋒文學風光，以至最後乾脆淡出了人們的視野。作爲一場雄心勃勃
的文學運動，尋根文學有始無終，幾乎是發表了宣言就不了了之，最終給人
的感覺是雷聲大雨點小。梳理尋根文學運動，考察其發展演變，發掘其中的
邏輯規律和變化原因，對於全面地認識尋根文學，既有意義，也是必要。

一、文化詩歌

　　當代文學中的文化尋根意識最早是在朦朧詩中得以萌芽的。在新時期文
學覺醒和文化重建過程當中，朦朧詩都充當了先鋒的角色。朦朧詩的前身是
「白洋淀地下詩歌群」寫作，作者大多數是一些文革後期的知青，都經歷過
所謂的「文化斷裂帶」，屬於文化斷奶的一代。朦朧詩誕生於文化廢墟的土壤
之上，在文化上先天不足。所以，當朦朧詩以「挑戰者」的姿態來對抗既成
的文學規範和文學秩序時，往往顯得底氣不足。「朦朧」既是他們的美學策略，
藉以規避來自主流價值觀念的壓制，其實也是他們面對未來時的態度——彷
徨、猶疑、模糊和不確定。由於文化的欠缺，使朦朧詩在質疑和打破舊的文
學秩序和話語規範的同時，難以建立新的價值體系和精神坐標。朦朧詩對當
代文壇「破」的力量有餘，而「立」的貢獻不夠，在「去中心化」的同時，
難以形成自己的「中心」。其最後的迅速解體，很大的一個原因就在於其自身
文化的貧弱，這直接導致他們在價值擇取時的困惑和迷惘。

　　最早在詩歌中大力呼喚文化並表現出鮮明而成熟的文化意識的詩人是楊
煉，與之同道的還有詩人江河。二者的文化詩歌寫作，代表了朦朧詩發展的
一個向度。楊煉和江河都是「今天」詩派成員，都屬於朦朧詩的代表性詩人。
《今天》是朦朧詩早期的地下詩歌刊物，「今天」也是年輕的一代詩人的自我
精神標榜。但「今天」意味著與「過去」的對立，而拒絕了「過去」的「今
天」只能意味著文化的斷裂。作爲一代人的精神探索和表達，朦朧詩雖誕生
於文化廢墟之上，但卻不可能建立在空中樓閣之中。因此，在經過「傷痕」、
反思文學對現實的狂熱的吶喊、審視之後，在詩歌中表達對文化的景仰和呼
喚，彌補文化斷裂所造成的精神蒼白，就成爲朦朧詩必然的選擇。朦朧詩後
期的集體的文化轉向，就是對此最好的說明。

　　楊煉、江河的詩歌較早地表現出對這種文化斷裂的自覺，還在早期朦朧

詩熱潮當中，二者就別開生面，開始了詩歌中的文化尋根。1981 年，楊煉（1955
～）發表了系列組詩《自白──給圓明園廢墟》，第一次地在詩歌中扛起文化
的大旗。當北島等詩人還在糾結著文革歷史，面對現實，大聲宣告「我不相
信」時，楊煉已經超越了具體的歷史控訴和歷史反思，而從民族文化著眼，
在文化「廢墟」上，尋找民族文化的新的生長點，重建當代人的文化自信心。
「在灰色的陽光破碎的地方／拱門、石柱投下陰影／投下比焦黑的土地／更
加黑暗的記憶／彷彿垂死的掙扎被固定／手臂痙攣地伸向天空／彷彿最後一
次／給歲月留下遺言。」詩中，文化與個體、歷史與現實，相互對立而又相
互依存。「圓明園」在此成為文化的載體和象徵，對圓明園廢墟的憑悼，其實
是對文化的緬懷，更是對當代文化的展望。

　　此後，楊煉又創作了《諾日朗》、《屈原組詩》、《半坡組詩》、《西藏組詩》、
《敦煌組詩》等一系列大型的文化詩歌，大量地以中國古代民族文化、民俗
意象和文化典籍為詩，形成其特有的文化詩歌世界。在楊煉的詩歌文化世界
裏，像屈原、半坡、敦煌等這些凝聚著豐富厚重的歷史內涵的文化符號，和
諾日朗、西藏等有著特定的地域風情的文化載體，都被作者當作具體的文化
實體加以審視。

> 我不是鳥，當天空急速地向後崩潰
> 一片黑色的海，我不是魚
> 身影陷入某一瞬間、某一點
> 我飛翔，還是靜止
> 超越，還是臨終掙扎
> 升，或者降（同樣輕盈的姿勢）
> 朝千年之下，千年之上？
> ……
> 全部精力不過這堵又冷又濕的牆
> 誕辰和末日，整夜哭泣
> 沙漠那麻醉劑的鹹味，被風
> 充滿一個默默無言的女人
> 一小塊貞操似的茫然的淨土
> 褪色的星辰，東方的神秘
>
> ──《敦煌組詩・飛天》

一座母親的雕像

俯瞰這沉默的國度

站在峭崖般高大的基座上

懷抱的尖底瓶

永遠空了

我在萬年青一樣層層疊疊的歲月中期待著

眼睛從未離開沉入波濤的祖先的夕陽

又一次夢見那片蔚藍正從手上徐徐升起

——《半坡組詩・祖先的太陽》

　　楊煉筆下的文化，有著歷史的苦難感和滄桑感，以及時代裂變中的痛苦和希望。在歷史與現實的對照中，充滿了文化的憂思和對文化的展望。這種文化情懷，與尋根文學的格調和主旨非常吻合。

　　楊煉在詩歌中對文化的持續挖掘，源於他系統而成熟的文化詩歌理念。在《傳統與我們》這篇著名的文化詩歌宣言中，楊煉闡述了關於傳統的看法：「我們今天所做的一切並非對於昨天的否定，昨天存在過，還會永遠存在在那裡。在漸漸遠去的未來者眼中，昨天和今天正排成一列，成為各自時代的標誌。」傳統是「我們基於共同文化心理結構的獨特語言形式……規定了某種特殊的感受、思維和表達方式。它在創造每一件藝術作品的過程中使我們服從。我相信，任何個人的創造，都無法根本背叛他所屬的傳統。」這表明了傳統的無處不在，無法拒絕。作者還創造性地使用了兩個新的詞彙「內在因素」和「單元模式」，用來指稱傳統文化對人的影響方式。在如何堅持傳統時，作者還為當代詩人設立了一個坐標系：「以詩人所屬的文化傳統為縱軸，以詩人所處時代的人類文明（哲學、文學、藝術、宗教等）為橫軸，詩人不斷以自己所處時代中人類文明的最新成就『反觀』自己的傳統，於是看到了許多過去由於認識水平原因而未被看到的東西，這就是『重新發現』」。「處在『坐標交點』上的我們的詩，也因此具有了某種自覺的『縱深感』：兩個領域互相滲透，使它同時成為『中國的』和『現代的』。」〔註 1〕如果我們對照一下楊煉的這篇詩論和作為尋根文學宣言的韓少功的《文學的「根」》，會感覺

<hr>

〔註 1〕楊煉：《傳統與我們》，《山花》1983 年第 9 期。

二者的立場、觀點、主旨是多麼的相近。與韓少功的那種對「根」的外在的意義發掘不同，楊煉則深入到「傳統」的內部結構，更能見出「尋根」的用力和深度。而從時間來看，楊煉的主張則比韓少功的要早得多。

與楊煉相呼應，江河（1949～）的詩歌也較早地轉向對歷史文化的追詢。早期的系列組詩《從這裡開始》就表現出凝重的歷史文化意識，對民族的歷史、命運和現實，都做了富於象徵意義的表現和思考：「土地的每一道裂痕漸漸地／蔓延到我的臉上，皺紋／在額頭上掀起苦悶的波浪／我的眼睛沉入黑暗」（《從這裡開始·苦悶》）。這是民族的歷史和苦難。「我被世界不斷地拋棄／太陽向西方走去我被拋棄／影子越拉越長／一條漫長的道路／曲曲折折／把我扭彎／一條巨龍／被裝飾在／陰森的宮殿上／向天空發出怨訴」（《從這裡開始·傷心的歌》），這是民族的不幸的命運。「坎坎坷坷的道路閃著磷光／像是有許多陶器的碎片／把我帶入夢想」，但現實卻是「陶罐碎了／精美的瓷器／奪取我手上的光澤……琥珀、珍寶／被幽禁在一個不屬於我的地方／一壟壟燒焦了似的琉璃瓦／固定在他們的屋頂上／不能隨著秋天的麥浪流進我的微笑」（《從這裡開始·沉思》）。現實的悖謬殘酷地粉碎了詩人的夢想。文化的殘敗之地，就是今天我們開始的地方。貫注於全詩的是詩人濃鬱的文化憂思。

政治抒情詩是江河詩歌寫作中的一個亮點，與「十七年」那些空洞的理念外露式的政治抒情詩不同，江河的政治抒情詩表現出強烈的文化情懷。《沒有寫完的詩》是對民族悲慘歷史的苦澀記憶，詩人的情感體驗超越個體「自我」，直指民族的「大我」。「在英雄倒下的地方／我起來歌唱祖國」（《祖國啊，祖國》）。也有超越了個體的民族情感抒發，《紀念碑》中：「中華民族的歷史有多沉重／我就有多少重量／中華民族有多少傷口／我就流出過多少血液」。其中的「我」已與「中華民族」、「紀念碑」實現了高度的融合。這種抽象的政治抒情，因為民族文化的強烈注入而顯得厚重、深沉，引起廣泛的共鳴，散發出巨大的藝術感染力量。

長篇系列組詩《太陽和他的反光》是江河最重要的「文化尋根」詩作，被視為「『文化尋根』詩歌的總結性作品」〔註2〕。該詩創作前後歷時四年，完成於 1984 年，可謂苦心孤詣、精心構思。從時間上看，該詩於 20 世紀 80 年代初即開始醞釀、動工，文化尋根意識早而清晰。全詩以中國古代神話為原型素材，分為十二章：《開天》、《補天》、《結緣》、《追日》、《填海》、《射

〔註 2〕張清華：《中國當代先鋒文學思潮論》，江蘇文藝出版社 1997 年，第 57 頁。

日》、《刑天》、《斫木》、《移山》、《燧木》、《息壤》、《水祭》。作者以大量的
史料、豐富的歷史想像，全方位的藝術構思、全景式的歷史場景、現代人的
理性和哲學思考，深入地再現了中華民族自創世以來的歷史進程和命運，並
鎔鑄進強烈的當代意識。與楊煉文化詩歌不同的是，古代文化不再僅僅是作
爲詩人挖掘和發現的依據，供人欣賞和緬懷，而是在當代意識的燭照下，成
爲作者再創造和發揚光大的對象。在這首詩歌的序言中，江河說：「任何民
族都有自己的神話，自己心理建構的原型。作爲生命隱秘的啓示，以點石生
輝。神話並不提供藍圖。他把精靈傳遞到一代又一代人的手指上，實現遠古
的夢想」〔註3〕。「神話」必須要經過當代人的再造才能獲得新生，這種思路，
與韓少功的「釋放現代觀念的熱能，重新鑄亮民族的自我」這種主動式的尋
根理念，完全一致。這首詩歌代表文化尋根詩歌所達到的思想深度和整體水
平，體現出尋根的自覺，是對文化尋根詩歌的一次綜合概括。至此，詩歌中
的文化尋根已達到極點，而小說中的文化尋根則正蓬勃展開。

　　除了楊煉、江河之外，還有一批年輕的詩人也在詩歌中表達了對民族傳
統文化的關注。1982 年，年輕的四川詩人宋渠、宋煒兄弟在《這是一個需要
史詩的時代》文章中，表達了對「傳統」的看法：「對傳統需要做出新的判斷。
歷史上被忽略了的一切都應該重新得到承認。……在今天，創造性地進行縱
的集成和橫的移植，才能使我們的詩人跨入世界的行列。」〔註4〕這種對傳統
的再造和新生，進而走向世界的主張，其實正是後來尋根文學的通常思路。
1983 年前後，受日漸高漲的文化熱和國內思想領域政治鬥爭的影響，朦朧詩
受到壓制，正在集體向文化轉向，詩歌中的文化尋根蔚然成風。雖然相當多
的作品對文化的認識膚淺、片面，藝術表現粗糙、貧乏，受到質疑和批判。
而且在此之後不久，由於社會文化的變遷，朦朧詩很快走向解體，文化詩歌
寫作也宣告終結。但是，發端於朦朧詩歌中的文化尋根意識，卻最早地開啓
了 20 世紀 80 年代中期的轟轟烈烈的尋根文學思潮，影響和促成了新時期文
學的藝術變革。從創做到理論，文化詩歌都爲後起的尋根小說做出了有益的
探索。其歷史貢獻和意義，是不可忽略的。

〔註 3〕江河：《小序》，見老木編《青年詩人談詩》，北京大學五四文學社，1985 年，
　　　　第 26 頁。
〔註 4〕宋渠、宋煒：《這是一個需要史詩的時代》，見老木編《青年詩人談詩》，北京
　　　　大學五四文學社，1985 年，第 179 頁。

二、風俗文化小說

　　興起於 20 世紀 80 年代初的風俗文化小說是尋根文學的先聲，眾多風格各異的作家從不同的層面發掘民族傳統文化和地域風情，寫出了一大批頗有藝術影響力的風俗文化之作，從而掀起了風俗文化小說寫作的熱潮，並於無形之中開啓了尋根文學運動的先河。這些作家們的努力，為尋根文學的出現作了良好的藝術探索，也釀造了良好的文化氛圍。正是在此背景下，尋根文學運動應時而生，在韓少功的振臂一呼之下，應者雲集。

　　應該說，風俗文化小說在當代文壇的出現，最初並沒有明確的「尋根」意圖，它們不過是在事後的尋根運動倡導中，被強制性地納入了尋根文學的範疇。在 20 世紀 80 年代初，風俗文化小說的出現，有著特別的文學訴求。在當時由「傷痕」、反思文學所營造的政治化的文學語境中，風俗文化小說的那種遠離政治和現實，虛無縹緲的歷史文化書寫無疑是一種「另類」，是對當時文壇的分庭抗禮，為中國當代文學開闢了一條有別於政治書寫的文學新路。對這種創作傾向，當時的主流文學界並不認可，甚至在一定的程度上還予以壓制，比如 20 世紀 80 年代初賈平凹的那些表現商州地區的人性和風俗文化之作，就被斥為「格調陰暗，不健康」而受到官方批判，類似的不乏其人。所幸的是，來自讀者層面的積極肯定的評價，卻維護和保證了這種小說創作的健康成長，當然這也與 80 年代中期逐漸鬆弛的政治文化語境有關。最終，風俗文化小說衝破政治藩籬，取代「傷痕」、反思文學，蔚然成觀，在 20 世紀 80 年代中期，一躍而成為文壇關注的中心。

　　在風俗文化小說興起的過程中，汪曾祺是一個重要的存在。汪曾祺被視為京派文學傳統在當代的傳人，被視為一個比較純粹的文人作家。正是他，最早地開啓了新時期文學中民族傳統文化的書寫。李陀就曾公開認為：上世紀 80 年代「文化意識的強化是從他（指汪曾祺）開始的」〔註5〕。汪曾祺通常被譽為尋根文學的肇始者和開山人，原因就在於他對風俗和文化的最早書寫。汪曾祺對風俗描寫有自己的獨特認識，認為「風俗是一個民族集體創造的生活抒情詩」〔註6〕。他將風俗描寫上升到小說本體的位置，從而超越了之前作家們對風俗的點綴式描寫，賦予了風俗以獨立的文化價值和藝術生命。

〔註5〕林偉平、李陀：《新時期文學一席談——訪作家李陀》，《上海文學》1986 年第 10 期。

〔註6〕汪曾祺：《〈大淖紀事〉是怎樣寫出來的》，《讀書》1982 年第 8 期。

而對於文化，汪曾祺面對著文革之後的文化廢墟，面對著一代人傳統文化的失落，振臂疾呼，倡導文化重建。早在 1982 年，汪曾祺就在《北京文學》上發表《回到現實主義，回到民族傳統》〔註7〕一文，倡導向民族文化傳統的回歸。作為實踐，汪曾祺在新時期發表了大量的文化小說，比如《受戒》、《大淖記事》、《異秉》、《歲寒三友》等，張揚民族傳統文化的旗幟，他的寫作也因此被人譽為「文化寫作」。

從汪曾祺的身上可以比較明顯地見證當代風俗文化小說的生產。1980 年10 月，汪曾祺的短篇小說《受戒》在《北京文學》發表，引起文壇轟動，成為其新時期復出文壇的標誌。這篇小說的出現及其曲折的發表經過都已成為新時期文學的一個標誌性事件。《受戒》預示了一個迥異於政治審美的、張揚美和抒情的文學新時代的到來，而《受戒》的發表經過則典型地昭示了當代風俗文化小說的難產命運。其實在《受戒》發表之前，1978 年汪曾祺寫了《騎兵列傳》，曾試探性地向文壇靠攏，但並未得到回應。隨後，他又寫了《受戒》，完全以一種新的方式來寫，格調清新，詩意盎然，是對 20 世紀 40 年代京派文學傳統的復活。這部作品在當時因「不合時宜」，發表過程充滿曲折。汪曾祺說：「寫之前，我跟個別同志談過，他們感到很奇怪：你為什麼要寫這個作品？寫它有什麼意義？再說到哪裏去發表呢？」「我在寫出這個作品之後，原本也是有顧慮的。我說過，發表這樣的作品是需要勇氣的。」在重重顧慮下，汪曾祺只好自嘲式地表白「寫給自己玩玩」，在朋友間私下傳看。後來還是因為《北京文學》編輯李清泉的熱心和堅持，該作品才以近乎偶然的方式得以發表。而從雜誌社的角度來看，他們因欣賞這部作品而希望將之發表，但又對這部作品的異質性及其可能招致的潛在的風險充滿了擔憂。所以在發表之後，刊物還以罕見的方式加了一個《編餘漫話》，對《受戒》的發表予以解釋：「我們盡可能爭取高的思想性，當然我們也就積極主張文學的教育作用。這一點我們希望取得作者的有力配合。但除此之外，我們也還贊同文學的美感作用和認識作用。源於此，我們在較寬的範圍內選發了某些作品。很可能會受到指斥，有的作者自己也說，發表它是需要膽量的。真不知從什麼時候開始，文學和膽量問題結合得這樣緊，常常是用膽大和膽小來進行評價，這是不利於正確闡明問題的。」〔註8〕這其實是在抒發編者內心的不安。而且在編

<hr>

〔註 7〕汪曾祺：《回到現實主義，回到民族傳統》，《北京文學》1982 年第 2 期。
〔註 8〕《編餘漫話》，《北京文學》1980 年第 5 期。

者的表述中，很小心地用「審美」來化解「思想」的異質性，盡可能地將人們的關注點往審美軌道上引，可謂用心良苦，小心翼翼。

這樣的情況也體現在汪曾祺同時期的另一部短篇小說《異秉》身上。《異秉》最早發表於 20 世紀 40 年代，但舊稿毀於戰火。文革結束後，汪曾祺將其重寫，時間還在《受戒》之前，但發表卻一再受阻。最終，《異秉》發表於《雨花》雜誌 1981 年第 1 期，發表過程也是一波三折。時任主編葉至誠和副主編高曉聲都很看好這部小說，但在編輯部討論中卻始終不能通過。後來還是二位主編強行將其刊出，小說才得以面世。但編輯部同樣也有所擔憂，副主編高曉聲在該小說發表同時還特別加上一個《編者附語》，對發表這部小說的理由予以解釋：「發表這篇小說，對於拓寬我們的視野，開拓我們的思路，瞭解文學的傳統，都是有意義的。」〔註9〕這種保護性的表態，其實表達的同樣是內心的不安，是對可能出現的各種批判和攻擊的預防。所幸的是，汪曾祺這些作品的發表，趕上了一個文學好時代。他的這些作品不但沒有受到嚴格的批評，反而備受好評，成為他在新時期文壇復出的標誌。自此以後，他寫了許多以家鄉江蘇高郵和雲南昆明為背景的地域文化小說，在風俗文化寫作道路上越走越寬，成為當代文化小說之集大成者。

從汪曾祺身上，可以看出當代文化小說的難產及其成長。自汪曾祺之後，風俗文化小說風起雲湧，幾成席卷全國之勢。代表性的有王蒙的「在伊犁」系列、張承志的草原民族文化系列、賈平凹的「商州」系列、李杭育的「葛川江」系列、韓少功的「楚文化」小說、烏熱爾圖的東北鄂溫克族狩獵小說、鄭萬隆的東北邊陲鄂倫春民族文化系列、札西達娃的藏文化小說、鄧友梅的「京味」文化小說、馮驥才的「津門文化」小說系列，陸文夫的姑蘇風味文化小說系列等等。以至有人驚呼，1984 年的中國文學地理版圖，幾乎都被作家們瓜分了。

王蒙的「在伊犁」系列小說是對其在新疆流放生活的追憶。作者將自身的生活經歷、情感記憶和維族伊斯蘭文化傳統結合在一起，以一位外來者的身份，對維吾爾民族文化予以了表現和反思。在新時期之初，王蒙的這類寫作於無意之中參與了對民族文化的發掘，當然他只是以外來者的身份審視維吾爾民族文化，寫作目的主要還是對自己那段跨民族特定生活的回憶。如果說王蒙的維族文化表現還屬於無意識的話，那麼回民作家張承志的草原文化

〔註 9〕《編者附語》，《雨花》1981 年第 1 期。

系列小說則有著明確的文化尋根目的。1982 年發表的《黑駿馬》以濃鬱的詩意和抒情，夾帶著感傷的旋律，正式奏響了向歷史文化進軍的號角。作者編造了一個沒有實現的或遭到野蠻破壞的戀愛故事。蒙古族知識青年白音寶力格和草原姑娘索米婭兩小無猜，青梅竹馬。但就在男主人公外出求學期間，索米婭卻被草原流氓希拉強姦並懷孕。美好的愛情遭到了破壞，但更讓男主人公無法接受的，卻是當事人索米婭和老奶奶額吉面對此事的漠然態度。作者以現代文明的眼光，審視草原文化的頑強生命力和它的藏污納垢、因循守舊及愚昧落後，並對這種文化的現代走向給予了理性思考。這樣的寫作，恢弘大氣，發人深省，感人至深。1984 年的《北方的河》更是將這種文化尋根意識從文本的背後推向表層。作品中那一條條流貫中國北方的河流，都是中國幾千年歷史文明的象徵，那位男青年對這些河流的熱愛和探尋，實質上是一種精神上的文化「尋父」。而主人公「他」在黃河岸邊發掘的那些破碎的彩陶碎片，直接指向的是五千年的歷史文明，讓歷史與現實相聯，從而在文本的層面上直接地突出了文化尋根意圖。沿著這條道路，張承志寫出了一系列表現回民族文化的作品，如《九座宮殿》、《黃泥小屋》、《殘月》，乃至 1993 年的本民族文化集大成之作《心靈史》等。在 20 世紀 80 年代，張承志的文化寫作很顯著地強化了當代文壇的文化氛圍，作者本人也被譽為「文化英雄」。

與張承志對民族文化的豪放式的張揚不同，陝西作家賈平凹對家鄉文化的書寫則平易樸實，任憑個人興趣，發乎本心。1983 年，為擺脫創作困境，舒緩心頭苦悶，賈平凹開始了商州之行。他歷時多日，徒步考察商州山水、風土人情、民俗傳說，歸來後寫出了《商州初錄》，發表後受到讀者好評。沿著這種思路，作者後來又二下商州、三下商州，分別寫下《商州又錄》和《商州再錄》，並將這三部作品總結集為《商州》出版。「商州」系列大多屬於「筆記體」的散文化小說，以商州為背景，表現商州的地理、山水、風土、人情、民風民俗、神話傳說、商州人的價值觀念和生存方式等，內容鮮活，趣味橫生，充滿文人的閒情野趣，同時又不乏當代知識分子的理性眼光。如寫黑龍口「旅店」，客人與主人夫婦同睡一張土炕，男主人睡中間。期間男主人外出，也僅以一根扁擔置中間，用作男女之界限。回來後，定要客人喝一碗涼水，以檢驗客人是否逾越男女之大防，令人感覺幽默、樸實、憨厚。這樣的寫作，當然沒有張承志和韓少功們的煽動性的文化效果，但卻自有一份稚拙樸實、浪漫溫馨，讀來清新可人。賈平凹後來曾多次公開表示，他喜歡和崇尚的就

是這種自由自在的性靈式的寫作，這與作者個人審美情趣緊密相關。

同樣追求這種自由文化寫作的，還有後來尋根文學的主將李杭育。他的「葛川江」系列意在表現東南吳越文化。在尋根文學理論宣言發表之前，李杭育的文化寫作可以說是自發的，有著濃厚的個人情趣。他曾和韓少功通信表示「要尋求有文化背景的語言」，而且自認為他「已經找到了」這種語言。他的文化小說富於個人才情和旨趣，主要作品有《土地與神》、《沙竈遺風》、《流浪的土地》和《最後一個漁佬兒》等。在這些作品中，他塑造了一系列的「最後一個」的文化意象，如「最後一付滾鉤」、「最後一條鱸魚」、「最後一個漁佬兒」等，用來給傳統文化守靈，又對現代文明表示出猶疑和隱隱的對抗。這種傳統文化與現代文明之間的衝突，是一個世界性的文學主題，尤其是在 80 年代的中國，與現實非常吻合。再加上作者鮮明的藝術個性，因而李杭育的這些作品顯得非常優美、生動、感人。在尋根文學宣言發表之前，李杭育的文化寫作氣勢蓬勃，給人以前途不可限量之感。但尋根宣言發表之後，作者本人卻偃旗息鼓，從文壇沉沒，直至如今，令人遺憾。真可謂率性而為，其勢如虹；有意為之，難以為繼。這是尋根文學的整體悖論，也是尋根作家們的共同宿命。

一些少數民族作家也展開了對本民族文化的書寫。藏族作家札西達娃將拉美魔幻現實主義和西藏獨特的歷史文化相結合，探討了藏民族文化的獨特性及其現代轉化。發表於 1985 年的兩部中篇《西藏，隱秘歲月》和《繫在皮繩扣上的魂》是其中比較有影響的兩部作品。兩部作品都以「時間」為線索，表現藏民族文化在現代文明進程中的痛苦歷程及黑暗摸索，指出「時間」之於西藏文化發展的特定意義，對藏民族文化的現代走向予以了歷史的和理性的思考。在藝術表現上，札西達娃的這些作品將拉美魔幻現實主義和藏民族文化的神秘性與宗教色彩相結合；在主題上，則具有文化學和民族學的雙重意味。在當時的文化寫作中，具有世界性的高度與眼界。另一個少數民族作家烏熱爾圖則致力於表現東北鄂溫克族民族文化，先後寫出了《一個獵人的懇求》、《七岔犄角的公鹿》和《琥珀色的篝火》等作品，表現東北鄂溫克民族的狩獵文化。《琥珀色的篝火》中，獵人尼庫在妻子塔列臨去世前，毅然拋下她而去營救幾個迷路的考察者，歸來後妻子已經去世。作品通過激烈的無聲的內心衝突，形象有力地表達了鄂溫克民族的自我犧牲和博愛等價值觀，給人印象深刻，令人肅然起敬。這種對民族文化的書寫，使鄂溫克族這個還

來不及形成自己民族文字的弱小民族，在中國民族之林中熠熠生輝，作者文化發掘的意義也正在於此。

20 世紀 80 年代初的風俗文化寫作中，還有獨特的一支是市井文化小說。這方面可以鄧友梅的「京味」文化小說和馮驥才的「津門」文化系列小說為代表，主要作品有鄧友梅的《煙壺》、《那五》和馮驥才的《神鞭》、《三寸金蓮》、《陰陽八卦》等。這一類作品大多以已經消失了的著名「國粹」為表現對象，比如「煙壺」、「八旗子弟」、「三寸金蓮」、「男人的辮子」、「陰陽八卦」等，通過傳奇性的故事編織，讓這些早被否定了的「國粹」重見天日，煥發光彩，引發讀者關注並進行價值評判。這種寫作在 20 世紀 80 年代上半期產生很大的影響，並流傳海外，具有民俗和文化的雙重價值。但由於價值觀的錯位，其中的啟蒙性讓位於故事性，導致這些作品在傳播過程中產生了較大的負面影響，誤導了尋根文學的走向。

除了上述所列舉之外，還有眾多的作家加入了風俗文化小說寫作的行列，比如矯健、王潤滋、張煒等的山東魯文化小說、陸文夫的姑蘇風味小說、韓少功的湘楚文化系列、鄭義以山西為背景的晉文化系列（《遠村》和《老井》等）、鄭萬隆的東北邊陲狩獵文化系列、吳若增的「蔡莊」系列等。風俗文化小說的普遍興起，使尋根文學從自發的零散狀態，終於彙集成為自覺的轟轟烈烈的文學大潮。

三、「杭州會議」

文化意識的高漲對文學創作提出了要求，適時地召集一次文學會議，進行思想交流和協調作家同仁們之間的文學立場，不僅必要，而且順乎文學發展的自然。在這種情況下，1984 年 12 月，著名的「杭州會議」在杭州西湖邊上召開，這是中國當代文學創作界的一次盛會。與迄今為止幾乎所有的中國當代文學會議不同，這次會議是由作家們主動倡議召開的，是文學自覺的一次強烈訴求。在會議上形成了比較一致的以文化為中心的觀點立場，並在會後通過發表宣言的方式，以比較集中的概念表達——「根」或文化，拉開了尋根文學運動的序幕。

關於「杭州會議」的籌備、議程等具體事項早已成為歷史，對歷史事件的重現，最權威的方式當然是依靠當事人的描述，但歷史一經敘述，它就不可能回到歷史本身。同是當事人，對「杭州會議」的描述有相同，但也有明

顯不同。從目前可以見到的關於「杭州會議」的回憶性的文獻資料來看，主要的有李慶西的《尋根：回到事物本身》〔註10〕、蔡翔的《有關「杭州會議」前後》〔註11〕、韓少功的《杭州會議前後》〔註12〕和《文學史中的「尋根」》〔註13〕、王安憶的《「尋根」二十年憶》〔註14〕、陳思和的《杭州會議與尋根文學》〔註15〕等。從這些歷史當事人的回憶文字中，我們大致可以還原「杭州會議」的歷史現場，當然也是一種一廂情願的「現場」，真實的「現場」永遠不可能被重現。我們還是以當事人的文字為依託。

關於會議的背景和文獻記錄。會議的組織者蔡翔先生的描述是：

> 我將就我的個人記憶所及，盡可能完整地描述《上海文學》1984年12月召開的「杭州會議」，而這次會議與而後興起的「尋根文學」有著種種直接和間接的關係。需要說明的是，由於當時的特殊情況（「反自由化」和「清除精神污染」），為避免不必要的麻煩，這次會議沒有邀請任何記者，事後亦沒有消息見報，最遺憾的是沒有留下完整的會議記錄。
>
> ——蔡翔：《有關「杭州會議」的前後》

關於這一點，可以參看李慶西當年的文字，大致意思也是如此：

> 處於當時的社會氣氛，與會者很不願意讓新聞界人士摻和進來。事實上，關於這次會議的情況，以後也一直沒有作過詳細報導。所以，對話中的關鍵性內容及其對此後中國文壇產生的實際影響，迄今仍鮮為人知。
>
> ——李慶西：《尋根：回到事物本身》

關於會議的發起。蔡翔先生的描述是：

> 我記得是1984年的秋天，應該是十月，秋意已很明顯。《上海文學》的編輯人員到浙江湖州參加一個筆會。在那次筆會上，我第一次見到李杭育。……我和杭育一路聊得興起，在西風中邊抽煙邊談論當時的文學狀況。杭育正在寫作「葛川江系列」小說，有許

〔註10〕李慶西：《尋根：回到事物本身》，《文學評論》1988年第4期。
〔註11〕蔡翔：《有關「杭州會議」的前後》，《當代作家評論》2000年第6期。
〔註12〕韓少功：《杭州會議前後》，《上海文學》2001年第2期。
〔註13〕韓少功：《文學史中的「尋根」》，《南方文壇》2007年4期。
〔註14〕王安憶：《「尋根」二十年憶》，《上海文學》2006年第8期。
〔註15〕陳思和：《杭州會議與尋根文學》，《文藝爭鳴》2014年第11期。

多想法，且對韓少功、張承志、阿城等人極爲讚賞。杭育當時就提出，能否由《上海文學》出面召開一次南北青年作家和評論家的會議，交流一下各自的想法。周介人先生聽了，極爲贊同。當時，我和介人先生已接到杭州方面的邀請，將於十一月中旬到杭州參加浙江作家徐孝魚的作品討論會，杭育說他屆時也會去。周介人先生和他當即商定在杭州再就具體事宜討論。從湖州回來後，周介人先生即將此事向李子雲老師彙報，李子雲老師亦非常支持。

得到李子雲老師的支持，我和周介人先生於十一月中旬到杭州開會，會議上見到慶西和杭育，以及杭州《西湖》雜誌的高松年先生。另外，上海的評論家吳亮和程德培也參加了這次會議。當時徐孝魚的作品討論會在杭州陸軍療養院召開，這裡景色宜人，非常安靜，且價格適中。介人先生當即決定就在這裡舉行會議，並商定由《上海文學》、浙江文藝出版社和《西湖》雜誌聯合召開此次會議。由《上海文學》出面邀請作家和評論家，而浙江文藝出版社和《西湖》雜誌則以地主身份負責招待和相關的會務。介人先生在電話上就具體事宜向李子雲老師作了彙報，並得到批准。事後，我們即和陸軍療養院聯繫，並訂了協議。

——蔡翔：《有關「杭州會議」的前後》

王安憶的描述則是：

有一日，阿城來到上海，住在作家協會西樓的頂層。這幢西樓早已經拆除，原地造起一幢新辦公樓。雖然樣式格局極力接近舊樓，但到底建築材料與施工方式不同，一眼看去便大相徑庭。那時，阿城所住的頂樓，屋頂呈三角，積著一些蛛網與灰垢，底下架一張木板床，床腳擱著阿城簡單的行囊。他似乎是專程來到上海，爲召集我們，上海的作家。這天晚上，我們聚集到這裡，每人帶一個菜，組合成一頓雜七雜八的晚宴。因沒有餐桌和足夠的椅子，便各人分散各處，自找地方安身。阿城則正襟危坐於床沿，無疑是晚宴的中心。他很鄭重地向我們宣告，目下正醞釀著一場全國性的文學革命，那就是「尋根」。他說，意思是，中國文學應在一個新的背景下展開，那就是文化的背景，什麼是「文化」？他解釋道，比如陝北的剪紙，「魚穿蓮」的意味——他還告訴我們，現在，各地都在動起來了——

　　——西北，有鄭義，騎自行車走黃河；江南，有李杭育，虛構了一條
葛川江；韓少功，寫了一篇文章，《文學的根》，帶有誓師宣言的含
義，而他最重視的人物，就是賈平凹，他所寫作的《商州紀事》，可
說是「尋根」最自覺的實踐。阿城沒有提他自己的《遍地風流》，是
謙虛，但更像是一種自持，意思是，不消說，那是開了先河。

　　阿城的來上海，有一點像古代哲人周遊列國宣揚學說，還有點
像文化起義的發動者。回想起來，十分戲劇性，可是在當時卻真的
很自然，並無一點造作。那時代就是這麼充盈著詩情，人人都是詩
人。

　　再然後——這個時間是明確的，1984 年和 1985 年之間，第四
次作代會上。有一日聽說，阿城要來拜訪賈平凹，這兩位「尋根」
領袖的會晤，使我們很是激動。

——王安憶：《「尋根」二十年憶》

　　這似乎說明，尋根文學確實是由作家們有意識、有準備、有預謀地發動
起來的，李杭育、阿城、賈平凹都是當時尋根文學的主將，他們的行為都帶
有明確的目的性。但是，同是「杭州會議」的參與者，韓少功的描述卻又是
另外一番景象：

　　不久前，正在研究中國當代文學的荷蘭漢學家林格先生告訴
我，某位西方漢學家出版了一本書，書中說到中國八十年代的「文
化尋根」運動發起 1984 年的杭州會議，完成於 1900 年的香港會議
云云，大意如此，而有些國外的文學批評家後來都採用這種近乎權
威的說法。這就讓我不無驚訝。我還沒有老年癡呆症，這兩個會我
都參加了，起碼算得上一個當事人吧，起碼還有點發言權吧。在我
的印象中，這兩個會議完全沒有那位漢學家筆下那種「有組織、有
計劃、有綱領」的「尋根運動」，恰恰相反，所謂「尋根」的話題，
所謂研究傳統文化的話題，在這兩個大雜燴式的會議上的發言中充
其量也只占到 10%左右的小小份額，僅僅是很多話題中的一個，甚
至僅僅是一個枝節性的話題，哪能構成「從杭州到香港」這樣電視
連續片式的革命鬥爭和路線鬥爭大敘事。

——韓少功：《杭州會議前後》

這個描述似乎與上述幾位作家的回憶有些出入。韓少功否定了這次會議的明確的目的性，並非「有組織、有計劃、有綱領」，文化也不是會議的中心議題，「充其量也只占到10%左右的小小份額，僅僅是很多話題中的一個，甚至僅僅是一個枝節性的話題」。這種表述，與多年後韓少功一直極力淡化他的尋根作家身份相一致。

韓少功的這個說法在蔡翔的文字中同樣也可以得到確證：

> 當時會議並沒有一個明確的規範，只是要求大家就自己關心的文學問題作一交流，並對文學現狀和未來的寫作發表意見。是一個名副其實的「神仙會」。
>
> ——蔡翔：《有關「杭州會議」的前後》

這說明「杭州會議」是比較鬆散自由的，並沒有明確的文化指向。事實上，這次會議的名稱為「新時期文學：回顧與預測」，文化並非會議預設的討論主題。一方面說是有意識的，一方面又說是無意識的，看似矛盾的兩種表述其實並不矛盾，「杭州會議」對文化的倡導可謂是有意識和無意識的統一——與會者的有意識和會議組織者的無意識相結合。

關於會議的內容，蔡翔先生的表述是：

> 這次會議不約而同的話題之一，即是「文化」。我記得北京作家談得最興起的是京城文化乃至北方文化，韓少功則談楚文化，看得出他對文化和文學的思考由來已久並胸有成竹，李杭育則談他的吳越文化。而由地域文化則引申至文化和文學的關係。其時，拉美文學「爆炸」，尤其是馬爾克斯的《百年孤獨》對中國當代文學刺激極深，由此則談到當時文學對西方的模仿並因此造成的「主題橫移」現象。
>
> ——蔡翔：《有關「杭州會議」的前後》

如同上面所引用的，韓少功的表述則是：

> 所謂「尋根」的話題，所謂研究傳統文化的話題，在這兩個大雜燴式的會議上的發言中充其量也只占到10%左右的小小份額，僅僅是很多話題中的一個，甚至僅僅是一個枝節性的話題。……同樣的，境外某些漢學家談「尋根文學」時必談的加西亞.馬爾克斯也沒有成為大家的話題，因為他的《百年孤獨》似還未被譯入中文，他獲諾貝爾獎的消息雖然已經見報，但「魔幻現實主義」這一陌生的

詞還沒有什麼人能弄明白。在我的印象中，當時大家興趣更濃而且也談得更多的外國作家是海明威、卡夫卡、薩特、尤奈斯庫、貝克特等等。

——韓少功：《杭州會議前後》

這兩種表述似乎又有些出入。而李慶西當年的表述則是：

　　不過，當時對話的焦點並沒有完全集中到「文化尋根」上邊。會議的主題是「新時期文學回顧與預測」，如何突破原有的小說藝術規範，也是與會者談論較多的話題。

——李慶西：《尋根：回到事物本身》

2014 年，在尋根文學運動 30 週年之際，陳思和對這次會議的表述則是：

　　總的說來，開了幾天的會議好像也沒有達成過什麼共識。但是有一點是明顯的，大家對現代派文學完全是肯定的，對當前小說創作的形式實驗有了信心，對於過去不甚注意的民族傳統，尤其是民間文化傳統，開始有了關注的意願。但這種關注，絕不是拒絕西方的現代主義影響倒回到傳統裏去，而是努力用西方現代意識來重新發現與詮釋傳統。當時的主流思潮，是把文革及文革前的政治路線錯誤都解釋為封建餘毒未肅清，所以，提倡繼續發揚「五四」傳統的戰鬥性，批判文化傳統中的封建因素。而這個會議討論的基調，與主流思潮有一點不一樣的。與這個游離主流的傾向相關的，還隱隱約約地涉及到另外一個游離。

——陳思和：《杭州會議與尋根文學》

這似乎印證韓少功的說法，「文化」不過是眾多話題之一，而現代主義則是大家共同關注的目標。

但在幾乎當時所有的回憶者描述中，對阿城講故事則印象深刻。

　　阿城那時極瘦，在會上說了好幾個故事，每個故事都極具寓言性，把大家聽得一愣一愣的。而李陀每聽阿城講畢，即興奮地說：這是一篇好小說，快寫。以至阿城戲稱李陀為小說挖掘者。不過，後來阿城還真把這些故事寫成小說，總題為「遍地風流」，並交《上海文學》發表。

——蔡翔：《有關「杭州會議」的前後》

被批評家們譽為「尋根文學」主將之一的阿城在正式發言時則只講了三個小故事，打了三個啞謎，只能算是回應會上一些推崇現代主義文學的發言。

——韓少功：《杭州會議前後》

後來，許多與會者向我轉達那次會議的情形，最集中描繪的是阿城發言。他講了三個故事，內容亦已忘了，或者是轉達者沒說清楚，似乎阿城對那三個故事並不作任何解釋，歸納出什麼道理，所以，便給我一種禪機的印象。

——王安憶：《「尋根」二十年憶》

阿城講故事之所以給人印象深刻，大概還是因為文化的魅力。

在這次會議上，還有一個令回憶者難忘的插曲就是關於馬原的《岡底斯的誘惑》的小說。

有一個插曲，當時在會議中，還曾傳看一篇小說，這就是馬原的《岡底斯的誘惑》。這篇小說在我們編輯部曾引起爭論，李子雲老師在會議中間審稿時，順便給李陀等人看了一下，李陀等作家都非常肯定。這篇小說後來得以順利發表，與此也有一定關係。這個插曲是頗有意味的，一方面說明藝術是相適的，另一方面也可看出八十年代的文學，很少門戶之見，但更重要的，也可說明「尋根文學」在其敘事觀念上的複雜性，而決非一種保守主義的回歸。

——蔡翔：《有關「杭州會議」的前後》

也就是在這次會上，一個陌生的名字馬原受到了大家的關注。這位西藏的作家將最早期的小說《岡底斯誘惑》投到了《上海文學》，雜誌社負責人茹志鵑和李子雲兩位大姐覺得小說寫得很奇特，至於發還是不發，一時沒有拿定主意，於是囑我和幾位作家幫著把握一下。我們看完稿子後都給陌生的馬原投了一張很興奮的贊成票，並在會上就此展開過熱烈的討論。

——韓少功：《杭州會議前後》

這是一部充滿現代主義色彩的新小說，與阿城的充滿東方禪宗智慧和文化色彩的講故事相映成趣，正好代表了「杭州會議」的兩個方面的動向：回歸傳統，直面現代主義。而從後來的文學事實來看，尋根文學是以回歸傳統

的方式，來爲西方現代主義在中國尋找更爲有利的接受場。所以，這兩個看似對立的動向，其實在根本上是一致的，是互爲表裏的關係。

「杭州會議」是 20 世紀 80 年代中期中國南北作家們的一次精神會師，也是當代文學的一次自我整合。當時會議參加者都是一批年輕的文壇作家和批評家，當時邀請的作家有：北京的李陀、陳建功、鄭萬隆和阿城（張承志因事未來），湖南的韓少功，杭州的李慶西、李杭育，上海的陳村、曹冠龍等，評論家則有北京的黃子平、季紅眞，河南的魯樞元，上海的徐俊西、吳亮、程德培、陳思和、許子東，還有南帆、宋耀良等。賈平凹和王安憶也在受邀請之列，但二人也都未能參加。會議之後不久，韓少功、阿城、李杭育、鄭義等人紛紛發表了理論文章，以相同或相近的字眼「根」或「文化」表達了尋根主張，主要有：韓少功的《文學的「根」》、阿城的《文化制約著人類》、李杭育的《理一理我們的「根」》、《文化的尷尬》、鄭義的《跨越文化斷裂帶》、鄭萬隆的《我的根》等。對此，評論家李潔非公開認爲：「這當然就不是什麼巧合，而是磋商的產物，是觀點的認同和協議，是主動結成的文學聯盟。」〔註16〕從創作實績來看，「杭州會議」之後，一些代表性的尋根文學作品紛紛誕生，如韓少功的《爸爸爸》、王安憶的《小鮑莊》、賈平凹的《浮躁》、莫言的《紅高粱》等，有著明確的文化指向性。所有的這一切，都是「杭州會議」的直接或間接的文學成果。「杭州會議」是這些尋根主張、文學聯盟和文學創作的平臺和契機。

有意思的是，「杭州會議」之後，隨著中國當代文學環境的急遽變化，尋根作家們很快發生分野。一部分尋根文學的主將偃旗息鼓，不但放棄了尋根的主張，而且乾脆改行，停止了創作，典型的如阿城、李杭育和鄭義，個中原因，耐人尋味，令人惋惜。

四、批評的介入

在尋根文學運動過程中，來自批評界的力量不可忽視。尋根文學從最初的孕育、發起，到後來對尋根文學作品的指認、對尋根文學的理論總結和發展方向的指引，都離不開批評界的參與。早在「杭州會議」上，除了南北作家們之外，還有很多當時活躍的批評家，如陳思和、李慶西、李陀、黃子平、季紅眞、魯樞元等人，他們在第一時間就直接參與了尋根文學運動的醞釀發

〔註16〕李潔非：《尋根文學：更新的開始》，《當代作家評論》1995 年第 4 期。

起工作。從後來的文學事實來看，也主要是這些人，對尋根文學進行了多方位多角度的理論辯證和文本解讀，爲尋根文學正名。

1985 年 4 月，韓少功發表《文學的「根」》一文，正式祭起尋根文學的大旗。阿城、李杭育、鄭義、鄭萬隆等人紛紛加以響應，一時間各路英雄雲集，尋根文學轟轟烈烈登場，成爲 20 世紀 80 年代中期當代文壇的一道熱門景觀。但不無諷刺意味的是，尋根文學運動雷聲大雨點小，運動之初來勢兇猛，頗有席卷文壇之勢，但運動一開場，即疲軟乏力，一盤散沙，找不到運動的方向，很快便偃旗息鼓。尋根文學的主將們自發表宣言公開亮相後，除了韓少功還勉爲其難地寫出了幾篇與尋根理論不無悖謬的《爸爸爸》、《歸去來》等文化之作外，其餘的作家則基本上集體失聲，不但理論沒有拓展，創作也停滯不前。用來支撐尋根文學門面的主要還是依靠運動發起之前的一些自發性的寫作，比如阿城的《棋王》、張承志的《北方的河》、賈平凹的「商州」系列等，眞正的有意識的新的尋根之作寥寥無幾。

在創作一片頹靡態勢之下，批評界的聲音倒是居高不下，推動和延續了尋根文學運動的發展。一個耐人尋味的現象是，無論批評界的意見肯定與否，甚至面對激烈的抨擊，竟然很少出現尋根作家們起來進行辯駁。這是沒有勇氣，還是沒有興趣，抑或不屑一顧？在我看來，根本的原因恐怕還是尋根作家們理論混亂，底氣不足。倒是多年之後，在尋根文學的大潮已經落定之後，當年尋根文學的幾個中堅力量，如韓少功、阿城、王安憶等人，卻極力淡化自己與尋根文學之間的關係，彷彿當年的尋根是一次既不光彩也不愉快的文學衝動。所以，在尋根文學運動過程中，尋根作家們只是開了個頭，挑起了一個文學話題，成功地轉移了當時文壇視線。至於文化尋根理論能否經得起考驗、中國當代文學該往何處去等其它的重大的文學難題，則交給了文學的義工和捍衛者——批評界。是批評界的熱情參與，延續了尋根文學的話題。無論是對尋根文學的肯定還是否定，都在事實上推動了尋根文學運動的進一步發展，使這場幾乎是半途而廢的文學運動在中國當代文學史上得以留下厚重的一筆。

批評界對尋根文學運動的參與，主要體現爲兩方面的工作：一是對尋根文學作品的追認；二是對尋根文學的理論辯駁。

先看第一個方面。由於後來所公認的絕大多數的尋根文學作品都出現在尋根文學運動正式發起之前，所以對這些作品的追認，將其納入尋根文學的

視域之內，是批評界的首要任務。從時間來看，這是一個向後看的文學發掘過程，對一些當事的作家來講，也是一個自我定位和自我覺醒的藝術尋找過程。由於尋根文學以文化探求爲本色，所以當批評界對尋根文學進行文本界定時，文化自然而然地成爲篩選的重要標準。雖然對於文化的表現在不同的作家那裡有不同的目的，但在文化熱潮裏夾之下，人們往往混淆了文化表現的不同宗旨，而習慣性地籠統地將其都納入了尋根文學的範疇，這導致了尋根文學作品的互相悖謬和魚龍混雜。在這種廣義的文化視野觀照下，在 20 世紀 80 年代上半期出現的一切與文化相關的作品，幾乎都被放進了尋根文學的籮簍子裏，有些比較得當，而有些則不乏勉強之嫌。

以汪曾祺爲例，汪曾祺被視爲尋根文學的肇始人，這顯然是一種事後的追認。作爲京派文學傳統在當代的傳人，汪曾祺在新時期初期以《受戒》、《異秉》、《大淖記事》、《陳小手》等作品重現文壇，贏得一片讚賞。究其實，汪曾祺不過是以個性化的方式，復活了「京派」文學傳統，讓中斷已久的民族傳統文化在文革結束後的中國當代文壇得以重現，讓讀者眞切地感受到久別了的民族傳統文化的溫暖和光輝，因而備受歡迎。而「京派」文學具有濃厚的中國傳統文化特色。儘管汪曾祺在新時期初呼喚「回到民族傳統」，自覺地書寫文化，但卻不能說是有意識地「尋根」，而且他對尋根這個概念似乎還不太認同。汪曾祺被視爲中國當代最後一位「士大夫」文人，他的小說也被稱爲「文人小說」，文化是他的身份標誌，也是他的小說的標誌。但在後來批評界的眼中，由於汪曾祺最早且身體力行地倡導「文化」，爲給尋根文學找到一個源頭和合適的發起人，所以非常武斷地將汪曾祺視爲尋根文學的「開山者」。同時，由於汪曾祺在小說文體上做了一些實驗，並發表了一些相關的言論，當後來先鋒文學興起時，又將汪曾祺這位文學元老搬出來，將其視爲先鋒文學的鼻祖，而忽略了汪曾祺其實早在 20 世紀 40 年代就早已書寫民族傳統文化、進行了一系列現代主義藝術實驗。這是批評的武斷和暴力。比如他 20 世紀 40 年代寫的小說《復仇》、《小學校的鐘聲》和遺失後來又重寫的《異秉》等，既有傳統文化色彩，又有現代主義藝術特徵。如果說，汪曾祺在新時期初寫的那些小說被視作最早的尋根小說，那麼，早在 20 世紀 40 年代他就在「尋根」了。而且在他之前，其它的京派作家也都全部在「尋根」。這顯然有點荒謬。「尋根」不是一個泛濫無邊的概念，寫文化不等同於就是「尋根」。

　　還有鄧友梅和馮驥才的文化系列小說，命運也是如此。鄧友梅的《那五》、《煙壺》和馮驥才的《神鞭》、《三寸金蓮》等作品，都以已經消失了的著名國粹爲表現對象，圍繞著這些國粹，作者編織了一個個現代的傳奇故事，讀起來具有濃厚的故事性和民俗意味。國粹大多是糟粕文化的代表，作者在寫作時都有一個文化批判的寫作意圖。但由於文本操作過程中，爲了追求引人入勝的閱讀效果，對故事性和傳奇性的追求往往壓倒了文本應有的批判性和啓蒙性，導致這些作品價值觀出現嚴重的錯位。這種對民族糟粕文化的欣賞和把玩，與尋根文學的那種對民族傳統文化的發揚光大的尋根理念背道而馳。但在一些批評家的眼中，這些作品由於集中於對民族傳統文化的書寫，也將其一併納入尋根文學的藝術範疇，這是很令人懷疑的。這在當時也受到一些批評家的質疑，那就是，這樣的尋根到底意義何在？

　　這種事後的「追認」，還有一個功效，那就是改變了對一些作品的評價，並影響到了一些作家的創作。以賈平凹爲例，自 1983 年起，他先後三次走訪商州，寫下了《商州初錄》、《商州又錄》和《商州再錄》三部記遊之作，表現商州的風土人情，挖掘其文化蘊涵和魅力。賈平凹的這種寫作被韓少功、李杭育等視爲同道，雖然他沒有參加「杭州會議」，但卻被視爲尋根文學重要盟友，他的「商州」系列自然而然地被追認爲尋根文學已有的創作成就。而且，這種「追認」顯然還影響到了賈平凹該時期的創作。1985 年之後，賈平凹致力於文化挖掘，先後以「商州」爲背景，寫下了《浮躁》、《古堡》、《天狗》等一系列具有濃厚地域文化內涵的小說，自覺地致力於文化尋根工作，這些作品也奠定了賈平凹在文壇的地位和影響。而且，這種自覺的文化書寫，對賈平凹創作的影響，延續至今，成爲他的個人寫作特色。還有張承志也是如此。張承志也受到過「杭州會議」的邀請，但因故未能出席。在尋根文學運動發起之前，張承志已經寫了《騎手爲什麼歌唱母親？》、《綠夜》、《黑駿馬》等作品，這些作品都具有濃厚的文化氛圍，灌注了作者對草原文化的熱愛和憂思，但這些作品在文學史上習慣性地被視爲「知青小說」。及至 1984 年《北方的河》發表，文化意識膨脹，「尋根」主題呼之欲出，張承志也被視爲當代的「文化英雄」。他之前寫的那些知青草原小說也被予以了新的文化解讀，特別是《黑駿馬》超越了傳統的男女情愛小說，而被視爲是對蒙古草原文化的尋根。這樣的文化解讀，影響甚至還限定了張承志的後來的寫作。從張承志後來的寫作來看，他在民族文化的道路上挖掘得越來越深，但路也越

走越窄。特別是當他把民族文化狹隘地限定為回民族文化時，他的尋根意義就不再被廣泛認可，張承志本人也就很快地從文壇中心失落了。

這種批評的正名，最典型的莫過於阿城的《棋王》。《棋王》最初發表在《上海文學》1984 年第 7 期上，其時尋根文學尚處於自發狀態。由於阿城的知青身份，作品的主人公王一生也是知青，表現的也是知青的日常生活。一開始，人們很自然地將這部作品視為知青小說。時隔兩月，仲呈祥在《當代文壇》1984 年第 9 期上發表《棋王》一文，對其進行評論，這應該是最早的一篇對《棋王》的專論。在這篇文章中，作者認為阿城：

> 他描寫知青生活，既不像孔捷生那樣，先寫「傷痕」，再寫「追求」，從《在小河那邊》走到《南方的岸》，也不像葉辛那樣，重在展示當代青年從浩劫之初的狂熱到「九一三」事件前的消沉，從消沉到在現實的啟迪下學會思考、從思考到投身於「振興中華」的時代洪流，更不像王安憶那樣，用《本次列車終點》把筆觸延伸到知識青年回城後的就業生活，深沉地喊出找尋人生終點的課題⋯⋯他就是他，在駕馭自己所熟悉的題材上，另闢蹊徑，以奇制勝。他選擇了一個奇特的切入角度，描寫一位綽號叫「棋呆子」的知識青年在上山下鄉前後如何拜一位以「撿廢紙」為生而精通棋藝的老頭為師，平時如何忙裏偷閒四處尋訪棋友切磋棋藝，以及最後又如何在地區以驚人的棋藝力戰「九雄」、不露聲色地褒揚了他在逆境中錘鍊出的正直、自尊的人格。〔註17〕

很明顯，作者採取的完全是一種知青文學的批評視角，是從題材和人格的角度來看的。認為作者「在自己所熟悉的題材上，另闢蹊徑，以奇制勝，選擇了一個奇特的切入角度」，「褒揚了他（王一生）在逆境中錘鍊出的正直、自尊的人格」。這是一種傳統的常規的批評思路，與民族傳統文化無關，根本沒有上升到後來對於這部小說的大規模的所謂文化批評的高度。在同時期其它的評論文章中，《棋王》也是被當作知青小說中優秀之作來對待的。從廣義的知青文學角度來講，這沒有什麼不妥，直到今天仍然如此。但很快人們就注意到了這部小說與其它的知青小說的不同。在這部作品中，知青只不過是一個文化符號，作者寫的是人，是人與文化的關係。在 1984 年底召開的「杭州會議」上，《棋王》就成為會議熱點話題之一。「當時《上海文學》

〔註17〕仲呈祥：《棋王》，《當代文壇》1984 年第 9 期。

剛發表了阿城的處女作《棋王》，反響極爲強烈。我們編輯部在討論這部作品時，覺得就題材來說，其時反映知青生活的小說已很多，因此《棋王》的成功決不在題材上，而是其獨特的敘事方式和深蘊其中的文化內涵（我們那時已對『文化』產生興趣）」〔註18〕。這表明文化已經成爲人們觀察《棋王》的重要視角。這個時期的阿城本人也極具文化色彩，「文化」成爲他在公開場合口頭和書面表達上使用頻率很高的一個詞彙，比如他的尋根理論文章《文化制約著人類》等。阿城「在（杭州）會議上說了好幾個故事，每個故事都極具寓言性，把大家聽得一愣一愣的」，「聽阿城說話，就像是參禪，而我們又都缺乏慧根，只感到有光明透來，卻覺悟不得」〔註19〕。這些描述中都充滿文化的意味。在《棋王》獲獎感言《話不在多》中，阿城則以文化來總結該小說，讓文化直接浮出了水面：「以我漏見，《棋王》尚不入流，因其尚未完全浸入筆者所感知的中國文化，仍屬於半文化小說。若使中國小說能與世界文化對話，非要能浸出豐厚的中國文化。」〔註20〕在這之後的評論文章中，《棋王》就與一般的知青小說相區別，「首先，把《棋王》列入知青文學是不得要領的。這部作品的主旨之一，是在樹與藤、水與月一般纏繞、交映的現實世界（生道）和藝術世界（棋道）之間，借棋王的『瘦小黑魂』抒發深沉的歷史感。」〔註21〕這就將《棋王》進行了文化提升，讓其從當時眾多的文化小說中脫穎而出。更有論者將《棋王》當成「尋根」的產物，「《棋王》的出現，呼應了當時文學界剛剛自覺起來的『尋根』意識，並促使其成爲一股創作和理論幾乎同時成熟的強勁的文學思潮。」〔註22〕這是明顯的「拿來主義」，《棋王》出現的時間在前，而尋根文學主張出現的時間在後。同時對於主人公王一生的解讀也發生了變化，「《棋王》中的王一生，是民族傳統精神的造型。」〔註23〕這就超越了一般知青文學的解讀視角，讓王一生從一個普通的知青變成了民族文化精神的化身。自此，《棋王》完成了身份轉變，從常規意義上的知青題材小說，一躍而成爲尋根文學的經典，阿城也因此成

〔註18〕 蔡翔：《有關「杭州會議」前後》，《當代作家評論》2000 年第 6 期。

〔註19〕 王安憶：《「尋根」二十年憶》，《上海文學》2006 年第 8 期。

〔註20〕 阿城：《話不在多》，《文匯報》1985 年 4 月 22 日。

〔註21〕 夏剛：《潮汐的騷動——1984 年中篇小說巡禮》，《當代作家評論》1985 年第 3 期。

〔註22〕 郭銀新：《〈棋王〉和〈孩子王〉》，《文藝評論》1986 年第 4 期。

〔註23〕 辛曉微：《讀阿城小說散論》，《當代作家評論》1985 年第 5 期。

為了尋根文學的典範作家,並在文學史上穩穩地站住了腳。如果說阿城真的有這麼強烈明確的文化發掘意識,那他會循著這條已然可見成功的道路上奮勇前進。但事實是,在《棋王》取得轟動效應之後,阿城並沒有創作出更好的文化尋根之作,而是很快便放棄了寫作並轉行。

這種批評的正名,還有一個重要的表現就是對尋根文學進行理論辯證。陳思和、李慶西、季紅真、黃子平等這些「杭州會議」的參加者,在尋根文學序幕拉開後,都紛紛撰寫文章,從不同角度來為尋根文學進行理論合理性和可行性論證。這方面代表性的文章有:陳思和的《當代文學中的文化尋根意識》〔註24〕、《中國新文學對文化傳統的認識及其演變》〔註25〕、李慶西的《尋根:回到事物本身》〔註26〕、季紅真的《文化尋根與當代文學》〔註27〕、《歷史的命題與時代抉擇中的藝術嬗變——論「尋根文學」的發生與意義》〔註28〕等。這些批評家的及時介入,為處於草創期的尋根文學提供了理論依據和進行了深入的創作解剖,推動了尋根文學運動的展開。

陳思和從考古學上發現的人類歷史起源著手,探討文化與文學之間的關係,「文學藝術為文化的審美形態,也是文化的精萃表徵」,進而論證文化尋根小說的意義。「大致上看,文化尋根意識反映了如下三個方面的意義:一,在文學美學意義上對民族文化資料包括古代文學作品、古代宗教、哲學、歷史文獻等的重新認識與闡揚;二,以現代人的感受世界去領略古代文化遺風,諸如考察原始大自然,訪問民間風格與傳統;三,對當代社會生活中所存在的舊文化因素的挖掘與批判,如對國民性或民族心理深層結構的深入批判等。」值得注意的是,陳思和在論述尋根文學的意義時,將作為科學範疇的文化與作為文學藝術審美範疇的文化相區別,認為文化本來屬於科學範疇,但它既然進入文學視野,那就必須遵從藝術審美規律。所以,文化尋根小說「真正的、現實的意義還在於對當代文學的審美領域的貢獻」〔註29〕。同時,作者還對阿城的「文化斷裂說」進行了論證和辯護,並由此引伸論述中國新

〔註24〕陳思和:《當代文學中的文化尋根意識》,《文學評論》1986 年第 6 期。

〔註25〕陳思和:《中國新聞學對文化傳統的認識及其演變》,《復旦學報》1986 年第 3 期。

〔註26〕李慶西:《尋根:回到事物本身》,《文學評論》1988 年第 4 期。

〔註27〕季紅真:《文化尋根與當代文學》,《文藝研究》1989 年第 2 期。

〔註28〕季紅真:《歷史的命題與時代抉擇中的藝術嬗變——論「尋根文學」的發生與意義》,《當代作家評論》1989 年第 2 期。

〔註29〕陳思和:《中國當代文學中的文化尋根意識》,《文學評論》1986 年第 6 期。

文學對民族傳統文化的認識態度及其演變問題。陳思和的論述恢弘大氣，高屋建瓴地對尋根文學的文化主張予以了理論辯證，這是對尋根文學的理論聲援。李慶西則從現象學的美學觀點出發，溯本清源地探討尋根文學理論的發生，及其與新時期文學思潮之間的關係，認為：「『尋找』原本是西方現代派的口頭禪，但是從這個字眼裏獲得了某種哲學啟示的中國『尋根派』作家，找到的卻不是什麼洋玩意兒，而是他們自己。」所以，作者認為「文化尋根，也是反文化回歸」，是一批青年作家們藝術上的自我尋找〔註30〕。作者從風格美學的角度，闡釋了尋根文學的出現與當代文學藝術審美之間的內在關係，從而超越那種簡單的影響式的關於尋根文學發生的外部原因解讀，而是深入到文學本身和創作主體精神內部。季紅眞則探討了尋根文學的發生與意義，認為尋根文學的出現是「歷史的命題與時代抉擇中的藝術嬗變」，對尋根文學產生的歷史背景及其與當代文學的關係，做了非常詳盡的解釋。對文化尋根小說在當代文壇的價值和意義，季紅眞認為：「『文化尋根』思潮的眞正作用，不在文化價值抉擇方面的科學與否，而是在文學自身的觀念蛻變和風格更新。」〔註31〕這種觀點與陳思和的觀點相呼應，是對文化尋根小說的比較切眞之論。此外，還有王曉明的《不相信的和不願意相信的──關於三位「尋根」派作家的創作》〔註32〕，以韓少功、鄭義和阿城為例，由人及文，文如其人，對這三位尋根文學主要作家，從其生平和情感經歷，到其走上尋根文學創作道路，做了詳盡的演繹和闡釋。黃子平的《語言洪水中的壩與碑──重讀〈小鮑莊〉》〔註33〕，以解構主義的方法，對《小鮑莊》進行文本重讀，都有著獨到的見解。

　　上述批評家們的評論，對尋根文學從理論到創作都做了及時的和比較準確的論證，這對於尋根文學運動的展開，起到了強有力的推動作用。而且可以說，在尋根文學運動開幕後，批評的聲音是推動這股底氣不足的文學運動繼續前行的主要力量。

〔註30〕 李慶西：《尋根：回到事物本身》，《文學評論》1988 年第 4 期。
〔註31〕 季紅眞：《文化尋根與當代文學》，《文藝研究》1989 年第 2 期。
〔註32〕 王曉明：《不相信的和不願意相信的──關於三位「尋根」派作家的創作》，《文學評論》1988 年第 4 期。
〔註33〕 黃子平：《語言洪水中的壩與碑──重讀〈小鮑莊〉》，《北京文學》1989 年第 7 期。

第二節　尋根文學出現的原因

作爲 20 世紀 80 年代中期轟轟烈烈的大規模的文學思潮，尋根文學的出現緣於當時中國特定的社會、歷史、文化條件。法國歷史學家丹納在《英國文學史‧序言》中提出文藝形成的「種族、時代、環境」三要素說，在丹納看來，藝術作品是記錄人類心理的文獻。人類心理的形成，離不開一定的外在條件。因而文藝創作及其發展趨向，是由種族、環境和時代三種力量所決定的，一定時代的文學是該時代社會歷史文化的必然結果和反映。丹納從外部條件來解釋文藝的產生，有其合理性，當然也有片面性，馬克思早就指出了一定時代歷史條件下政治、經濟和文藝發展的不均衡性。但丹納的文藝三要素說應用到尋根文學身上，倒是非常適合，可以作爲探究尋根文學緣起的一個理論視角。因爲 20 世紀 80 年代的中國正處在一個非常的歷史時期。在這個歷史時期，人們剛從文革十年桎梏中走出，面臨著政治思想解放、文化重建、改革開放等一系列的社會的、政治的和文化的重大命題。文藝是社會歷史情緒的反映，尋根文學的出現，是 20 世紀 80 年代上半期多種社會力量共同作用的結果，其中既有文學之外的，也有文學自身的原因。反過來說，從尋根文學身上，我們也可以返觀 20 世紀 80 年代上半期當時中國特定的社會、歷史、文化，乃至文學自身的發展狀況。

一、對政治話語的突圍

文學和政治之間的關係是 20 世紀以來中國文學所不得不面對的一個最重要也是最複雜的關係。在現代文學時期，出於救亡圖存的時代主題需要，文學被納入了政治的版圖，成爲政治宣傳的工具，從而導致了新文學中啓蒙精神的全面失落。在 20 世紀 50～70 年代，極「左」革命政治話語的肆虐橫行，讓文學片面地爲政治服務，對文學造成了極大的傷害，到了文革期間，更是達到登峰造極的地步，在事實層面，文學主體性喪失殆盡，幾乎完全淪爲政治的奴僕。從作家到作品，中國當代文學呈現出空前的蒼白，陷入深重的危機。

任何文學的發展都離不開政治。特別是在中國這樣一個高度政治化的社會規範中，文學的產生和發展必然深受政治的影響。文革結束之後，思想解放運動的開展使整飭森嚴的政治話語開始走向鬆動，並逐漸淡出人們的日常生活，去政治化成爲 80 年代以來中國當代文學發展的一個總的趨勢。但新時

期之初文學的發展仍然深受政治的影響。「傷痕」、反思文學都是政治化的啓蒙寫作，表達對政治的訴求和反思，而改革文學則更是一種體制內的主流寫作，其中的爲政治服務的色彩仍然是 50～70 年代政治化寫作思路的延續。而緊隨其後興起的尋根文學，則通過表面上對政治問題的迴避、疏遠和游離，以歷史文化話語來取代政治話語。這種去政治化的寫作，究其實，也可以說是一種政治寫作，是一種特別的隱含的政治表達。例如尋根文學中高揚的國家、民族和世界意識，就與新時期以來主流話語的價值取向高度一致，可以視爲是後者的一種文學表達。

　　新時期以來，政治話語的解禁是尋根文學出現的前提和保障。沒有這個大的時代背景條件，尋根文學的那種去政治化的寫作無法想像，無論其它任何外在因素，都是不可能出現的。1976 年文革結束，1978 年開展「眞理標準問題的討論」，1979 年召開第四次文代會。對文學而言，這一系列的重大的政治事件，使長期以來懸掛在文學頭頂的那枚「達摩克利斯」之劍終於鬆動。鄧小平在第四次文代會上的講話中指出：黨對文藝工作的領導「不是發號施令，不是要求文學從屬於臨時的、具體的、直接的政治任務」。同時他又說：「對實現四個現代化是有利還是有害，應當成爲衡量一切工作的最根本的是非標準」；「我們的文藝是屬於人民的……文藝創作必須表現人民的優秀品質，讚美人民在革命和建設中、在同各種敵人和各種困難的鬥爭中所取得的偉大勝利」；「要教育人民，必須自己先受教育。要給人民以營養，必須自己先吸收營養。誰來教育文藝工作者，給他們以營養呢？馬克思主義的回答只能是：人民，人民是文藝工作者的母親。」〔註34〕這種表述就從官方的最高層面解除了政治對文藝的控制，並科學地指明了文藝的歸屬和服務對象問題，讓文藝眞正地進入新時期。緊接著，在 1980 年 7 月 26 日的《人民日報》上，又發表了題爲《文藝爲人民服務，爲社會主義服務》的社論，正式提出了「文藝爲人民服務，爲社會主義服務」的口號，相比較於自延安文藝以來所倡導的「文藝爲政治服務，爲工農兵服務」的口號，新的「二爲」方針更具包容性，政治化色彩明顯淡化。所有的這些，表明新時期以來政治對文學的禁錮逐漸鬆弛。尋根文學就誕生於這種逐漸解禁的政治文化語境之中，並最終實現了對政治話語的超越。

　　政治話語的解禁帶來了寫作的自由。從話語內涵來看，在 20 世紀 50～70

〔註34〕鄧小平：《在中國文學藝術工作者第四次代表大會上的祝詞》，見《鄧小平文選》第 2 卷，207～214 頁，北京，人民出版社，1994。

年代，鮮明、突出的政治內涵幾乎是文學話語表達的全部。新時期之初的「傷痕」文學、反思文學和改革等文學仍然是這種政治化寫作思路的延續，只有尋根文學，才第一次地在當代文壇上，公開地表達了對政治話語的拒絕，以那種遠離現實的遙遠的歷史文化話語實現了對當下的社會政治話語的超越。這種回歸自身的「第一次」，表明了新時期以來文學對自由的渴望和追求。尋根文學的這種去政治化的努力，使其成爲 20 世紀 80 年代文學發展的歷史轉折。繼之而起的新潮小說、先鋒文學和新寫實小說等，在一批更年輕的作家那裡，則以激進的寫作姿態，表現出對政治話語的厭惡和對寫作本身的強烈關注，甚至主張「告別革命」，讓文學回歸日常生活，從而引領了 90 年代以來中國當代文學的世俗化發展走向。但如果沒有尋根文學的先行努力，先鋒文學的形式實驗不可能憑空出現，新寫實小說的那種日常生活書寫也不可能產生。這中間，有著一種顯然的承前啓後的關係。

政治話語的解禁還影響到新時期文學話語訴求的變化。文革結束後，長期失落的啓蒙主義文學傳統得以復蘇，20 世紀 80 年代也因此被視爲又一個「五四」時期。但與「五四」啓蒙相比，80 年代以來的啓蒙具有新的時代特點，被稱爲「新啓蒙」。尋根文學是 20 世紀 80 年代新啓蒙主義的一個重要動向。與「五四」時期那種側重於從思想層面的啓蒙不同，80 年代的「傷痕」、反思文學則側重於從政治領域對普通民眾進行啓蒙，與 50～70 年代那種高度集中的政治表達恰好形成一種歷史反動。改革文學則在傳統的政治表達基礎上，給中國當代文學帶來了嶄新的經濟和科技因素；而先鋒文學則通過頻繁的藝術實驗呼喚文學的自覺，這些，從廣義的角度來講，也可以算是一種啓蒙。而尋根文學則是一場文化領域的啓蒙，通過文化意識的發掘，喚醒國人的文化熱情。尋根文學拓展了新時期啓蒙主義的表現視野，更新了新時期文學話語內涵，對當代中國文學乃至文化的發展都有深遠的影響。所以，20 世紀 80年代新啓蒙主義思潮的興起是尋根文學得以發生的一個重要背景，同時，尋根文學也以其自身的成就參與了新啓蒙主義運動，並有力地推動了新啓蒙主義思潮的發展。而決定這一切的，是政治話語的解禁。只有政治環境的寬鬆，才會帶來學術自由和思想的繁榮。

二、文化熱

文化，在此具體地說，就是民族傳統文化，作爲一個特定的概念範疇，

從「五四」以來，一直是受批判的對象。「五四」時期的新文化運動就是將民族傳統文化作爲封建主義思想的一個靶子，借助於西方現代文化思想體系，對其展開猛烈的批判和攻擊。所謂的「新文化」、「新思想」在當時都是以封建的舊文化和舊思想作爲對立面，而打倒「孔家店」則直指封建文化的老巢。這種除舊布新的文化革命，其結果是爲西方現代文化在中國的傳播打開方便之門，導致了 20 世紀以來中國文學和文化整體面貌的歐化。1949 年以後，紅色政治文化籠罩中國，傳統文化和西方文化都被拒之門外，而文化大革命則更是以一種激進的歷史虛無主義態度，宣判了傳統文化的死刑，同時也堵死了西方現代文化在中國的傳播之路，從而出現了文化的荒漠。新時期以來，面對著中國傳統文化的廢墟和在西方文化的刺激之下，中國社會掀起了一股「文化熱」，並直接影響和刺激了尋根文學的產生。

文化熱的興起是 20 世紀 80 年代中國社會出現的一個引人注目的文化現象。文化熱的興起在當時基於兩方面的因素：一是文革十年所造成的文化廢墟，使歷經「革命」後的中國人普遍地存在著一種文化失落感。自「五四」新文化運動以來，民族傳統文化歷經層層圍剿，元氣大傷。文革時期，當激進的革命群體登上無產階級革命政治的高峰時，卻發現自身也陷入了文化的低谷。政治與文化在特定時期竟成爲一對悖論，政治的臨虛高蹈卻必須以文化的淪喪作爲代價。文革結束之後，思想解放運動的開展，使長期備受摧殘的民族傳統文化再次引起人們的關注。人們逐漸認識到，建設社會主義的現代化國家不可能脫離民族傳統文化，也不能單純地依靠外來的西方文化。因而，對輝煌燦爛的昔日民族傳統文化的緬懷和渴望，對當時文化廢墟的不滿，遂成爲一種普遍的時代心理。

二是外來文化的激發。新中國建立之後，在西方資本主義世界的孤立和封鎖之下，中國被迫閉關自守，在相當長的時間內，中斷了與世界的交流，僅僅只是與前蘇聯老大哥和一些同樣隸屬於第三世界發展中的貧困落後國家交往，比如東歐和非洲的一些小國等。文革後期，這種狀況逐漸有所緩解。1972 年，中美建交，隨後一系列的西方資本主義世界的老牌國家紛紛與中國建交，中國終於叩開了西方資本主義世界的大門，同時也向西方敞開了自己，雖然當時還不過是「猶抱琵琶半遮面」，嘗試性地進行。文革後期出現的地下潛在寫作和「白洋淀詩歌群」，可以說與當時西方文化思潮對中國的暗中「入侵」不無影響，當時很多知青秘密傳誦的啓蒙讀本，其實都是遭受查禁的西

方文化和社會理論書籍。文革結束之後，中國以改革開放的姿態，主動加入國際社會，長期以來橫亙在中國和西方世界之間的政治高牆轟然坍塌，中西之間的文化交流由此進入一個新的境地。

　　一方面是中國進入西方，導致在西方出現了自 19 世紀以來就持續不斷的「中國文化熱」。其中最典型的就是英國大曆史學家湯因比，他的觀點對 20 世紀 80 年代的中國文化界影響巨大，對尋根文學的興起作用深遠。湯因比面對著西方資本主義文明的衰落和東方文明的崛起，對比雙方之後，提出了一個著名的「東方文明優勝論」觀點。他認爲人類社會各種文明的存在和發展，如同一個有機體一樣，具有一般的規律性，都會經歷起源、成長、衰落和解體四個階段。在他看來，西方的基督教文明已經渡過了鼎盛期，正在走向衰落，雖然不會滅亡，但必須借助外力才能獲得新生。而東方文明在經過長時期的沉睡之後，正在蘇醒，有可能在西方文明的刺激之下，經過整合，獲得新生，從而煥發活力並光照全球。在湯因比看來，19 世紀是英國人的世紀，20 世紀是美國人的世紀，而 21 世紀將是中國人的世紀。當然，值得強調的是，湯因比說 21 世紀是中國人的世紀，主要是寄希望於中國的文化，尤其是儒家思想和大乘佛教，希望它們引領人類走出迷誤和苦難，走向和平安定的康莊大道。湯因比認爲，以中華文明爲主的東方文化和以基督教文明爲主的現代西方文化相結合，將會誕生出人類未來最美好和最永恒的新文化。值得注意的是，湯因比併不認爲未來的東方文明會取代西方文明，而是認爲未來東方文明將會與西方文明互補，共同光耀全球。湯因比的歷史研究超越了國別和地域的限制，而從文明著眼，從而使他擺脫了狹隘的「西方中心主義」的立場，比較客觀公正。在西方，能夠像湯因比這麼充滿熱情地看待東方文化，特別是中國儒家文化，並對其充滿期待的學者和思想家，眞是罕見。日本思想家池田大作曾問湯因比希望出生在哪個歷史時期的哪個國家，湯因比說他希望出生在公元 1 世紀佛教已經傳入的中國新疆，表明他對中國文明頗有好感。

　　另一方面，對中國知識界和文化界影響更大的，則是西方文化大量湧入中國。文革結束之後，隨著西風東漸的再次刮起，大量西方現代社會理論和文化思潮紛紛湧入，在異域文化的刺激下，中國社會大範圍地掀起了一股西方文化熱。薩特的存在主義、弗洛伊德的精神分析學說、尼采、叔本華的唯意志論和生命哲學、西方女權主義理論等各種西方社會的主流哲學和文化思

潮，在中國激起了一陣又一陣的社會反響；系統論、控制論、信息論和模糊數學理論等自然科學方法及其引入人文科學領域，引起人們極大的關注；神話學、民俗學、文化人類學、發生學、現象學、原型批評理論、結構主義、解構主義等文化哲學理論，在當時都極大地開闊了人們傳統的知識眼界。來自於現代西方的種種自然科學和哲學文化思潮，對剛從文革廢墟中走出來的國人來講，無疑是一種強刺激，讓他們普遍地產生了一種文化發展和文明對比下的落後感和緊迫感。比如，在 80 年代，有一本西方書籍在中國影響巨大，那就是美國的未來學家阿爾文·托夫勒 1980 年出版的未來學著作《第三次浪潮》，該書 1983 年開始在中國傳播。在這本書中，他將人類發展史劃分爲第一次浪潮的「農業文明」，第二次浪潮的「工業文明」以及第三次浪潮的「信息社會」，給歷史研究與未來思想帶來了全新的視角。該書第一次地向中國輸入了「後工業社會」和「信息社會」的概念，對當時剛走出文革、尚處於現代化起步階段的中國，其對中國領導人和思想界的衝擊力之大，可想而知。

在多種內外合力作用之下，20 世紀 80 年代上半期的中國社會，掀起了一股轟轟烈烈的文化熱潮。文化正取代傳統的政治視野，成爲人們關注的新的中心。由傳統向現代轉型的中國文化的出路和選擇，成了一個時代性的全民性的課題。當時對這一課題的探討主要從兩個方面展開：一是對中西文化的橫向比較，孰優孰劣以及如何優劣互補；二是對中國傳統文化的縱向再認識，如何認識和評價中國傳統文化。這種文化熱在當時有兩種主要表現：「新儒學」熱的興起和圖書市場上對西方文化的熱播。「新儒學」熱是 20 世紀 80 年代上半期興起的國學熱潮，是用新的現代理論來重新檢視民族傳統文化，在當時中國社會影響頗深。其活動的重要標誌就是在全國各地辦起了各種中華文化講習所，眾多中外文化國學大師，不計名利，以熱情躋身文化講堂，共商民族文化大計。比如 1985 年 3 月在北京舉辦的中國文化講習班，來自全國各地的兩百多名學員參加了學習，著名學者馮友蘭、張岱年、湯一介、李澤厚、杜維明、任繼愈、梁漱溟等都登臺主講，講課與探討的問題有兩個，一是中國傳統文化的性質、要義、基本精神是什麼？二是中國傳統文化的價值和前途。而聽眾則是濟濟滿堂，高朋滿座。而另據人記載：「1986 年 7 月青島的中西文化講習研討會的規模與規格，會風和影響都令人驚歎。會議邀請了各派學者張岱年、常任俠、梁漱溟、周谷城、李澤厚、陳中英、陳鼓應、

方勵之、杜維明等十二人，每天上午主講，下午答問討論。與會者八百餘人，當時我國已畢業和在讀的人文社科類博士僅一百六十餘人，與會者竟過百人，三分天下有其二，碩士兩百多人，大學教授講師不下四百，集學界一時之盛。海外媒體贊爲『名流薈萃，高論爆棚』。」〔註35〕這種研討會的內容、規模和參與者的熱情，可以充分見出當時文化熱潮之狀。而在圖書市場上，則是另一種景觀，現代西方文化書籍正成爲國內各出版社搶手的熱餑餑。據徐友漁回憶，20世紀80年代有兩套譯介西方文化理論的書籍非常火爆，「一個就是金觀濤、劉青峰他們的《走向未來叢書》，已經幹得非常成功。」還有一個就是作者本人參與的甘陽任主編的「文化：中國與世界」叢書。這兩套叢書都是譯介西方現代文化理論，深受讀者喜愛，成爲各出版社競相追逐的出版對象。〔註36〕

文化熱在當時是一種社會現象，最初在自然科學領域興起，後蔓延至文學領域。在20世紀80年代，對中國知識階層最具吸引力的其實還是來自於西方的自然科技文明。這種科學技術的對比最直觀地表明了文明的高低，也最具文明吸引力。在80年代，同樣還有一本西方的自然科學著作，對中國的知識界影響巨大，那就是美國的高能物理學家F‧卡普拉1975年出版的《物理學之道》。在這本書中，作者在廣泛探討了近代物理學的最新成果與東方神秘主義哲學佛教、道教的系統理論之後，將二者進行深入比較，得出「近代物理學的新概念與東方宗教哲學思想驚人地相似」的結論，認爲近代西方的物理學新發現與兩千多年前的東方神秘主義哲學竟是平行相通的。這種奇特大膽的觀點衝擊著人們的傳統的思維模式與進化論思想，正如該書內容提要所指出的：「啓示讀者從東方文化傳統中汲取新的養料」。該書由朱潤生編譯成《近代物理學與東方神秘主義》，最早由四川人民出版社1984年出版，在中國廣爲傳播，對中國的科學界和文化界產生了深刻影響。尋根文學是對「文化熱」的主動加盟，並以自身特殊的方式，積極探詢中國文化由傳統向現代的轉型之路。

這種「文化熱」，在20世紀80年代上半期的中國，經歷了一次從西方文化到東方文化、從外來文化到本土文化的發展演變。這兩次文化熱潮之間的

〔註35〕宋君健：《二十世紀八十年代文化熱回瞻》，《雲夢學刊》2008年第6期。
〔註36〕徐友漁、丁東等訪談錄：《我對80年代文化熱的回顧》，《人物》2011年第5期。

轉變，體現出中國社會對文化發展的選擇和探詢。很顯然，首先在中國掀起熱潮的是隨著改革開放蜂擁而入的西方現代文化，但由於這種外來文化的超前性、異質性，以及良莠不分，讓中國社會在一個較短的時間內應接不暇，消化不良，進而產生牴觸性，從而出現西方現代文化在中國遇冷的局面。從文學的層面來講，20 世紀 80 年代上半期中國文學出現的「現代派」的低谷，就是一個證明。這表明，中國社會對西方現代文化的接受還需要一個過程。既然外來的文化道路一時走不通，那本土的文化道路又如何呢？隨著當時海外種種關於東方文明的重新評價聲音出現，以及亞洲四小龍經濟的騰飛，一些探求者很自然地將目光轉向了國內本土的文化資源，以退為進，借助於西方現代文明，來重新打量和審視本土文化傳統，尋找西方現代文化與中國傳統文化之間的結合點，從而出現了中國本土傳統文化熱潮。但其實，這種國內的「文化熱」不過是外來「文化熱」的延續，二者的目的都是為西方現代文化在中國的傳播創造條件，探詢中國社會的現代發展道路。正是在這種國內的「文化熱」大潮中，尋根文學運動得以出現，並推動了這股文化熱潮的發展。同樣，隨著 1985 年西方現代文化的強勢進入，面對著西方文化霸權，中國本土傳統文化被摧古拉朽，這種本土的「文化熱」很快沈寂。與之相應，尋根文學運動也很快風流雲散。

三、外來文學的影響

在 20 世紀七、八十年代，文化尋根是一種全球性的文化思潮。隨著現代文明進程的加劇，現代化帶來全球一體化及對傳統農業文明的破壞，文化懷鄉一時成為全球性的共同情思。相當多的不同民族和國家的作家都在作品中表達了對本民族文化歷史的關注。中國的尋根文學就是在這種全球性的文化尋根思潮的影響之下產生，並最終彙入這股洪流，成為世界文學的一個重要組成部分，也是其世界性的體現。中國尋根文學的出現深受域外一些作家成功寫作的激勵和啓發。這些作家要麼來自政治、經濟、文化都比較落後的第三世界，與當時的中國相仿；要麼有著特定的地域和民族文化背景。他們寫作的成功，對於當時中國的作家們而言，既是樣板，更是源動力。

1976 年，美國黑人作家亞歷克斯·哈利（1921～1992）出版了一本家族自傳式的長篇小說《根》（Roots: The Saga of an American Family），首開文學作品中的尋根之旅。亞歷克斯·哈利出生於美國紐約，是來自非洲岡比亞移

民的後裔。作者自稱他經過十二年的考證研究，追溯到他的六代以上的祖先昆塔・肯特，是一個從非洲西海岸被白人奴隸販子擄到北美當奴隸的黑人。小說具體而形象地描寫了一個黑人家族長達兩百多年的歷史：黑人祖先在非洲的自由生活；黑人子孫在美國奴隸制下的苦難歷程；這個家族獲得自由後的經歷。小說揭露了美國社會種族歧視政策的罪惡，僅僅因為黑種人天生的黑頭髮、黑眼睛、黑皮膚，他們就備受壓迫侮辱，被捕捉，被販賣，被壓迫為奴，被剝奪一切，甚至喪失姓氏，成為無所歸依的黑鬼遊魂。但是這些黑人卻頑強地、固執地保持本土習俗，以手口相傳的方式維繫和延續著本民族的歷史文化，在文化隔閡和歷史劇變過程之中，始終念念不忘自己的「根」──非洲人。小說還以濃墨重彩的筆調，寫了非洲民族各種各樣的奇風異俗，具有濃鬱的文化韻味。作品對美國農奴主驕奢淫逸的生活，也進行了細膩地書寫，同樣富於文化批判意味。該書一出版，就成為膾炙人口的暢銷書，先後被以 37 種文字出版，哈利也因這部書獲得 1977 年「普利策」特別獎。在同一年，《根》還被拍成電視劇，引起收視高潮。

《根》的副標題的是「一個美國家族的歷史」，借文學作品來追溯自己及家族的由來，這開啓了文學作品中家族尋根的先河。作品雖然是通過一個家族來尋「根」，但其實尋找的也是美國整個黑人移民的「根」，就是對於美國白人移民而言，也同樣如此。尤其是作品中作為文化的結晶──「根」的概念的提出，更是超越了種族和國界，自此成為一個世界性的文化命題，讓每一個人，都存在著一個尋「根」的問題。《根》所取得的成就及風靡全球，對中國的尋根文學無疑是一種啓發，20 世紀 80 年代後中國大量出現的家族小說，比如莫言的《紅高粱家族》、李銳的《舊址》、張煒的《古船》、《家族》、陳忠實的《白鹿原》、高建群的《最後一個匈奴》、霍達的《穆斯林的葬禮》等，可以說，都難脫離《根》的家族敘事的影響。而《根》中借民俗書寫來寄予文化的寫法，更成為後來尋根文學常見的方法。

在外來作家作品中，對中國尋根文學產生最大影響和直接刺激的，是哥倫比亞作家馬爾克斯（1927～2014）和他的代表作《百年孤獨》。馬爾克斯出生於哥倫比亞，以西班牙語寫作，代表作《百年孤獨》寫於 1966 年，出版後屢獲國內外大獎，在 1982 年更是獲得諾貝爾文學獎。馬爾克斯的成功，延續了拉美「爆炸文學」的神話──那就是在一個貧困落後的第三世界地區綻放出了一系列的璀璨的世界文學之花。在 20 世紀 80 年代的中國，馬爾克斯是一位知

名度最大的外國作家，幾乎家喻戶曉，人人都在讀馬爾克斯，都在傳誦《百年孤獨》。甚至可以不誇張地說，馬爾克斯憑藉他的《百年孤獨》，在中國刮起了一場魔幻現實主義的旋風，直接刺激和推動了中國尋根文學運動的興起和發展。其影響力之大，幾乎空前，以致在當時的中國文學界和文化界，不讀、不談或不知道馬爾克斯，幾乎可以被視為一種文學的落伍和文化的無知。

《百年孤獨》是對拉美民族歷史的追尋與拷問，抒發了在現代文明進程之中拉美文化被人忽略和遺忘的「孤獨」與痛苦，被譽為「再現拉丁美洲歷史社會圖景的鴻篇巨著」。作品通過布恩蒂亞家族七代人長達百年間的充滿神秘色彩的坎坷經歷，來反映哥倫比亞乃至拉丁美洲的歷史演變和社會現實，要求讀者思考造成馬貢多——拉丁美洲百年孤獨的原因，進而思索民族振興之路。《百年孤獨》可以說是近代以來拉丁美洲歷史文化的濃縮和投影，全書近 30 萬字，內容龐雜，人物眾多，情節曲折離奇，再加上神話故事、宗教典故、民間傳說以及作家獨創的從未來的角度來回憶過去的新穎倒敘手法等，風格獨特，氣勢恢宏又奇幻詭麗，是拉美魔幻現實主義文學的又一傑作。

《百年孤獨》影響到了 80 年代以來幾乎所有的中國作家，直接刺激了尋根文學的產生。「馬爾克斯的獲獎，無法諱言是對雄心勃勃的中國年輕作家的一種強刺激。」〔註 37〕《百年孤獨》對中國作家們的影響，主要在於兩個方面：一是文化上的啟發。「馬爾克斯的獲獎，至少表明了一種古老民族文化被現代世界的承認，表明了世界多種文化之間的溝通、交流以及平等互滲的可能性。」〔註 38〕政治經濟的落後，不代表文化的沉默。這讓中國作家從中看到了一條政治、經濟落後的國家民族文化上的復興之路。二是藝術觀念和寫作技巧的更新。《百年孤獨》中的魔幻筆法和時空觀念，對中國作家們的影響是空前的、深遠的。尋根作家如此，後起的先鋒作家更是如此。幾乎所有的 80 年代後起的作家，都從中汲取了藝術技巧和靈感，並予以了本土轉化。其中最典型的是莫言。莫言被視為「中國的馬爾克斯」，雖然他自己本人對此並不接受。但無法否認的是，莫言小說創作中遍佈馬爾克斯的影子，從題材、藝術表現手法到藝術觀念，都有模仿的痕跡。但莫言的高明之處在於，他能化他人影響為自己的血肉，他在接受《百年孤獨》的藝術影響基礎上，很快就予以了本土化轉化，形成了自己的特色，是一種中國化的魔幻敘事。

〔註 37〕陳思和：《當代文學中的文化尋根意識》，《文學評論》1986 年第 6 期。
〔註 38〕陳思和：《當代文學中的文化尋根意識》，《文學評論》1986 年第 6 期。

　　此外，日本的川端康成（1899～1972）和前蘇聯吉爾吉斯斯坦作家艾特馬托夫（1928～2008）的民族風情描寫也影響到了中國的尋根文學。在20世紀80年代，川端康成是一位在中國知名度很高的日本作家，他的代表作《伊豆的舞女》、《千紙鶴》、《雪國》、《故都》等作品備受中國讀者歡迎，對中國的當代文學有著深遠的影響。作爲一位唯美主義的作家，川端康成以新感覺派的絕妙筆法，細膩傳神地表達了日本文化的美。在他筆下，日本文化散發出一種東方文化特有的寧靜、優雅、柔和、美麗。對於川端康成來說，這種文化更是帶上了一些個人化色彩，美得令人留戀，令人惋惜，令人傷感。川端康成最終以自己的生命來殉日本文化，以自殺的方式完成對日本文化的想像和熱愛。川端康成對日本文化這種眷戀式的書寫，對日本文化優美特徵的發掘，爲日本文化引起世人關注、走向世界，做出重大貢獻。這種文化發掘和文化審美，以及其所帶來的文化傳播影響，無疑對正處在摸索中的中國作家們具有巨大的吸引力和藝術啓發作用。

　　艾特瑪托夫是前蘇聯時代著名的作家，一輩子都在書寫自己的民族文化——吉爾吉斯斯坦民族。雖然他的民族一共才五百多萬人口，屬於弱小民族，但由於他的浪漫主義的激情和想像，使該民族的歷史和文化終於在世界上綻放出了燦爛的文明之花。他的主要作品《白輪船》、《花狗崖》、《一日長於百年》、《死刑臺》等，都以吉爾吉斯斯坦民族生活爲背景，洋溢著濃鬱的生活氣息和浪漫主義激情，具有鮮明的民族風格和強烈的抒情色彩，並在其中提出了尖銳的道德和社會問題。這種對民族的和地域的文化書寫，對於中國的尋根作家們顯然有著深深的精神觸動——被發掘出來的民族文化竟能如此美麗動人。20世紀80年代以來一些中國尋根作家們的地域寫作和一些少數民族作家們的民族文化寫作，顯然受到這種外來文化的影響。比如烏熱爾圖對鄂溫克族民族文化的書寫、藏族作家阿來的長篇小說《塵埃落定》、遲子建的長篇小說《額爾古納河右岸》等作品，都書寫了特定的民族文化，表現了這些民族文化的歷史發展演變。其中充滿辯證的眼光，既表現了這些民族文化的優美、獨特和魅力，又對其中的落後、野蠻、愚昧之處予以現代審視，並對這種民族文化的未來走向予以了深入地思考。這種文化發掘的思路，與那些外來地域文化的書寫相一致，既受到外來文學的影響，也可以說是一種世界性的文學思考和藝術表達。其中既有現代性的文化考量，又有文化人類學的意義和思考。

四、文學自身的原因

　　除了各種外在的作用力之外，尋根文學的出現還是新時期文學自身發展演變的結果。尋根文學被視爲在新時期文學的發展史上具有承前啓後的地位和作用，其產生、發展和演變，反映了新時期文學自身的規律和要求。

　　尋根文學的出現與新時期文學的焦慮感密切相關。這既有來自作爲客體的文學本身的焦慮，也有來自作爲主體的作家自身的焦慮。尋根文學的出現，可以說是這種焦慮的結果，也是這種主客體雙方在特定的歷史境遇下的一種妥協、一種合謀。由於缺乏明確的目標和先進的理念，所以當歷史語境稍有改變，雙方的焦慮各自得到暫時緩解之後，尋根文學主客體也就必然走向分裂，價值迷惘，意義虛空，並迅速走向瓦解。尋根文學在當代文壇被人視爲曇花一現，但其給當代文學提供的經驗教益、造成的影響卻是深遠的。

　　從文學自身來看，尋根文學的出現，是對新時期文學困境的突破。文革結束後，「傷痕」、反思文學使長期失落的現實主義文學傳統得以復蘇，這相對於文革十年，無疑是一種解放、一種新生。但在根本的敘事話語和藝術觀念上，「傷痕」、反思文學並未實現對文革前「十七年」文學的真正超越，在話語表達、寫作思路和寫作模式上仍然保有大量的「十七年」遺風，這顯然不適應新時期文學發展的需要。特別是隨著「傷痕」、反思文學政治話語的泛濫和藝術上的粗製濫造，令讀者感到厭棄和難以接受，新時期文學也就很快陷入停滯不前的困境。如何擺脫這種困境，使文學獲得新生，這成爲擺在新時期文學面前的一個迫切的問題。在這種情況下，文化領域的開闢，現代主義思潮的湧動，無疑爲困境中的中國當代文學指明了發展方向。

　　尋根文學從內容和形式兩方面實現了新時期文學的突圍。在內容上，「寫什麼」是新時期之初文學面臨的困惑。當「傷痕」、反思文學的高強度的政治話語表達逐漸遭到人們厭棄的時候，文化作爲一種特定的話語範疇就逐漸進入到了新時期文學的視野。早在「傷痕」文學的政治化寫作中，文化話語其實就隱形地存在。在劉心武的《班主任》和盧新華的《傷痕》這兩篇「傷痕」文學的代表作中，相較於個人與時代之間的外在的矛盾衝突，作者更關注的顯然還是人物的內心，是時代悲劇給人物造成的精神創傷，其中的文化批判和文化啓蒙色彩已經不難體察。這種由「外」向「內」的書寫，最早地開啓了新時期文學「向內轉」的走向，並在隨後的反思文學中得到進一步強化。在朱小平的《桑樹坪紀事》、高曉聲的《陳奐生上城》、張承志的《黑駿馬》、

《北方的河》、烏熱爾圖的《琥珀色的篝火》等作品中，故事衝突都不再聚焦於人物的外在動作行為，而是直抵人物內心。而打動人心、給人印象深刻的，恰恰不再是那種傳統的直接的外在動作衝突，而是動作背後的某種支配性的文化力量。文化因素的植入，改變了新時期小說敘事話語的構成，文化作為一種話語表達逐漸取代了政治話語。新時期文學終於跳出了政治話語的拘囿，走向了廣闊的話語表達空間。

在形式上，文革結束後，「傷痕」、反思文學在經歷過最初的歷史控訴和情感宣泄之後，由於藝術上的幼稚粗糙，很快就面臨著藝術危機。「傷痕」、反思文學所沿用的「十七年」期間的那種傳統現實主義的表現方法，在新時期開放的文化語境中，明顯陳舊和落伍。新時期文學在經歷過「寫什麼」的短暫困惑之後，很快就面臨著一個「怎麼寫」的藝術難題，這個問題後來成為困擾 20 世紀 80 年代文學發展的最主要的問題。新時期以來，文學在現實主義的籠罩之下，存在著多種不同的聲音，比如老作家汪曾祺對「京派」文學傳統的恢復；王蒙、茹志娟等人對西方意識流的改造和借鑒；宗璞、諶容等人對西方現代派荒誕手法的嘗試等。1982 年，李陀、高行健、王蒙、劉心武、馮驥才等人，圍繞著高行健的《現代小說技巧初探》，展開了一場關於現代派問題的討論，從而在新時期最早地掀起了一股「現代派熱」。所有的這些，都是在藝術層面對傳統現實主義的衝擊和瓦解。而隨著後來現代派實驗受到冷落和壓抑，新時期文學也就暫時性地陷入迷茫。既然傳統現實主義的道路走不通，而現代主義又遭受冷遇，那文學該往何處去？雖然現代派因為讀者的看不懂而遭受冷遇，但現代主義的大潮已經湧動，在 80 年代初的中國已經勢難遏止。在這種情況下，文化領域的開闢，使新時期文學獲得了一個緩衝，以退為進，得以采取表面貌似復古的方式遮人耳目，而實際上則是進行現代主義藝術實驗，是為西方現代主義在中國尋找一個更有利的接受場。所以，陳思和認為，尋根文學在當代文學中的出現，其意義「還在於對當代文學審美領域的貢獻」〔註39〕。而季紅真則更認為：「『文化尋根』思潮的真正作用，不在文化價值抉擇方面的科學與否，而是在文學自身的觀念蛻變和風格更新。」〔註40〕所以，從文學客體的角度來看，尋根文學是新時期文學內容和形式雙方面的必然選擇和結果。

〔註39〕陳思和：《當代文學中的文化尋根意識》，《文學評論》1986 年第 6 期。
〔註40〕季紅真：《文化尋根與當代文學》，《文藝研究》1989 年第 2 期。

從作家主體來看，尋根文學的出現還與作家們自身的焦慮有關。尋根作家們大多數是年輕的知青，參加過文革，中間經歷過文化斷裂，是在一種文化斷奶和受人歧視的狀態下走上寫作的。在 20 世紀 80 年代初的文學語境中，普遍地存在著一個自我定位的問題。他們一方面對文壇現狀不滿，想尋找藝術突破，但隨著現代派熱的受壓抑，他們也感到受挫，急於尋找出路；另一方面，作為年輕的一代作家，他們都渴望得到社會關注，在文壇擁有自己的聲音和位置，但卻遭受像王蒙、張賢亮等老一批作家的遮蔽。所以對他們而言，存在著一個如何趕超前輩作家、確立自己在文壇的位置的問題。從這種角度來看，文化領域的開闢，可以視為這些年輕的知青作家們在藝術上的另立山頭和獨闢蹊徑，借寫作空間的改變來拉開與老一批作家們寫作的距離。尋根文學由一批年輕的知青作家們主動結盟發起，這絕無僅有的事實，也充分說明了知青作家們對文化尋根的有意為之。很顯然，尋根作家們的這種文學策略是成功的，相當一批知青作家都成功地推出了自己，而 20 世紀 80 年代上半期的中國當代文學由此也就呈現出非常鮮明的代際化特徵。

第三節　尋根文學策略

尋根文學是一次有準備有組織的由作家們主動發起的文學運動，一些主要的尋根作家們通過發表文學宣言，相互呼應，以集體亮相的方式，表達了他們的尋根文學主張。1985 年，韓少功率先發表《文學的「根」》〔註41〕，正式打出了尋根的旗幟。緊接著，一些同道作家紛紛呼應。同年，鄭萬隆發表《我的根》〔註42〕；阿城和鄭義分別在《文藝報》發表《文化制約著人類》〔註43〕和《跨越文化斷裂帶》〔註44〕；李杭育發表了《理一理我們的「根」》〔註45〕，後來又發表《文化的「尷尬」》〔註46〕，等等。這些作家在一個相對集中的時間段，以相同或相近的字眼（「根」和「文化」），表達了他們的「尋根」文學主張，並造成了良好的轟動效應。這種群體的出現有著明顯的

〔註41〕韓少功：《文學的「根」》，《作家》年第 4 期。
〔註42〕鄭萬隆：《我的根》，《上海文學》年第 5 期。
〔註43〕阿城：《文化制約著人類》，《文藝報》1985 年 7 月 6 日。
〔註44〕鄭義：《跨越文化斷裂帶》，《文藝報》1985 年 7 月 13 日。
〔註45〕李杭育：《理一理我們的「根」》，《作家》1985 年第 6 期。
〔註46〕李杭育：《文化的「尷尬」》，《文學評論》1986 年第 2 期。

目的性，互相造勢，製造文壇轟動效應。「這當然就不是什麼巧合，而是磋商的產物，是觀點的認同和協議，是主動結成的文學聯盟。」〔註47〕尋根作家們在這些宣言中比較系統地提出了自己的尋根文學主張，但又不乏悖謬和矛盾之處。對這些尋根宣言進行深入細緻地解讀，認識其主張，分析其策略，是我們全面認識尋根文學理論及尋根文學發展演變的前提。

一、理一理我們的「根」

韓少功的《文學的「根」》、鄭萬隆的《我的根》和李杭育的《理一理我們的「根」》都使用了一個相同的字眼「根」，那麼，這個「根」到底指的是什麼？它與阿城的《文化制約著人類》和鄭義的《跨越文化斷裂帶》兩篇文章中所使用的「文化」一詞又有什麼樣的關係？

韓少功的《文學的「根」》一文開篇就以提問的方式，提出「絢麗的楚文化到哪裏去了？」這是一個關於文化的設問。作者論述了楚文化在當代的斷流，「那麼浩蕩深廣的楚文化源流，是什麼時候在什麼地方中斷乾涸的呢？都流入了地下的墓穴麼？」但很快作者就通過一個去湘西少數民族地區參加歌會的詩人，找到了答案，「她在湘西那苗、侗、瑤、土家所分佈的崇山峻嶺裏找到了還活著的楚文化。」據此，他認爲「文學有『根』，文學之『根』應深植於民族傳統文化的土壤裏，根不深，則葉難茂。」在此，韓少功正式地提出了文學「尋根」的主張。

鄭萬隆的《我的根》則從地域文化的角度，描述了黑龍江邊地漢族淘金者和鄂倫春民族雜居地帶的神秘、野蠻、雄奇和絢麗的人文和自然文化，論述了這種邊地文化對他創作的影響，認爲「獨特的地理環境有著獨特的文化。黑龍江是我生命的根，也是我小說的根。」循此，他認爲「如若把小說在內涵構成上一般分爲三層的話，一層是社會生活的形態，再一層是人物的人生意識和歷史意識，更深的一層則是文化背景，或曰文化結構。所以，我想，每一個作家都應該開鑿自己腳下的『文化岩層』。」

李杭育的《理一理我們的「根」》則以占主導地位的中原文化和處於邊緣位置的少數民族文化進行對比，以少數民族文化的活潑豐富、多姿多彩來反證中原文化的僵化死板、老氣橫秋，認爲：「我以爲我們民族文化之精華，更

〔註47〕 李潔非：《尋根文學：更新的開始（1984—1985）》，《當代作家評論》1995年
第4期。

多地保留在中原規範之外。規範的、傳統的『根』大多枯死了。『五四』以來我們不斷地在清除著這些根，決不讓它復活。規範之外的，才是我們需要的『根』，因爲它分佈在廣闊的大地，深植於民間的沃土。」由此，李杭育提出了「理一理我們的『根』」的文學主張。

阿城的《文化制約著人類》從「限制即自由」這樣一個帶有哲學辯證意味的命題出發，指出「文化」對於中國當代文學創作的意義，認爲「中國文學尚沒有建立在一個廣泛深厚的文化開掘之中。沒有一個強大的、獨特的文化限制，大約是不好達到文學先進水平這種自由的，同樣也是與世界文化對不起話的。」在阿城的論述中，他沒有對「文化」進行細緻的區分，大致等同於那種廣義的民族傳統文化。鄭義的《跨越文化斷裂帶》則認爲「五四」新文化運動造成了中國民族傳統文化的斷裂，提出了一個民族傳統文化重建的迫切問題。

這些作家們在宣言中，都不約而同地表達了對「根」或「文化」的熱情，共同提出了「尋根」的文學主張，但他們的主張又同中有異。對比這些作家們的理論主張，可以看到，他們的核心概念「根」與「文化」，有相同的地方，也有差異之處。籠統地來看，將「根」與「文化」相等同，似乎沒有什麼問題，「根」指的就是「文化」，「文化」就是他們所要尋找的「根」。但仔細地看，他們所主張的「根」與「文化」又有著明顯的區別，甚至在上述的「根」與「根」之間，也有著顯然的不同。

韓少功和李杭育都將文化進行了著名的二分法，韓少功將文化分爲「規範文化」和「不規範文化」。在他看來，「規範文化」指的是那種經典的、正宗的、官方的、文人的文化，簡單地說，就是通常所謂的主流文化；而「不規範文化」指的是那些不入流的「未納入規範的民間文化」，包括「俚語，野史，傳說，笑料，民歌，神怪故事，習慣風俗，性愛方式等等，其中大部分鮮見於經典，不入正宗，更多地顯示出生命的自然面貌。」韓少功將二者間的關係形容爲「地殼」和「岩漿」的關係，岩漿——不規範文化承托著地殼——規範文化。韓少功說：「這一切（指不規範文化——引者注），像巨大無比、暧昧不明、熾熱翻騰的大地深層，潛伏在地殼之下，承托著地殼——我們的規範文化。在一定的時候，規範的東西總是絕處逢生，依靠對不規範的東西進行批判地吸收，來獲得營養，獲得更新再生的契機。宋詞，元曲，明清小說，都是前鑒。因此，從某種意義上說，不是地殼而是地下的岩漿，更

值得作家們注意。」〔註 48〕作爲此理論觀點的邏輯證明，韓少功肯定並論證了楚文化流入湘西一說；論證了由白俄羅斯族的東正教文化、維、回等族的伊斯蘭教文化等交匯而成的新疆文化的形成，以及秦漢文化、吳越文化等地域文化的出現。從而認爲，文學的「根」就蘊藏於這種不規範文化之中。李杭育則將文化分爲「規範的中原文化」和「不規範的少數民族文化」。所謂「規範的中原文化」，指的就是殷、商以後形成的，利用皇權和文明手段（書籍的形式）加以肯定，並代代相傳的漢民族封建正統文化，也即我們通常所說的傳統文化。而「不規範的少數民族文化」指的是那些游離於漢民族文化之外的各種少數民族文化。對於這二者的評價，李杭育認爲：「我以爲我們民族文化之精華，更多地保留在中原規範之外。規範的、傳統的『根』大都枯死了。『五四』以來我們不斷地在清除著這些根，決不讓它復活。規範之外，才是我們需要的『根』，因爲它分佈在廣闊的大地，深植於民間的沃土。」〔註 49〕在李杭育看來，「中原文化」已經喪失活力，而少數民族文化則勃勃生機，從而得出結論認爲文學的「根」就存在於「不規範的少數民族文化」之中。文化本來就是一個混沌的整體，但在這兩位作家的筆下，文化都被簡單地一分爲二，彷彿涇渭分明的兩塊，難脫武斷之嫌。而且，韓少功所謂的「規範文化」和「不規範文化」與李杭育所主張的「中原文化」和「少數民族」文化這種二分法，思路相近，但理論依據和各自內涵卻相差很大。韓少功是從「官方（廟堂）文化」和「民間文化」的等級角度來進行區分，而李杭育則是從「中心」和「邊緣」的位置角度來進行區分；韓少功的「規範文化」和「不規範文化」大致相當於「官方主流文化」和「民間文化」，而李杭育的「中原文化」和「少數民族文化」大致相當於「漢民族文化」和「少數民族文化」。顯然，「漢民族文化」並不等同於「官方主流文化」，「少數民族文化」更不等同於「民間文化」。區分的標準不同，各自的內涵是不一樣的。至於鄭萬隆所主張的「根」，則是一種狹義的地域文化，「獨特的地理環境有著獨特的文化」，強調地域文化對文學創作的決定作用，與韓、李的主張相去甚遠。倒是阿城和鄭義所謂的「文化」，因爲沒有進行嚴格的區分，比較籠統，大致都相當於民族傳統文化。這與韓少功、李杭育和鄭萬隆所主張的有著各自特定內涵的「根」，又不盡不同。

〔註 48〕韓少功：《文學的「根」》，《作家》1985 年第 4 期。
〔註 49〕李杭育：《理一理我們的「根」》，《作家》1985 年第 6 期。

可見，在尋根文學之初，不同的尋根作家對於所倡導的「根」或「文化」的內涵，認識並不統一，甚至相互牴觸。這說明尋根文學是一個理論主張並不充分、也不明晰的文學運動，從一開始，就陷入理論的多元和混亂。尋根文學最終的潰散與其理論的曖昧和矛盾不無關係。

二、「五四」文化斷裂帶

尋根作家們在理論宣言中，不約而同地有一個共同的指向，那就是對「五四」新文化運動的批判，這成為他們理論宣言中一個引人注目的文學現象，並招致熱烈的爭議。為什麼要批判「五四」，那是因為「五四」是 20 世紀以來中國影響最大的文學和文化運動。尋根作家們要想贏得世人的關注，必須在這個文化制高點上，以一種另類的姿態，充分展示自己。尋根作家們對「五四」的批判，採取的是欲立先破的方式，是為了給自己的理論出臺造勢，所以在他們的宣言中，對「五四」新文化運動的批判成為一個不約而同的理論前提。

尋根作家們對「五四」的批判，最大的理由是，「五四」新文化運動對傳統文化否定得太烈，引入外來文化過濫，造成現實對民族傳統文化的隔膜和斷裂。韓少功在《文學的「根」》文章中，在列舉了古今中外文化對文學創作的影響之後，突然筆鋒一轉，對「五四」發動攻擊：「『五四』以後，中國文學向外國學習，學西洋的，東洋的，俄國和蘇聯的；也曾向外國關門，夜郎自大地把一切洋貨都封禁焚燒。結果帶來民族文化的毀滅，還有民族自信心的低落。」作者雖然沒有對「五四」新文化運動進行直接批判，但卻措辭嚴屬地指出「五四」新文化運動對民族傳統文化的中斷。阿城在《文化制約著人類》中認為，「戊戌變法、辛亥革命、『五四』運動，無一不由民族生存而起，但所借之力，又無一不是借助西方文化……『五四』運動在社會變革中有著不容否定的進步意義，但它較全面地對民族文化的虛無主義態度，加上中國社會一直動盪不安，使民族文化的斷裂，延續至今。」這也是從文化的角度對「五四」發難，指責「五四」對民族傳統文化發展的阻隔和破壞。直接將韓少功和阿城的這種意思集中表達的是鄭義，他的文章的標題就叫做《跨越文化斷裂帶》，這個「斷裂帶」在他看來，就是「五四」造成的。鄭義說：「近來，每與友人們深談起來，竟不約而同地，總要以不恭之詞談及『五四』。『五四』運動曾給我們民族帶來生機，這是事實。但同時否定的多，肯定的少，有隔斷民族文化之嫌，恐怕也是事實？『打到孔家店』，作為民族文化之

最豐厚積澱之一的孔孟之道被踏翻在地，不是批判，是摧毀；不是揚棄，是拋棄。痛快自是痛快，文化卻從此切斷。儒教尚且如此不分青紅皂白地被掃蕩一空，禪道二家更不待言。」這幾乎是給「五四」定罪，控訴其對民族文化犯下的滔天罪行，阻斷了中國民族傳統文化的正常延續。李杭育也同樣指責「五四」對民族文化的傷害，「『五四』以來我們不斷地在清除著這些根，決不讓他復活」，也將「五四」定位在文化兇手的位置上。對「五四」罪行的指責還殃及一批「五四」作家，對此持論最爲激烈的是李杭育，他對「五四」一代作家普遍沒有好評，就算是對魯迅，他也冷嘲熱諷，特別是對《故事新編》，尤爲不恭，多次坦言「實在不怎麼樣」〔註50〕。

　　如何看待尋根作家們對「五四」新文化運動的群體性的發難？對這個問題的回答要從客觀和主觀兩個方面來進行。從客觀方面來講，由於「五四」新文化運動和尋根文學歷史文化語境非常相似，這就讓尋根作家們在提出自己的文學主張時，很自然地將二者相聯繫，進行歷史對比。這種相似，主要體現爲以下三點：第一，這兩個時代都是啓蒙主義的文學時代，參與者都有著社會變革的熱情。「五四」是 20 世紀中國社會啓蒙主義的開端，而尋根文學所處的 20 世紀 80 年代則剛歷經過文革，是又一個啓蒙主義的歷史新時期。「五四」時期面臨著救亡圖存的時代使命，而 80 年代的中國則面對著文化新生和追趕世界的變革主題。知識分子們都積極參與其中，有著極大的社會變革熱情。第二，在介入社會和歷史的運作方式上，二者都以文化爲視點。「五四」運動又被稱爲「五四」新文化運動，說明了這場愛國學生運動的「文化」內涵，而尋根文學運動也是一場以文化發掘爲宗旨的文學運動。但不同的是，「五四」運動所弘揚和傳播的是現代西方的思想文明，而尋根文學所發掘的是本土的民族傳統文化，在文化內涵上有著絕然的區別。第三，從文學自身來看，這兩個時代都有著藝術變革要求，要爲陷入困境中的文學開闢新路。「五四」時期處於一個新舊文學歷史變革時期，提倡外來的新文學，反對那種迂腐、守舊的舊文學。而如前所述，尋根文學在 20 世紀 80 年代中期的興起，也有著種種文學自身變革的要求，是對那種高度政治化的僵化的現實主義文學規範的破除和對自我文學位置的尋找。但這兩個時代文學變革，又有著本質的不同。正是這種歷史文化語境的相近，使尋根作家們在提出自己的文學主張時，很自然地就將「五四」作爲參照物，進行歷史對比。而對於這兩個

〔註50〕李杭育：《理一理我們的「根」》，《作家》1985 年第 6 期。

時代的差異，他們並沒有特別的興趣。

從主觀方面來看，尋根作家們對「五四」的群起而攻之，不乏文本之外的用心，難脫自我炒作的嫌疑。尋根文學的發起者大多是一些年輕的知青作家，都屬於文壇新秀，並沒太多的文學資歷和背景，更談不上在文壇的知名度和影響力。在這種情況下，他們要發起文學運動，發表文學宣言，贏得文壇關注，推銷自己，那就必須要製造出轟動性的文學效應。那麼怎樣才能製造出轟動性的文學效應呢？最簡單的方法，也是最實用的方法，當然是給自己樹立一個對立面，攻擊對方，製造爭議，從而提出自己的文學主張。這種方式其實就是我們今天在媒體和網絡上經常見到的、也是頗有實效的那種自我炒作方式。在這一點上，尋根作家們沒有也難以免俗，並獲得了成功。那麼選擇一個什麼樣的「對立面」才能製造出轟動效應呢？這個對立面必須要敏感，要有價值，要能擊中讀者情感要害。尋根作家們不約而同地選擇了「五四」。因爲「五四」是 20 世紀以來中國文學和社會現代變革的開端，各種各樣的社會思潮和文學論爭都可以在「五四」那裡找到源頭和理論依據。而在對待「五四」的評價上，歷來是肯定的多，否定的少，「五四」儼然已經成爲國人心中的豐碑和紀念塔。尋根作家們則反其道而用之，對「五四」集中開火，大加鞭斥。這自然就引起那種思想偏於保守的讀者的不滿，從而在文壇引發爭議。正是借助這種論爭，尋根作家們在成功地推出自己的文學主張的同時，也成功地推出自己，堂而皇之地進入公衆視線。

尋根作家們對「五四」的批判，在當時引起了一場廣泛而熱烈的爭議，矛盾的聚焦點就在所謂的「文化斷裂說」。就在阿城和鄭義的文章在《文藝報》發表之後不久，劉火也在《文藝報》發表文章，以《我不敢苟同》爲題，爲「五四」新文化運動辯護：「漢文化歷史曾有過斷裂帶，但『五四』卻是把一個行將就木的古典文學傳統拯救了出來，給予了重新的解釋和運用，並以輝煌的業績躋身於世界文學潮流。」〔註51〕緊接著，另一位作者劉夢溪也在《文藝報》發表評論，認爲：「在我們面前橫亙著兩個斷裂帶——與傳統文化的斷裂帶和與當代世界文化的斷裂帶」；「兩個文化斷裂帶的形成，絕非始於『五四』，而是在第二次世界大戰以後，特別是五十年代後半期和六十年代的左傾以及隨之而來的十年動亂，使我們與傳統文化和世界文化隔離開了。」〔註52〕

〔註51〕劉火：《我不敢苟同》，《文藝報》1985 年 8 月 10 日。
〔註52〕劉夢溪：《文化意識的覺醒》，《文藝報》1985 年 9 月 21 日。

與之不同，李劼則從另一個角度提出了相反的意見：「『五四』中斷的不是傳統文化而是對傳統文化的批判。」其理由是，「傳統文化的幽靈卻附在後來興起的革命文學身上得到了逐步的復歸。」〔註53〕而在批評措詞上最爲尖銳的是李書磊，他站在文學發展的歷時性角度，以辯證發展的眼光，指責尋根作家們對「五四」的批判和對傳統文化的追尋，表達的是一種反動的「國粹思潮」，「這種以懷舊情感爲作品主線的『文化尋根』，不但是反生活的，而且是反美學的」，「這種思潮在今天不能不引起我們的警惕」〔註54〕。

　　站在今天，返顧20世紀80年代中期的這場文學論爭，一個耐人尋味的現象是，無論批評界對尋根作家們如何地指責，卻很少有尋根作家們起來爲自己辯護，包括這場論爭的始作俑者，基本上集體失聲。這個文學事實起碼說明了這樣一個道理，那就是尋根作家們對「五四」的批判，根本不是目的，而是手段，其眞正的目的是拋磚引玉，是爲了推出自己的尋根文學主張。當目的達到之後，至於手段規範與否，立論是否正確，他們並不關心，更沒有興趣起來進行辯駁。所以，尋根作家們對「五四」的群體發難，更多地是一種文學策略，千萬不要被其表面言辭所迷惑。

三、文學創作的出路

　　如上所述，尋根作家們對「五四」新文化運動的批判，不是目的，更多地是一種手段，是一種欲立先破的文學策略，其眞正的目的是要推出自己的文學主張，爲陷入困境中的中國當代文學尋找新的出路。所以，尋根作家們在闡述了對文化的理解和看法之後，在對「五四」抨擊之餘，還在各自的理論宣言中，嘗試性地探討了中國當代文學的出路，並不乏天眞地開出了各自的良方。

　　韓少功認爲：「文學有根，文學之根應深植於民族傳統文化的土壤裏，根不深，則葉難茂。」他由湖南青年作家推廣開去，認爲當前文學創作存在著一個「尋根」的問題。他在肯定了一些青年作家如賈平凹、李杭育和烏熱爾圖等對地域文化探索所取得的成就後，認爲「他們都在尋『根』，都開始找到了『根』」，並對他們的這種創作取向給予了高度的評價：「這大概不是出於一種廉價的戀舊情緒和地方觀念，不是對方言歇後語之類淺薄地愛好；而是一

〔註53〕李劼：《尋根的意象與偏向》，《文學自由談》1986年第1期。
〔註54〕李書磊：《從「尋夢」到「尋根」》，《當代文藝思潮》1986年第3期。

種對民族的重新認識、一種審美意識中潛在歷史因素的蘇醒，一種追求和把握人世無限感和永恒感的對象化表現。」但他同時又強調，「這絲毫不意味著閉關自鎖，不是反對文化的對外開放，相反，只有找到異己的參照系，吸收和消化異己的因素，才能認清和充實自己。」由此，韓少功提出了「尋根」的文學主張，認爲「尋根」是當前文學創作的出路和選擇。

李杭育在對比了中原文化和少數民族文化之後，對現實的文化發展表示了極大的不滿，以推倒重來的非理性邏輯假設，探討中國當代文學的出路。「假如中國文學不是沿《詩經》所體現的中原規範發展，而能以老莊的深邃，吳越的幽默，去糅合絢麗的楚文化，將歌舞劇形式的《離騷》、《九歌》發揚光大，作爲中國文學的主流發展到今天，將是個什麼局面？恐怕是很了不得的呢！」在肯定了非規範的少數民族文化，即他所謂的「根」對中國文學發展重要性的同時，進而提出了他的關於文學出路的設想：「理一理我們的『根』，也選一選人家的『枝』，將西方現代文明的茁壯新芽，嫁接在我們古老、健康、深植於沃土的活根上，倒是有希望開出奇異的花，結出肥碩的果。」

鄭萬隆則接受丹納的「種族、時代、環境」文藝三要素之一的「地理環境決定論」觀點，認爲，「獨特的地理環境有著獨特的文化」，「我的根是東方，東方有東方的文化」，「黑龍江是我生命的根，也是我小說的根」，明確地指出了「尋根」對於他的創作的指導意義。由此，鄭萬隆號召作家們致力於文化發掘，「如若把小說在內涵構成上一般分爲三層的話，一層是社會生活的形態，再一層是人物的人生意識和歷史意識，更深的一層則是文化背景，或曰文化結構。所以，我想，每一個作家都應該開鑿自己腳下的『文化岩層』」〔註55〕，這與韓少功主張的「不是地殼而是地下的岩漿，更值得作家們注意」，正相吻合。阿城則從文化限制論的角度，認爲「中國文學尙沒有建立在一個廣泛深厚的文化開掘之中，沒有一個強大的、獨特的文化限制，大約是不好達到文學先進水平之中自由的，同樣也是與世界文化對不起話的」，指出了文化發掘對於文學創作的意義。鄭義主張「跨越文化斷裂帶」，指出了文化重建對於中國當代文學創作的意義。這些作家從不同的方向，探討中國當代文學的出路。

從上述這些作家們所提供的文學「良方」中，可以看到，「尋根」是他們共同的選擇。但這個「根」到底怎麼尋，彼此又各有千秋。仔細甄別他們的

〔註55〕鄭萬隆：《我的根》，《上海文學》1985 年第 5 期。

主張，可以發現其中至少有四個方面的動向。

一是開放性的世界性的文學眼光。在韓少功和李杭育的主張中，都有著強烈的走向世界的文學衝動。他們一方面號召面向自身文化挖掘，另一方面都有著世界性的文學視野和抱負。對於尋根，韓少功說：「這絲毫不意味著閉關自守，不是反對文化的對外開放，相反，只有找到異己的參照系，吸收和消化異己的因素，才能認清和充實自己。」作爲例證，韓少功在枚舉中國傳統文化的同時，列舉了很多外國文學傳統和作家的例子，「比方說，美國的『黑色幽默』與美國人的幽默傳統和『牛仔』趣味、與卓別林、馬克·吐溫、歐·亨利等是否有關呢？拉美的『魔幻現實主義』，與拉美光怪陸離的神話、寓言、傳說、占卜迷信等文化現象是否有關呢？薩特、加繆的存在主義哲學小說和哲理戲劇，與歐洲大陸的思辨傳統，甚至與舊時的經院哲學是否有關呢？日本的川端康成『新感覺派』，與佛教禪宗文化，與東方士大夫的閒適虛淨傳統是否有關呢？希臘詩人埃利蒂斯與希臘神話傳說遺產的聯繫就更明顯了。他的《俊傑》組詩甚至直接採用了拜占庭舉行聖餐的形式，散文與韻文交替使用，參與了從荷馬到當代整個希臘詩歌傳統的創造。」這種論述的角度是一種世界性的文化視野。同時，他還借英國大曆史學家湯因比的預言，來寄予對中國文化復興的展望：「西方歷史學家湯因比曾經對東方文明寄予厚望。他認爲西方基督教文明已經衰落，而古老沉睡著的東方文明，可能在外來文明的『挑戰』之下，隱退後而得『復出』，光照整個地球。我們暫時不必追究湯氏的話是眞知還是臆測，有意味的是，西方很多學者都抱有類似的觀念。科學界的笛卡爾、萊布尼茲、愛因斯坦、海森堡等，文學界的托爾斯泰、薩特、博爾赫斯等，都極有興趣於東方文化。傳說張大千去找畢加索學畫，畢加索也說：你到巴黎來做什麼？巴黎有什麼藝術？在你們東方，在非洲，才會有藝術。……這一切都是偶然的巧合嗎？」言談之中充溢著文化自信和期待。李杭育則主張將我們的「根」和西方的「枝」相嫁接，期翼結出肥碩的果，主張中西交流，取長補短，洋爲中用，認爲：「今天又適逢東西文化對流雜交的大好時機，其規模又是空前的深廣，不要錯過這個機會。」這些都是比較開放性的文學立場。

二是民族化的文學立場，以對抗西方文化中心主義。尋根文學運動興起之時，西方文學和文化思潮大有席卷中國文壇之勢。「中學爲體，西學爲用」這樣一個世紀性的經典文化論題再次引起人們關注，一些有識之士在當時就表達了對文化全盤西化的擔憂。尋根作家中，韓少功是較早具有這種文化警

覺和擔憂意識的作家，從後來的文學事實來看，他也是尋根時間最久、用力最大、并能對尋根文學予以總結和反思的作家。在秉持開放性的世界性的文學立場的同時，韓少功不忘提醒大家，「從人家的規範中來尋找自己的規範，模仿翻譯作品來建立一個中國的『外國文學流派』，想必前景黯淡。」韓少功認爲：「在文學藝術方面，在民族的深厚精神和文化物質方面，我們有民族的自我，我們的責任是釋放現代觀念的熱能，來重鑄和鍍亮這種自我。」在洶湧的西化熱潮面前，韓少功反對建立一個「中國的外國文學流派」，主張文學的自主獨立，走出西方的陰影，在當時可謂遠見卓識。這種觀點與後來作家莫言反對被人稱爲「中國的馬爾克斯」和殘雪反對被人稱爲「中國的卡夫卡」，思路如出一轍，潛意識中都隱藏著對西方文化中心主義的對抗。李杭育則認爲，「中國的文學總該有點中國的民族意識在裏邊」，他的東西方文化「根枝」嫁接論，也隱約地表達了民族文化中心論的立場，只是相比韓少功，沒有那麼自覺和明朗。

　　三是保守主義乃至原始主義的文化傾向。阿城的主張中則有文化保守主義的色彩。阿城提出文化限制論，認爲文化制約著創作。但他所說的文化，基本上是一種固態的封閉的文化，既見不出時代的發展，也沒有體現出與別種文化的交流，如同他在《棋王》中所渲染的傳統的儒家和道家文化一樣，千年不變，恒古如斯。所以阿城的文化主張具有較爲明顯的文化保守乃至文化復古主義的傾向，才會招致上述李書磊等人的嚴厲批判。鄭萬隆的地域文化尋根渲染的是一種原生態的邊陲文化，主張到邊疆野外、深山老林裏去進行原始的文化挖掘，尋找原始的生命活力。這種文化主張具有原始主義的文化動向。鄭萬隆的這種主張導致了尋根文學實踐中的山林主義精神，一部分作家到深山老林、曠野荒漠裏去進行原始文化發掘，「尋根」被人譏諷爲「尋到了猴子尾巴上」〔註56〕。與之同調的還有韓少功，在《文學的「根」》中，他援引外國的例子，「小說《月亮和六便士》中寫了一個畫家，屬現代派，但他眞誠地推崇提香等古典派畫家，很少提及現代派的同志。他後來逃離了繁華都市，到土著野民所在的叢林裏，長年隱沒，含辛茹苦，最終在原始文化中找到了現代藝術的支點，創造了傑作。這就是後來橫空出世的高更。」這種文化的傾向性，也是對原始主義精神的張揚。

　　四、非理性主義的文化假設。尋根作家們在進行文化主張時，還進行了

〔註56〕李杭育：《文化的「尷尬」》，《文學評論》1986 年第 2 期。

一些非理性主義的文化設想，以「假如……」的方式來探詢中國文化的出路。在《理一理我們的「根」》中，李杭育認爲：「假如中國文學不是沿《詩經》所體現的中原規範發展，而能以老莊的深邃，吳越的幽默，去糅合絢麗的楚文化，將歌舞劇形式的《離騷》、《九歌》發揚光大，作爲中國文學的主流發展到今天，將是個什麼局面？恐怕是很了不得的呢！」這種將歷史推倒重來的觀點，就是一種非理性主義的文化假設。這種假設聽起來很誘人，但實質非常荒謬。王安憶當年就對李杭育的這種觀點進行批判：「我覺得歷史的事情你是不好去講對和錯的，它已經發展到今天了，你怎麼好去假設它呢？」「我覺得歷史就是歷史。我現在就給我自己規定了一條路……我是從現代出發的，是從逆向上去找，就是說我們中國人今天會變成這個樣子，究竟是爲什麼呢？」〔註57〕相比較於李杭育的浪漫衝動，王安憶則要顯得理性得多，在文化事實的基礎上來開展我們的文化探詢。同樣，鄭義對「五四」造成「文化斷裂帶」的嚴苛指責，也是一種非理性主義的歷史判斷，顯得簡單和粗暴，如同後來的王朔罵魯迅一樣，因爲無知，或知之不多，所以無畏。

　　綜觀尋根作家們的理論宣言，在熱情論述的背後，不乏邏輯上的混沌和悖謬。但在文字的背後，我們卻不難感受到他們那種躁動不安的充滿現代性精神的文化焦慮感。這種文化焦慮感，才是最值得珍視的，也是問題的實質所在。只有理解了這一點，我們才能對他們的理論宣言做出眞正的解讀，而不會也不應該執著於他們理論中可能存在的悖謬和矛盾。畢竟，尋根作家們只是作家，而且當時都是年輕的知青作家，不是理論家，理論表述上的不嚴謹和失誤是可以理解的。以尋根作家們對「五四」的批判爲例，很多人爲此感到憤怒。但如果我們跳出理論本身對錯與否的框架，而從尋根作家們的心理出發，這個問題就很好理解了。尋根作家們批判「五四」的時候，本來就底氣不足。他們發表宣言的時候，都很年輕，而且他們又處在那樣一個所謂的「文化斷裂」的時代，知識上的修養不足是可想而知的。他們對「五四」的批判，令人懷疑他們對「五四」有沒有眞正的認識。李杭育批判魯迅《故事新編》「實在不怎麼樣」的時候，才二十出頭，純粹是年輕人的書生意氣，沒有多少的學理性和理論含金量，但其文字背後的熱情卻溢於言表，值得肯定。所以，對於尋根作家們的理論宣言，我們可以把持一種寬容的立場，關鍵是他們文字背後的熱情，我們一定要能感受得到。

〔註57〕王安憶：《我在逆向中尋找》，《文學自由談》1986年第3期。

第二章　尋根文學精神特徵論

　　尋根文學出現的 20 世紀 80 年代中期，正是一個開放的多元化價值並存的時代。尋根文學的主體，是一些年輕的正在尋找自己文學位置的知青作家。面對著這樣一個嶄新的文學時代，他們急於表達文學心聲，抒發自己的文學情懷。正是他們的出現，中國當代文學才與傳統的政治寫作相區別，展現出特別的精神氣質。從文學自身來看，20 世紀 80 年代中期的中國當代文學，正處在藝術蛻變和審美風格尋找時期。這種種因素，最終全部彙集到尋根文學身上，並通過尋根文學表現出來。這使尋根文學在精神上呈現出多樣化的文化訴求。20 世紀 80 年代是繼「五四」之後的又一個啓蒙主義歷史時期，尋根文學從文化視角參與了這場新啓蒙主義運動。本章主要探討尋根文學的精神特徵，並在與「五四」運動的比較中，凸顯尋根文學的啓蒙意義。

第一節　尋根文學的精神特徵

　　尋根文學中體現出多方面的精神特徵，總的來看，主要表現爲三個方面；一、現代性的探詢。現代性精神是尋根文學乃至 20 世紀 80 年代以來中國當代社會最大的精神特徵，尋根文學是這種時代精神的強烈體現和集中表達。二、山野文化精神。在尋根文學的理論主張和創作實踐中，都流露出那種充滿野性、血性和自由的山野精神，這與尋根作家們對文化的認識有關，也和他們的知青生活經驗直接相關。三、世俗文化精神。尋根文學將文學從政治的束縛中解放出來，讓文學回歸現實，回到普通人的日常生活，體現出強烈的世俗文化精神，引領了 20 世紀 80 年代以來中國當代文學的日常生活審美

走向。

一、現代性的探詢

　　言必稱現代性，這是 20 世紀 80 年代以來中國社會文化思潮的共同言說特徵。一提到現代性，人們立即會想到西方。確實，現代性萌生於西方，對中國來說，是一個舶來品。相比較於西方那種原生型的現代性，中國社會的現代性則是後發外生型的，在時間上落後，是對西方現代性的橫向移植。中國社會的現代性文化工程起始於「五四」，長期以來一直是指引中國社會歷史進程的價值明燈。但由於中西社會歷史發展的不均衡性，對現代性的理解和現代性在中國的表現，並不完全相同。從實際來看，現代性在中國被做了很多實用主義的解讀，比如現代性就是民主、科學、自由，現代性就是現代化等，而忽略了現代性是一個複雜的價值系統，內部充滿了矛盾和張力。

　　20 世紀 80 年代中期興起的尋根文學，是 20 世紀中國現代性追求歷史進程中的一個重要的組成部分。20 世紀 80 年代以來，隨著中國國門的再次打開，世界進入中國，中國也積極融入世界，從而開啟了中國全球化的歷史進程。這是一種經濟化進程，又是一種政治化進程，同時也是一種文化的全球化進程。尋根文學是中國文學和文化全球化進程的體現，也是中國社會現代性追求的一個重要表現。尋根文學有著強烈的民族文化認同和走向世界的渴望，體現了 20 世紀 80 年代以來中國社會歷史與文化的世界化走向。同時，在 20 世紀 80 年代上半期，一方面是啟蒙主義文化語境重現，整個社會充滿了啟蒙主義意識；另一方面，改革開放拉開了中國當代社會現代化建設工程的序幕。這使 20 世紀 80 年代的中國社會充滿了強烈的現代性精神特徵。身處這種文化語境和社會現實中的尋根文學，自然體現出強烈的現代性精神訴求。

　　什麼是現代性？這是一個眾說紛紜的概念，「如尼采曾經說過的，歷史性概念沒有定義，只有歷史」〔註1〕。儘管相當多的人試圖為現代性下定義，但迄今為止，現代性仍沒有一個完整的定義。現代性是一個多維的意義復合體，而且始終處在發展演變之中，所以，我們需要做的，是從不同角度確認它的特徵，為我們認識尋根文學的現代性精神提供一個視角。

　　作為一種歷史意識和價值觀念，現代性的出現顯然是一個漸進的過程。

〔註1〕【美】馬泰・卡林內斯庫：《現代性的五副面孔・中譯本序言》，商務印書館 2010 年，第 2 頁。

準確地界定現代性的起點沒有意義，也不可能。現代性萌生於西方，是伴隨著歐洲文藝復興運動而出現的一種新的現代社會精神。文藝復興運動以反對歐洲中世紀的封建神權、倡導人的解放爲宗旨，本質上是一次資產階級文化運動。陳曉明認爲，現代性隨著資本主義的興起而出現，18 世紀是其形成的明確的標誌。〔註2〕馬泰·卡林內斯庫在《現代性的五幅面孔》中，從歷時性的角度，描述了現代性產生以來的五種發展形態：現代主義、先鋒派、頹廢、媚俗主義和後現代主義。這五種形態的演變與西方資本主義的經濟和文化發展事實直接相關。這表明現代性是一個歷史概念，隨著歷史的發展而演變；現代性與經濟和社會的發展相關，是資本主義社會發展的產物。

　　從詞源學來看，現代性的英文表述是 modernity，其詞根是 modern（現代），是由拉丁文 modenrus（現時的）一詞派生而來。Modenrus 一詞在中世紀時代就已經出現，與 past（過去）和 tradition（傳統）意義相對。所以，現代性在最初的意義上是一個時間概念，表明現代與過去的對立，具有歷史斷代特徵。這種對立性的時間意識，用達爾文的生物進化論來看，表明的是一種基於線性時間觀的歷史進步理論，也就是現在優於過去，離現在時間越近越好，永遠指向著發展和未來。所以，後人在定義 modernity（現代性）時，往往又會將它與 improve（進步）和 progress（發展）相聯，意思是現代性是一個表示社會進步和發展的理論。而 improve 和 progress 這兩個詞彙本身屬於經濟學範疇，在現代社會，經濟的發展往往看作是社會現代化實現水平的標誌。所以，作爲一種精神概念的現代性又與具有極大物質屬性的現代化相關聯。在很多的時候，特別是在一些欠發達的國家和地區，現代化往往就被當成現代性。吉登斯就認爲：「我們應該把資本主義和工業主義看成是現代性制度的兩個彼此不同的『組織類型』或『維度』」〔註3〕。這種詞源學的考察，至少可以告訴我們兩點：一，現代性是一個時間概念，意味著與傳統的斷裂；二，現代性具有經濟屬性，經濟現代化水平往往是衡量精神現代性程度的一個重要標尺。

　　現代化固然可以理所當然地成爲現代性的重要表現，但是現代化在高速

〔註2〕陳曉明：《導言：現代性與文學研究的新視野》，見《現代性與中國當代文學轉型》，雲南：雲南人民出版社，2003 年 1 月版，第 4 頁。
〔註3〕【英】安東尼·吉登斯：《現代性的後果》，田禾譯，譯林出版社 2000 年版，第 49 頁。

發展和向世界蔓延的過程中，也滋生了自己的對立面情緒，那就是對現代化負面效應的不滿與反思。艾愷在《世界範圍內的反現代化思潮》一書中就已經清楚地表明，現代化雖然給人類創造了大量的物質財富，提供了舒適的生活便利，但也造成了環境污染，自然資源破壞和人的異化等一系列問題，製造了現代化的災難。所以，幾乎在現代化向世界蔓延的同時，反現代化的浪潮也就出現了。這種反現代化的浪潮，其實是對現代化的反思和批判，是現代性的重要表現形式。歐洲18世紀興起的大規模的浪漫主義文學運動，在潛在心理上，就是對現代化的一種反動。浪漫主義詩人希望通過對農業文明和自然的回歸，來抵制正在洶湧而來的世俗現代化浪潮。18世紀是歐洲資本主義的上升時期，在那個時代，人們對現代化和現代性並未能夠做出很好的區分，現代化往往就被當成現代性。吉登斯認為，現代社會的一個重要特徵就是「知識的反思性」。人類具有思維，能夠不斷檢視自己，這是現代社會進步的主體能力保障。所以，他認為，現代性「並不是為新事物而接受新事物，而是對整個反思性的認定，這當然也包括對反思性自身的反思」〔註4〕。所以，艾愷所謂的反現代化其實也就是對現代性的反思。這表明，反思性是現代性的內在特徵，幾乎是現代性與生俱來的一面鏡子。這也正應了那句簡單的哲學話語，歷史在創造自己的同時，也創造了自己的對立物。

現代性還有一種重要的表現形式就是審美現代性，其具體表現就是歷史與審美的衝突，或者叫做啓蒙與審美的衝突。卡林內斯庫認為，現代性表現為兩種形式：「作為西方文明史一個階段的現代性同作為美學概念的現代性」〔註5〕。二者之間的關係是：「作為一個文化或美學概念的現代性，似乎總是與作為社會範疇的現代性處於對立之中，這也就是許多西方思想家所指出的現代性的矛盾及其危機。」〔註6〕波德萊爾在《現代生活的畫家》一文中提出了一種新的現代性闡釋：「現代性是藝術曇花一現，難以捉摸，不可預料的一半，藝術的另一半是永恒和不可改變的。」在這裡，波德萊爾指出了現代性的兩種形態，一種是「永恒的，不可改變的」，指的是那種建立在理性指導下

〔註4〕【英】安東尼・吉登斯：《現代性的後果》，田禾譯，譯林出版社2000年版，第34頁。

〔註5〕【美】馬泰・卡林內斯庫：《現代性的五副面孔》，北京：商務印書館，2010年，第48頁。

〔註6〕【美】馬泰・卡林內斯庫：《現代性的五副面孔・總序》，商務印書館2010年，第3頁。

的啓蒙現代性；另一種是「曇花一現，難以捉摸，不可預料」，指的是那種建立在個人主觀認識基礎上的審美現代性，因人不同，因時而異。卡林內斯庫認爲，波德萊爾是最早「將美學現代性同傳統對立起來，而且將它同實際的資產階級文明現代性對立起來的藝術家之一。」〔註7〕審美現代性概念的出現，打破了啓蒙現代性的理性專制局面。它使那些被理性壓抑和排斥在外的文學傳統、倫理道德等，重新進入文學審美。它打破了那種功利性的文學審美觀念，恢復了文學審美意義的多元化和不確定性。它把個人感性從理性桎梏中解放出來，肯定文學審美中的個人主觀能動性。審美現代性的這些意義和功能，使它成爲現代性的一個重要組成部分和表現形式。由於審美現代性與啓蒙現代性之間的衝突，使它又兼具有文化反思的特徵，構成現代性富於創造性的話語空間，成爲上述反思現代性的一個重要組成部分。

　　從以上的簡略論述中，我們大致可以認識到現代性概念的幾個特徵：一、現代性是一個歷史概念，具有時間屬性；二、現代性與經濟發展相關，具有經濟屬性；三、現代性具有反思特徵；四、審美現代性是現代性的一種重要表現形式。除此之外，還有一點應該提到的，那就是現代性的政治屬性。對現代民族國家或現代民主政治的追求，是現代性的重要目標和表現，這在第三世界國家爭取民族解放和民族獨立的運動過程中表現得尤爲突出。這種政治屬性，在西方現代性的發展過程中，並不突出，但在後來的廣大第三世界國家民族獨立解放運動過程中，表現特別明顯。南京大學周憲教授認爲：「在某種意義上說，現代性涉及以下四種歷史進程之間複雜的互動關係：政治的、經濟的、社會的和文化的過程。」〔註8〕我們可以上述現代性的幾個特徵爲指導，來考察尋根文學的現代性精神訴求。

　　一、尋根文學的政治訴求。自晚清辛亥革命以來，對建立一個獨立、自由、富強、民主的現代民族國家的追求，是中國知識分子夢寐以求的目標，也是20世紀以來中國社會最大的現代性追求所在。1949年新中國的成立宣告了中國現代民族國家的形成，但在20世紀50～70年代期間，連綿不斷的激進的社會政治運動，最終導致了民族傳統文化的失落，也中斷了中國與世界

〔註7〕【美】馬泰·卡林內斯庫：《現代性的五副面孔·導論》，商務印書館2010年，第11頁。

〔註8〕【美】馬泰·卡林內斯庫：《現代性的五副面孔·總序》，商務印書館2010年，第3頁。

的文化交流，這種情況一直到新時期以來才得以根本改觀。20世紀80年代中期的尋根文學有著強烈的民族文化認同和走向世界的渴望，這其實就是在新的政治形勢下的文學現代性精神訴求的特別表現，是「五四」以來現代民族國家理想的重現及其時代發展。對尋根作家們來說，已不存在民族國家建構的宏大問題，但是在20世紀80年代初的文化語境中，卻存在著一個民族文化認同及走向世界的迫切問題。由於20世紀50～70年代的民族文化虛無主義態度，特別是文化大革命時期對待民族傳統文化的極端惡劣做法，以致文革結束後，整個社會出現了民族文化的危機，特別是面對著洶湧而來的強勢的西方現代文化，人們普遍地感到一種文化的壓迫感和失落感。如何重建民族傳統文化，恢復民族文化自信心；如何走向世界，在世界文化中找到自己的位置，這是尋根作家們所面臨的嶄新的時代命題。

民族文化認同是對民族傳統文化價值的自我確認。在尋根作家們的理論宣言中，普遍有著民族文化認同的熱情，及走向世界的渴望。「我們／中國」和「世界」成爲尋根作家們經常使用的一組相對而又相關的概念。比如韓少功在《文學的「根」》中直接說：「萬端變化中，中國還是中國，尤其是在文學藝術方面，在民族的深層精神和文化物質方面，我們有民族的自我。我們的責任是釋放現代觀念的熱能，來重鑄和鍍亮這種自我。」重鑄和鍍亮「民族的自我」，就是一種明確的民族文化自我認同意識。李杭育在《文化的「尷尬」》中，一直有感於中國民族傳統文化的缺失，爲此感到「尷尬」：「倘使我們的文學裏沒有一點自己的氣味，自己的面孔，那我們又何必做人做文呢？我們跑到世界上去，人家問起來，我們算什麼人呢？我們的作品算是個什麼東西呢？」由此，他希望能夠獲得一種「開放性」的民族意識，潛在表達的也是對民族傳統文化的認同心理。

尋根作家們對民族文化的認同，是對自身文化價值和力量的發掘與累積，目的還是爲了走向世界，與世界文化對話，確認自身在世界文化中的地位和價值。在20世紀80年代充滿競爭意識的世界文化語境中，如何才能屹立於世界民族文化之林，是一個時代的政治的和文化的命題。新時期以來轟轟烈烈展開的改革開放拉近了中國與世界的距離。「世界」作爲一個強大的充滿誘惑力的和壓迫性力量的「他者」，一下子矗立在中國人面前。對處於第三世界發展中的中國來說，「世界」其實就是西方，世界文化其實就是現代化。對現代化的追求，既是一個文化的命題，在當時，更是一個政治的命題，是

20 世紀 80 年代以來中國社會最大的現代性目標。尋根作家們在各自的言論中，直接表達了對於「世界」的嚮往；韓少功希望尋找和重建一個可以與世界對話的東方，表明了一種世界性的文化視野〔註9〕。阿城則從「限制即自由」這個哲學命題出發，考慮中國文學與世界文學對話的問題：「沒有一個強大的、獨特的文化限制，大約是不好達到文學先進水平這種自由的，同樣也是與世界文化對不起話的」〔註10〕。鄭萬隆則直接表達了「中國文學要走向世界」的願望〔註11〕。鄭義有感於「五四」和文革時期兩個「文化斷裂帶」的出現，導致了一代人文化意識的匱乏，阻斷了與世界文化的交流，認為「一代人能跨越民族文化斷裂帶，終於走向世界，我卻堅信」〔註12〕，表達了借助文化走向世界的願望。還有賈平凹對「商州」、莫言對「高密」文學地理的營造，在潛在心理上，都受到了美國作家福克納對家鄉「約克那帕塔法」小縣城和哥倫比亞作家馬爾克斯對家鄉馬孔多小鎮的文學書寫的影響，都暗含著一個走向世界的文學願望。對尋根作家們而言，這種走向世界的願望與他們的民族文化認同之間，相互關聯，既是目的，也是動力。這種民族國家文化認同和走向世界的願望，是 20 世紀 80 年代以來中國社會政治文化的主要目標，也是中國當代社會現代性追求的最主要的價值體現。

　　二、尋根文學的時間意識。現代性的時間特徵，意味著時間不同，現代性的內涵也不同。現代性與傳統之間，是一種斷裂關係。現代性是在不斷地告別傳統的過程中，展現出新面孔，推動著社會的發展。尋根文學有著強烈的時間意識，主要表現為兩種：一種是傳統與現代的對立；另一種是在現代文明發展進程中的時間落後感和緊迫感。而很多的時候，這兩種時間意識是交織在一起的。

　　韓少功的《爸爸爸》中，這兩種時間意識都有所體現。雞頭寨在時間表現上，是原始的、落後的、封閉的、凝滯的，如同一潭死水。小說中的環境，如同化外之地；人物的活動和思維，給人一種原始初民的感覺。但是，小說中又通過一位遊走於山內和山外的浪蕩子德龍，將一些現代文明的象徵物，比如打火機、鏡子等，帶到山內，從而表明了一種現代的時間屬性。而且，

〔註 9〕韓少功：《東方的尋找與重建》，《湖南文學》1986 年第 1 期。
〔註 10〕阿城：《文化制約著人類》，《文藝報》1985 年 7 月 6 日。
〔註 11〕鄭萬隆：《中國文學要走向世界》，《作家》1986 年第 1 期。
〔註 12〕鄭義：《跨越文化斷裂帶》，《文藝報》1985 年 7 月 13 日。

小說中還出現了一位新派人物仲滿，滿嘴新詞彙，對現實不滿，同樣表明了一種新的時間屬性。這種原始與現代之間的衝突，體現的是兩種時間的衝突，表明傳統與現代的對立。雞頭寨既屬於渾渾噩噩的過去，又屬於歷史的當下——現在。在象徵的意義上，雞頭寨可以視爲中國的縮影，小說中的落後的時間意識，表明的是在世界現代文明發展的進程中，中國文化發展嚴重封閉、滯後，有著一種文化發展的落後感和文明對比的緊迫感。這種時間觀念，體現出一種現代性視角的文化啓蒙意識。

鄭義的《老井》中，寫到了老井村世世代代，爲了求雨和挖井取水，做了種種努力，極其原始、悲壯和慘烈。主人公孫旺泉爲了完成替鄉親們挖井的使命，也義不容辭地走上了先輩的道路，拒絕了戀人趙巧英的遠走高飛的進城要求。這種人物和故事的書寫，在時間感覺上，同樣給人一種凝滯、靜止之感。孫旺泉和他的父輩、祖輩們相比，到底又有什麼不同？很難見到。孫旺泉被譽爲「小龍轉世」，「轉世」意味著時間的循環，他不過是傳統的延續和化身而已。同樣，老井村的時間似乎也在轉圈兒，一拔拔的打井隊走了又來，來了又走，老井村依然如故，打不出水。小說中的時間落後感和凝滯感，隨處可見。只要看看小說中的物質層面的貧困書寫和老井村人的僵化思維表現，就再明顯不過。在世界現代化的大潮中，老井村人還在延續著傳統的思維和生活方式，爲了生存而打井，用種種原始的方法打井，用充滿迷信色彩的方式求雨，見不出時間發展所帶來的新的變化。時間在老井村似乎停滯不前，老井村似乎也被排除在現代文明之外。同樣的情況還可見於鄭義的另一篇小說《遠村》，楊萬牛爲了心愛的女人葉葉拉了二十年「邊套」。二十年，作爲一個不算短的時間，在小說中幾乎也是靜止的。二十年前如此，二十年後，還是如此，除了人物變老之外，其餘的似乎都沒有變。這種有形的和無形的時間描寫，除了體現出文明的落後感和緊迫感之外，還都暗含著一個變革的要求，體現出傳統與現代的對立。還有張承志的《黑駿馬》中，作爲年輕一代女性代表的索米婭和老一代女性代表的額吉，在年齡身份上是兩代人，但在本質上，很難說二者有什麼不同。在文明的進程中，時間對他們而言，其實也是停滯的。索米婭最後很自然地走上了老奶奶的道路，同時，這也是無數蒙古草原女人的人生之路，一代代都是如此。作者以一種現代文明的視角，來審視以她們爲代表的草原人們的生活，發掘出其中的愚昧、落後和不幸，體現出的也是現代與傳統之間的對立。莫言的《紅高粱》中，「我

爺爺」與「我奶奶」、「父親」和「我」之間，明顯呈現出一種斷代的時間特徵，文化屬性各不相同。在時間的意義上，表明的是現代與傳統的斷裂，一代不如一代，即種的退化。

尋根文學中，對時間意識表現得最為強烈的是藏族作家札西達娃。他的那兩部非常有影響的西藏文化尋根小說《繫在皮繩扣上的魂》和《西藏，隱秘歲月》，都直接以時間作為標題，以特別醒目的方式，表達了藏民族在現代文明發展的進程中，在時間上的落後感和緊迫感，指出了時間意識對於西藏文明發展的特殊意義。這種時間意識的凸顯，使札西達娃的這兩部作品，體現出強烈的現代性精神訴求，直至今天，仍然具有迫切的現實意義。

三、尋根文學的經濟屬性。經濟屬性其實就是物質屬性。尋根文學重在對文化的書寫，但文化不能憑空表達，必須借助於物質才能體現，所以，尋根文學中出現大量的物質書寫。阿城的《棋王》中，王一生專注於「吃」，食物不求精美，但求溫飽，追求「頓頓飽既是福」。這種書寫，看似簡單自然，實則不正體現了那個灰色時代的食物匱乏和人們刻骨銘心的飢餓記憶嗎？這也正是 20 世紀 80 年代相當多的作家作品共同寫到了「吃」和「飢餓」的根本原因。比如汪曾祺的作品中有大量的對於「吃」的描寫；陸文夫《美食家》中對「美食」的介紹；張賢亮《綠化樹》中對「飢餓」的刻骨銘心的記憶；劉恒的《狗日的糧食》中對於糧食的特別關注等。對這個問題的重視，體現的是一種民本主義原則，是對人的生存狀況的正視。只有滿足人們的最基本的物質需要，才能談得上其它的追求和社會的發展。對個人如此，對民族、社會、國家，同樣也是如此。從這種角度來講，這種物質書寫，現代性意義極為鮮明。

李杭育的《最後一個漁佬兒》中的主人公福奎，固守傳統的生活方式，但卻窮得只有一條破船棲身，連褲頭都是相好阿七給的，多年的相好娶不起，最終只能眼睜睜看著她另投他人。作者在此表現出了一種文化兩難：堅守傳統，可以保持人格的獨立、自由，但拒絕現代，卻意味著貧窮、孤獨。經濟的差距拉開了傳統與現代之間的距離，經濟因素成為衡量作品現代性程度的一個重要指尺。還有鄭義的《遠村》中，窮倒一片，窮得人直不起腰，窮的人沒有尊嚴。作者甚至直接發出感歎：「這個山溝，狼多，狐多，石頭多，就是缺個錢。」「錢」，作為一種經濟狀況，是現實中很多問題的決定因素。正是因為窮，拿不出彩禮，主人公楊萬牛娶不起心愛的女人葉葉，只能眼看著

她以換親的方式嫁給張四奎，屈辱地給他們拉了二十多年的邊套。經濟的貧困轉化爲文化的悲哀，而文化的悲哀又表現爲人格的屈辱。貧窮的現實催生了畸形的文化，「拉邊套」陋習應時而生。面對這樣的現實，人的價值和尊嚴根本無從談起。文化的悲劇體現爲人的命運悲劇，但背後的關鍵制約力量，卻是經濟因素。馬克思主義哲學認爲，經濟決定一切，人類一切行爲的背後都有著經濟動因。這樣的經濟因素書寫，在其它尋根文學作品中還有很多。比如莫言的《紅高粱》中，「我奶奶」戴鳳蓮最初就是被她的父親以兩頭騾子的價錢嫁給麻風病人李大頭家，還沾沾自喜，以爲賣了個好價錢。在這種人和物的交換中，人不如物，人的尊嚴蕩然無存。同樣，《小鮑莊》中，撈渣母親對小翠子的收養，就有著很強的經濟考慮。表面上顯得仁義，而實質上卻懷著白撿一個免費童養媳的私心打算。作者也正是因此，從一個側面揭示了儒家「仁義」文化的虛僞面目。這種經濟因素的書寫，從不同的角度體現出尋根文學的現代性精神特徵。

四、尋根文學的反思特徵。反思是人類區別於動物界的一大特徵。人類一邊前行，一邊不斷回頭檢視曾經走過的路，從中汲取教訓和力量，這是人類社會不斷進步的保證。尋根文學面向民族傳統文化的挖掘與審視，是以回頭望的姿態來重新檢視本土民族文化，並從中尋找力量和依據。這種行爲本身，就是一種文化反思。「文化尋根可以看成是當代中國文學對現代性做出的反思，這種反思在歷史和美學的雙重意義上，達到了一種深度。」〔註13〕所以，從根本意義來講，反思性是尋根文學最大的現代性特徵。在反思中予以文化批判和文化重建是尋根文學的共同思路。在這種意義上，尋根文學的現代性可以稱爲是一種反思的現代性。

這種反思的現代性主要表現爲：（一）對民族傳統文化的反思。尋根文學中，文化反思具有多重指向，有的是反思民族文化劣根性並對其進行批判的，如韓少功的《爸爸爸》和李銳的《厚土》系列等，二者都具有「五四」啓蒙的那種國民性批判意識；有的是表現民族文化混沌、蒙昧、落後的，並對其進行現代審視，如張承志的《黑駿馬》、韓少功的《爸爸爸》等；有的是對民族傳統文化的現代解剖，如王安憶的《小鮑莊》，作者用解構主義的方法，從不同方面，對儒家的「仁義」文化進行了現代解剖，還原其本來面目，並對

〔註13〕陳曉明：《導言：現代性與文學研究的新視野》，見《現代性與中國當代文學轉型》，雲南人民出版社，2003年1月版，第19頁。

其當代走向予以特別思考。

　　（二）對作爲歷史主體的「人」的反思。劉小楓認爲：「現代性不僅是一場社會文化的轉變，不僅是所有知識事務的轉變，而根本上是人本身的轉變，是人的身體、欲動、心靈和精神的內在構造本身的轉變。」〔註14〕「人」是文化的主體，對文化的反思其實也是對「人」的反思。尋根文學中，對「人」的反思也有多種指向，一種是反思人物主體意識的蒙昧，缺乏現代理性精神。如《爸爸爸》中，撇開作爲民族文化劣根性集大成的丙崽不說，雞頭寨中其它的人物，也都是混沌、蒙昧、思維不清。他們一忽兒稱丙崽爲「白癡」，對其又打又罵；一忽兒稱丙崽爲「丙相公」、「丙大爺」，對其頂禮膜拜，缺乏理性思維能力。還有《黑駿馬》中，作爲蒙古草原上兩代女性的代表，老奶奶額吉和索米婭都未受到現代文明的洗禮，她們因循守舊，愚昧落後，以一種自然的方式延續著草原的文化和生命。

　　另一種是對人的主觀能動性的反思。在傳統文化的長期浸潤下，主體往往變得僵化、懦弱，缺乏行動能力，從而變成文化的囚徒。尋根文學對人的主觀能動性的缺失予以了表現和反思，這可以鄭義的《遠村》和《老井》爲代表。《遠村》中的男主人公楊萬牛，因襲著文化的重負，給人感覺懦弱、無力，缺乏抗爭精神和改變現狀的勇氣，只是被動地接受命運的安排。在他和心愛的女人葉葉之間，上演了一曲屈辱的現代的愛情悲劇。這種愛情悲劇，既是文化的悲劇，某種意義上，也是人的悲劇、性格的悲劇。還有《老井》中的孫旺泉，人送外號「小龍再世」。他以傳統文化使命爲己任，拒絕了戀人趙巧英遠走高飛的要求，最終淪爲文化的犧牲品，成爲一具刻在崖壁上的無法騰飛的龍。傳統文化對他來說既是使命，也是一種桎梏，而他缺乏的恰恰就是掙脫這種桎梏的決心和勇氣。還有一種是對當代人的生命力——即種的退化的擔憂。這主要可以莫言爲代表。在《紅高粱》中，作者塑造了三代人物譜系：「我爺爺」、「我奶奶」——「我父親」——「我」，人物的生命力是一代不如一代，從而表達了作者對於當代人的人格萎縮和生命力退化的擔憂。這種文明的擔憂是一個世界性的永恒的文化命題。

　　（三）對傳統文明與現代文明之間矛盾衝突關係的思考。這種思考是西方本來意義上的現代性的反思意識。但由於中西文化語境的差異，在中國，

〔註14〕劉小楓：《現代性社會理論緒論——現代性與現代中國》，上海：上海三聯出版社，1998 年 1 月版，第 19 頁。

現代性的反思內涵絕不僅僅限於傳統文明與現代文明之間的衝突，而是如同上文所述，有著更為廣泛的內容。相比較於西方工業文明與農業文明的衝突，20世紀80年代的中國，基本上還是一個前工業社會，整個社會的文化衝突根本達不到西方的那種層次，而是表現為「文明與愚昧的衝突」。儘管如此，在20世紀80年代中西文化交流的背景下，西方現代文明的弊病傳到中國，還是引起了一些尋根作家的擔憂和隱約的心理抗拒。所以，20世紀80年代中期出現的尋根文學，其現代性的反思，比起西方原初意義上的反思性，具有更為寬廣的內涵。

尋根文學中，對這種傳統與現代之間矛盾衝突予以思考和表現的是李杭育。在《最後一個漁佬兒》中，作者就通過福奎這個人物形象在傳統與現代之間的二難處境，表達了對現代性理智上認同而情感上排斥的矛盾心理。另一個表現這種傳統與現代文明衝突的作家是張煒。張煒可以被視為農業文明的守護者和大地上的行吟詩人。他對農業文明有著執著的熱愛，對工業文明有著近乎敵視的反抗態度。自20世紀80年代以來，張煒就一再地表現工業文明對農業文明的破壞這種文化衝突主題，特別是90年代以來，他在一系列長篇如《九月寓言》、《外省書》、《刺蝟歌》等作品中，都演繹了這兩種文明的衝突，表達了對工業文明的抵制和對農業文明的嚮往。在《九月寓言》的代後記《融入野地》中，張煒表達了回歸自然，回歸大地的理想。張煒說：「城市是一片被肆意修飾過的野地，我最終將告別它。我想尋找一個原來，一個真實。」這表明了他對城市文明的拒絕，而他所要尋找的精神寄託，就是野地。他說，「當我還一時無法表述『野地』這個概念時，我就想到了融入。因為我單憑直覺就知道，只有在真正的野地裏，人可以漠視平凡，發現舞蹈的仙鶴……野地是萬物的生母，她子孫滿堂卻不會衰老。她的乳汁匯流成河，湧入海洋，滋潤了萬千生靈。」〔註15〕這種對土地的無盡禮贊，體現的正是張煒的那種帶有偏執的對農業文明的嚮往和對現代工業文明的拒斥。

在藝術審美上，因為反思視角的植入，尋根文學普遍呈現出一種蒼涼的悲劇性審美特徵。在黃子平、陳平原、錢理群三人的《論「二十世紀中國文學」》文章中，他們也曾指出過中國現代文學的總體審美特徵——悲涼，認為原因是「先覺者的個性解放的熱情以及由此帶來的文化反思的痛苦」〔註16〕。

〔註15〕張煒：《融入野地》，《九月寓言‧代後記》，人民文學出版社2005年版。
〔註16〕黃子平、陳平原、錢理群：《論「二十世紀中國文學」》，《文學評論》1985年

如同魯迅所言：「悲涼之霧，遍佈華林」。這表達的其實就是一種審美現代性體驗。不同於中國現代文學以「人」為本，注重「人」的遭際、命運和感受，尋根文學則是一次面向過去的文化發掘，以整體替代個人，從而泯滅了作為藝術主體的個人化的審美意識，而呈現出一種群體性的審美特徵——蒼涼。「蒼涼」是一種宏觀的歷史美感，是一種整體性的審美體驗。歷史、文化的厚重、蒼茫，最終形成了尋根文學的這種總體性的審美特徵。這種「蒼涼」的美感體驗，是尋根文學審美現代性的獨特表現。

二、山野文化精神

在文化位置上，尋根文學是一次主動地從文化中心向文化邊緣位置撤退的文學運動。與處於中心的主流的政治文化相比，尋根文學更多地立足於自然和民間。在尋根作家們看來，自然界的山川原野更多地保留了文化的眞諦，蘊藏著他們所要尋找的「根」，寄託了他們的精神嚮往。因而，除了體現出最為主要的現代性精神訴求外，尋根文學還體現出一種樸拙的山野文化精神。何謂山野文化精神？山野文化精神其實就是一種自然精神，也是一種自由精神，是在與壓抑、扭曲人的個性的現代技術文明的對比和對抗中，借助於自然界的山川原野，所體現出來的一種自然的、自由的和原始的生命力精神。艾愷說：「對鄉村社會、鄉民和中世紀（常常包括宗教在內）等的加以提升和歌頌，在浪漫文化民族主義思潮中幾乎是無處不見的主題。」〔註 17〕這段話是從對現代化的反抗和反思的角度來說的。在現代化的強力作用下，只有那些遠離文化中心的偏遠的鄉村、山野，才有可能得以幸免，較少受到工業文明的破壞，因而才能更多地保持本來面目，恢復和淨化人類被異化的心靈。這其實也是山野之於現代人類的精神意義。

從本質上來講，尋根文學是一種鄉土文學。雖然也有部分外圍的作家部分的作品書寫了城市題材，比如鄧友梅的「京味文化小說」、馮驥才的「津門文化」系列小說、陸文夫的姑蘇文化小說等，但整體而言，尋根文學主要還是以對鄉村的書寫為主。從文化身份來看，尋根作家們大多數是知青出身，有過上山下鄉的經歷，足跡踏遍祖國的廣闊山鄉，從內蒙古和新疆的草原、

第 5 期。

〔註 17〕【美】艾愷：《世界範圍內的反現代化思潮》，貴陽：貴州人民出版社，1999
　　　　年第 91 頁。

戈壁、荒漠，到海南、廣西等地的熱帶叢林；從東北原始森林到雲南邊陲的少數民族地區，都有知青作家們活動的足跡。還有一些作家，本身就出身於農村，比如莫言、賈平凹等，與山野田園有著天然的親和性。大自然的鳥語花香、山川原野不僅影響到了他們的寫作精神，而且更是以一種特殊的方式影響到它們的寫作。比如莫言就多次講過，別人是用眼睛來與自然界交流，而他則是用鼻子聞、用耳朵聽來與自然交流，來寫作。由於尋根文學對現代化有著一種隱約的擔憂，所以，在尋根作家們意識中，那些遠離現代文明，較少受到或未受到現代文明污染的山川原野，得以成為他們的精神寄託。

　　這種山野精神，在尋根作家們的理論宣言中，也有著鮮明的體現。韓少功所肯定的「俚語，野史，傳說，笑料，民歌，神怪故事，習慣風俗，性愛方式」等「不規範文化」和李杭育所推崇的能歌善舞、多姿多彩的「少數民族文化」，在地理位置上，大多分佈於廣闊的鄉野民間，特別是一些邊遠的偏僻的地區，其中所體現出來的，其實也就是一種自由自在、野性活潑的山野精神。在《文學的「根」》中，韓少功先是探討了楚文化流入湘西之說，表明了崇山峻嶺的湘西山野對楚文化的保存作用，突出了山野之於文化的價值。接著，他還借《月亮與六便士》中所寫到的那位逃離現代都市、到土著野民所在的叢林裏常年隱沒的畫家高更事情為例，來說明山野對於現代藝術的意義。對這種山野精神表述得最為充分的是鄭萬隆，在《我的根》中，他說：「黑龍江是我生命的根，也是我小說的根。我追求一種極濃的山林色彩、粗獷旋律和寒冷的感覺。那裡有母親感歎的青春和石冢，父親在那條踩白了的山路上寫下了他冷峻的人生。我懷念著那裡的蒼茫、荒涼與陰暗，也無法忘記在樺林裏面飄流出來的鮮血、狂放的笑聲和鐵一樣的臉孔，以及那對大自然原始崇拜的歌吟。那裡有獨特的生活方式、價值觀念和心理意識，蘊藏著豐富的文學資源。」東北邊陲的森林直接影響到了鄭萬隆作品的內容、風格，以及人物的精神，究其實質，體現的是作家的人格精神。類似的表述還可見於賈平凹、莫言和張煒等人。

　　山野精神本質是一種自然精神。如前所述，20世紀80年代上半期，中國當代文學出現了一次比較明顯的原始主義文化思潮，其中相當一部分作品就表現了那種充滿原始氣息的山野文化精神。比如，張承志的《黑駿馬》就以一首讚美草原駿馬的蒙古民歌《鋼嘎·哈拉》貫穿作品始終，來寄託那種自由奔放的熱烈情懷。小說中那遼闊的草原，美麗的羊群，奔馳的駿馬，還有

那在草原懷抱中成長的純眞的少男少女，都給人一種山野自然本眞之美；《北方的河》則以主人公「他」在廣袤的北方大地上，考察和體驗那一條條帶有野性和生命活力的象徵著民族文化和生命力的大江大河，主人公「他」對每一條河流熱情擁抱，一次又一次地躍入河中，與這些自然界的雄奇景觀融爲一體，在與這些奔騰不息的大江大河的相互交融中，抒發青春的豪情壯志，展現青春的活力，體現出自由無羈的蓬勃向上的自由創造精神。鄧剛的《迷人的海》中，年老和年少的兩代海碰子，以無畏的姿態一次次地投入兇險、神秘的大海，通過與大海的搏鬥，來抒發人對自然的征服情懷，其中充滿了力量、勇敢與野性。賈平凹的「商州」系列，是他幾次回商州山地文化考察的結果，作者一路考察民情民風，一路怡情山水，「遇人家便討吃討喝，見客店就歇腳歇身，日子雖然辛苦，卻萬般地忘形適意。」〔註18〕這種山地文化的書寫，體現出作者樸素的山野情懷，也體現出濃鬱的民間文化意識。還有莫言的《紅高粱》，那血紅的充滿野性活力的紅高粱，以及出現於其中的隱隱綽綽的綠林土匪，都體現出一種強烈的不受現代文明拘束的山野精神。此外，還有鄭萬隆對東北邊陲原始森林文化的書寫，烏熱爾圖對鄂溫克族狩獵文化的書寫等等，都體現出一種自然強健的山野文化精神。

　　山野文化精神在 20 世紀 80 年代中國當代文壇的出現，是對那種長期以來制約和影響國人文化心理的傳統文化和主流政治文化的突圍。如同蘇雪林曾經評價沈從文作品的文化意義一樣：「爲老太龍鍾的中國注入一些新的血液，促其新生。」尋根文學山野精神的高揚，也是爲了給那種僵死的國人心理帶來一些新的刺激，喚醒其沉睡的心靈，激發其原始的生命活力。莫言在談到他的《紅高粱》爲何如此走紅時，說：「我認爲這部作品恰好表達了當時中國人一種共同的心態，在長時期的個人自由受到壓抑之後，《紅高粱》張揚了個性解放的精神——敢說、敢想、敢做。」〔註19〕這直接道出了山野文化精神的當代意義。

　　尋根文學中，山野文化精神主要表現爲以下幾個方面：一、表現大自然的雄奇、壯美和自然野性的力量，通過對大自然的擁抱，來抒發對自然界的禮贊之情，並釋放主體的自由奔放的生命激情。這方面最具代表性的作品是

〔註18〕賈平凹：《在商州山地》，《小月前本‧代序》花城出版社 1984 年版。
〔註19〕莫言：《我爲什麼要寫〈紅高粱家族〉》，見《小說的氣味》，春風文藝出版社，2003 年 20 頁。

鄧剛的《迷人的海》和張承志的《北方的河》。在《迷人的海》中，作者一方面表現了大海的神秘、險惡，另一方面通過一老一少兩個海碰子一次一次地投身於大海，與大海較量，更是凸顯了作爲自然界主體的人的不畏艱險、頑強拼搏的強大的精神力量，這種精神其實正是 20 世紀 80 年代初期中國社會蓬勃向上、積極進取的時代精神特徵。《北方的河》中，那些橫貫中國北方，雄偉壯觀、奔湧不息的大河，既是幾千年民族文化的象徵，也是當代主體人格文化精神的象徵。主人公「他」對這些河流的熱愛，在文化的層面，是對幾千年中國歷史文明的熱愛；在精神層面上，則是對無拘無束的自由精神和原始生命力量的嚮往，體現的正是一種被現代文明蕩滌得非常稀薄的山野精神。這樣的精神表達，還可見於同時期的西部軍旅作家周濤的散文《鞏乃斯的馬》等作品中。

二、對原始生命強力的呼喚。人類學上一個悖反性的命題是。文明的進化與人類的生命力之間是一個反比關係，文明的水平越高，人類自身的能力則越弱。文明的進化過程其實也就是人類的生命力日漸衰落的過程。在人類文明的早期，爲了生存，人類必須要與自然界做鬥爭，在適者生存的進化原則支配下，人類必須不斷提高自身的力量才能獲得生存。但在現代文明條件下，科技理性的發展使人類更多地依賴科技，而不是以自身力量來與自然作鬥爭。科技越發達，人類對科技的依賴性越強，從而自身的能力就越弱。這種文明的後果，就是沈從文曾經痛感的「民族生命力的衰退」，在莫言的筆下，則被表述爲「種的退化」。這是一種人類學的、也是現代性的擔憂。尋根文學對原始生命強力的呼喚，是對這種文明擔憂的一種表達。

尋根文學中，對這種原始生命力的呼喚，有兩種表現形態：一種是以鄭萬隆、烏熱爾圖等爲代表，表現東北原始森林文化和邊陲文化，在表達文化啓蒙的主題的同時，也表現了這種文化的血性、勇猛和自然、豪放之感。鄭萬隆的《老棒子酒館》中，民間高手陳三腳，曾經三腳踢死一匹狼，豪爽仗義，勇猛剛強，後遭仇家暗算，在大雪封山之前，來到酒館喝上最後一次酒，然後去深山等死，就連死也不失其英雄本色。這種陽剛氣概，與那些長期受現代文明濡染而變得懦弱、猥瑣的當代人相比，無疑是一種鮮明的對照。還有烏熱爾圖對鄂溫克族狩獵文化的書寫，也表達了一種自然、豪邁、勇敢和樂觀的精神。這些民族長期生活於東北茂密的原始森林，依靠狩獵爲生。特殊的地理環境形成了他們特有的文化精神。這種帶著自然、血性和野性的文

化，就是一種本眞的山野文化精神，正是現代文明所欠缺的文學補給。比如
烏熱爾圖的《七岔犄角的公鹿》，透過少年獵手「我」的眼光，看到了一隻雄
健、漂亮，充滿智慧和犧牲精神的長著七岔犄角的公鹿，爲之所動，多次相
遇，不但不忍獵殺它，反而在它遭受狼群的圍剿時，助其突圍。這種對自然
的美和力量的讚美，其實也傳達出對那種優美自然、雄健有力的山野文化精
神的嚮往。姜戎的《狼圖騰》則通過對草原上集兇猛、殘忍、智慧和團結精
神於一體的狼文化的書寫，將狼的精神上升到一種處世精神和民族國家的生
存策略，對狼表現出一種原始圖騰崇拜。這種狼文化的書寫，對於已經被現
代文明給閹割的當代人來講，傳達出的無疑是一種充滿了原始、野蠻和生存
智慧等特徵的山野文化精神，是對孱弱的當代人精神的對照和文化補血。2005
年，東北女作家遲子建再次書寫了鄂溫克族民族文化。在長篇小說《額爾古
納河右岸》中，她對這個民族文化進行尋根，表現了鄂溫克民族在長期的森
林和狩獵生活中所凝聚成的文化精神，並對這種文化在現代文明的衝擊下逐
漸式微，表現出了留戀和感歎。

　　另一種是以莫言的《紅高粱家族》爲代表，以一種虛構的方式介入歷史，
以一些生活在民間社會法制之外的土匪、江湖好漢和奇女子等，在象徵著民
間文化背景的紅高粱地裏，上演了一場集民間抗日、江湖恩怨和男女風流於
一體的、充滿了血性、野性和陽剛之氣的大戲。黃子平曾將小說中的主人公
「我爺爺」余占鰲等的出現概括爲「綠林土匪反出江湖」〔註20〕。《紅高粱》
發表於 1987 年，並迅速紅遍國內外，黃子平所謂的「綠林土匪反出江湖」，
其實也就表明了 20 世紀 80 年代中期中國社會對這種土匪文化精神的呼喚。
當時文壇上掀起了一陣土匪題材熱，出現了一些有影響的土匪題材作品，如
賈平凹的《五魁》、《白朗》、《美穴地》、楊爭光的《黑風景》、《棺材鋪》、尤
鳳偉的《石門夜話》等。呼喚源於一種精神欠缺和嚮往。那麼，《紅高粱》小
說中所表現的「土匪文化精神」到底是一種什麼樣的精神？這種精神的具體
體現者就是余占鰲，他狂放不羈，血性有力，敢做敢爲，自由自在。實際上，
這種精神也就是那種無拘無束，自由自在的民間文化精神，只不過是多了一
層匪氣而已。與之相應，「我奶奶」戴鳳蓮也自由奔放，敢愛敢恨。甚至小說
中的那些由村民變成的土匪，也充滿了原始、質樸的野性精神，一改以往土
匪的灰色形象，而給人以質樸可親之感。還有小說中的那一望無際的血紅的

〔註20〕黃子平：《「灰瀾」中的敘述》，上海文藝出版社，2001 年第 81 頁。

紅高粱，則象徵著那種熱烈昂揚的、野性自由的、充滿了旺盛生命力的民間情懷。作者由衷地表現了這些人物「最美麗而又最醜陋，最超越而又最世俗，最聖潔最齷齪，最英雄好漢最王八蛋」的複雜本質，讚美了他們充沛的生命活力以及「紅高粱」般充滿血性的民族精神。《紅高粱》所表達的這種血性的、野性的、自由的、充滿了生命力的文化精神，給現代的文明社會，帶來了一股野性之氣。

三、對大自然的懷念與嚮往。工業文明的擴張正在使農業文明遭受空前的破壞，普天之下，難尋一塊淨土，在今天的世界文化背景下，可以說是並不誇張的文明事實。工業文明帶來的並不僅僅只是自然界的破壞，而且造成了人性的異化和道德的失落等一系列的與人的生存和發展相關的社會問題。在上文關於文化保守主義和反思現代性的論述中對此已經有所討論。所以，出於一種對現代化的反動心理，回歸自然成為一個世界性的文化主題。這種回歸自然的衝動背後，其實有著一個尋找精神家園的現代性旨歸。這種現代性的精神衝動，其實也體現出一種以自然和自由為核心的山野精神。尋根文學中，一些作家也表現出這種精神追求，比如賈平凹和張煒等。

賈平凹在 1981～1983 年間，先後三次深入商州山地，考察民風民情，分別寫出《商州初錄》、《商州又錄》和《商州再錄》。在這些作品中，作者表現了商州山地文化的自由、浪漫、博大和精深，並對這種原始、寧靜的山地文明表示了衷心的讚美和嚮往。賈平凹說：「商州是生我養我的地方，那是一片相當偏僻、貧困的地區，但異常美麗，其山川走勢，流水脈向，歷史傳說，民間故事，乃至天上飛的，地下跑的，構成極豐富的、獨特的神秘的天地」〔註21〕。這種對山野自然的認識和體驗，對後來賈平凹的寫作產生了深刻的影響。另一個典型的代表作家是張煒。張煒對農業文明和大自然表現出一種幾乎癡迷的熱愛，而對工業文明則懷有一種近乎本能的厭惡和敵視心理。張煒是當代一位難得的帶有浪漫主義色彩的作家。親近自然，厭惡工業文明，是浪漫主義的本來特徵。在張煒筆下，大地、原野、山川、河流、葡萄園等，作為農業文明的特定意象，都有著特別的意義，是對抗工業文明的力量源泉和人類精神的棲居地。他的《古船》、《九月寓言》、《柏慧》和《刺蝟歌》等作品，一再地表達了這種主題。在《九月寓言》的代後記《融入野地》中，張煒說：「對於我們而言，山脈土地是萬年不曾更移的背景，我們正被一種永恒所襯托。」「世界上

〔註21〕賈平凹：《答〈文學家〉問》，《文學家》1986 年第 1 期。

究竟有哪裏可以與土地比擬？這裡處於大地的中央，這裡與母親心理上的距離最近。在這裡，你盡可以訴說昨日的流浪……」；「我與野地上的一切共存共生，共同經歷和承受。」〔註22〕「融入野地」，和自然合爲一體，這個標題很形象地表達了張煒的山野文化精神。《九月寓言》中，大地原野不僅是小村人賴以生存的基礎，也是年輕人快樂的田園。土地出產的地瓜不僅滿足了人們生存的需要，也給他們帶來了無窮的力量。在夜晚的大地上，年輕的男女們互相嬉鬧、追逐、奔跑和遊戲，與大地自然幾乎融爲一體，這正是張煒所向往的理想境界。在《柏慧》中，面對著工業文明對自然的破壞，張煒痛心疾首：「誰來救救我的平原我的河流，毀滅眞的是唯一的選擇嗎？」在 2007 年的長篇小說《刺蝟歌》中，則對這種山野精神予以直接表達。小說的男主人公廖麥遠離工業文明，僻居山野，晴耕雨讀，過著現代隱士般的生活，立志要寫出一本記錄這種生活的《叢林秘史》。但最終結果是，他的妻子和女兒都背叛了他，投身商業和資本的懷抱，最終讓主人公淪落爲一個孤獨的悲劇性的文化英雄。這其實體現的是張煒的無奈。在小說中，張煒對現代文明的批判已經憤怒；但在現實中，他只能看到這種山野文化精神的潰敗。顯然，這是一種現代性的潰敗。

三、世俗文化精神

所謂世俗文化精神，也就是一種日常生活審美精神。尋根文學所尋的「根」，大多指向久遠的民族歷史文化，似乎與日常生活無涉，但這只是一種表相，或者說是一種偏見。尋根文學絕非「發思古之幽情」，而是有著明確的現實文化目的，對歷史文化的發掘是爲了給現實提供某種精神指導和文化借鑒。尋根作家們所尋的「根」，可以說就蘊藏於現實生活之中，與現實複雜交織，如同鄭萬隆所言：「我意識到自己的時代，那是因爲我在時間中。我不僅是生活在『現在』，而且是生活於『過去』的『現時』，『過去』就在『現時』裏，不是已經逝去了而是還在活著，還依然存在。」〔註23〕這表明尋根與現實之間的互動關係。尋根並非凌空蹈虛，而是在現實生活基礎上的文化發掘，並期望借助於這種發掘反作用於現實。那些脫離了現實的文化書寫，最後都流於故事化文本追逐，從而失去了尋根的初衷，比如尋根文學後期出現的新歷史小說，就是如此。所以，尋根文學作品中，那些貌似悠遠偏僻的文化發

〔註22〕張煒：《融入野地》，見《九月寓言·代後記》，人民文學出版社 2005 年版。
〔註23〕鄭萬隆：《我的根》，《上海文學》1985 年第 5 期。

掘，背後大多有著一個現實的文化背影，是在現實生活基礎上的尋根。如韓少功的《爸爸爸》，這本來是一部高度寓言化的作品，而且寫的是近乎化外之地——其中的雞頭寨幾乎就是一個世外村落，但作者也不忘在小說中塑造一個可有可無的次要人物德龍，通過他，將雞頭寨與山外的現代文明聯繫起來，從而表明了小說的當下屬性，讓小說中的尋根獲得一種當下的文化意義。而相比較於《爸爸爸》，其它的尋根文學作品中，現實生活氣息更爲鮮明。

　　現實背景的突出使尋根文學中出現相當多的關於日常生活經驗的書寫。日常生活經驗書寫是 20 世紀 80 年代以來中國當代文學內容書寫上的發展態勢，也是當代文學審美的必然走向。日常生活審美的出現，具有特定的政治的和文化的內涵，被認爲是中國當代文學走出政治桎梏，回歸生活，回到人本身的標誌。20 世紀 80 年代後期出現的新寫實小說將這種日常生活經驗書寫推向高潮，而到了 90 年代後，日常生活經驗書寫則成爲中國當代文學的常態。尋根文學被認爲是中國當代文學藝術上的轉折，在內容表達上，同樣推動了中國當代文學的變革。

　　當代文學中的日常生活經驗書寫最早可以追溯到尋根文學。李慶西說：「自『尋根派』崛起，情況便有所改觀。從大方面講，中國文學的格局發生了變化。至少小說不再純粹作爲訴諸知識分子個體憂患意識的精神載體了，而是開闢了一條表現民族民間的群體生存意識的新路。」「『尋根派』作家之所以如此重視日常生活的價值關係，也正是因爲從人的基本生存活動中發現了命運的虛擬性。如果要眞實地表現人格的自由，可行的辦法就是穿透由政治、經濟、倫理、法律等構成的文化堆積，回到生活的本來狀態中去。眞實的人生、人的本來面目，往往被覆蓋在厚厚的文化堆積層下。」〔註24〕聯繫這段話的上下文語境，李慶西所說的「尋根派」，主要指的是 1984 年「杭州會議」之後、在 1985 年以理論宣言的形式打出「尋根」旗號的一些作家，如韓少功、阿城、李杭育等人。而實際上，最早表現出日常生活審美特徵的，還不是他們，而是尋根文學的外圍作家——汪曾祺。汪曾祺堪稱新時期日常生活審美第一人，在《受戒》、《大淖記事》等作品中，汪曾祺最早進行了那種世俗的日常生活審美寫照。比如《受戒》中關於荸薺庵中和尙們的每天日常生活書寫，還有小英子一家的日常生活描寫，其中都有一副審美的眼光，都體現出一種世俗的日常生活的美。《大淖記事》中，對小鎭上開店鋪做生

─────────────────

〔註24〕李慶西：《尋根：回到事物本身》，《文學評論》1988 年第 4 期。

意的、外來做小買賣的、挑夫、錫匠和當地婦女等的日常生活，作者都進行了詳細的審美化的敘述，其實就是一種帶有民俗意味的日常生活書寫。這種日常生活審美在汪曾祺的小說中很普遍，比如《雞鴨名家》、《歲寒三友》中，都有著大量的表現。李慶西的話中還有一個意思，那就是日常生活審美對尋根文學來說，是一種必須的「可行的辦法」，因爲「眞實的人生、人的本來面目，往往被覆蓋在厚厚的文化堆積層下」。也就是說，日常生活中蘊藏著文化的眞諦，從日常生活著手，可以發現文化，這是文化尋根的一條必須的途徑。李慶西的這種文化尋根主張，頗有見地，他改變了以前那種考古式的文化發掘，而把文化看成一種活性的存在，藏於當下，就在我們身邊。這就開闢了文化尋根的新路。對李慶西的這種文化主張，我們在認識尋根文學時，必須要深刻認識和加以體會。比如阿城的「三王」系列，都是在平常的日常生活描寫之中，寄寓著深刻的形而上的文化主題。《棋王》中通過對王一生下棋的日常生活描寫，弘揚的是中國傳統的儒家和道家文化精神；《樹王》中表現了民間奇人肖疙瘩的日常生活，特別是其爲捍衛大樹而死的描寫，突出了中國傳統文化中的天人合一思想；《孩子王》中對王七桶珍惜字典和敬仰文字的日常描寫，則表現出對中華民族文化的敬仰和對其巨大生命力量及民間延傳的詩性肯定。這些作品，都於普通的世俗的日常生活書寫中，發掘出了深蘊於其中的特定的文化內涵，從而突出了作者的文化尋根主張。

日常生活其實也就是一種世俗生活，日常生活審美體現的其實就是一種世俗文化精神。尋根文學世俗文化精神的出現有著特定的時代文化背景。尋根文學出現的 20 世紀 80 年代上半期，正是中國社會世俗化大潮開始興起的時期。其時，中國社會剛剛走出文革精神狂熱的年代，而改革開放已經拉開了中國社會現代化的序幕，欲望化的社會潮流正在醞釀之中，到 90 年代後終於彙成滔滔洪流。從 20 世紀 80 年代中期開始，中國社會開始了商品經濟時代，重物質、尚實利，「告別革命」（李澤厚語）、「拒絕崇高」（王蒙語），漸成新的時代風尚。進入 90 年代後，隨著市場經濟社會的到來，這種世俗化的浪潮更是一發不可收拾。反映在文學創作中，也是逐漸從原來的政治化、理想主義寫作，走向了去政治化、解構理想主義，標榜欲望化的寫作。在這一過程中，文學越來越接地氣，越來越親近普通民眾和讀者，原來長期被忽視的世俗化的日常生活和普通人生，在作品中得到了應有的關注。這種世俗化

的文學走向，是中國當代文學自新時期以來的總體發展趨勢，其中體現出深刻的世俗現代性精神。20 世紀 80 年代後期出現的新寫實小說和 90 年代出現的私人寫作、個人化寫作和「現實主義衝擊波」小說等創作現象，都是這種日常生活審美的繼續和表現。甚至在以形式實驗著稱的先鋒寫作中，都有著大量的日常生活描寫。這種世俗化的日常生活審美，使中國當代文學得以從政治的桎梏中解放出來，回歸生活，回歸藝術本身。尋根文學是以文化替換政治的方式，最早地開啓了當代文學的這種轉變，對於中國當代文學的發展走向影響巨大。所以，曠新年認為：「『新寫實小說』向市民的精神態度和『日常生活』的悄然移行，無疑正是起源於『尋根文學』的精神轉向。」〔註25〕

尋根文學中，相當多的作品都有關於世俗文化的描寫，作者的態度也各不相同。有對世俗文化認同的；有對世俗文化感到擔憂甚至潛在對抗心理的。無論是認同還是擔憂，體現的都是一種世俗文化精神。這種對世俗文化的正視，對於中國當代文學來講，本身就是一種進步。總體來看，尋根文學作品中，對世俗文化精神的表現主要體現為兩種形態。

第一種是在與世俗文化的對比和對抗中，凸顯傳統文化的價值。這是一種文化陪襯的方式。在這種關係中，世俗文化往往處於反面地位，但卻極具現實力量。文化尋根本質上是一種形而上的文化領域的精神運動，而世俗文化則是一種形而下的文化事實，二者之間很多的時候是一種對抗和消解的關係。但同時，二者又密不可分。尋根文學中，不少作品表現了這種世俗文化與作為「根」的主流文化精神的矛盾衝突。比如張承志的《北方的河》中，作者正面讚美了主人公「他」的那種自由自在、狂放不羈、充滿野性活力的主體人格精神，並將之上升為一種理想的時代精神。但作者終究不能讓「他」成為一個脫離現實的空洞的意念化的人物，而是讓「他」回到塵世的俗務之中。小說有一個非常有意味的情節描寫：主人公來到北京後，因為錯過了報考研究生的日期，而不得不託人說情補報，雖然補報成功，但對於「他」來講，這種委屈求人的庸俗做法，無疑是一種無奈，也是對他主體人格力量的壓抑。還有後來展開的在「他」、「女記者」和徐城北三人之間的充滿了庸俗氣息的三角戀愛關係，與作者在小說前半部分對「他」的主體人格精神的宣揚之間，正好形成一種對照：一方面凸顯了「他」的那種野性的自由人格精神，另一方面凸顯了世俗文化對人的制約作用——不管願意不願意，人都是

〔註25〕曠新年：《尋根文學的指向》，《文藝研究》2005 年 6 期。

生活在世俗之中，無法拒絕世俗文化的影響。還有李杭育的《最後一個漁佬兒》也是如此，儘管主人公福奎給人的感覺多麼古樸、偉岸、剛健，但在事實上，他是一個失敗者。他的失敗不是源於他本身，而是來自於世俗文化的衝擊——一貧如洗，窮得連褲頭都是相好給的，眼睜睜地看著多年的相好另投他人。也正因此，世俗文化與小說中所緬懷的傳統文化之間形成一種矛盾性的張力，凸顯了人在文化中的孤獨和無奈。不管作者認同與否，小說中的世俗文化如同江兩岸日漸增多的燈光一樣，已然無法抗拒。還有鄭萬隆的「異鄉異聞」系列，雖然表現的是東北邊陲森林文化和狩獵文化，意在突出其中的力量、勇敢和倫理道德觀念。但是，作者也無奈地看到現代文明已經深入到深山老林，世俗化價值觀念已經對原始文化造成了極大的破壞。所以，作品中一再展示金錢與色欲、與道德、與人性的對立，表現了人在其中的尷尬境遇，並以此凸顯那種傳統文化價值的可貴與失落。比如《野店》中，主人公「他」與一個叫做「大珍子」的女人相好多年，卻窮得娶不起她。最後「她」被一個叫「福庚」的惡棍花六兩金子娶走，卻要以十六兩金子的價格讓主人公「他」贖回。直至女人被福庚折磨死亡，「他」也沒有攢夠這十六兩金子。「他」掘開被潦草埋葬的女人的新墳，爲其淨身，隆重再葬。「他」要找福庚報仇，卻遭聞訊趕來的福庚槍擊。文化的尷尬在此表現爲人的存在的屈辱和無奈。還有王安憶的《小鮑莊》中，表現了一個象徵著傳統儒家「仁義」文化化身的小孩撈渣的死，以及他死之後，眾人從他身上獲得的種種好處，表現了儒家文化「仁」與「禮」的對立。「仁」是一種形而上的傳統文化精神，而「禮」則是一種實用性的形而下的世俗規範。通過二者的對立，作者其實是表現了世俗價值觀念對傳統儒家文化精神的消解。小說告訴我們，儒家的傳統的「仁義」文化在現實中正在崩潰，而實用性的世俗的「禮」的價值觀念正在蔓延，對「仁義」文化形成顛覆。由此，作者表現出對儒家「仁義」文化的當代發展的思考。

儘管在這些作品中，尋根作家們對世俗文化普遍表現出擔憂和警惕的態度，但難能可貴的是，尋根作家們並沒有迴避現實，而是在對世俗文化的書寫中，寄託自己的文化理想。正如李慶西所言：尋根作家們「用世俗的眼光去看取人生的歡情與苦難，可以認爲是一種理解，但這並不等於作家的審美意識與情趣完全止於世俗觀念。因爲理解本身也是超越，正是它導引著超越世俗的審美理想。毫無疑問，藝術表現一旦完成了事物的本來過程，也便產

生某種脫俗的寓意，進入高蹈境界。」〔註26〕所以，可以說，尋根作家們在世俗文化書寫中，寄寓著反世俗的文化理想，是對世俗文化的超越。

　　第二種是從世俗文化中提取當代文化精神。世俗文化有庸俗性的一面，也有永恒性的一面。世俗文化中往往暗含著生活的真諦。尋根文學中，有些作品以一種認同的姿態，來發掘世俗文化的當代意義。阿城的《棋王》就是這樣的一部作品。小說重點表現了主人公知青王一生的「吃」和「下棋」，花了很多筆墨來寫他的「吃」和「下棋」。無疑，「吃」和「下棋」都是世俗日常行為，沒啥特別。但作者顯然不是要表現王一生如何吃、如何下棋，而是要表現他對「吃」和「下棋」的態度，在這種不同尋常的態度裏來寄寓著自己的文化主旨和文化理想。王一生愛「吃」，對他來說，食物不求精美，但求溫飽，「頓頓飽就是福」；王一生癡迷下棋，對他來說，「何以解憂，唯有下棋」。正是這種專注的態度，使這兩種普通的日常世俗行為體現出不普通的文化含義，也彰顯出一種特殊的文化精神。小說中對王一生「吃」和「下棋」的描寫，讓人很自然地將這兩種日常的世俗行為與剛剛過去的特定的歷史年代物質和精神雙重匱乏聯繫起來，並以王一生作為活生生的例子，表明了物質和精神這兩種需要對於普通中國人和中國社會發展所具有的重要意義，具有特別的社會學和文化學價值。在剛剛走出文革之後的歷史新時期，正視並滿足國人的這兩種需要，是整個國家和民族重新起步的起點，所有未來的一切發展都必須建立在這個文化基礎上。這種主題發掘，其實就是對普通的世俗文化的精神昇華，體現出強烈的世俗現代性精神。阿城的《棋王》歷來被人稱為傳奇，認為是世俗生活傳奇。為什麼叫做「傳奇」，其實就是將世俗的日常生活審美化了，將普通的日常人生藝術化了。

　　還有一個典型的例子是王安憶的《長恨歌》，這部表現上海城市歷史文化變遷的風花雪月式的作品，被認為是一種城市文化尋根，是對上海城市文化精神的發掘。小說將一個普通女人王琦瑤的命運與上海這座城市聯繫起來，通過這個女人的命運浮沉來表現上海這座城市自解放前到解放後改革開放這段歷史時期的歷史變革，從這個女人的世俗日常生活中來提煉深蘊於其中的上海文化精神。在作者筆下，王琦瑤就是上海城市文化精神的代表，她的世俗人生其實就是上海這座城市的文化表徵。小說採用都市言情的方式來鋪寫王琦瑤的傳奇人生命運，用她的一生時光來表現她從解放前的燈紅酒綠的舊

〔註26〕李慶西：《尋根：回到事物本身》，《文學評論》1988年第4期。

上海生活，到解放後五六十年代政治運動時期的隱居般的上海生活，直至改革開放後八九十年代歷史新時期的充滿遺老貴族懷舊氣息的上海生活。對這個永遠不會衰老的傳奇般的女人來講，外面世界的天翻地覆也難以真正地影響到她的生活。她貌似身不由己，安然處順，但其實內心非常堅定，不乏機心。她是舊上海的遺民，又是新社會的旁觀者。時代的變革會在她身上打上烙印，但卻難以改變她。她如同不老的女神，一個久遠的傳說，平淡的生活中充滿神秘。在天翻地覆的時代變革中，她始終是那麼優雅、從容、精緻，生活在吃點心、喝茶、聽音樂、打麻將、與人聊天、與各種男人的風流瀟灑之中。就這種生活本身而言，無疑是世俗的。但王安憶卻能從中提煉出一種精神，這種精神就是那種淡定的、從容的、華麗的、瀟灑的、處變不驚的、隨遇而安的，甚至還帶有一點私密性的、略微讓人激動的世俗生活精神。在作者看來，這種精神就是近代以來上海這座城市的文化精神，雖歷經浮沉，卻寵辱不驚，生命力非常頑強。上海見證和經歷了近現代以來中國社會歷史的風雲變遷，對生活於這座城市的市民來講，無論任何大風大浪，天翻地覆，他們都早已處變不驚，從容淡定，沒有大悲，也不會有大喜，日子平淡而有韌性。這就是上海文化精神，也是上海市民精神。顯然，這是一種世俗化的文化精神，但在這種世俗之中，卻自有它的生命力和文化價值。也正是如此，作者讓這種世俗的文化書寫體現出不世俗的非常的文化意義。

　　類似的文化書寫還可見於王安憶的另一部表現上海城市移民文化的長篇小說《富萍》。小說中，作為早期上海城市移民的女主人公富萍，其行為和思想無疑都是世俗的。富萍是一名從鄉下進城的女子，是奶奶的孫子的未婚妻。奶奶已經在上海給人家做保姆 30 多年，富萍來上海投奔奶奶。富萍表面文靜木訥，而實則內心堅定有主見。在上海生活期間，富萍經常出入於大街小巷，見識了各色人等，逐漸為上海城市生活所吸引，不願意回到鄉下，不願意面對未婚夫一家沉重的家庭負擔和複雜的人際關係。她最終和未婚夫退婚，而在上海的遠房舅媽給她介紹對象她也沒有相中。後來，她給自己選擇了一個瘸腿的上海男青年，在上海這座城市裏生活下來。她要憑藉自己的努力，在上海城市紮根，生兒育女，讓自己的後代都成為上海人。作者通過富萍的人生選擇，表現了近代以來上海城市移民的文化精神和這座城市的包容性的文化精神。小說中，富萍所做的一切，都充滿了世俗的文化意味，尤其是小說中還通過奶奶、舅媽和街坊鄰居，表現了一系列城市底層的市井文化，世俗

生活氣息非常濃厚。但是，作者卻能從這種婆婆媽媽、瑣瑣碎碎的平民日常生活中，提煉出一種頑強的外來移民的生活精神和上海城市的文化包容精神，從而使這部看似瑣碎平凡的小說，體現出不俗的文化意義。在對這種移民精神和上海城市文化精神的發掘過程中，作者對其中的世俗日常生活表現出熱愛和巨大的文化認可。這種世俗日常生活書寫，同上述阿城等人的日常生活審美一樣，體現的都是一種世俗文化精神。

第二節　尋根文學的啓蒙意義

　　20 世紀以來，受制於中國特定的社會歷史文化現實，啓蒙被賦予崇高神聖的歷史使命，成爲 20 世紀中國文學矢志以求的目標。對於 20 世紀中國知識分子們而言，啓蒙更成爲其安身立命的依據和縈之不去的夢想。「五四」是 20 世紀中國知識分子啓蒙意識高漲的歷史時期，當時眾多的知識分子在域外文化的激發下，借鑒和運用西方的民主、自由、科學等現代思想理念，來開啓民蒙，啓發民智，從而掀起了轟轟烈烈的啓蒙主義的熱潮。但在後來的中國社會歷史發展進程中，受制於中國特定的社會現實，啓蒙的主題逐漸讓位於民族革命的時代使命，出現了李澤厚所說的「救亡壓倒啓蒙」現象，導致了啓蒙意識的失落。在 20 世紀 50～70 年代，在狂熱的極「左」政治思潮支配下，文學中殘存的啓蒙意識幾乎被蕩滌殆盡。80 年代以來，隨著文化高壓政策的結束和西風東漸的再度入侵，長期失落的源自「五四」的標誌性的現代性工程——啓蒙運動再次引起人們廣泛的關注，進而也成爲 80 年代上半期中國文學與文化的主要文化議題和主導的時代社會思潮特徵。20 世紀 80 年代被視爲繼「五四」之後的又一個啓蒙主義歷史時期，但由於時代背景不同，這兩個時期的啓蒙思潮在啓蒙理念和價值目標上又有明顯區別。

　　從文學角度來講，在 20 世紀 80 年代，集中體現這種啓蒙追求的當推尋根文學。在尋根文學出現之前，新時期文學整體上呈現出啓蒙主義的歷史動向。「傷痕」文學、反思文學是以文學的方式啓發民眾認識極「左」政治思潮，尤其是文革的危害，帶有政治思想啓蒙的特徵；改革文學則探討科技和經濟的發展對於時代和社會發展的意義，喚醒國人對於科技文化和經濟發展重要性的認識，是適應著中國社會改革和現代化發展趨勢而出現的一種創作現象，其中也有著濃厚的啓蒙意識。從本質上來講，改革文學仍然屬於主流政

治話語範疇，與「傷痕」文學和反思文學一樣，都帶有政治啓蒙的色彩，只是其中的經濟因素更爲突出。但是，尋根文學則以去政治化的方式跳出了傳統政治啓蒙的範圍，開闢了文化思考的空間，帶來了文化思想的多元化。而這種去政治化和對多元化思想的尊重，正是 20 世紀 80 年代以來新啓蒙主義思想的特徵。所以，尋根文學可以視爲 20 世紀 80 年代中國社會啓蒙思想的轉折點，開啓了新啓蒙主義的歷史發展方向。

　　如何認識尋根文學的啓蒙意義，這是在經過歲月的洗磨之後，評價和理解尋根文學的文學史地位和價值的一個重要指數。可以說，尋根文學對中國當代社會最大的貢獻，就在於其文化啓蒙，喚醒了中國當代社會的文化自覺。在文學日益商品化的今天，隨著文學中啓蒙精神的潰退和人文精神的失落，對尋根文學啓蒙意義的認識更具有直接的現實針對性和啓迪意義，也是我們今天進行人文精神建設不能忽視的重要的一環。同時，對尋根文學啓蒙意義的探討，還有助於我們考察和理解啓蒙在整個 20 世紀中國文學中的歷程和命運，以及中國當代文學的未來發展走向。這使我們很有必要將尋根文學啓蒙與「五四」運動啓蒙聯繫起來，在一種歷史的對比和對照中，來彰顯它的成就得失，加深對尋根文學啓蒙意義的認識和理解。

　　這種歷史的對比和對照有著顯然的理論依據。在尋根文學的代表者韓少功、李杭育、阿城和鄭義等人的文化宣言中，都不約而同地將「五四」作爲自己的參照物甚至是對立面和靶子，對「五四」進行集體發難，這在前文已有論述。這種不約而同的事實表明，尋根文學是在試圖與「五四」進行一次跨時代的歷史對話，是對「五四」啓蒙運動的歷史延續，是對「五四」啓蒙運動所開始的這一「未完成的現代性」事業的當代繼承和發展。但由於文化語境和歷史坐標的不同，這兩個表面相似而實質不同的啓蒙運動，在其現實的指涉意義、表現形態和結果等方面，都有著種種的區別。仔細地辨識這種區別，對於我們更好地認識尋根文學的啓蒙內涵及其意義，很有必要。

一、文化啓蒙

　　從性質來看，尋根文學運動與「五四」新文化運動分屬於兩種不同的啓蒙範疇。尋根文學主要是以文化爲視角來切入當代中國社會，雖然其中也有一定的國民性格和國民心理批判，但基本上屬於文化領域內的精神啓蒙；而「五四」運動則主要從思想領域著手，以外來的民主、科學、自由等現代西方思想來啓

發國人，引導社會變革，基本上屬於思想領域內的精神啓蒙。實質上，文化啓
蒙和思想啓蒙緊密相關，難以截然區分，二者很多時候是彼此包含。文化之中
蘊含了思想，思想本來就隸屬於文化。所以，將尋根文學定位爲文化啓蒙，將
「五四」運動定位爲思想啓蒙，是取其總體特徵，是爲了論述的方便。這樣一
來，我們可以看到，由於尋根文學與「五四」運動啓蒙性質不同，在啓蒙的文
化資源和思想來源，以及啓蒙的效果等方面，也各不相同。

先看「五四」啓蒙。「五四」啓蒙與它對文化的認識態度有關。文化包括
傳統文化與現代文化兩大部分，相應地就體現出傳統性與現代性雙重屬性。
「五四」啓蒙與它對文化的傳統性和現代性的理解有關。那什麼是傳統性和
現代性？王一川先生在論述尋根文學的傳統性與現代性關繫時，曾對傳統性
與現代性進行過區別。他認爲：

　　　「傳統性」與「現代性」的關係是當今世界各種文學和文化都
　　無法迴避的一個問題。這兩個概念的難以界定眾所周知，我只想指
　　出我的特定用意。「傳統性」約略指文化中那些能使人發現這個民族
　　獨特特性的、與其過去血脈相連的方面，涉及民族獨特的哲學、宗
　　教、語言、民情風俗、審美慣例和神話等。與它對峙的是「現代性」
　　概念，指文化中那些能被歸屬於「現代化」進程的種種因素，這一
　　進程在西方首先發動，而今擴散到全球各民族文化中，同普遍化、
　　一體化或標準化等緊密相連。但實際上，這兩者往往呈現出遠爲錯
　　綜複雜的關係。〔註27〕

我們可以王一川先生的這種區分方法爲標準，來看看「五四」新文化運
動與尋根文學在對待文化的「傳統性」與「現代性」問題上的不同態度，以
及這種不同的態度所導致的不同影響和結果。

先看「五四」。由於「五四」處於一個激進的歷史變革時期，出於救亡圖
存的時代目的，它對傳統性與現代性的理解，是取一種絕然相反的態度，以
現代性對傳統性的全面取代和否定而宣告了傳統性的覆滅。它在簡單的意義
上附和了恩格斯對傳統的論斷：「傳統是一種巨大的阻力，是歷史的惰性力。」
〔註28〕它否定了傳統性中的合理因素，忽視了傳統性中的合理因素在一定歷

〔註27〕 王一川：《傳統性與現代性的危機──「尋根文學」中的中國神話形象闡釋》，
　　　　《文學評論》1995 年第 4 期。
〔註28〕《馬克思恩格斯全集》第 22 卷第 360 頁，北京;人民出版社 1965 年 5 月第 1

史條件下的現代轉化，堵死了傳統性向現代性的轉化之門。這種良莠不分的簡單理解，使「五四」時期對傳統性做出了「髒水連同嬰兒一起潑掉」的粗暴對待，導致了「五四」時期傳統性的全面失落，從而出現了後來被尋根作家們所批判的「文化斷裂帶」現象。這就造成了傳統性和現代性不能有機結合，使啓蒙現代性這種從西方移植過來的價值理念，在相當長的一段時間內不能在中國生根立足而爲廣大的民眾所接受。它的僅限於知識分子的狹隘的傳播範圍，使這種外來的價值理念成了游離於中國社會現實問題之外的「懸浮之物」，無法落到實處，無法在中國社會現實中生根立足，從而大大削弱了它的現實的指涉功能，導致其啓蒙意義大打折扣。

對於「五四」而言，它的啓蒙的思想武器庫是從西方借鑒過來的，比如民主、科學、自由、平等、個性解放等。它所推崇和宣揚的各種新思想新學說並不是來自對中國社會結構和歷史進程的實際分析，而是一種生硬的理論移植。因此，「五四」時期出現的許多深刻的思想命題是一種理論演繹的結果，而不是來自於中國社會現實，是「懸浮」在人們實際生活狀態之上的。它可能在一定的時間內引起人們的關注，但卻不會引起人們長久的關心，更不可能得到實質性的問題解決。因爲這種外來的現代的思想命題畢竟與「五四」時期人們的現實人生相隔太遠了。「五四」時期種種的思想學說都冠以「新」字的招牌，就說明了它們與中國社會現實的隔膜性，像《新青年》、《新潮》等刊物也都紛紛以「新」字來表明他們所傳播的思想與普通實際生活的異質性。但隨著這種種思想學說的「新」字的褪色，則又表明了它們與現實的隔膜以及現實社會對它們的拒斥。因此，只有當外來的思想學說與中國特定的社會歷史、現實相結合，並被運用於對現實的分析指導時，其理論威力才能散發出來並爲廣大的民眾所接受。在這種意義上，魯迅的《狂人日記》之所以比丁玲的《莎菲女士的日記》顯示出更長久的藝術生命力和認識價值就在於，他以現代啓蒙思想爲指導對中國封建禮教「吃人」本相的分析和批判，是從中國文化結構分析和社會現實出發的，有著現實的針對性，切合了中國廣大民眾的社會心理。而《莎菲女士的日記》對個性自由、男女平等等現代思想理念的標榜，則是全然的西方現代啓蒙思想的中國翻版，脫離了中國社會現實的民眾接受基礎，是一種超前的理論演繹，雖然它對於「五四」時期理想和現實相矛盾所造成的感傷的時代心理也有著真實的反映。而同是啓

版。

蒙，魯迅的《傷逝》對婚姻自由的感悟，爲什麼直到今天仍然有著巨大的藝
術力量，就是因爲他是從現實的角度來思考問題的，指出了經濟獨立之於女
性獨立和婚姻自由的決定性意義，這在今天，仍然是顛撲不破的藝術眞理。
也正是在這種意義上，最能反映「五四」啓蒙思想深度的，不是陳獨秀、李
大釗、胡適等人對「民主」、「自由」、「科學」等現代啓蒙思想的宣揚，而是
吳虞、魯迅等人對中國家族制度和封建禮教的分析和批判，這種分析和批判
緊密結合中國社會歷史和文化實踐，揭示了中國社會的專制制度和組織結構
的獨特性，與西方社會本質不同，從而表明中國社會變革具有獨特性，也與
西方社會相區別。「五四」時期一系列重大的思想命題，像思想自由、個性解
放、婦女問題、人道主義等，都因與現實不能有機結合而在某種程度上流於
了空談。這種思想的「無根狀」大大削弱了這些啓蒙思想的現實指涉功能。
在這方面，我們只要看看「五四」時期喧囂一時的「娜拉熱」就不難理解，
這有魯迅先生的《傷逝》爲證。

　　20世紀80年代以來，指出「五四」啓蒙思想的「無根狀」所造成的現實
力量薄弱的，不乏其人。例如，對於「五四」啓蒙運動所大力鼓吹的人的個
體性和獨特性，汪暉則指出，由於「五四」啓蒙思想以民族主義作爲其內在
的前提和基本歸宿，所以關於人的個體性和獨特性的思想，在面對種族國家
等類屬問題時，不能不陷入矛盾和困惑之中，從而揭示了「五四」時期人的
個體性和獨特性等自我主體的喪失，顯然與「五四」啓蒙精神相背〔註 29〕。
而陳思和則從學術研究角度出發，指出這種個體性和獨特性的喪失對於「五
四」時期學術的影響：「『五四』新文化在文化上的無根狀造成了思維方式上
的簡單化，作爲人的自覺與個性自覺的基本標誌，獨立思想的權利，連在知
識界本身都遠未生下根來，還遑論什麼對芸芸眾生的啓蒙？這種知識匱乏和
思維方式的簡單化又鑄造了現代知識分子在人格上的簡單化，又鑄造了現代
知識分子在人格上的偏執，即對社會責任感的培養壓倒了對學術責任感的培
養。」〔註 30〕王曉明則從對「五四」時期的雜誌和社團的研究入手，指出「五
四」時期在追求風格一致的前提下，抹殺了各個作家的藝術個性，這與 20 世
紀 80 年代的尋根文學爲追求「總體性的思維方式」而扼殺各個作家的個性風

〔註29〕 汪暉：《預言與危機》（上、下），《文學評論》，1989 年第 3、4 期。
〔註30〕 陳思和：《五四與當代——對一種學術萎縮現象的斷想》，《筆走龍蛇》，山東
　　　　友誼出版社 1997 年版第 5 頁。

格，具有歷史的異曲同工之處，表現出了對「個性獨立」這種「五四」啓蒙命題直到今天都沒有實現的反思〔註31〕。

　　當然，指出「五四」啓蒙思想的現實力量的薄弱並不意味著對「五四」啓蒙意義的否定。事實上，「五四」啓蒙運動的貢獻在於它的開山意義，它對西方現代啓蒙思想像「民主」、「科學」、「自由」、「個性解放」、「人道主義」等的本來移植，爲20世紀中國文學和社會的現代化奠定了良好的思想和行爲規範，使這些思想當之無愧地成爲了20世紀中國社會歷史進程的航標。但是，命題的提出並不等於命題的完成，尤其對於中國這樣一個「後發外生」型的啓蒙運動而言，啓蒙的道路更是艱巨而漫長。一方面，它面臨著對西方啓蒙運動的補課任務，要在極短的時間內彌補上西方啓蒙運動已經發展了幾百年的歷史課程，這使「五四」啓蒙運動很自然地採取了激進的手段和方式，在極短的時間內大量引進各種西方現代思想學說，並迅速推廣和模仿，但結果卻造成了對西方啓蒙思想內涵的生吞活剝，消化不良，出現了很多後遺症。

　　另一方面，除了歷時性地對西方啓蒙運動的補課之外，「五四」啓蒙運動還存在著一個共時性地追趕西方啓蒙運動的問題。但是，從西方啓蒙運動發展的歷史來看，在19世紀末和20世紀初，隨著西方後工業社會的來臨和各種非理性主義思潮的崛起，西方啓蒙運動已經走向了衰落，現代主義正從各個方面瓦解著啓蒙主義的理性原則和生命內核，使啓蒙走向了歷史的反面。這就給中國的啓蒙思想家造成了痛苦。不難理解，當中國的啓蒙思想家即當時的先進的知識分子好不容易從西方借來了火種，找到了改造社會和拯救民生的思想武器，還來不及全面實施時，卻悲哀地發現，這種思想武器已經被人家拋棄了，這是一種怎樣的痛苦？這就帶來了價值擇取的困惑和迷惘，使包括魯迅在內的廣大的「五四」啓蒙思想家在運用啓蒙思想進行社會批判時，無法提出一個更好的社會改造方案，難逃啓蒙者的孤獨命運。而且，受制於中國特定的歷史現實，這種外來的啓蒙思想在中國已經變形，被做了種種實用主義的理解和運用，尤其是在後來「救亡」時代主題的擠壓下，啓蒙思想更是日漸失落，甚至幾近於無。直到20世紀80年代，這一主題才再次引起人們的關注，但由於時代語境不同，在啓蒙的主旨和內涵等方面又截然不同。

〔註31〕王曉明：《一份雜誌和一個「社團」──重評五四文學傳統》，《批評空間的開創》（王曉明主編），東方出版中心，1998年7月。

　　與「五四」時期注重思想啓蒙的方式不同，20世紀80年代的尋根作家們則從文化視角來進行國民精神啓蒙，這是二者在啓蒙表現方式上的顯著差別。文化啓蒙較之思想啓蒙，顯示了二者切入中國社會問題的視點不同。尋根作家們對文化的偏愛，來自於一個文化烏托邦的幻覺，他們認爲對民族傳統文化的發掘和研究，會給中國現代化建設和民族文化精神的重建提供某種歷史依據甚至是靈丹妙藥。這顯然受到兩方面因素的影響：一是20世紀80年代初中國社會盛行的文化熱，在中西文化對比和對民族傳統文化的重新審視之中，激發了國人的民族文化熱情；二是一些第三世界國家，特別是拉美文化的勃興和走向世界，證明了政治經濟上落後的國家，文化上卻有可能釋放出異彩，創造出輝煌，進而走向世界。而究其實，這種烏托邦文化幻想正是「五四」啓蒙思想和救世情結的當代體現，正是「五四」一代啓蒙思想家所孜孜以求而又沒有實現的夢想。這就出現了一個奇怪的歷史悖論，尋根作家們所備爲推崇和自信的民族傳統文化，其實正是魯迅等一代「五四」知識分子們曾猛烈無情地批判過否定過的傳統文化。這使尋根作家們一開始就站到了「五四」的對立面，以一種反「五四」的姿態來繼續「五四」未竟的事業。這眞是一次絕妙的歷史反諷。「五四」時期被用力打倒的傳統文化在20世紀80年代卻成了尋根作家們用來拯救民族喚醒國人的啓蒙武器，這反映了尋根文學與「五四」在啓蒙價值理念上的質的不同和分野。

　　與「五四」啓蒙外來的思想武器庫不同，尋根作家們的啓蒙武器庫則是本土的民族傳統文化。但在韓少功、李杭育等人對文化的「二分法」的論述中，他們揚不規範文化和少數民族文化而貶規範文化和中原文化，由於混淆了傳統性和現代性之間的價值標準，以致在實質上出現了揚傳統性而貶現代性。對此，王一川先生認爲：

　　　　按我們的理解，「傳統」決不能被簡單等同於過去留給我們的「一切」遺產。「傳統」總是活的東西，總是按現實情境和需要而被重新創造的「過去」。任何「傳統」都是這樣創造的產物。而對20世紀中國人來說，這種「傳統」就無法不與來自西方的「現代性」語彙交織起來。因爲，由於中國古典文化價值體系在西方強力撕裂下全面崩潰，長期的「中心」權威失落，中國人不得不借助西方「現代性」話語以激活「傳統」，重建中國在世界上的「中心」地位。這樣，對於中國現代文化來說，「傳統性」與「現代性」就成爲一對張力要

素。「傳統性」應指現代文化中那些能使人想起中華民族往昔的、或
爲這個民族所獨有的因素。而「現代性」則指現代文化中那些能使
人感覺到不同於中華民族往昔的、受西方現代工業文明影響的因
素。其實，這種區別是相對的，兩者總是複雜地交織在一起，根本
無法截然區別開來。在這個意義上，上述「尋根文學」代表的「傳
統」概念就需要重新梳理一下。他們所謂「不規範傳統」，其實就是
我們認爲具有「傳統性」的那些因素，如存在於胡同、里弄、四合
院或小閣樓裏，或見於俚語、野史、傳說、笑料、民歌、神怪故事、
習慣風俗和性愛方式中的東西；而所謂「規範傳統」，則是那些更具
有「現代性」特徵的東西，如林立的高樓、寬闊的瀝青路、五彩的
霓虹燈等。在中國現代文化中，前者往往被擠壓到「邊緣」地帶，
成爲「不規範」之物；後者則屹立於「中心」，具有正統「規範」的
權威。這樣一來，問題就較爲清楚了：「尋根」作家的「尋根」指向
是以「傳統性」去衝擊並取代「現代性」。〔註32〕

　　這種揚「傳統性」而貶「現代性」的文化價值取向，或以「傳統性」去
衝擊並取代「現代性」的做法，與尋根作家們激進的文化策略中的現代性的
焦慮感構成了一種明顯的錯位。這就導致了尋根作家們在價值取捨上的困惑
和迷惘，使他們的文化啓蒙在相當的程度上走向了虛空甚至是走向了自己的
反面。對這一點，作家陳沖當時有過一段詳細的分析，他曾用「觀照」一詞
來嘲諷尋根文學作品中現代意識之不足和價值取捨的迷誤：

　　　　尋根文學多數作品起「觀照」作用的，決非現代意識，而是傳
統的或鄉土的意識。有一些作品雖然對它所描寫的傳統文化持批判
態度，但批判態度本身並不等同於現代意識的觀照。有兩種情況，
第一種情況是，作者批判了他所寫到的那部分傳統文化，但沒有指
出或暗示出應該用什麼去取代他們。批判只表明了一種傾向性，通
常只是基於一般的道德準則或倫理準則的批判。批判的武器並不是
現代意識。第二種情況是：作者批判了他所寫到的一部分傳統文化，
而批判的武器則是同一個傳統文化中的另外一部分文化。這類作品
突出的共同特徵，就是其思維定勢是向後的，從道德範疇來講，它

〔註32〕　王一川：《傳統性與現代性的危機——「尋根文學」中的中國神話形象闡釋》，
　　　　《文學評論》1995年第4期。

充其量是以傳統的美德來批判傳統的惡德。〔註33〕

由此看來，尋根文學所謂的文化啓蒙或文化批判，並不是在異質的現代文明的照耀之下進行，而不過是傳統文化內部的矛盾衝突和系統分化組合，並未給中國當代文化建設帶來什麼新的東西。這種所謂的文化啓蒙，充其量只能算是一種文化改良。這種文化改良，由於無法從根本上改變傳統文化的結構構成，很難想像會有什麼實質性的收穫，其最終指向仍是傳統文化自身，是一種文化循環。尋根文學後期的發展實踐已經證實了這一點。這也就是今天我們返觀 20 世紀 80 年代的尋根文學的文化啓蒙時，除了空見一片啓蒙的熱情，很難見出什麼成果的主要原因。

二、文化重建

這種價值取向的不同，造成了尋根作家們與「五四」知識分子們在進行啓蒙時自身立場和態度的不同。「五四」時期的啓蒙主義，實際是「五四」知識分子們以先進的現代意識、現代科學和民主思想去啓發尙處於蒙昧狀態的民眾的覺悟。這種文化心理的差距，形成了「五四」知識分子們和廣大民眾之間的俯視關係。「俯視」意味著知識分子的主體思想意識對其啓蒙對象來說具有超前性，只有用飽含著強烈的理性精神和現代意識的啓蒙思想，去返觀處於封建宗法社會中的農民，才能形成這種居高臨下的俯視關係。「五四」先驅們所擁有的現代人權、民主、自由和科學等思想意識，比起農民所擁有的封建宗法意識、小農意識來，顯然要先進得多，形成他們精神上的優勢，使他們得以成爲廣大民眾的思想啓發者和代言人。在這種俯視關係的支配下，「五四」知識分子對於啓蒙對象——廣大民眾的情感態度，也不再是人道主義式的簡單的同情，而是於同情中帶有冷峻的批判，是魯迅式的「哀其不幸，怒其不爭」，是魯迅先生對待其筆下的閏土、祥林嫂和阿 Q 們的那種態度。

與「五四」思想啓蒙相比，尋根文學的文化啓蒙則是通過對本民族傳統文化的發掘與研究，來喚醒國人的文化熱情，振奮民族文化精神，以圖民族文化的更新與重構。由於它缺少那種先進的現代思想意識的指引，而只是著眼於本民族傳統文化系統內部的「重建」，使它對普通民眾間的啓蒙立場，不再是「五四」時期的那種「俯視」關係，而是「視線下移」，採取一種平視的

〔註33〕陳沖：《現代意識和文學的摩登化》，《文學的現代意識》（周安平、趙增鐠選編），廣西人民出版社 1990 年第 66 頁。

態度，也即是將作家自我擺放到與普通民眾同一的水平位置上。這種「視線下移」，讓尋根作家們將自我消弭於廣大的民眾之間，從事實上削弱了尋根文學的啟蒙力量。曾寫出了尋根文學重要作品《厚土》系列的小說家李銳說：

> 如果不是曾經在呂梁山荒遠偏僻的山溝裏生活過六年，如果不是一鍁一鍁的和那些緘默無聞的山民們種了六年莊稼，我是無論如何也寫不出這些小說來的。六年的時間一晃便閃過去了，已經又有了十幾年的歲月倏忽隔在了中間。……此刻已是備耕的節氣，呂梁山的農民們正在忙著下種前的農活：整地、送糞，選種，修理農具。等到種下了種籽、他們就盼著下雨，盼著出苗，盼著自己一年的辛苦能換來一個好收成。他們手裏握著的鐮刀，新石器時代就已經有了基本的形狀；他們打場用的連枷，春秋時代就已定型；他們鏟土用的方鍁，在鐵器時代就已流行：他們播種用的耬是西漢人趙過發明的；他們開耕壟上的情形和漢代畫像石上的牛耕圖一摸一樣……和他們比，六年真短。世世代代，他們就是這樣重複著，重複了幾十個世紀。〔註34〕

字裏行間，充滿了對農民的理解和同情。另一位尋根作家賈平凹在與阿城談心時指出：「知青的日子好過，他們沒有什麼負擔，家裏父母記掛，社會上人們同情，還有回城的希望與退路。生活是苦一些，但農民不是祖祖輩輩這麼苦麼？」這段話阿城不僅認同，而且促使他「反省自己」〔註35〕。同沈從文自詡「鄉下人」一樣，賈平凹和莫言都長期自視為「農民」，都表現出對農民文化認同的心理，當然是一種批判性的認同。這種文化姿態，體現出的其實也是一種「視線下移」。這種「視線下移」，表明了尋根作家們在思想意識上與廣大民眾的同步性。這種同步性，帶來了尋根作家們對於啟蒙對象的情感態度的變化。與「五四」作家對於啟蒙對象的強烈的主體批判意識不同，尋根作家們對於啟蒙對象——廣大的民眾，則更多的是認同——哪怕是一種批判性的認同。這種文化認同，使尋根作家們將自我與廣大民眾相等同，最終導致了尋根作家們主體性的泯滅和批判精神的消亡。

以尋根文學最重要的代表作韓少功的《爸爸爸》為例，在這部被稱為民族劣根性之集大成的東方民族寓言裏，作者除了對他所描寫的對象作了一系

〔註34〕李銳：《〈厚土〉自語》，《上海文學》1988年第10期。
〔註35〕阿城：《一些話》，《中篇小說選刊》1984年第6期。

列的現象學的展示之外，比如對於丙崽的誇張描寫和對於雞頭寨村民的種種荒誕和充滿了原始巫術色彩的描寫，幾乎見不出主體的任何情感和價值判斷，而且貫穿作品的始終，也幾乎見不到作者主體的影子。這種「回到事物本身」的現象學式的描述，拉開了審美主體和審美客體之間的距離，具有一種「陌生化」的審美效應。雖然某種程度上也具有一定的認識功能，但是由於作家主體情感和批判精神的缺失，使它的現實意義不能不大打折扣。例如對於作品中的主要人物丙崽，由於卸掉了情感認同和價值判斷的包袱，也就失去了一份嚴肅性和責任心，使作者在對這個人物做現象學的展示時，一定程度上忘卻了啓蒙的使命，不免流露出幾分「賞玩」的心理。例如作者對丙崽大肚臍眼進行誇張描寫，對丙崽服毒未死醒來後枕著女屍睡覺進行賣弄等，這種誇張描寫，曾被李杭育譏之為「硬做戲」。而且貫穿作品的始終，作者的態度並不是很嚴肅，相反倒有一種旁觀者的輕鬆和戲謔的感覺。這與「五四」時期魯迅先生對阿 Q 的「愛之深深，恨之切切」的描寫是何等的不同。這種主體情感和批判精神的有無，直接決定了這兩個典型人物的藝術價值的高低，從而也就影響了這兩個典型人物的啓蒙力量和現實意義。

　　與「五四」啓蒙作家普遍的「國民性批判」不同，尋根作家們則力倡「國民性重建」。「國民性重建」是 20 世紀中國啓蒙文學矢志以求的目標，但縱觀 20 世紀中國文學，一個很奇怪的現象是，致力於「國民性重建」的往往不是那些受到過西方現代啓蒙思想薰陶的作家，相反倒是那些民族傳統文化的擁護者。例如 20 世紀三、四十年代的沈從文，在他的作品裏很難見到文化批判的色彩，但卻有著「國民性重建」的迫切願望。與沈從文進行歷史接力的是 20 世紀 80 年代的尋根作家，尤其是莫言。在莫言的「紅高粱系列」作品中，他通過對民族原始的「力和野性」的生命力的讚美和弘揚，來呼喚民族性格的再造和民族精神的新生，與沈從文形成歷史的呼應。「批判」本質上說是對錯誤落後的思想言論和行為等的分析和否定。「五四」時期的啓蒙作家就是在先進的思想意識的指導下，發現了農民身上那些值得分析出來並加以否定的思想意識和行為。因此，他們在對底層農民不幸表示同情的同時，也毫不留情地對之持否定性的批判態度。但受制於自身的理性危機，他們不能、也不可能提出一個更好的國民性改造方案來。而相比之下，「重建」則意味著在認同的基礎上推倒重來。尋根作家們對國民性的重建，是在認同民族傳統文化的前提下，系統內部的分化組合。它缺乏那種先進的現代思想指引，去掉了

理性的分析和批判，剩下的只是一片熱情，自然也就沒有「五四」啓蒙作家的那種理性危機感和歷史使命感。雖然它也借鑒現代意識的觀照，但這種現代意識只是作爲一種參照物而出現，並非作爲一種啓蒙的因素而存在。曾寫出「蔡莊系列」的吳若增說他的寫作意圖在於：

> 通過這樣的一組小說，寫出中國的過去、現在和將來，寫出中國人（不只是農民）的精神淵源和心理演變，從而促進我們國民性格（或民族心理）的再造。……在這裡，我所使用的是分析原則，我運用的是分析原則與筆法，去刺激讀者，使他們產生痛苦地思考，產生心理上的傾斜，並希望就此而喚起他們追求一種新的平衡的意識或本能。〔註36〕

在這裡，有表現，有解剖，有分析，但就是沒有批判，這正是尋根作家們的啓蒙症候所在。如鄭義的《老井》中，作爲新的現代文化的代表——趙巧英和她所向往的城市，在作者的筆下，不但沒有受到肯定，反而處於一種被貶斥的地位。如趙巧英就被影射爲「狐狸精」，而在中國文化意識中，「狐狸精」並不是一個好的詞彙；她所向往的城市也被抽象化爲與鄉村文化不協調的「高跟鞋」和「緊束腰身的裙子」，讓她扭來扭去，並最終崴了腳。尋根作家們的「國民性重建」，作爲一種迫切的藝術追求，當然無可厚非，但問題在於，這種缺少主體性和批判精神的「國民性重建」，能夠實現嗎？

三、啓蒙意義的崩潰

這種主體性和批判精神的缺失，從主體和客體兩方面瓦解著尋根作家們的尋根意圖。從作家主體角度來看，由於對民族傳統文化無批判性地認同，使尋根作家們投身於民族傳統文化的汪洋大海時，面臨著被同化的危險。例如韓少功，他的尋根意圖原本是想爲東方文明建設做點貢獻：「現在是東方精神文明的重建時期。我們不光看到建設小康社會的十幾年，還要爲更長遠的目標，建樹一種東方的新人格、新心態、新精神、新思維和審美體系，影響社會意識和社會潛意識，爲中華民族和人類作貢獻。」〔註37〕但在文化發掘過程中，他很快就發現自己面臨著文化同化的事實，「感到自己正在這個陌生

〔註36〕吳若增：《民族心理與現代意識》，《文學的現代意識》（周安平、趙增鐉選編），
　　　　廣西人民出版社 1990 年，第 127 頁。
〔註37〕韓少功：《尋找東方文化的思維和審美優勢》，《文學月報》1986 年第 6 期。

的世界裏迷失，乃至消失。」〔註 38〕他的《爸爸爸》、《歸去來》、《藍蓋子》等作品都清楚地表明了這一點。像《歸去來》中的主人公黃治先，爲收購山貨，從城裏下鄉，來到一個似曾相識的山村，被山民誤認爲曾經的知青「馬眼鏡」，受到隆重禮遇。在一系列偶然遭遇之後，黃治先恍恍惚惚，感覺山村裏的一切似乎是那麼熟悉而又陌生，以致他自我迷失，分不清自己到底是「黃治先」還是「馬眼鏡」，有沒有來過這個山村插隊，最後還是城裏朋友的電話將他從幻覺中拉回。這個作品形象地表明了尋根作家主體身份的迷失和文化的同化作用力，也表明了知青精神上的困惑和迷惘，而尋根作家大多數都是知青。

這種文化同化的作用力，還影響到尋根作家們的創作。以鄭義爲例，他在寫完《老井》之後說：「提筆之前，我自然偏愛趙巧英的。不料寫來寫去，對孫旺泉竟生出許多連自己也感到意外的敬意。誠然他有許多局限，但現實大廈畢竟靠孫旺泉們支撐。若無一代又一代的找水英雄，歷史之河便遺失了平緩的河道，無從流動，更無從積蓄起落差，在時代的斷裂處令人驚異地飛躍直下。」〔註 39〕趙巧英嚮往城市，立志遠走高飛，代表的是現代性；孫旺泉熱土難離，肩負重任，留在家鄉爲村民挖井，體現的是傳統性。儘管鄭義迷戀趙巧英的「現代性」，但他卻更敬重孫旺泉的「傳統性」，這在文本的敘述態度上很容易感受到。趙巧英的「現代性」最終不敵孫旺泉的「傳統性」，這既是作家鄭義的個人價值判斷，同時也反映了尋根作家們在這種文化同化力作用之下的價值取捨。同樣的情況在李杭育的《最後一個漁佬兒》中也有著清晰的體現。在這部作品中，作者表現了傳統文化的魅力，表達了對偉岸、古樸、正直和剛健人格的欣賞和讚美，同時也表達了對現代文明的拒斥。在對「最後一個漁佬兒」福奎的輓歌式的詩意抒寫中，寄託了作者對傳統性的無限留戀和對現代性理智上認同而情感上排斥的矛盾心理。這種同化作用，甚至還影響到尋根作家們的文化心態，使他們對民族傳統文化不僅僅只是留戀，甚至更是欣賞和讚美，使他們直接走到了自己啓蒙主張的對面。如賈平凹到了商州之後，曾詩性地寫道：

> 商州，實在是一塊神奇的土地呢。它偏遠，卻並不荒涼，它貧
> 瘠，但異常美麗。……其山川河岩，風土人情，兼北部之野曠，融

〔註38〕韓少功：《好作品主義》，《小說選刊》1986 年第 9 期。
〔註39〕鄭義：《太行牧歌——談我的習作老井》，《中篇小說選刊》1985 年第 4 期。

南部之靈秀；五穀雜糧茂生，春夏秋冬分明；人民聰慧而不狡黠，
風土純樸絕無混沌。我……眞所謂過起溫庭筠曾描寫過這裡的生活
了：『雞鳴茅店月，人跡板橋霜。』遇人家便討吃討喝，見客店就歇
腳歇身，日子雖然辛苦，卻萬般地忘形適意。」〔註40〕

　　在這裡，對民族傳統文化由留戀變成了欣賞，由欣賞又變成了讚美。很
難想像，在這種類似封建士大夫浪遊四方的游子情懷中，在這種無保留的鄉
村文化頌詞中，尋根作家們能夠尋到什麼「根」，能夠進行什麼樣的「國民性
重建」。

　　從作品客體的角度來看，由於尋根作家們對所描寫的對象喪失了情感和
價值判斷，他們所書寫的內容也就相應地失去了理應具有的人文和社會價值
內涵。這就造成了尋根作品內容和意義的日益枯冷，使他們的寫作在相當的
程度上變成了與他們的主觀尋根意圖沒有多大關係的文字事件。這種傾向越
到尋根文學的後期表現得越是明顯。這種文本的價值取向，從實際上取消了
尋根作家們的意義追尋，使他們的啓蒙意圖在相當的程度上成了主觀上的一
廂情願。這種抽空了意義追尋的寫作，使尋根作家們得以輕裝上陣，在對歷
史與文化的發掘和開採中，恣意馳騁自己的才情和想像，從而導致了兩類作
品的出現：一種是乾脆脫去了啓蒙的外衣，在對民族傳統文化的發掘整理中，
沉溺於對民族奇觀和私密的炫耀展示。在這些作品中，不僅有醜陋、愚昧、
冥頑不化，而且有亂倫、野合、性變態等民間生存的畸形狀態，更有「三寸
金蓮」、「陰陽八卦」、「煙壺」、「八旗子弟」等著名的「國粹」。在競相展示中，
他們化「腐朽」爲「神奇」，在一種無意義的文本追逐中，把這些認識性的資
源變成了消費性的觀賞和把玩的對象。另一種是由對歷史眞實性的探尋轉向
對傳奇性和故事性的追求，這導致了新歷史主義小說的興起。在這方面可以
莫言爲代表。他的「紅高粱系列」從最初的文化啓蒙發展到後來的新英雄傳
奇，就典型地反映了尋根文學的這種文本價值取向的變遷。沿著莫言開闢的
這種寫作方向，當代文學中出現了大量的依託著傳統文化的新歷史之作，如
莫言的《豐乳肥臀》、《檀香刑》；陳忠實的《白鹿原》；蘇童的《1934 年的逃
亡》、《罌粟之家》；李銳的《舊址》；王安憶的《長恨歌》等。在這些作品中，
歷史往往只是作爲一個背景，作家的重點是演繹人在歷史和文化中的掙扎和
命運，借人物的命運來闡發某種歷史和文化意念。這樣的寫作理念，就是新

〔註40〕賈平凹：《在商州山地》，《小月前本·代序》花城出版社 1984 年版。

歷史小說的共同寫作思路。在這種書寫過程中，故事性和傳奇性往往成爲作家的首要目標，而蘊含其中的文化意識則往往退居其次。至於所謂的文化尋根，則很少被考慮，更多的是後來批評家的理論附會。這種故事性和傳奇性的文本追求，成爲後來尋根文學的共同走向。由意義文本到故事文本，由認識性到消費性，這種文本價值取向的變遷，標誌著尋根作家們啓蒙精神的實際崩潰。

從「五四」文學啓蒙精神的失落到尋根文學啓蒙神話的覆滅，啓蒙的道路在中國被證明是那樣地艱難而漫長。尋根文學是 20 世紀 80 年代的一些年輕的知青作家們企圖重建文學尊嚴、確認知識分子自我主體位置的一次浪漫衝動。由於先天文化積累不足，再加上準備倉促，目的不清，這樣一次本來有著大好發展前景的文化啓蒙運動，很快就流於破產。尋根作家們在運動展開、打出尋根文學運動大旗後不久，很快就偃旗息鼓，最終風流雲散。尋根文學運動的失敗，兆示著知識分子們的啓蒙意圖在當代中國的破產。這一方面是歷史的使然，20 世紀 80 年代中期中國社會複雜的文化語境使這些年輕的知青作家們猝手不及；另一方面也可能是「啓蒙」自身的命運所致。或許，「啓蒙」本身就是一個無法實現的歷史神話？站在文學日益商品化的今天，返觀 20 世紀中國文學史上這兩次轟轟烈烈的啓蒙主義文學運動，它們的成就得失，對於我們今天，乃至將來的文學與文化建設，都是一個沉重的話題和永遠的借鑒。

第三章　尋根文學審美價值論

　　從審美角度來看，尋根文學是 20 世紀 80 年代以來中國當代文學群體藝術自覺的開始，成功地將中國當代文學從「傷痕」、反思和改革文學的社會、政治、道德的領域轉移到了歷史、文化、自然、藝術和人的領域，促成了中國當代文學藝術面貌的整體更新。尋根文學出現之前，在反思文學作品當中，已經有一些作家做了一些新的藝術嘗試和敘事話語的更新，這是新時期文學藝術變革的開始。如果說，這些還只能算是一種偶而的藝術嘗試和不自覺的藝術努力，那麼，尋根文學則是一次明顯的群體藝術自覺，公然宣告了與此前政治化寫作的決裂，開啓了中國當代文學的藝術新局面，從內容和形式兩方面帶來了新時期文學的變革。尋根文學是新時期以來中國當代文學價值多元化的開始，它打破了長期占主導地位的政治一元化價值判斷的壟斷地位，突破了傳統的二元對立思維模式，實現了文學主體的解放與自由，也造成了小說文本意義空間的釋放，從而帶來了文學審美和價值取向的多元化。

第一節　尋根文學的審美特徵

　　除了有明確的理論宣言，尋根文學還有著大量的創作實踐。在尋根文學理論出臺之前，一些作家就在創作中自覺或不自覺地開始了文化探詢。在反思文學中，一些作家在反思歷史災難和現實困境的原因時，就已經把矛頭指向了文化，發掘民族文化作爲一種集體無意識對人們心理的影響，從而實現了從政治反思向文化反思的深入。而在汪曾祺、賈平凹這樣的傳統文人型作家筆下，則開始了自覺的文化書寫。及至尋根文學理論出臺之後，更多的作

家彙聚在這杆大旗周圍，自覺地以文化作爲自己創作的指導思想和精神內核，掀起了尋根文學創作的熱潮。從尋根文學創作實踐來看，作家人數眾多，風格各異，但從總體上來講，有一些共同的審美特徵。

一、文化審美

　　長期以來，中國當代文學處於政治話語的一統天下，文化意識極其淡薄。20世紀50～70年代期間，所謂的歷史和文化，基本上指的就是革命歷史和革命政治文化，廣義的關於民族過去和民族性格及心理特徵的歷史和文化都被當作封建意識全盤否定。這種民族虛無主義的態度，最終導致了阿城和鄭義等人所謂的「文化斷裂帶」。文革結束後，「傷痕」、反思和改革小說，延續的仍然是文學爲政治服務的政治化的寫作模式，與50～70年代文學相比，並未出現什麼實質性的文學改變。這顯然限制了中國當代文學的發展，使其停滯不前，從而出現了文學自身藝術變革的籲求。

　　在尋根文學正式登場之前，當代文學的文化意識已經自發興起，並很快形成燎原之勢。早期的反思文學當中，比如像《剪輯錯了的故事》、《芙蓉鎮》、《桑樹坪記事》、《李順大造屋》等，在控訴極「左」政治對人們造成傷害的同時，都開始對造成這場政治災難和人物悲劇命運的文化原因進行思考。比起「傷痕」文學中常見的直接的暴露式的政治批判，這種文化反思顯然拉開了文學與現實之間的距離，增強了作品的歷史縱深感，給人以較大的藝術思考空間和回味餘地，豐富和拓展了作品的文化蘊含。這是當代文學的一種自發的文化走向。緊隨隨後是大批的風俗文化小說的興起，這可以分爲兩個類別：一是地域性的鄉土文化小說。這個創作群體的規模最爲龐大，主要包括汪曾祺對家鄉江蘇高郵和早年在西南聯大求學時的所在地昆明的地域文化風情描寫；賈平凹的「商州系列」對陝西商洛地區文化風情的詩性呈現；韓少功對湖南湘楚文化的現代開拓；莫言對家鄉山東高密文化的想像性書寫；李杭育對江南吳越文化的眷戀；阿城對雲南邊陲地區文化風情的激賞；鄭萬隆對東北原始森林的邊地文化的現代審視；鄭義對山西太行山區文化的現代反思；李銳的表現山西呂梁地區的農民文化小說（比如《厚土》系列）對農民文化的批判性藝術思考；張承志的草原文化系列小說（比如《綠夜》、《黑駿馬》等）對草原文化的浪漫憂思；烏熱爾圖對鄂溫克族民族文化的獨特表現；藏族作家札西達娃對西藏民族歷史文化的現代書寫，如《西藏，隱秘歲

月》、《繫在皮繩扣上的魂》等等。這種地域性的文化書寫,構成尋根文學的主要創作力量。

　　二是市井文化風情描寫。主要包括鄧友梅的表現北京文化的「京味文化小說」系列,像《那五》、《煙壺》、《尋訪畫兒韓》等;馮驥才的表現天津文化的「津門文化小說」系列,比如《神鞭》、《三寸金蓮》、《陰陽八卦》等;陸文夫的表現蘇州文化風情的「姑蘇風味小說」系列,比如《美食家》、《小販世家》等;劉心武的表現當代北京文化的「都市文化」小說,比如《鐘鼓樓》、《四牌樓》、《立體交叉橋》等;王安憶的表現上海文化的一些小說,比如《本次列車終點》、《流逝》等。上述的這些作品大多出現在 1985 年之前,即尋根文學正式拉開帷幕之前。有意味的是,及至尋根文學正式登場之後,這種文化寫作反而偃旗息鼓了,只有少量的作家仍在勉力前行,出現的優秀的文化之作也越來越少。今天我們所謂的尋根文學的創作實績,其實主要出現在尋根文學運動展開之前,這是一種文學的尷尬和無奈。

　　尋根文學作品中的文化可以分為三個類別:第一類是民族傳統文化。這主要指的是影響和制約整個民族文化心理和文化性格的在社會生活中佔據著主導地位的文化意識。在中國,具體地說,主要指的就是儒家文化和道家文化傳統,及與之相關的主流文化意識。這也就是韓少功所謂的規範文化和李杭育所謂的中原文化。儘管這種文化有著種種的封建糟粕成分,但誰也無法否認它們對於當代中國社會和廣大民眾心理構成的影響。在 20 世紀 50～70年代,民族傳統文化被掃蕩一空,80 年代後,民族傳統文化重建成為迫切的時代要求。1982 年,老作家汪曾祺面對著文革後中國社會的文化廢墟,發表文章《回到現實主義,回到民族傳統》,大力呼喚民族傳統文化意識,被認為是新時期文化意識覺醒的先聲。李陀認為,汪曾祺的小說最早引進了文化意識:「文化意識的強化是從他開始的」〔註 1〕。汪曾祺自己躬身力行,在作品中大力張揚民族傳統文化,表現民族傳統文化之魅力和美。他的《受戒》、《大淖記事》、《雞鴨名家》、《鑒賞家》、《故里三陳》、《徙》等作品,其中都彌漫著濃厚的文化意識,體現出儒道文化的有機結合,這些作品被稱為當代的「文人小說」。作者本人也外儒內道,被視為生活在當代中國的最後一位封建士大夫,是一個傳統文人型作家。尋根文學作品中,正面表現民族傳統文化的作品不少,中短篇的像李杭育的《最後一個漁佬兒》、張承志的《黑駿馬》、李

〔註 1〕林偉平、李陀:《新時期文學一席談》,《上海文學》1986 年第 10 期。

銳的《厚土》系列等；長篇像賈平凹的《浮躁》、張煒的《古船》等，都是解剖民族傳統文化及其時代裂變新生的。但最集中、討論得最多的，是被視爲尋根文學扛鼎之作的阿城的《棋王》和王安憶的《小鮑莊》。

《棋王》發表於《上海文學》1984 年第 7 期。這部原本是寫知青題材的小說，因其特別的文化視角和對民族傳統文化魅力的張揚，而令人矚目，受到海內外讀者的狂熱喜愛，以致該作品一出，「大有滿城議論《棋王》之勢，登載這篇小說的刊物已一搶而空」〔註2〕。海外評論家王德威如此評價：「《棋王》一出，先在大陸引起矚目，繼之流傳海外，成爲人人爭相一讀的作品」。在臺灣，甚至還因此掀起一陣「大陸熱」〔註3〕。作者借知青王一生對「吃」和「下棋」的迷戀，正面弘揚了中國傳統的儒家和道家文化精神，表現了中國傳統文化的力量和美。知識青年王一生文革期間家庭慘遭變故，隻身前往農村做知青。與周圍世人的紛繁和名欲相比，他淡泊名利，與世無爭，寄情於楚河漢界之間，始終保持內心的平靜。在那樣一個物質和精神都十分匱乏的年代，王一生癡迷「吃」和「下棋」。對待「吃」，他非常專注，可謂全神貫注。在作者筆下，其吃相不乏難看，近乎殘忍。小說中有一段關於王一生「吃」的描寫：

> 拿到飯後，馬上就開始吃，吃得很快，喉節一縮一縮的，臉上繃滿了筋。常常突然停下來，很小心地將嘴邊或下巴上的飯粒兒和湯水油花兒用整個兒食指抹進嘴裏。若飯粒兒落在衣服上，就馬上一按，拈進嘴裏。若一個沒按住，飯粒兒由衣服上掉下地，他也立刻雙腳不再移動，轉了上身找。這時候他若碰上我的目光，就放慢速度。吃完以後，他把兩支筷子吮淨，拿水把飯盒沖滿，先將上面一層油花吸淨，然後就帶著安全到達彼岸的神色小口小口地呷。有一次，他在下棋，左手輕輕地叩茶几。一粒乾縮了的飯粒兒也輕輕地小聲跳著。他一下注意到了，就迅速將那個飯粒兒放進嘴裏，腮上立刻顯出筋絡。我知道這種乾飯粒兒很容易嵌到槽牙裏，巴在那兒，舌頭是趕它不出的。果然，呆了一會兒，他就伸手到嘴裏去摳。終於嚼完，和著一大股口水，咕地一聲兒咽下去，喉節慢慢地移下

〔註2〕仲呈祥：《棋王》，《當代文壇》1984 年第 9 期。

〔註3〕王德威：《世俗的技藝——阿城論》，出自《當代小說二十家》，三聯書店 2006年，第 303 頁。

來，眼睛裏有了淚花。他對吃是虔誠的，而且很精細。有時你會可憐那些飯被他吃得一個渣兒都不剩，真有點兒慘無人道。

對王一生來說，食物不求精美，但求溫飽，「頓頓飽即是福」。這段近乎原始、殘酷的關於「吃」的描寫，因與中國特定歷史年代的食物匱乏狀況相連，而被賦予了特別的「飢餓文化學」的意味。

在解決了肚子的溫飽問題之後，王一生更為癡迷的是下棋。王一生對待下棋非常專注，「何以解憂，唯有象棋」。他不下則已，一下則全神貫注，勇往直前，力敵群雄。作品花了很多筆墨來表現王一生棋藝的由來，及與眾多象棋高手的對弈，特別是小說最後對其與九位高手的車輪大戰描寫，將王一生下棋的境界和文化蘊涵全盤托出：

> 我心裏忽然有一種很古的東西湧上來，喉嚨緊緊地往上走。讀過的書，有的近了，有的遠了，模糊了。平時十分佩服的項羽、劉邦都目瞪口呆，倒是屍橫遍野的那些黑臉士兵，從地下爬起來，啞了喉嚨，慢慢移動。一個樵夫，提了斧在野唱。忽然又彷彿見了呆子的母親，用一雙弱手一張一張地折書頁。
>
> ……
>
> 我笑起來，想：不做俗人，哪兒會知道這般樂趣？家破人亡，平了頭每日荷鋤，卻自有真人生在裏面，識到了，即是幸，即是福。衣食是本，自有人類，就是每日在忙這個。可圍在其中，終於還不太像人。

作者借助一個第一人稱的敘述者「我」的感受和體會，將王一生的下棋予以了文化昇華，將其上升到民族傳統文化和人生境界的高度。文化發掘和文化呼喚的主題已經呼之欲出了。

王一生的身上，作者賦予其以中國傳統的儒家和道家雙重文化色彩。對王一生而言，道家文化是其存在的必要保護，而儒家文化則是其存在的價值體現。他淡泊無為，置身於時代的漩渦之外，「不以物喜，不以己悲」，這在當時其實是一種最好的自我保護方式。他在下棋方面敢於挑戰當地所有的象棋高手，最後更是在地區比賽上以一敵九，引起轟動，則是其儒家文化積極進取、自我實現精神的強烈爆發。他柔弱的外表之下，卻潛藏著強悍的存在和自證能力，並通過最終的下棋比賽得到爆發和充分體現。它將中國傳統的儒家和道家文化的精髓及其當代意義做了形象化的演繹，吸引和感染了海內

外無數的讀者。這就是《棋王》的文化意義。時至今日，這部作品依然魅力不減，顯然與其文化主題直接相關。這也就是這樣一部並沒有太多曲折複雜的故事情節的作品，何以能夠如此吸引人並引起轟動效應的原因所在。這其實就是一種文化審美，也是傳統文化的魅力所在。阿城以他出色的藝術表現才能向當代讀者形象而又生動地表現了中國傳統文化的魅力和美。由於太過留戀，以至於該作品對民族傳統文化讚美有餘，而忽略了對其負面因素的甄別，從而招致了部分讀者對他和這部作品的不滿與激烈批判。

與阿城對傳統文化的欣賞留戀態度相反，王安憶的《小鮑莊》則是對儒家「仁義」文化的現代解剖和審視，表達的是對「仁義」文化及其當代走向的批判性的藝術思考。小鮑莊人自視爲儒家文化聖人大禹的後代，世代以「仁義」自居，被視爲「仁義」文化的當代傳人。但這種「仁義」的實質是什麼？作爲儒家文化的核心理念，「仁義」文化在當代該怎樣發展？今天的我們該怎麼對待它？這是作者通過這部作品試圖向讀者回答的問題。作者以解構主義的筆法，以一種現代主義的敘述方式，以冷靜、客觀的敘述態度，從多角度多方面層層揭開了「仁義」神話的本來面目，還原了它的虛僞、自私、冷酷、殘忍，乃至吃人的眞實本相。這部作品讓人很容易聯想到魯迅先生的《狂人日記》，也會讓人聯想到女作家蕭紅的《呼蘭河傳》作品中那個以「善」的名義將小團圓媳婦虐待至死的婆婆，都表現了對傳統文化，特別是對儒家「仁義」文化的現代思考。這種文化發掘和文化審視，就是一種民族傳統文化審美。與阿城對民族傳統文化的欣賞與弘揚不同，王安憶在儒家傳統文化面具上狠狠地捅了一刀，讓其體無完膚，面目全非，從而宣告了儒家「仁義」文化在現實中的破產。同時，作者對儒家「仁義」文化的未來走向還予以了當下的文化思考。這種思考，具有直接的現實針對意義。

小說中故事的發生地小鮑莊是古老中國的文化縮影，發生在小鮑莊中的各種所謂的「仁義」行爲，如拾來和大姑的故事、拾來和寡婦二嬸的故事、鮑秉德和瘋妻的故事、小翠子的故事、文瘋子鮑仁文的故事，特別是小英雄撈渣捨身救人的故事，等等，有的是眞仁義，有的是假仁假義，有的體現爲自私自利，有的甚至殘忍，從而表明了「仁義」文化在現實中的複雜性和實用多變。但作者的寫作主旨，顯然不是對「仁義」文化的當代弘揚，而是對「仁義」文化的當代解剖和思考。誠如王安憶所說，《小鮑莊》並不是對「仁義」文化的宣揚，相反，「恰恰是寫了最後一個仁義之子的死」，「撈渣是一個爲大家贖罪的形象。

或者說，這小孩子的死，正是宣佈仁義的徹底崩潰！」〔註4〕

還有一類民族傳統文化是那些曾在歷史上出現過的，並佔據過文化中心地位的，但如今已經僵死，喪失了生命力的那部分文化。比如八旗子弟、煙壺、三寸金蓮、陰陽八卦、男人的辮子等。這些就是所謂的國粹文化，也是僵屍文化。在鄧友梅和馮驥才等作家筆下，這些文化借屍還魂，散發出特別的美。作者化腐朽爲神奇，借助於一個個曲折感人的武俠或愛情故事，讓這些已經喪失了生命力的文化古董僵屍復活，從而吸引讀者關注。但由於這些文化的腐朽性和沒落性，已不再具備現實文化功能，而只剩下文學審美意義。

第二類是民間文化。陳思和曾把文化分爲官方文化、知識分子文化和民間文化三種，也即「廟堂」、「廣場」和「民間」三種文化。自此，民間成爲考察文化的一個重要視角。三者之中，民間文化處於最爲弱勢的地位，但卻最爲活潑和自由，是最適宜藝術誕生的溫床。在陳思和看來，「『民間』是一個多維多層次的概念」，至少具有以下三個方面的特點。「一，它是國家權力控制相對薄弱的領域產生的，保存了相對自由活潑的形式，能夠比較眞實地表達出民間世界生活的面貌和下層人民的情緒」；「二，自由自在是它最基本的審美風格」；「三，民主性的精華與封建性的糟粕交雜在一起，構成了獨特的藏污納垢的形態」〔註5〕。這爲我們考察尋根文學的民間文化提供了一個理論視角。

尋根文學的民間文化審美，在理論和創作中都得到體現。其實，尋根作家們的理論主張中，他們所要尋找的文學的「根」，很大的程度上就是民間文化。比如韓少功所認爲的「不規範文化」，即「俚語，野史，傳說，笑料，民歌，神怪故事，習慣風俗，性愛方式等等，其中大部分鮮見於經典，不入正宗，更多地顯示出生命的自然面貌」。還有李杭育所主張的絢麗多彩、幽默風騷的少數民族文化，如「有以屈原爲代表的絢麗多彩的楚文化，有吳越的幽默、風騷、遊戲鬼神和性意識的開放、坦蕩」等；以及鄭萬隆所倡導的漢族和鄂倫春民族等多民族雜糅而成的東北邊陲文化等，都是遠離文化中心位置的流入社會底層的邊緣文化，其實也就是所謂的民間文化。當然，並不是全

〔註4〕王安憶、斯特凡亞、秦立德《從現實人生的體驗到敘述筆略的轉型——一份關於王安憶十年小說創作的訪談錄》，《當代作家評論》1991年第6期。

〔註5〕陳思和：《民間的浮沉——從抗戰到文革文學史的一個嘗試性解釋》，《上海文學》1994年第1期。

部的尋根作家們所要挖掘的「根」，都是民間文化，至少在阿城、鄭義和王安憶等作家作品中，其中的「根」有著更為廣泛的文化意義。

尋根文學作品中，民間文化多姿多彩，成為一個個自足的民間藝術世界。汪曾祺是新時期以來最早發掘民間文化資源的作家，他筆下的民間世界，活潑多姿，其中自有規範。《受戒》中，作者的家鄉早年有做和尚的習俗，當地做和尚與信仰無關，不叫「出家」，而是一種職業，叫「當和尚」。和尚可以賭錢、罵娘、殺豬吃肉，可以公開娶妻和找情人，這在人看來也無可非議，習以為常。這樣的世界是一種民間的自然存在，充滿了自由、野趣和生命的歡樂。《大淖記事》中，江南水鄉小鎮上，作者表現了各種各樣的人及其世俗生活場景，其中透露出不同的文化精神：「坐在大淖的水邊，可以聽到遠遠地一陣一陣朦朦朧朧的市聲，但是這裡的一切和街裏不一樣。這裡沒有一家店鋪。這裡的顏色、聲音、氣味和街裏不一樣。這裡的人也不一樣。他們的生活，他們的風俗，他們的是非標準、倫理道德觀念和街裏的穿長衣念過『子曰』的人完全不同」（《大淖記事》）。這種「不同」，表現的是兩種世界，一個是道貌岸然的所謂主流文化階層，一個則是由各色人等組成的底層民眾社會。作者表現的正是這種多元交織、活潑自由的底層社會，其中體現的其實就是一種自足而又獨立的民間文化精神。比如小鎮上鄰里之間的熱情互助、錫匠行幫的不卑不亢和行俠仗義、當地男女性觀念的開放和兩性關係的自由、巧雲和十一子之間的忠貞不渝的愛情，等等，都是對民間文化的正面積極的弘揚。

阿城的《棋王》中，在轟轟烈烈的時代政治生活之餘，民間自有特別的生活邏輯。對王一生來說，「吃飯」和「下棋」就是他的獨特的存在方式，任何外在的風吹雨打都動搖不了他。在這裡，民間以其特有的方式，化解了來自政治話語的威嚴、殘酷。儘管當時的物質極度匱乏，比如每月五錢油，但小說中對知青們捉蛇待客、吃蛇肉喝蛇湯的描寫，卻生氣勃勃，不乏情趣，與那個冷酷的灰暗的年代形成一種對照。還有對那位無兒無女、身懷絕技的撿破爛老頭及其傳授王一生棋藝的描寫，採取的都是一種民間的文化視角，突出中國文化的博大精深及其在民間的自然存在，也突出了民間文化的自然傳承及其巨大的包容性。

還有王安憶的《小鮑莊》，民間世界有著獨特的倫理規則，與主流話語之間形成一種衝突和反動。為什麼拾來明明是大姑的私生子，卻不能叫他「媽

媽」，而只能叫「大姑」？爲什麼撈渣死後，眾人不願意用自家的掃帚去掃他的墳頭？這裡面除了那些虛僞的儒家仁義文化成分外，是否還有一些民間的文化倫理在其中？莫言的《紅高粱》中，殺人、越貨、通姦、野合、土匪火拼、民間抗日等，糅合在一起，表現了民間世界的豐富、駁雜，而又有自己的獨特倫理秩序。小說中余占鰲率領的由村民組成的土匪武裝抗日，修改了主流的官方關於抗日的敘述，某種程度上還原了民間抗日的眞實存在。余占鰲的土匪武裝抗日，根本就沒有明確的政治理念，不過是出於抵禦外敵、保家自存的生存本能。而出現在作品中的國共兩股政治力量的代表——國民黨冷支隊長和膠高大隊游擊隊長，並不高大，彼此彼此，其光彩遠遜色於土匪頭子余占鰲。這樣的敘述，與既往的類似抗日政治題材作品相比，無疑是一種突破。正是這種民間文化視角，使這部作品體現出一種粗獷的、豪放的、野性的、充滿力量的和無拘無束的魅力和美。還有鄭萬隆的「異鄉異聞」系列，也是如此，民間文化視角的採用，增添了這些邊地題材的奇趣，給讀者帶來不一樣的審美感覺。比如《老梆子酒館》裏的民間高手陳三腳，臨死也不失英雄本色，對應的正是被現代文明閹割的當下人格的卑怯和猥瑣。尋根文學中，這種民間文化的書寫很多，效果也很獨特。正是這種種不同的民間文化的書寫，體現出尋根文學濃鬱的民間文化氣息。

第三類是地域文化。地域文學的興起是中國當代文學走向繁榮的標誌。如同上文所述，在尋根文學拉開序幕之前，中國當代文學的人文地理版圖基本上都被尋根作家們瓜分了。韓少功向湖南湘西楚文化進軍，鄭義、李銳立足山西黃土地文化，李杭育表現東南吳越文化、賈平凹表現陝西商州文化，莫言表現家鄉山東高密文化，鄭萬隆紮根東北原始森林文化，札西達娃表現西藏神秘文化，等等。按照丹納的「種族、時代、環境」三要素說，環境決定著文學，不同的地域文化有著不同的文學表現。

尋根作家們的地域文化書寫有著各自的理論主張。韓少功認爲，「文學有根，文學之根應深植於民族文化的土壤裏，根不深則葉難茂。」〔註6〕李杭育認爲，「我認爲我們民族文化之精華，更多地保留在中原規範之外。……規範之外的，才是我們需要的『根』，因爲它分佈在廣闊的大地，深植於民間的沃土。」〔註7〕鄭萬隆則認爲，「獨特的地理環境有著獨特的文化。黑龍江是我

〔註6〕韓少功：《文學的「根」》，《作家》1985年第4期。
〔註7〕李杭育：《理一理我們的「根」》，《作家》1985年第9期。

生命的根，也是我小說的根」。所以，作者主張「每一個作家都應該開掘自己腳下的『文化岩層』」〔註8〕。賈平凹則認為，「對於商州的山川地貌、地理風情我是比較注意的，它是構成我的作品的一個很重要的因素。一個地區的文學，山水的作用是很大的。我曾經體味過陝北民歌與黃土高原的和諧統一，也曾經體味過陝南民歌與秦巴山峰的和諧統一，不同的地理環境制約著各自的風俗民情，風俗民情的不同則保持了各地文學的存異」〔註9〕

不同的地域文化有著不同的藝術魅力。韓少功筆下的湘西文化，具有一種原始主義氣息。在《爸爸爸》、《女女女》、《藍蓋子》、《史遺三錄》和20世紀90年代的《馬橋詞典》等作品中，都表現了文化的原始、愚昧和落後，似有與世隔絕之感。《爸爸爸》中，那聳立在大山深處白雲之巔的雞頭寨，幾乎就是化外蠻荒之地。那漫天的大霧，出門一腳就踩在雲霧裏；飛流直下的瀑布；蛇蟲瘴癘出沒的山寨；石壁上的鳥獸圖形和蝌蚪紋線條，給人以太古洪荒之感。而生活在其中的人，則幾乎與世隔絕，保持著原始生活習性和思維特徵。比如各種巫術盛行，相信萬物有靈，坐椿殉古，唱古歌，宗族械鬥，部落遷徙，集體自殺等等，都具有原始初民的文化特徵。這一切，形成韓少功作品中神秘、混沌、原始和蒙昧的文化色彩。

李杭育則表現了吳越文化的絢麗、浪漫、幽默、風騷、孤獨和自由。他在《土地與神》、《人間一隅》、《沙竈遺風》、《最後一個漁佬兒》、《船長》等作品中，虛構了一條文學的河流「葛川江」，表現了這條河流沿岸的歷史掌故、人文風情和民風民俗，特別是對於生活在其中的人的文化精神的描寫，表現出他們的自由自在，剛健質樸，幽默樂觀，深得吳越文化的神韻。也正是得力於李杭育的這些作品，東南吳越文化才得以進入當代文學的審美視野，散發出特有的地域文化魅力。

鄭義和李銳則致力於山西地方文化的發掘。鄭義的《遠村》和《老井》表現的是山西太行山區文化，這種文化艱難、滯重、貧窮、落後。《遠村》中，因為貧窮，當地盛行「拉邊套」的習俗。一個男子，因為貧窮娶不起媳婦，只好半明半暗地和一個有夫之婦交往，有男女之實而無夫妻之名，作為交換條件，他必須無條件地替人養家。小說中的主人公楊萬牛，就因為貧窮，為他心愛的女人葉葉，拉了二十年「邊套」，人生中充滿無奈和辛酸。在現代文

〔註8〕鄭萬隆：《我的根》，《上海文學》1985年第5期。
〔註9〕賈平凹：《答〈文學家〉問》，《文學家》1986年第1期。

明前行的過程中，這種畸形的婚俗文化既是人的悲劇，也是文化本身的悲劇。《老井》中，一代又一代的村民為了打井取水，奮不顧身，前仆後繼，在彰顯文化的韌性和人的責任心與獻身精神的同時，也昭示了當地生存環境的惡劣和文化的落後、野蠻，乃至某種程度上的固執保守。出現在作品中的一口又一口乾涸的枯井，以及一個又一個關於打井的傳說和壯烈故事，都是這種文化的證明。孫旺泉拒絕趙巧英進城，留在村子裏完成打井的使命，既是文化的壯舉，也是文化的悲哀，在讓人敬佩的同時，也讓人感歎。李銳的《厚土》系列則表現山西呂梁山區農民文化的麻木、呆滯、猥瑣和落後。這種帶有啓蒙性質的灰色文化表現，讓人看到特定年代山西農村文化的本來面目，令人痛心。比如《選賊》，生產隊裏丟了一袋麥子，隊長主持群眾破案，要大家選出一個賊來。結果選來選去，選出的就是隊長本人。隊長一怒之下拂袖而去，大家都慌了，擔心從此沒了頭人，以後的日子不知道怎麼過。於是，大家又去恭請隊長回來，而且讓隊長喜歡的女人走在前頭。這個故事表現的是特定年代山西農民文化的麻木與奴性。

賈平凹的「商州系列」表現的是陝西商州地區文化。這種文化偏僻落後、神秘秀麗、自然質樸，令人流連忘返。作者說，商州「兼北部之曠野，融南部之靈秀，五穀雜糧茂生，春夏秋冬分明，人民聰慧而不狡黠，風情純樸絕無混沌」〔註 10〕。又說「商州是生我養我的地方，那是一片相當偏僻、貧困的山區，但異常美麗，其山川走勢，流水脈向，歷史傳說，民間故事，乃至天上飛的，地上跑的，構成極豐富的、獨特的神秘天地。」〔註 11〕《商州初錄》、《商州又錄》、《商州再錄》等描寫了商州地區的各種地方習俗、神秘文化，以及「桃花源」般的神奇秀麗的自然風光。同樣是以商州為背景的中篇小說《天狗》、《黑氏》、《古堡》、《遠山野情》等作品，則表現了商州地區人們的傳統、淳樸、率真、重義多情的道德文化，表現人性、文化倫理與現實之間的衝突，令人深思。《天狗》中的天狗和師娘，都是恪守傳統文化規範的人，天狗暗戀年輕的師娘，師娘也疼愛天狗。但在師父致殘後，按照當地的習俗，招夫養夫，要求他倆結婚。他們，特別是天狗，卻邁不出這關鍵的一步。因為這有違他做人的文化倫理。最終師父以自殺成全他們，但他們二人卻從此有了文化的罪孽感，背上了沉重的文化包袱，活得壓抑、沉重。這部

〔註 10〕賈平凹：《在商州山地》，《小月前本‧代序》花城出版社 1984 年版。
〔註 11〕賈平凹：《答〈文學家〉問》，《文學家》1986 年第 1 期。

作品表明，文化可以塑造人，也可以制約人；人一旦做不了文化的主人，就會淪爲文化的奴隸。所以，這部作品提出了一個關於傳統文化現實轉化的問題，極具現實意義。作品中的文化具有濃厚的陝西關中文化色彩，體現出鮮明的地域文化特徵。這種山川、自然、習俗、人物的書寫，使賈平凹的小說中表現出商州山地特殊的地域文化風貌。

鄭萬隆的「異鄉異聞」系列小說表現的則是東北興安嶺森林中的原始邊陲文化。那人跡罕至的茂密的原始森林、每年冬季到來時的大雪封山、春季冰雪融化時天翻地覆的倒開江、從山頂不斷湧出的被部落視爲神靈的黃煙、充滿神秘和巫術色彩的「薩滿教」文化、帶著不同文化背景和目的來到此地的獵手和淘金人，共同組成了東北邊陲和森林文化群落。這種邊地和森林文化，給人以原始、殘酷、奇異、浪漫的感覺。如《老梆子酒館》、《黃煙》、《空山》、《老馬》、《野店》、《峽谷》等，每一部都表現了東北邊地人的愛欲情仇或文化的野蠻愚昧，充滿了邊地文化風情。

張承志的小說表現的是北方草原文化風情，他的《黑駿馬》、《戈壁》、《大阪》、《北方的河》、《九座宮殿》、《殘月》、《黃泥小屋》、《北望長城外》、《金牧場》等一系列小說，不僅表現了北方草原、戈壁、雪峰、江河等遼闊壯觀的自然景象，而且也表現了這種地理環境中的人文文化。比如那草原上游牧民族的悠長、蒼涼的古歌，大阪上與歷史文明相接的古道，黃河、湟水之濱的有著五千年歷史的彩陶碎片，清眞寺的冷森森的令人蕭穆的月牙，埋在沙漠裏的消失了的古代宮殿，蒼茫群山中蜿蜒不絕的長城等，帶給人的是一種雄渾壯闊的北方民族歷史文化之美。

此外，還有莫言對於家鄉山東高密文化的書寫，比如《紅高粱家族》，就展示了這種文化的原始、混沌和野性活力。張煒對山東膠東半島儒家文化的書寫，比如《古船》和《家族》等，表現這種文化的厚重、樸質和擔當精神，有著鮮明的山東魯文化地域特徵。少數民族作家的地域文化書寫也極具特色。藏族作家札西達娃的作品《西藏，隱秘歲月》和《繫在皮繩扣上的魂》等作品，表現了藏民族的歷史文化、宗教傳統和民俗風情。鄂溫克族作家烏熱爾圖的《琥珀色的篝火》和《七岔犄角的公鹿》等作品，表現了鄂溫克民族的狩獵文化、民族心理和生活習俗，具有特定的異域民族風情。

人是文化的主體，不同地域的人的文化性格也不相同。尋根文學作品中，地域文化的差異性形成了人的文化性格的豐富性。韓少功筆下，湘西文化的

原始、混沌，決定生活於其中的人也封閉保守，思維混亂。丙崽就不用說，就像丙崽娘、仁寶和仲裁縫，以及整個山寨的人，都是渾渾噩噩，思維不清，缺乏邏輯和理性。他們相信巫術，崇拜神靈，對丙崽前倨後恭，見不出任何現代文明的痕跡。李杭育推崇「吳越文化的幽默、風騷、遊戲鬼神和性意識的開放、坦蕩」，其筆下的人物如耀鑫、桂鳳、福奎、阿七和船長等，一個個都顯得強悍、正直、豁達、樂觀、自由自在，具有一種古樸、正直和偉岸的美，散發著吳越文化的獨特魅力。比如《最後一個魚佬兒》中的主人公福奎，寧可固守貧困，眼睜睜地看著自己相好多年的女人另投他人，也不願意委屈求人，改變自己幾十年來的生活方式。他最終成為葛川江傳統文化的殉葬者，人格因古樸、正直顯得偉岸而又倔強。

賈平凹筆下的商州山地的人們，如天狗、師娘和金狗等，渾厚質樸，蠻野強悍，表現出秦漢文化質樸拙重風采。張承志筆下的人物，像《黑駿馬》中的白音寶力格、索米婭和《北方的河》中的男主人公「他」，顯得熱烈、奔放、雄渾、豪邁而又深沉，體現出北方草原文化的博大浪漫特徵，等等。這種不同地域文化人格的書寫，給讀者留下了深刻的印象，極大地豐富了中國當代文學的人物畫廊。

作家是文化的結晶，不同的地域文化形成尋根作家們不同的藝術風格。湘西文化的原始、神秘形成韓少功小說混沌、模糊的審美風格；吳越文化的瑰麗浪漫，形成李杭育小說的幽默樂觀風格；商州文化的秀麗厚重形成賈平凹小說的空靈樸拙的個性風格；山西太行文化的貧窮落後，形成鄭義小說的苦澀悲壯風格；北方草原文化的遼闊蒼茫形成張承志小說的奔放豪邁的浪漫主義風格；西藏文化的神秘落後，則形成札西達娃小說的宗教色彩和魔幻特徵。文學是文化的表徵，尋根作家們的地域文化書寫，拓展了中國當代文學的藝術表達空間，豐富了當代文學的審美經驗。

二、歷史審美

在尋根文學興起之前，中國當代文學中的歷史意識非常淡薄。在 20 世紀 50～70 年代期間，所謂的歷史，在當時被簡化為僅僅指中國新民主主義的革命歷史，反映在文學中，就是當時革命歷史小說的興起。除此之外，傳統的歷史題材基本上被限制，僅在 60 年代初出現了有限的幾個傳統的歷史題材小說和歷史劇，比如陳翔鶴的《陶淵明寫〈輓歌〉》、《廣陵散》，黃秋耘的《杜

子美還鄉》和馮至的《草堂春秋》、《白髮生黑絲》等。戲劇方面也僅有田漢的《關漢卿》、郭沫若的《蔡文姬》等。但很快，這些作品就受到批判，這種傳統歷史題材創作就偃旗息鼓，無人敢觸，傳統歷史題材創作園地一片荒蕪。在這期間，傳統歷史題材領域，只有姚雪垠的表現明末農民起義的歷史題材長篇小說《李自成》，因其與中國新民主主義革命史極其相近，從而受到特別保護，在充滿各種政治運動和思想鬥爭的 20 世紀 50～70 年的文壇，一枝獨秀。新時期之初，「傷痕」、反思文學表達的是民族的政治訴求，歷史意識普遍匱乏，其歷史指向主要是剛剛過去的歷次政治運動，特別是文化大革命。反思文學的歷史視野要比「傷痕」文學寬闊一些，但也不過是上溯到解放戰爭和抗日戰爭時期而已，而且都是一種政治化的歷史，而不是那種廣義的與民族存在和發展息息相關的通常意義上的歷史。這樣一來，中國當代文學中的歷史概念非常狹窄，幾乎就是一種政治化的斷代史，無根無源。這種情況直到尋根文學的出現才得以改觀。

　　歷史是一個民族的過去，也是文化的重要載體和表現形式。尋根文學對民族文化之「根」的發掘，其實也包含了對民族歷史的挖掘與再審視。韓少功認為尋根，「大概不是出於一種廉價的戀舊情緒和地方觀念，不是對方言歇後語之類淺薄地愛好；而是一種對民族的重新認識，一種審美意識中潛在歷史因素的蘇醒，一種追求和把握人世無限感和永恒感的對象化表現。」〔註12〕阿城說：「一個民族自己的過去，是很容易被忘記的，也是不那麼容易被忘記的。」〔註13〕鄭萬隆則以反問的方式發問：「你不認為遠古與現在同構並存嗎？」〔註14〕表達的其實都是一種歷史意識，是對歷史的追憶與重塑。所有這些表明，在尋根作家們的尋根意識中，本身就包含了歷史審美的藝術成分。

　　從文學史來看，尋根文學的歷史化審美有著鮮明的文學意義。由於長期以來，中國當代文學是一種高度政治化的文學，文學被綁在政治的馬車上而喪失了自我，歷史化審美得以將文學從政治的束縛下解放出來，讓文學回歸自身。歷史化審美也拉開了文學與現實之間的距離，給文學提供了更多藝術審美的空間。同時，歷史審美的出現，也增強了當代文學的意義內涵，帶來了審美的厚重感和多樣化，進而也打破了之前當代文學審美的一元化局面，

〔註12〕韓少功：《文學的「根「》，《作家》1985 年第 4 期。
〔註13〕阿城：《文化制約著人類》，《文藝報》1985 年 7 月 6 日。
〔註14〕鄭萬隆：《我的根》，《上海文學》1985 年第 5 期。

走向了多元化和豐富深刻。尋根文學的歷史化審美對中國當代文學的發展產生了深刻的影響，深刻地影響到了中國當代文學的發展格局。尋根文學與先鋒文學幾乎並存，都面臨著共同的藝術困境，先鋒文學正是在歷史化審美這方面與尋根文學不謀而合，找到了共同的藝術出路，最後一起彙入新歷史主義小說的大潮，從而實現了中國當代文學的整體突圍和重大變革，並結出了豐碩的文學成果。在這種意義上，尋根文學的歷史化審美，對中國當代文學的發展，具有轉折性的文學史意義。

　　在尋根作家們筆下，歷史化審美大致可以分為三種類別：第一類是對民族歷史的書寫。每個民族都有自己的歷史，民族歷史其實也是民族文化的表現和構成部分。對民族歷史的發掘是尋根文學文化發掘的內容之一。在尋根文學運動中，不同作家對民族歷史持有不同的審美態度。在張承志筆下，民族歷史形成一種特定的文化氛圍，具有一種悠久深沉、博大厚重、雄渾悲壯的美。張承志是新時期較早具有民族歷史感的一位作家。早在 1982 年，他的《黑駿馬》就開始吹響了向蒙古草原民族歷史和文化進軍的號角。那首貫徹小說文本始終的蒙古族民歌《剛嘎‧哈拉》，就具有濃厚的歷史文化氣息，聯繫起了蒙古民族的過去與現在、歷史與現實。張承志說：「我一直固執地認為：對這支古歌的發掘，是理解蒙古游牧世界的心理、生活、矛盾、理想，以及這一文化特點的鑰匙。」並說，「在這一切中，我深深感到了一種帶有歷史意味的莊嚴」〔註15〕。《剛嘎‧哈拉》民歌講述的就是一個蒙古女人的故事和命運，也是千千萬萬個蒙古女人的故事和命運。小說《黑駿馬》其實是對這首蒙古民歌的演繹，作者寫的其實是一首歌，一首在他心頭湧動很久陪伴他多年草原生活的民歌。小說表面上寫的是一個愛情故事，但實際上寫的是蒙古女人的命運和生活，索米婭是千百年來無數蒙古女人的化身。她勤勞，善良，命運曲折，生命力頑強，但又因循守舊，缺乏抗爭精神。她的身上，有著豐富的歷史文化蘊涵和當下文化意義。小說中，《剛嘎‧哈拉》旋律悲愴深沉，迴環往復，象徵著蒙古民族文化的雄渾悲壯，歷史悠長。一首民歌，一個女人，演繹的就是蒙古草原民族的歷史與文化。由此，小說在體現出特定的文化思考的同時，也體現出深厚的歷史意蘊。寫於 1984 年的《北方的河》則表現了民族歷史文化的悠久、燦爛、博大、輝煌，是對民族歷史文化的禮贊。主人公「他」對北方每一條河流的考察，都有著歷史的維度，將河流的歷史

〔註15〕張承志：《〈黑駿馬〉寫作之外》，《民族文學》1983 年第 3 期。

與民族的歷史相連。特別是對黃河邊象徵著歷史文明的古代陶瓷碎片的激情書寫，更是直接將其當成五千年中華文明的化身，具有鮮明而又強烈的歷史文化追尋意識。主人公「他」對北方的河流文化的發掘與景仰，實質上表達的是一種文化「尋父」情結，是對給予自己生命的文化來源的追詢和禮贊。正因爲這文化「父親」——北方的河的悠久、雄壯，才催生了主人公「他」的激越、豪邁和無畏的男子漢般的英雄主義情懷，才會讓「他」同那些流貫北方大地的奔騰不息的河流一樣，散發出巨大的文化和人格的魅力。《北方的河》是對民族歷史文化的發掘與禮贊，表現了民族歷史文化的悠久漫長、輝煌燦爛。其中的歷史感，已經溢出文字。這種浪漫主義式的直抒胸臆，在尋根文學作品中並不多見。

札西達娃的小說表現的是西藏民族的歷史和文化。他的《繫在皮繩扣上的魂》和《西藏，隱秘歲月》都以時間來作爲小說的標題，將時間與西藏歷史文化聯繫起來。小說中的藏民族歷史，是一種被時間遺忘了的歷史，無所謂過去，也無所謂現在和未來，彷彿混沌的一團，無始無終。這種歷史意識鑄就了小說的文化意味，或者說，這種文化也是一種特定歷史的文化，是在現代文明前行的過程中，被時間遺忘的或被排除在時間之外的文化，僵化、凝滯和落後是其本來特徵。《繫在皮繩扣上的魂》講述的其實就是一個關於時間的故事。小說採用「穿越時空」的魔幻敘述方法，表現作爲現實時空中的主人公「我」——札西達娃，與作爲虛幻時空中的主人公塔貝和瓊，在特定的情況下相遇，通過兩種時間意識的對比，表現了西藏文化的落後、野蠻和愚昧，及對現代文明的渴望。小說中的主人公塔貝，是一個從遠方而來，又去往遠方的藏民。他意志堅定，有著明確的宗教信仰，但他還生活在「結繩記事」的前文明年代，與現代文明幾乎絕緣。牧民之女瓊與塔貝私奔。後來，在寄宿的村莊上，他被一輛拖拉機吸引，出於好奇試駕之，卻被後面快速奔馳的另一輛車撞成重傷。當塔貝奄奄一息即將死去時，「我」——作家札西達娃竟然按照死去的活佛桑傑達普的預言，穿越雪山，來到了自己所寫的鎖在抽屜裏的一部小說的虛幻世界中，出現在即將死去的塔貝面前。在這個虛幻的世界裏，時間是倒流的。塔貝至死都堅信著他的思維和信仰，他表示自己已聽到了北方王國香巴拉戰爭開始的聲音，可是對置身現代文明中的「我」——札西達娃來說，透過空氣中的電波所聽到的，卻是1984年洛杉磯奧運會開幕式的喧鬧聲。「我」帶著瓊離開了那個虛幻世界，往回走，回到現實中，

時間就又開始了。兩個世界的對比，形象生動地表現了藏民族文化的前文明特徵，同時也指明了現代文明是藏民族文化發展的必然道路。札西達娃的這些作品在尋找藏民族文化之根的同時，非常強烈地表達了西藏文化對現代文明的渴望。這是一種時代的渴望，表明民族現代意識的覺醒。這種前瞻性的文化理念非常吻合韓少功本來的文化尋根意圖，那就是借對民族文化的發掘，來呼喚現代意識，促其新生，進而追趕世界文化腳步。這與那些方向朝後，搜奇獵勝，爲尋根而故作尋根之狀的僞尋根之作截然不同。在這種意義上，札西達娃是一位深得尋根理論眞諦的少數民族作家，具有拉美作家文化尋根的本來特徵。

　　還有一種民族歷史書寫是對那些已經消失了的代表某種歷史存在的文化意識的招魂，比如鄧友梅的「京味文化小說」和馮驥才的「津門文化小說」等。這些作品把一些已經消失了的國粹文化，如八旗子弟、煙壺、男人的辮子、女人的小腳、陰陽八卦等搬出來，予以現代故事包裝，借曲折引人的故事來打動讀者，讓這些僵屍文化重新散發藝術魅力。這種國粹文化書寫，讓人很自然地聯想到它們曾經不無輝煌的過去，將其與特定的歷史文化相連，從而具有一種特殊的歷史文化審美意味。

　　第二類是對部落或宗族歷史的書寫。部落是人類文化早期的群體存在形式。在現在的中國，部落文化基本上已經消失，僅在一些邊地的少數民族極少保留，但在世界很多地方，比如非洲、南美、南亞、中東等地，部落制度仍然廣泛存在。而宗族是以血緣關係爲基礎而形成的人類的群體關係存在，有著濃厚的封建文化色彩。長期以來，中國是一個封建宗法社會，宗（家）族勢力非常強大。雖然隨著中國社會的開放和進步，其中的封建色彩受到批判並日益淡化，但是無法根除。尤其是在今天廣大的中國鄉村，這種宗族仍然非常普遍，其勢力和影響也非常地強大。無論部落還是宗族，都有著漫長的歷史，這種歷史的觸鬚甚至還一直延伸到當代。尋根文學的歷史審美，就包含了對這種部落史和宗族史的文化表現。

　　韓少功的小說《爸爸爸》中的雞頭寨，通常被當成整個中國的縮影。其中關於雞頭寨部落的歷史書寫，在象徵的意義上，也就是關於中華民族歷史的書寫。小說中，雞頭寨幾乎是一個世外存在，遺世獨立。但就是如此，生活在這個山寨裏的人卻都有著強烈的認祖歸宗的衝動。他們在閒暇時，或者重大的部落活動時，都喜歡唱「簡」，即唱古歌，唱歷史，唱死去的祖先：「……

他們的祖先是姜涼。姜涼沒有府方生得早。府方沒有火牛生得早。火牛沒有
憂耐生得早。憂耐沒有刑天生得早。他們原來住在東海邊，後來子孫漸漸多
了，家族漸漸大了，到處住滿了人，沒有曬席大一塊空地。怎麼辦呢？五家
嫂共一個舂房，六家姑共一擔水桶。這怎麼活得下去呢？沒有曬席大一塊空
地呵，於是大家帶上犁耙，在鳳凰的引導下，坐上了楓木船和楠木船」，最終
來到了這個與世隔絕的湘西深山。「據說，曾經有個史官到過千家坪，說他們
唱的根本不是事實。那人說，刑天是爭奪帝位時被黃帝砍頭的。此地彭、李、
麻、莫四大姓，原來住在雲夢澤一帶，也不是什麼『東海邊』。後因黃帝與炎
帝大戰，難民才沿著五溪向西南方向逃亡，進了夷蠻山地。」儘管小說的這
種書寫構成一種相互拆解的文本內在關係，但在審美效果上，卻呈現出一種
原始、混沌、蒼茫的歷史感，表明雞頭寨這個化外之地，還是其來有自的。

王安憶的《小鮑莊》中關於小鮑莊人歷史由來的書寫則是一種宗族歷史
審美。顯然，在文學意義上，小鮑莊是中國的縮影。作為中國一個普通的村
莊，小鮑莊有著自己引以為豪的歷史。小鮑莊人也唱「古」，一代一代地講述
著家族歷史的由來：「小鮑莊的祖上是做官的，龍廷派他治水，用了九百九十
九天時間，九千九百九十九個人工，築起了一道鮑家壩，圍住九萬九千九百
九十九畝好地，倒是安樂了一陣。不料，有一年，一連下了七七四十九天的
雨，大水淹過壩頂，直瀉下來，澆了滿滿一窪水。那壩子修得太堅牢，連個
去處也沒有，成了個大湖。直過了三年，湖底才乾，小鮑莊的這位先人被黜
了官，念他往日的辛勤，龍廷開恩免了死罪。他自覺對不住百姓，痛悔不已，
捫心自省又實在不知除了築壩以外還有什麼別的做法，一無奈何，他便帶了
妻子兒女，到了鮑家壩下最窪的地點安家落戶，以此贖罪。從此便在這裡繁
衍開了。」小鮑莊人認為「這位祖先是大禹的後代，於是，一整個鮑家都成
了大禹的後人」。小說開篇就介紹了關於小鮑莊人的宗族歷史，這種書寫，為
小說後面關於儒家「仁義」神話的現代解剖提供了一個歷史的和文化的背景，
也給小說審美帶來濃厚的歷史感。同樣的宗族歷史書寫還可見於鄭義的《老
井》，小說寫的是一個關於孫氏宗族挖井取水的故事。這個村莊的歷史就是挖
井的歷史。小說中有著關於孫老二背井的神話和孫小龍以血飼石龍的傳說，
這給老井村和他們的挖井行為，染上某種神聖、莊嚴和悲壯的歷史色彩。而
現實中關於孫石匠以自裁的方式祈雨和萬水爺在父親死後憤而綁曬龍王的舉
動，以及青龍嶺上一個又一個記載著一代又一代老井人找水的悲壯歷史的廢

井，又與歷史緊密相連。挖井既是當下必須，又是歷史使命。這種關於老井村民挖井歷史的書寫，給小說帶來了一種沉重的歷史美感。

　　第三類是關於家族歷史敘事。「家」是「國」的縮小，家族歷史某種程度上也是國家歷史。尋根文學的後期，出現了大量的家族歷史小說，比如莫言的《紅高粱》、賈平凹的《浮躁》、張煒的《古船》、《家族》、陳忠實的《白鹿原》、高建群的《最後一個匈奴》、李銳的《舊址》、王安憶的《紀實與虛構》等等。這些小說大多依託著某種特定的歷史背景（大多是民國歷史），虛構一個或幾個家族，表現他們在這段歷史時期內的歷史際遇和命運浮沉，從而傳達出某種人生感悟和歷史韻味。這種寫作，通常稱爲新歷史主義小說。由「國」到「家」，這是尋根文學歷史敘事的必然。家族與現實中的每一個人直接相連，家族的故事往往就是個人的故事。家族歷史敘事是尋根文學最具藝術魅力的審美領域，是尋根文學歷史審美的一種重要表現。

　　1987 年，莫言的中篇小說《紅高粱》出現，揭開了家族歷史小說的序幕。小說塑造了「我爺爺」余占鰲、「我奶奶」戴鳳蓮、「我父親」和「我」這樣一個虛構的家族譜系。以「我爺爺」和「我奶奶」的充滿血性、熱烈奔放和自由自在的原始生命活力來對照「父親」和「我」的懦弱，在表達對民族原始生命強力呼喚的同時，還表達了對民族「種的退化」的擔憂。這就是這部作品的尋根主題，具有文化人類學的意味。張煒的《古船》則虛構了隋、趙、李三個家族在長達半個多世紀裏的恩怨情仇和利益紛爭，在表現時代歷史風雲變幻的同時，主要表現了以儒家文化爲主的民族文化心理在時代裂變中的痛苦和新生。陳忠實的《白鹿原》表現的是白家和鹿家兩大家族幾代人，在動盪複雜的時代歷史中，彼此之間的關係與鬥爭，具有沉重的歷史感和文化意味。王安憶的《紀實與虛構》則以發掘母姓「茹姓」的歷史由來，展開了一場家族歷史文化尋根。在抽絲剝繭般的家族溯源中，作者在歷史與現實之中自由穿插，將一個普通的家族姓氏的命運與特定的民族歷史文化相連，從而表明家族的歷史浮沉其實就是民族的歷史浮沉。這種家族故事演繹，從而具有特別的民族國家宏大敘事意味。李銳的小說《舊址》，則是對李氏家族在近現代革命歷史中的命運浮沉的歷史演繹，表現這個家族在近現代歷史風雲中的輝煌、裂變與追求，以及在建國後的毀滅性的歷史遭遇。還有女作家方方的《祖父在父親心中》，也是以家族故事演繹的方式，表現了祖父的博學、正直、偉岸和父親的膽小、怯懦和自責，以及作爲第三代的敘述者「我」的

世俗、苟安的心理。在這一家三代不同的精神對照中，作者讓歷史與現實對話，從而表達了對家族歷史精神的景仰和對現實犬儒精神的批判。某種程度上，家族的歷史其實就是民族時代的歷史縮影。這些家族歷史小說都有一種共同的特點，那就是作家們在小說中所謂的歷史都是虛構的，而小說書寫的目的則是要演繹他們的歷史觀和某種文化意念。所以，這種家族歷史敘事，更多的是一種審美意義上的家族歷史，而不是真實的歷史。

三、現代主義藝術審美

尋根文學表面上是一次面向傳統的文化復古運動，但實質上，是一次面向西方的現代主義藝術運動。在年輕的以知青為主的尋根作家們的內心，都有著強烈的現代主義審美衝動。他們希望以西方現代主義的藝術精神，來重新審視古老的中國文化傳統。在藝術表達上，他們普遍青睞西方現代派的藝術表現手法，以西方現代主義的藝術技巧，來改造中國傳統的敘事方式，讓古老的民族文化披上現代的外衣，從而呈現出現代主義的藝術審美特徵。

尋根文學的現代主義藝術審美主要表現為以下幾個方面：第一，魔幻藝術手法的運用。一說起「魔幻」，讓人立即想到拉美的魔幻現實主義。魔幻現實主義在本質上是一種現代主義，是拉美的一些作家將西方的現代主義與拉美大陸獨特的歷史、神奇的文化和光怪陸離的現實相結合的藝術產物。尋根文學深受拉美魔幻現實主義的影響，在藝術上也表現出鮮明的魔幻藝術審美特徵。拉美魔幻現實主義對中國尋根文學的影響，主要體現為兩個方面：一是藝術觀念。拉美魔幻現實主義的「化腐朽為神奇」、「變幻想為現實而又不失其真」的藝術主張，給中國的作家們提供了認識論和方法論意義上的指導，使他們認識到了民族傳統文化的價值，以及進入民族傳統文化的路徑，並從拉美「爆炸文學」成功的例子上面，找到了文學的信心。二是藝術表現手法。魔幻現實主義主要採用荒誕、變形、誇張和時空錯亂等藝術表現手法，這在尋根文學作品中有著廣泛的運用。

魔幻現實主義對中國當代文學的影響幾乎是空前的，相當多的中國當代文學作家都表示受到魔幻現實主義的影響。特別是馬爾克斯的《百年孤獨》，幾乎成為中國當代作家的必讀書。莫言說：「我在 1985 年寫的作品，思想上藝術上無疑都受到外國文學的極大影響，主要有加西亞·馬爾克斯的《百年孤獨》⋯⋯它最初使我震驚的是那些顛倒時空秩序，交叉生命世界、極度渲

染誇張的藝術手法。」〔註16〕賈平凹則說：「我特別喜歡拉美文學，喜歡那個馬爾克斯還有略薩……他們創造的那些形式是多麼大膽，包羅萬象，無奇不有，什麼都可以拿來寫小說，這對我的小家子氣簡直是當頭一個轟隆的響雷！」〔註17〕李銳說：「大家都知道，十幾年前正是拉丁美洲的文學爆炸傳到中國來的時候。馬爾克斯的《百年孤獨》正風靡中國內地。這部小說對新時期文學的影響可謂巨大深遠。」〔註18〕札西達娃則說：「寫西藏的作品，如何能傳達其形態神韻呢？生活在西藏的藏漢族作家們苦惱了若干年，摸索了若干年，終於有人從拉丁美洲的『爆炸文學』——魔幻現實主義中悟到了一點點什麼。」〔註19〕類似的言論在中國當代作家中很普遍，都有關於魔幻現實主義的個人見解。

尋根作家們深受拉美魔幻現實主義的藝術影響，這是事實。不過有一點應該要注意的是，魔幻表現手法並非拉美文學的獨創，只是將其上升為一種理論，並普及全球，恐怕才是拉美文學的貢獻。在中國文學傳統中，這種魔幻表現手法早就存在。從先秦兩漢的神話傳說、魏晉六朝的搜神志怪，到唐傳奇、宋評話，再到明清時期的神魔鬼怪之書，早就有魔幻的藝術成分存在，典型的文本如《封神演義》、《山海經》、《聊齋誌異》、《西遊記》等，甚至《紅樓夢》中也有太虛幻境、風月寶鑒和關於寶玉的前世今生等眾多的魔幻描寫。魯迅在《中國小說史略》之第五篇《六朝之鬼神志怪書（上）》中說：「中國本信巫，秦漢以來，神仙之說盛行，漢末又大暢巫風，而鬼道愈熾；會小乘佛教亦入中土，漸見流傳，凡此皆張皇鬼神，稱道靈異，故自晉迄隋，特多鬼神志怪之書。」〔註20〕這也很清楚地表明了中國文學中的這種魔幻傳統。

尋根文學作品中，這種魔幻表現手法有著廣泛的運用。《爸爸爸》中，丙崽形象的塑造，採用的就是典型的魔幻手法。這個外形猥瑣、面目蒼老、表情呆滯、形象醜陋的永遠長不大的白癡，其實象徵著人類文化的醜陋、畸形和病態。作者在塑造這個人物時，顯然不是運用寫實主義的筆法，而是運用了荒誕、誇張、變形，乃至象徵等集於一身的魔幻筆法。小說中，圍繞著丙崽的一系列的描寫，有著很濃厚的魔幻色彩。比如，村民要殺丙崽祭谷神時，

〔註16〕莫言：《兩座灼熱的高爐》，《世界文學》，1986年第3期。
〔註17〕賈平凹：《答〈文學家〉編輯部問》，《文學家》1986年第1期。
〔註18〕李銳：《春色何必看鄰家》，《當代作家評論》，2002年第2期。
〔註19〕《換個角度看看，換個寫法試試》（編後語），《西藏文學》，1985年第5期。
〔註20〕魯迅：《中國小說史略》，百花文藝出版社2002年版，第26頁。

天上卻響了一道驚雷，改變了人們對丙崽的看法，也改變了丙崽的命運。集體服毒自殺後，別的人都死了，而丙崽卻還活著，並頭枕著女屍的肚皮睡覺，等等，採用的都是荒誕筆法。還有小說《女女女》中，老年麼姑最後幻化為一條魚的描寫，有著很濃厚的魔幻意味，讓人聯想到卡夫卡筆下的人異化為甲殼蟲的變形描寫。《歸去來》中，「我」在似曾相識的山村迷失自我，分不清自己到底是黃治先，還是馬眼鏡，最後只能倉皇逃離，也體現出濃厚的魔幻色彩。這種魔幻色彩一直在 20 世紀 90 年代的《馬橋詞典》中還廣泛存在，馬橋人的生活中充滿了魔幻和巫術色彩，小說中有著大量誇張和變形的描寫。比如關於神仙府馬鳴的描寫，馬鳴獨立於社會之外，自立於天地之間，特立獨行，拒絕人世社會的一切規矩，我行我素，別有一番風采。還有關於「嘴煞」的介紹，馬橋人的「嘴煞」是一種忌語，帶有原始巫術魔咒的內涵。覆查因為罵了羅伯一句「翻腳板的」，忘記及時退煞，結果羅伯被瘋狗咬死。覆查認為是自己「嘴煞」所致，為此內疚了一生。還有關於「不和氣」的介紹，年輕女子如果長得漂亮，就會被視為「不和氣」，乘船時會遭拒，只好在自己臉上塗抹污泥，原因是過渡的地方曾經死了一個醜女，因嫉妒女子長得漂亮，會興風作浪，招來災難。還有「走鬼親」，一個人能夠認出自己前世的親人。金福酒店十三歲的女孩黑丹子，竟然是馬橋村前支部書記本義死去的女人——大名鼎鼎的戴鐵香的轉世，並用奇跡般的事實向人們驗證了這一點。諸如此類誇張、怪誕的描寫，幾乎遍佈於這部充滿原始鄉土氣息的作品之中。賈平凹的「商州」系列小說中也充滿了魔幻色彩，作者將中國民間文化中的許多神秘的成份，如鬼怪、神靈、巫術、迷信等，交織在現實的內容之中。比如《莽嶺一條溝》中，就寫了一條通人性的狼。老狼求醫術高超的老漢治病，病治好後，為報答老漢，吃了不少人，包括小孩，把搶來的金銀首飾送給老漢，讓老漢最終負疚自殺，而老狼也被憤怒的鄉民殺死。《劉家兄弟》中有關於鬼魂附體的描寫。《金洞》中有狼叼走小孩並養育小孩的故事。《龍捲風》中的趙陰陽善觀天象，親眼看自己入棺成殮才咽氣。《故里》中的趙家三墳一夜之間自動合為一體，《癩家溝》裏的張家媳婦在癩神廟祈禱後果然得子。《古堡》中有關於白麝成精的傳聞。《浮躁》中有關於金狗的神秘傳說。這種魔幻的筆法幾乎成為後來賈平凹寫作的一大特色。比如《廢都》中就有異花生滅、四日中天的神秘現象、有幻化成人會說話會思考的牛、及人蛻化為蠶的描寫；《白夜》中有關於人死復生、再生人，及人長牛皮鮮類似於

盔甲的變形描寫；《土門》中有關於主人公成義的陰陽手的描寫；《高老莊》中男孩石頭具有特異功能，能預測未知之事，並無師自通地擅長畫畫，所畫之物皆有神秘色彩等；《秦腔》中有關於神秘之地白雲湫的描寫，等等。這些描寫使賈平凹小說在現實描寫之外，體現出神秘主義氣息，具有形而上的哲理意味。張煒的小說中，也有大量的魔幻表現手法，比如《古船》中，關於那條沉睡在地下的神秘的古船的描寫，將歷史與現實緊密結合起來，就充滿了魔幻色彩；《九月寓言》中關於小村人的歷史敘述，比如路筋和閃婆的故事，特別是關於金祥借鏊子的故事，既是現實，又更像一個寓言化的鄉村神話傳說；在《刺蝟歌》中，作者借鑒蒲松齡的《聊齋誌異》中的動物靈異話語表現手法，寫了大量的擬人化的動物，體現出濃厚的魔幻意味。在中國當代文學中，類似的運用魔幻表現方法的作家作品很多，不一定限於尋根文學，比如馬原、洪峰和閻連科等的小說中，也有大量的魔幻技巧運用。

　　尋根文學中，對魔幻現實主義藝術手法運用得最成功最有特色的是莫言和札西達娃。長期以來，莫言被視爲「中國的馬爾克斯」，就是因爲他的作品中運用了大量的魔幻筆法。比如《透明的紅蘿蔔》中的「黑孩」及其眼中的「紅蘿蔔」意象，就有著鮮明的魔幻色彩。《金髮嬰兒》裏面那個長著羽毛的要飛的老頭，《豐乳肥臀》中那個永遠長不大的有著戀乳癖的上官金童，都是幻想和意念的產物。《檀香刑》裏面對義和團首領孫炳裝神弄鬼的描寫，《生死疲勞》中對地主西門鬧前世今生的「六道輪迴」的書寫，還有《蛙》中對那些沒有來得及出生就被流產的死去的嬰兒的描寫，都是魔幻、變形的藝術表達。2012 年，莫言獲得諾貝爾文學獎，頒獎詞就是「他很好地將魔幻現實與民間故事、歷史與當代結合在一起」〔註21〕，由此也可以見出他的「魔幻」手法的藝術影響。值得注意的是，莫言所運用的魔幻，並非是對拉美的「魔幻現實主義」的機械模仿，而是予以創造性地本土轉化，具有鮮明的個人化色彩和民族化特徵，並最終走向世界。有人將他的魔幻表現手法稱爲「靈幻現實主義」，以示與馬爾克斯的區別。

　　藏族作家札西達娃則直接模仿馬爾克斯，試圖借魔幻現實主義來表現藏民族的歷史文化和民族心理。他的《西藏，隱秘歲月》、《繫在皮繩扣上的魂》和《騷動的香巴拉》等作品，都表現了西藏文化的原始、神秘、野蠻、落後

〔註21〕《諾貝爾委員會公佈給莫言的頒獎詞》，http://news.cntv.cn/china/20121011/105523.shtml

和無處不在的宗教意識。作者將西藏地區的神話、歷史與現實、宗教文化揉合在一起，營造出一個充滿了神秘氣息和魔幻色彩的藝術世界。作者說：「你感到腳底下的陣陣顫動正是無數的英魂在地下不甘沉默的躁動，你在家鄉的每一棵古老的樹下和每一塊荒漠的石頭縫裏，在永恒的大山與河流中看見了先祖的幽靈、巫師的舞蹈，從遠古的神話故事和世代相傳的歌謠中，從每一個古樸的風俗祭儀中看見了先祖們在神與魔鬼、人類與大自然之間爲尋找自身的一個恰當的位置所付出的代價。」〔註22〕札西達娃的西藏魔幻現實主義小說之所以比較成功，一個很重要的原因是西藏神秘的地域文化與拉美神奇的歷史文化有著先天的相似性，但由於過度的模仿，札西達娃並未能形成自己的風格。這也就是爲什麼當魔幻現實主義在中國不再新鮮的時候，札西達娃也就淡出了人們的視線，沉默至今。而莫言雖曾被稱爲「中國的馬爾克斯」，但卻獲得了諾貝爾文學獎。在這方面，札西達娃缺乏莫言那種「洋爲中用」的藝術消化能力和獨創性，這是二者最根本的區別。20世紀90年代後，繼續採用魔幻表現手法來表現西藏民族歷史生活、具有尋根意向的寫作，還有阿來的《塵埃落定》、范穩的《水乳大地》等，這是西藏民族文化尋根的歷史延續。

值得肯定的是，在經過長期的藝術借鑒之後，當代中國作家們對拉美的魔幻現實主義表現出相當的藝術自覺。作家閻連科曾直言不諱：「我的確看了拉美小說，但我也看了《聊齋誌異》、《西遊記》這種天馬行空的作品，爲什麼我不可以從《聊齋誌異》受這種影響呢？而非要從拉美文學受這種影響。」〔註23〕善講鬼怪故事的莫言也提到：「有人說我寫那些神神怪怪的故事是模仿拉美魔幻現實主義，這是不對的。我們自己的生活經驗中就有這種神鬼的故事和恐怖體驗。拉美魔幻現實主義曾對我的寫作有幫助，但不在鬼怪上，而在別的方面。」〔註24〕而李銳則對當年他對馬爾克斯《百年孤獨》的機械模仿表示悔悟。他以自己的第一部長篇小說《舊址》開頭的第一句話爲例：「事後才有人想起來，1951年公曆10月24日，舊曆九月廿四那天恰好是『霜降』」。這句話明顯地模仿了《百年孤獨》的第一句話：「許多年後，面對行刑隊，奧

〔註22〕札西達娃：《你的世界》，《文學自由談》1987年第3期。

〔註23〕張英、閻連科：《土地是我永遠表現的主題》，《文學人生———作家訪談錄》，上海：上海教育出版社2005版，第197頁。

〔註24〕莫言：《小說是越來越難寫了》，《南方文壇》 2004年第1期。

雷良諾・布恩地亞上校將會回想起，他父親帶他去見識冰塊的那個遙遠的下午。」李銳認為，這種明顯的模仿對於一個作家來說，是一種羞恥。在再版時，李銳果斷去掉「事後才有人想起來」這樣明顯模仿性的話，表現出一個中國作家的自主性的藝術反思〔註 25〕。而札西達娃在最初接受魔幻現實主義的時候，就多了份提防，告誡自己不要陷入人家的泥壇：「喂，你看看這裡面有沒有圈套，你不會掉進去吧？我總以為這裡面很有可能是一個奇妙的圈套，你在掘寶的同時也給自己掘出了個陷阱。」〔註 26〕對拉美魔幻現實主義的這種反思，體現出了中國當代作家們藝術上的自覺。

第二，陌生化藝術審美。「陌生化」理論是俄國形式主義理論的核心概念，俄國文藝理論家維克多・鮑里索維奇・什克洛夫斯基認為，所謂「陌生化」，就是在藝術創造過程中，採用一些獨特的表現方式，更新人們對人生、事物和世界的陳舊感覺，將人們從狹隘的日常審美經驗中解放出來，使人們在司空見慣的日常生活中，發現事物的異乎尋常之處，得到一些新的審美感受。德國表現主義戲劇家布萊希特也提出戲劇審美中的「間離效應」理論，就是通過對戲劇結構、舞臺結構和表演等方面進行一系列改革實驗，從而達到一種「陌生化」審美效果。從藝術效果來講，這兩種理論非常接近，以至很多時候人們把布萊希特的「間離效應」理論就叫做「陌生化」理論。這兩種理論都屬於表現主義藝術審美範疇，而表現主義則是西方的一種現代主義藝術審美理論。

尋根文學作品中，這種化普通為新奇的「陌生化」審美很普遍。阿城的《棋王》中，將王一生的「吃」和「下棋」就做了陌生化藝術處理。「吃」和「下棋」本來是兩種很普通的很常見的日常生活行為，但在作者的筆下，卻得到了特別的表現，體現出特殊的文化意味。比如小說表現了王一生的不無難看的「吃相」和「頓頓飽就是福」的「吃」的哲學，以及「何以解憂，唯有象棋」的下棋心理，就將這兩種普通的日常行為上升到政治、文化和哲學的高度，形成一種有距離的審美觀照。從王一生的「吃」，反映出中國特定年代食物的匱乏，「頓頓飽」成為人們的一種嚮往。而「下棋」則是一種精神需要，一方面，中國象棋本身有著豐富的民族文化內涵，可以與中國幾千年的

〔註 25〕 李銳：《春色何必看鄰家——從長篇小說的文體變化淺議當代漢語的主體性》，《當代作家評論》2002 年第 2 期。
〔註 26〕 札西達娃：《你的世界》，《文學自由談》1987 年第 3 期。

歷史文化相連，其中體現出特定的中國文化哲學；另一方面，對「下棋」的癡迷，也反映出歷經文革的一代中國人，在歷經精神的失落、迷惘之後，表現出對重建精神生活的嚮往和努力。作者從「吃」和「下棋」這兩種普通行為入手，為特定年代中國人的存在尋找合理的依據，一個是物質存在的需要，一個是精神存在的需要。在敘述上，作品採用第三人稱敘事，有意拉開了作者、讀者和審美對象之間的距離，拒絕了可能的主觀情感投入，使這兩種普通的日常行為具有不普通的審美意義。這就是「陌生化」藝術審美。

同樣在王安憶的《小鮑莊》中，也採用了「陌生化」藝術表現手法。小鮑莊人的普通日常生活，經過作家理性眼光的過濾，予以了冷靜的不露聲色的審美表達。其中的每件事情，平平常常，但卻暗含深意。比如關於拾來的故事、小翠子的故事、鮑秉德和瘋妻的故事等，都是現實中普通的人物故事，但經過作家特殊的藝術表達，都呈現出意味深長的一面。同時，作者在敘述這些人物故事時，冷靜客觀，彷彿置身度外，以一種全知全能的俯瞰式的敘述姿態，不露聲色地審視著筆下的這些人和事，見不出任何情感的投入，從而體現出一種有距離的文化思考，營造出「陌生化」的美學效果。這樣的審美表達，在尋根作家中，還有很多。比如韓少功的《爸爸爸》、《女女女》，鄭萬隆的「異鄉異聞」系列，都把平常的現實生活陌生化。但過分的追求奇異，也導致了部分尋根文學作品故事化文本追逐。

20世紀90年代後，尋根文學出現了兩部優秀的長篇小說：韓少功的《馬橋詞典》和張煒的《九月寓言》。兩部作品在藝術表現上都採用了「陌生化」的審美表達。《馬橋詞典》中，作者從一個普通的中國鄉村——虛構的馬橋弓村莊中，選取156個人們日常生活詞彙，通過對每一個詞彙的故事演繹和文化分析，表現了馬橋人的特殊的生活、心理和文化。在作者筆下，每一個詞彙，都有一個特定的故事，聯繫著馬橋人的歷史與現在、精神與生活。作者讓每一個司空見慣的馬橋人的日常詞彙，都顯得是那麼意蘊豐厚、標新立異而又與眾不同。這種表現手法就是化普通為新奇，變熟悉為陌生，在人們常規的生活中發現語言的特殊的文化意義。比如「科學」一詞，本來是個褒義詞，用來形容人對自然、社會、思維等客觀規律的掌握程度。而在馬橋則截然不同，「科學」就等同於「偷懶」。馬橋人對「科學」最初的理解來源於神仙府的懶漢馬鳴。馬鳴什麼事情都不想做，懶得做，反而美其名曰為「科學」。自然，在樸素的馬橋人看來，「科學」不是個好東西，只是偷懶的幌子而已。

馬鳴對「科學」的運用導致了馬橋人對「科學」一詞的深深敵意與戒備，這個詞因了運用者的懶惰而遭致「連坐」厄運。所以馬橋人見到汽車就會本能地拿磚去砸。對這些詞實際理解的定型，可能長遠影響一個人或一個民族今後的心理狀態和生存選擇。類似的詞語演繹，在作品中不少。

張煒的《九月寓言》中，將小村人的生活予以放大，特別是其中關於「小村人的歷史」、「憶苦」、金祥爲改善小村人飲食千里迢迢借鏊子的故事等，都給人以審美上的新奇之感。在作品中，作者以「寓言」的方式，表現了小村人的生命歡樂，以及小村在現代工業文明的侵蝕下逐漸破敗的歷史，表達了對於農業文明的懷念，對於現代工業文明的擔憂，並在其中寄寓了自己的回歸鄉土、融入野地、深入民間的理想主義情懷。普普通通的小村人和他們的生活，在作者筆下，竟被賦予了「寓言」的含義，這其實就是一種陌生化審美。《九月寓言》到底寓言了什麼？在小村人的普通生活中，作者究竟要告訴我們什麼？這是我們讀這部內容普通的作品時，所不得不追問的。這種陌生化審美，由於拒絕了審美主體的情感介入，而呈現出一種客觀、冷靜的藝術態度，體現出現代主義的藝術審美特徵。

第三、象徵手法的廣泛運用。象徵是現代主義最常見也是最重要的藝術表現手法之一。尋根文學中有著大量的象徵手法運用，實際上，上述魔幻現實主義藝術審美中，就已經包含了象徵表現手法，因爲象徵是魔幻現實主義的主要表現手法之一。象徵表現手法的大量運用，增強了尋根文學的現代主義色彩。

象徵作爲一種美學修辭方法，它的功用是從具象到抽象，從有限到無限的意義生發過程。尋根文學作品中，象徵大致可以分爲兩種類型：一種是局部象徵，一種是整體象徵。局部象徵是選取小說中的某一個人物或某一個內容組成部分，用來表達某種特別的意義。比如特別的人物，如《小鮑莊》中的作爲「仁義」精神化身的「撈渣」、《爸爸爸》中作爲民族文化劣根性集大成的「丙崽」、《棋王》中教王一生下棋的無名無姓無兒無女的「撿破爛的老頭」；還比如特別的意象，如《棋王》中代表著中國民族傳統文化的「象棋」、《爸爸爸》中丙崽娘手中的那把鏽跡斑斑的剪出了整個山寨一代人的剪刀等，都是整部小說文化意義表達中的一個組成部分，屬於局部象徵。整體象徵是以作品的整體審美效果來寄寓著某種特別的意義，這種審美方式，其實就是一種寓言化表達。尋根文學作品中，採用這種整體象徵的作品也很多，

比如張承志的小說《北方的河》中，那一條條縱貫北方的河流，總括起來，在象徵的意義上，體現著的就是承載著歷史與現實的中華五千年的歷史文明，同時又是 20 世紀 80 年代躁動不安、蓬勃向上的時代精神的寫照。《爸爸爸》中的「雞頭寨」、《馬橋詞典》中的「馬橋弓」村、《小鮑莊》中的「小鮑莊」、鄭義筆下的「遠村」和「老井」等，都是整體性的象徵。這些特定的文學意象，在象徵的意義上，其實就是當時中國的縮影或化身。這些作品因其整體的象徵意義，成為一個個關於中國特定文化存在的民族寓言。象徵手法的廣泛使用，拓展了尋根文學的意義表達空間，增強了尋根文學的藝術魅力。

第二節　尋根文學的價值取向

　　文學的審美過程本身也是一個價值判斷過程，尋根文學不同的審美追求體現出不同的價值取向。實際上，在上面一節關於尋根文學的審美特徵的分析中，就已經包含了很多關於尋根文學價值判斷的論述。在尋根文學多元化的價值取向中，有四個方面的價值取向最為突出，分別為文化啟蒙主義、文化保守主義、民間價值立場和文本的故事化。前面三個部分是從文化價值取向來看，後面一個是從文本價值取向來看。尋根文學身處 20 世紀 80 年代傳統文化與現代文化矛盾交織的特定的歷史語境之中，體現出文化啟蒙與文化保守兩種不同而又矛盾交織的價值取向。同時，尋根文學親近鄉土和民間，其中有著濃厚的民間文化色彩，體現出特定的民間文化立場。由於尋根文學理論本身的悖謬，再加上理論和創作實踐的脫離，尋根文學的後期，一些作家最終放棄了文本意義的追求，而致力於文本故事的編織和營造，從而出現了文本的故事化價值取向。尋根文學的各種價值取向之間，既是藝術合力，又是相互拆解的關係。它們一方面推動了尋根文學的發展，另一方面又導致了尋根文學的衰落。

一、文化啟蒙主義

　　一說到啟蒙，立即讓人想到「五四」，「五四」是 20 世紀中國啟蒙主義運動的開端。20 世紀 80 年代被視為是繼「五四」之後的又一個啟蒙主義運動時期。文革結束後，中國當代社會進入了一個全新的歷史發展時期。在這樣一個除舊布新的歷史新時期，中國當代社會的政治、經濟、文化，乃至人的主

體思想意識都發生了巨大的變化，共同營造出一種如同「五四」般的啓蒙主義文化語境。

這主要表現在以下三個方面：一、新時期之初，自上而下在全國範圍內轟轟烈烈開展的思想解放運動，營造出了一個相對比較寬鬆、自由的政治文化語境，更新了人們傳統的思維方式和價值觀念。當時開展的一系列討論，如對「兩個凡是」和「關於眞理標準問題」的討論，關於現實主義問題、關於文學創作中的人道主義、人性、人情、異化等問題的論爭，關於西方現代派文學的探討等，都極大地解放了人們的思想。二、外來文化思想的衝擊，開闊了人們的眼界，並提供了新的參照物和思想借鑒。新時期以來，隨著西風東漸的再度吹拂，各種西方現代文學、文化、哲學、藝術等理論和社會思潮紛紛被介紹引進，對長期與外界隔絕的中國文化界和知識界產生了強有力的衝擊。像尼采、柏格森、叔本華等的非理性主義；馬爾庫塞、哈貝馬斯、弗洛姆等的社會批判理論；薩特、海德格爾、雅思貝爾斯等的存在主義理論；克羅齊的直覺主義；弗洛伊德的精神分析學說；胡塞爾的現象學；庫恩的科學革命思想；維特根斯坦、索緒爾的日常語言哲學；列維－斯特勞斯的結構主義理論等。這些外來的思想理論、主張、學說，對中國的知識界產生了強有力的衝擊，成爲他們有力的思想借鑒。三、知識分子主體意識的復蘇。「五四」時期是現代中國知識分子主體意識高揚的歷史時期，在強烈的使命感支配下，知識分子成爲民眾的啓蒙者和代言人，從而掀起了轟轟烈烈的「五四」啓蒙主義運動。但在後來中國社會歷史進程中，由於「救亡壓倒啓蒙」的時代需求，知識分子的啓蒙意識逐漸失落。經過 20 世紀 40 年代延安文藝整風運動和 50～70 年代的工農兵文藝思想的改造，知識分子不再是民眾的啓蒙者，而是變成向民眾學習的小學生，其身上歷來引以爲豪和安身立命的啓蒙意識幾乎喪失殆盡。文革結束後，隨著思想解放運動的開展，面對著一個嶄新的歷史時代，知識分子們長期失落的主體意識逐漸得到復蘇，知識分子的啓蒙意識得以重現。所有這些，共同構成新時期之初啓蒙主義的文化語境。

身處這種啓蒙主義語境中的新時期文學，都體現出啓蒙主義的特徵。因此有評論者認爲，「新時期文學可以整體看作是一個『啓蒙的故事』。『傷痕文學』、『反思文學』是政治啓蒙；現代主義、人道主義思潮是『人』的啓蒙；而 1985 年興起的『尋根文學』則是一場文化啓蒙。」〔註27〕這種表述雖然有

〔註27〕孟繁華：《啓蒙角色再定位》，《天津社會科學》1996 年第 1 期。

泛「啟蒙」主義之嫌，將「啟蒙」這樣一個充滿思想蘊含的特定概念予以簡單化，但也表明了 20 世紀 80 年代的啟蒙主義文化氛圍，以及身處這種時代之中的中國當代文化和文學總體上的啟蒙主義動向。「五四」時期的啟蒙側重於從思想上啟發引導民眾，而尋根文學則企望通過文化意識的呼喚來激發國人的文化熱情，進而增強其民族文化自信，二者切入歷史的方式根本不同。應該說，尋根文學中也有一定的思想啟蒙，如韓少功的《爸爸爸》、張承志的《黑駿馬》、李銳的「厚土系列」等，都有著思想啟蒙的成分，但就總體而言，尋根文學更多地是文化發掘和文化審美，是從文化的角度來啟發國人的文化熱情，是一種文化啟蒙。

尋根作家們的啟蒙熱情，主要來自於兩個方面：一方面是自我實現的需要，確立新時期知識分子話語主導權。尋根作家們大多是年輕的知青，或者是有著底層生活經歷的知識分子，都經歷過文革那樣一個知識分子話語權失落的年代。文革結束後，在知識分子話語權重新確立的大潮中，作為新一代的年輕的知識分子，他們迫切地要為自己爭取一種話語空間和文化身份，為自己的存在獲得某種理由和依據。所以，他們很自然地接受「五四」以來知識分子的啟蒙使命，擔當了民眾的啟蒙者和代言人。而為了與王蒙、張賢亮等老一批作家的政治化寫作相區別，他們必須要另闢蹊徑，尋找自己的話語空間。同時，在 20 世紀 80 年代上半期，隨著中國社會「文化熱」的興起，文化成為這個時代熱門的關鍵詞，使這些年輕的急於尋找出路的作家們獲得了一種啟蒙的武器，或者說發現了一種介入歷史與當下的途徑，那就是文化。文化空間的開闢，使這些年輕的知青作家們終於找到了自己的話語空間。

另一方面，尋根作家們的啟蒙熱情，來自於他們的一個文化幻覺。他們認為通過對本民族傳統文化的挖掘與再審視，激活民族傳統文化中那些對當今現實有用的因素，可以為當代中國社會的現代化建設和民族復興，提供某種歷史依據或靈丹妙藥。所以他們對尋根和民族傳統文化，做了種種美好的設想。在《文學的「根」》中，韓少功說：「文學有『根』，文學之『根』應深植於民族傳統文化的土壤裏，根不深，則葉難茂。」同時強調，「在文學藝術方面，在民族的深層精神和文化物質方面，我們有民族的自我。我們的責任是釋放現代觀念的熱能，來重鑄和鍍亮這種自我。」李杭育則主張要「理一理我們的『根』，也選一選人家的『枝』，將西方現代文明的茁壯新芽，嫁接在我們古老、健康、深植於沃土的活根上，倒是有希望開出奇異的花，結出

肥碩的果。」〔註28〕還有阿城、鄭義和鄭萬隆等人，都從不同的角度，肯定了文化發掘對於文學和當代社會生活的重要意義。

　　尋根文學的啓蒙意識主要體現於以下三個方面：第一，「五四」國民性批判話語的重現。「國民性批判」是「五四」啓蒙主義文學的重要宗旨，批判國民劣根性，「揭其病端，以引起療救的注意」，這是「五四」時期以魯迅爲首的「立人」啓蒙文學思想的宗旨。這種啓蒙主義的文學思想，影響了20世紀以來的整個中國文學。在尋根文學中，這種批判性的啓蒙主義思想部分地得到了重現。國民性批判包括國民性格批判和負性的國民心理剖析兩部分，而國民性格和國民心理則是文化積澱的產物，究其實質，這種國民性批判其實也是一種文化批判，是一種民族劣根性文化批判。尋根文學中，對國民性批判表現最爲用力的是韓少功和李銳。韓少功的《爸爸爸》就是一部典範的啓蒙主義文本。其中的雞頭寨在象徵的意義上就是中國的化身，聯繫著中國的過去和現在。丙崽的形象讓人很容易將其與魯迅筆下的阿Q相提並論。這個虛擬的人物是民族文化劣根性之集大成，其外形醜陋、猥瑣，思維混亂，語言不清，永遠也長不大，象徵著民族文化的原始、丑陋、落後、混沌、非理性。小說中丙崽最後服毒而不死的描寫，則象徵著這種民族劣根性文化的死而不僵，難以根除。還有小說中對於雞頭寨村民的描寫，也是如此。他們祭祀、打冤、坐樁、循古，對丙崽態度盲目變化，都顯示出了這種文化的原始、野蠻、落後、混沌和非理性。所有的這些描寫，都表現出對民族文化劣根性和負性因素的批判，具有啓蒙主義的思想特徵，是一種文化批判。

　　同樣的情況還可見於李銳。尋根作家中，李銳以挖掘和表現農民文化心理見長，具有明確的啓蒙意識。他的《厚土：呂梁山印象》系列小說，以一種寫意化的藝術表達方式，選取了農民生活中的一些片段，集中展示了農民文化心理愚昧、麻木、呆滯和令人痛心的一面，表達的是對國民性的批判性的藝術思考。比如《看山》裏的窩囊漢子，不滿生產隊長對他的勞動分工，爲發洩對隊長的不滿，他去窺視隊長婆姨上茅廁。太陽底下隊長女人的白花花的屁股，竟使他獲得一種阿Q式的報復心理。《假婚》中的光棍漢子，憤怒於隊長將那個討飯的外鄉女人捏合給自己之前，就已經「先過了一水」，但他不敢去找隊長出氣，卻只能把一腔怒火發洩在那個女人身上，彷彿他再多過幾「水」，問題就解決了。《合墳》裏的老支書，雖然嘴裏罵別人「迷信」，卻

〔註28〕李杭育：《理一理我們的「根」》，《作家》1985年第6期。

耿耿於懷要爲十四年前死於水患的女知青「配干喪」。《選賊》中，隊裏丟了一袋麥子，隊長主持「群眾破案」，要大家投票選出一個賊來，結果選來選去，選出來的卻是隊長本人。當隊長一怒而去的時候，擔心著從此沒了頭人的村民又恭敬地去請，並且讓隊長喜歡的女人走在前頭。《眼石》裏的「拉閘人」，憤怒於自己的女人失貞，而在睡了對方的女人之後，終於恢復了心理平衡，等等。李銳的這些作品，是對民族傳統文化心理的解剖和對國民性的審視。儘管在文本中，作者極力保持冷靜、客觀，拒絕情感投入，但其中的批判色彩和文化啓蒙意圖，再明顯不過。這種寫作，使李銳的作品在部分的程度上接續上了魯迅的遺風，體現出啓蒙主義的價值取向。

第二、表現「文明與愚昧的衝突」。早在 20 世紀 80 年代，評論家季紅眞曾準確而深刻地將當時中國社會的文化特徵概括爲「文明與愚昧的衝突」〔註29〕，這個論斷後來成爲關於 20 世紀 80 年代中國社會性質的經典之論。文明與愚昧的衝突是 20 世紀 80 年代中國社會的文化主題。顯然，這是一個啓蒙性的文化命題。在特定的歷史年代，社會性的愚昧至少包括兩種：政治愚昧和文化愚昧。「傷痕」、反思文學中有很多表現政治愚昧的，比如劉心武的《班主任》就表現了經過「四人幫」的長期思想毒害後，一代青年學生已經喪失了辨別是非對錯的能力。作爲班上的優秀學生謝慧敏和作爲落後學生的宋寶琦，面對著同一個啓蒙讀本，竟然表現出同樣的錯誤認識態度，這其實就是一種政治愚昧。還有鄭義的《楓》，表現文革期間的一對戀人，因爲參加了不同的造反派組織，都自認擁護毛主席思想路線而指責對方爲反革命，直至發生械鬥。最終，男女戀人雙方兵戎相見，女方被打死，而男方則被槍斃。在此，政治愚昧表現爲一場殘酷而又無知的鬧劇。而從反思文學開始，很多作品則從文化的角度來反思民族文化的愚昧。比如古華的《爬滿青藤的木屋》，其中對於王木通這個人物的剖析和批判就很見人性和文化的力度。古華在關於《爬滿青藤的木屋》的創作談中，曾明確地告訴讀者：「對於王木通這種人物，我早就似曾相識了。他是一個年代久遠的社會存在。他沒有文化，卻被視爲政治可靠；他愚昧，卻被視爲老實；他心胸狹隘，卻被視爲純樸忠誠。就連他的蠻橫自信，都被視爲勇敢堅定……他視科學、文化如水火，視現代文明、民主政治如仇敵。」他認爲，「問題不在於王木通本身有多大的罪過，而在於他所承襲下來的那種古老的生活方式，在於容許這

〔註29〕季紅眞：《文明與愚昧的衝突》，《中國社會科學》1985 年第 3、4 期。

種生活方式所產生的思想方式賴以存活的社會環境。」〔註30〕葉蔚林的《五個女子和一根繩子》則表現了文化的愚昧奪去了五個年輕女孩子的生命，令人震驚和心疼。這些作品是新時期文學文化啓蒙的先聲。

尋根文學舉起了這種文化啓蒙的大旗。尋根文學中，以現代文明的理性眼光，來檢視民族文化心理的愚昧、混沌和落後，是一種普遍的寫作思路。張承志的《黑駿馬》中，就對蒙古草原文化中的混沌、蒙昧、野蠻、落後等負面因素進行了現代審視和理性反思。其中的男女主人公，分別代表了兩種不同的文化。作者以受過現代文明薰陶的男主人公白音寶力格，來觀照處於原始、蒙昧狀態的女主人公索米婭，一方面讚美其身上的民族傳統美德，比如勤勞、善良、地母般的慈愛等，另一方面也批判了其思想意識的混沌、蒙昧和因循守舊，令人痛心。索米婭遭人玷污，卻逆來順受，缺乏命運抗爭精神；而老奶奶則原始質樸，渾然無知，見不出任何現代文明的氣息。兩種文明的對照，就是一種啓蒙主義的寫作思路。正是因爲啓蒙主義視角的植入，使作者能於蒙古民族司空見慣的普通生活中，從一個遭到野蠻破壞的愛情故事中，發現其背後蘊涵的深刻的現代文明意義，從而寫出了一個「震撼人心的故事」，傳達出強烈的悲劇美感。

鄭萬隆的一些表現東北鄂溫克民族文化的作品也表現了文明與愚昧的衝突主題。比如《黃煙》中，山頂不斷冒出的黃煙被山民們視爲山神顯靈，以爲會爲部落帶來災難。部落裏每年都要用活人來祭祀山神，但其實這不過是活火山在冒煙而已。青年哲別冒著危險到山頂探明眞相，卻被部落裏的人視爲罪人冒犯了山神，最終將其亂刀處死。文化的愚昧導致了人的悲劇，令人痛心。《鐘》中的鄂倫春獵手莫里圖與被視爲災星的姑娘戀愛，被認爲是部族災難的原因，要把他殺死獻祭，文化的野蠻和愚昧令人悲哀。還有札西達娃的表現藏民族文化的小說，以及遲子建的表現鄂溫克民族文化衰亡的小說《額爾古納河右岸》等，也表達了這種文明與愚昧的衝突，同樣具有文化啓蒙意識。

第三、從積極的層面喚起人們對民族傳統文化的認識和熱愛。自20世紀40年代的延安文學時代開始，一直到文革結束，在頻繁的政治運動影響和過於強烈的政治實用主義因素作用下，中國當代文學中的文化意識極其淡薄。特別是文化大革命期間，在「破四舊」、反對「封、資、修」等的極端號召下，

〔註30〕古華：《木屋，古老的木屋……》，《小說選刊》1981年第5期。

民族傳統文化被掃蕩一空，從而出現了鄭義等人所謂的「文化斷裂帶」。文革結束後，面對著一個文化廢墟，如何恢復被中斷的民族文化傳統，重建國人的民族文化精神，就成了一個迫切的時代命題。在 20 世紀 80 年代上半期，轟轟烈烈地掀起的「文化熱」，其實就是一次全社會性的文化啓蒙。當時的文化熱，涉及的領域很多，尤其是自然科學領域，而尋根文學是從文學的角度，擔負起了這種文化啓蒙使命。這種文化啓蒙，對民族傳統文化，當然有肯定，有批判。其中對於民族傳統文化的肯定性書寫，就是從積極的層面弘揚民族傳統文化的美和魅力，從而激發人們對民族傳統文化的熱愛。這種正面的文化張揚，其實就是一種文化啓蒙。

這種文化啓蒙，在 20 世紀 80 年代上半期那樣一個文化匱乏的年代，具有鮮明的時代意義。比如汪曾祺在新時期之初，通過一系列的文化小說，如《受戒》、《陳小手》、《雞鴨名家》、《歲寒三友》、《徙》等，表現了民族傳統文化對人的文化人格和文化心理的積極影響，以及傳統文化本身的魅力和美。再加上汪曾祺本身就是一個民族傳統文化的活化石，尤其他的大力倡導，從文到人，都具有強烈的文化啓蒙色彩。還有張承志的文化浪漫之作《北方的河》，以奔騰不息的北方的大江大河，來象徵著民族文化的悠久、漫長和偉力，發出無盡的讚美。僅此還不夠，作者甚至還直接讓男主人公「他」在黃河邊發掘出象徵著五千年歷史文明的陶瓷瓦片，表現了民族歷史文化的悠久漫長和博大精深。整部小說就是一曲民族歷史文化的讚歌。作者對民族歷史文化表現出深深的景仰，從而喚起人們對民族傳統文化的熱愛。阿城的《棋王》也是如此。小說通過棋呆子王一生的下棋人生，弘揚了民族傳統文化中的儒家和道家兩種民族文化精神。對棋呆子王一生來說，儒家文化是其存在的必須，通過它獲得自己存在的價值和意義，進行自我確認；而道家文化則是其存在的必要，通過它抵禦外在的影響，獲得內心的寧靜。儒道結合，或者說外儒內道，是很多中國人的文化人格和文化心理。在王一生身上，這兩種文化實現了高度的結合。作者通過這個普通而又帶有傳奇色彩的人物形象的成功塑造，向讀者展示了民族傳統文化的魅力和美。

尋根文學中，這種正面弘揚民族傳統文化的力量和美的作品還有很多。這些作品讓古老的民族傳統文化，經過現代的藝術包裝，煥發出新的活力，表現出特別的魅力和美，從而喚起人們對待傳統文化的認識和熱愛。這種對民族傳統文化的積極弘揚，其實質就是文化啓蒙，體現出尋根文學的特定的

價值取向。

二、文化保守主義

在 20 世紀 80 年代上半期的中國社會，傳統文化與現代文化相互交織而又互為對抗。在「文化熱」的背景下，一方面是掀起了對本民族傳統文化的再評價再認識，另一方面則是對現代西方文化的大量引進和盲目追隨。這兩種文化動向，導致了兩種對抗性的文化態度，前者由對民族文化的再認識而生發出對民族文化的欣賞、留戀和自大心理，從而催生出一種文化保守主義思潮，後者由對現代西方文化的盲目推崇，進而產生出一種脫離民族傳統文化、唯西方現代文化馬首是瞻的文化激進主義思潮。二者的矛盾交織，形成20 世紀 80 年代中國社會特有的既現代又傳統、既激進又保守的文化氛圍。

文化保守主義是在社會朝著現代化發展的過程中，當文化出現劇變時，一些文化者以一種歷史回頭望的姿態，對那種正在消逝或已經消逝的傳統文化表示欣賞和留戀，並對正在到來的現代文化暗懷著某種抗拒和排斥心理。文化保守主義有著較為濃厚的反現代化傾向，是在工業文明催生下的一種世界性的文化反思浪潮。現代化就其本質而言，是一種工具理性，在給人類帶來巨大的物質財富和便利的同時，也帶來了極大的負面效應，比如對自然資源的破壞，如環境污染等；對人的本來的內心世界的打破，如欲望的激發和道德危機等，從而導致了一系列的災難性的惡果。正因如此，現代化又被稱為「歷史怪獸」，是一把歷史的雙刃劍，一方面推動社會前進，造福於人；另一方面，又製造危機，包括自然的危機和人的內在精神世界的危機，極具顛覆性和破壞性。作為人類文明的必經之途，現代化的正面效應毋庸置疑，沒有現代化的發展就沒有人類文明的進步，而時至今日，隨著現代文明危機的頻現，現代化的負面效應正在引起世界性的廣泛關注、擔憂和反思。艾愷在《世界範圍內的反現代化思潮》一書中，分析日爾曼及東歐民族的文化保守主義時說：「日爾曼及東歐的反現代化思想家一致地認為中古時代為社會理想狀態的範式，也一致地仇視於社會實際所朝向的改變方向——布爾喬亞文化。就在其運用中古與鄉民社會為社會至善的試金石這一點上，我首次見出將反現代化者對現代化反應的性質在概念上加以體系化的方式。」〔註31〕這

〔註31〕 【美】艾愷：《世界範圍內的反現代化思潮》，貴陽：貴州人民出版社，1999
　　　　年，第 91 頁。

段話表明了文化保守主義理論出臺的前提，那就是以歐洲中古時代理想的農業社會來「仇視」正在歐洲廣泛開展的現代化運動，這是當時歐洲的一些文化保守主義者的思維方式。而這也奠定了後來文化保守主義者的思維模式，那就是以對農業文明的回歸來抵制工業文明的無限制擴張。正是在此背景下，興起於 18 世紀的歐洲浪漫主義文學思潮，就其本質而言，其實是一種文化保守主義思潮，以對農業文明的讚美、懷念和嚮往來表達對現代工業文明的抵制、拒斥和厭惡。比如著名的浪漫主義詩人盧梭，終生都在為人類尋找精神的福地。在他看來，這種福地不在人類的變幻不定的內心，也不在組織慎密的現代理性社會，而是在廣闊美麗的自然世界。由此，他提出「回歸自然」的號召，以大自然的優美、寧靜、淳樸、自然與和諧來復蘇異化的人性。在其《社會契約論》著作中，更是提出建立一個農業文明的烏托邦理想社會。顯然，盧梭的社會主張是逆現代化潮流而動的，在時間上是向後的，開的是歷史的倒車，是對正在洶湧到來的現代化浪潮的某種本能的潛憂和抗拒。但是，這種主張在 18 世紀工業革命正在開展的歐洲，很有市場，很能博得相當一部分人的共鳴。所以，艾愷又說：「對鄉村社會、鄉民和中世紀（常常包括宗教在內）等的加以提升和歌頌，在浪漫文化民族主義思潮中幾乎是無處不見的主題。」〔註 32〕這表明，這種以反現代化為宗旨的文化保守主義思潮，在 18 世紀的歐洲，非常普遍。

　　文化尋根本身就是一種面向過去的文化發掘過程，文化尋根思潮的出現，本來就暗含著文化保守主義的成分。陳仲庚認為：「西方世界在對現代化──特別是在其中起核心作用的科學理性──的負面影響進行清算的時候，也就模糊了現代化的明確目標；失去了『瞻前』的明確目標，人們的目光便只好『顧後』。於是，懷鄉憶舊的情緒便彌漫整個世界，民族主義、原教旨主義更是成為世界性潮流，這一現象反映到文學領域，也就是世界範圍內的文學尋根。」〔註 33〕葉舒憲則將之概括為「文化尋根是以向後回望來路的方式代替直接的前瞻」〔註 34〕。值得注意的是，西方這種建立在工業文明基礎之

〔註32〕【美】艾愷：《世界範圍內的反現代化思潮》，貴陽：貴州人民出版社，1999年，第 91 頁。

〔註33〕陳仲庚：《現代性的別處：鄉土與尋根》，見《現代性與中國當代文學轉型》，雲南人民出版社，2003 年 1 月版，第 200 頁。

〔註34〕葉舒憲：《文化尋根的學術意義和思想意義》，《文藝理論與批評》2003 年第 6 期。

上的反現代化文化思潮，與中國 20 世紀 80 年代的文化保守主義思潮有聯繫，後者可以說是直接受其啓發，但由於歷史境遇不同，二者又有區別。

　　在 20 世紀 80 年代初的中國，現代化作爲一項社會工程剛剛啓動。一方面，整個社會對現代化充滿了渴望，現代化所描述的未來美景成爲整個社會的理想目標，現代化被當作擺脫貧困、改變自身落後面貌的救世良方，在相當多的尋根作品中，對現代化充滿了期待；另一方面，由於目睹了西方現代化的弊病和惡果，特別是兩次世界大戰和日益嚴重的環境污染、人性異化，中國的知識分子們對現代化又充滿了擔憂。這就形成一種二難的矛盾心理，既渴望又擔憂。在此背景下，一些知識分子在現代化的大潮中，轉而去發掘那些已經消失或正在消失的民族傳統文化，發掘其魅力和美，藉此來對抗現代化所帶來的負面效應，規避現代化的惡果。這種對民族傳統文化的眷戀和回顧，最終形成一種社會性的文化保守主義思潮。

　　這種文化保守主義的思想，在尋根文學宣言中就有著間接的表達。比如在韓少功和李杭育的文化「二分法」中，那些處在邊緣的已經消失或正在衰落的「不規範文化」和「少數民族文化」，就得到特別的青睞，與主流的文化形成一種潛在的對抗，這其實就是一種文化保守主義的立場。韓少功更是從英國大曆史學家湯因比的對東方文化的推崇中，獲得了文化自信。「西方歷史學家湯因比曾經對東方文明寄予厚望。他認爲西方基督教文明已經衰落，而古老沉睡著的東方文明，可能在外來文明的『挑戰』之下，隱退後而得『復出』，光照整個地球。」由此，韓少功轉而認爲：「萬端變化中，中國還是中國，尤其是在文學藝術方面，在民族的深層精神和文化物質方面，我們有民族的自我。我們的責任是釋放現代觀念的熱能，來重鑄和鍍亮這種自我」，並將之視爲「安慰和希望」〔註35〕。李杭育則主張要「理一理我們的『根』，也選一選人家的『枝』，將西方現代文明的茁壯新芽，嫁接在我們古老、健康、深植於沃土的活根上，倒是有希望開出奇異的花，結出肥碩的果。」其中中西兩種文化之間的關係，顯然是中學爲主，西學爲用。在面向西方現代文化的過程中，突出了中國民族傳統文化的價值和地位。類似的主張，在其它的尋根作家中都有表現。

　　尋根文學中，這種文化保守主義主要體現爲以下幾個方面。第一，原始主義的湧動。20 世紀 80 年代上半期，中國當代文學出現了一次比較明顯的原

〔註35〕韓少功：《文學的根》，《作家》1985 年第 4 期。

始主義文化思潮，相當多的作家表現出對原始文化的癡迷和熱愛，並進行開拓。比如，張承志的《黑駿馬》就表現了蒙古草原文化的原始性一面，以老奶奶額吉爲代表的老一代草原文化，近乎未受到任何現代文明的洗禮，混沌、落後而又愚昧；《北方的河》則通過一條條縱貫中國北方大地的奔騰不息的河流，表現了民族文化的原始野性和勃勃生機。鄧剛的《迷人的海》則通過老少兩代海碰子與大海的搏鬥，表現了大海的神秘、兇險及人類征服自然的偉力。韓少功筆下的湘西世界幾乎就是一種遠離現代文明的史前時代，其中蛇蟲瘴癘叢生，巫術迷信橫行，充滿了一種太古洪荒的原始主義氣息。鄭義、李銳對山西落後、閉塞、愚昧、野蠻的農民文化的書寫，以及賈平凹對「商州」民間文化的書寫，很多都帶有某種未經現代文明洗禮的原始文化的特徵。莫言的《紅高粱家族》等作品通過對「我爺爺」、「我奶奶」充滿了血性的原始生命力的張揚，表達了對「種的退化」的文明擔憂，體現出強烈的原始主義衝動。鄭萬隆對東北邊陲原始森林文化的書寫和烏熱爾圖對鄂溫克族森林狩獵文化的書寫，都突出了這些文化中的原始、野蠻、血性，乃至混沌和愚昧，都體現出原始主義的文化氣息。還有札西達娃對西藏神秘文化的書寫，其中的原始意味尤其鮮明，生活在其中的人物往往處在前文明和前現代，愚昧、混沌和落後是他們的共同特徵，如《繫在皮繩扣上的魂》中的男主人公塔貝。韓少功認爲：「原始時期是人類的幼年時期，而幼年時期就是一個人的原始時期。它並沒有消逝，而是潛入了人類現在的潛意識裏。在這個意義上，開掘原始或半原始文化，也就是開掘人類的童心和潛意識。這正是藝術家要做的事情。」〔註36〕所有的這些，使 20 世紀 80 年代的中國文學在追逐現代化的表象之下，湧動著一股原始主義的文化暗流。二者的結合，形成當時獨特的文學和文化景觀，並最終全部彙入尋根文學的大旗之下。

原始主義文化思潮的出現，在當時具有兩個方面的意義：一是主動規避來自政治意識形態對文學的制約，以原始、自然、無拘無束的藝術精神來抵制政治對文學的侵擾，爲文學表達拓展藝術空間，獲取寫作自由；二是對民族原始文化，特別是原始藝術精神的尋找與呼喚，這便是後來所謂的文學的尋「根」。在這種意義上，尋根文學其實也是一場原始主義文化思潮催生下的文學運動。

在韓少功、李杭育等的認識中，所謂的文學的「根」，指的就是那種遠離

〔註36〕韓少功：《胡思亂想》，韓少功隨筆集《世界》，湖南文藝出版社 1996 年版。

文化中心位置的年代久遠的邊緣文化或少數民族文化，也可以說是一種原始主義文化。所謂的尋「根」，其實就是對這種民族原始文化的發掘與弘揚。對「根」的這種認識，使尋根文學在實際的發展過程中，朝著兩個方向發展：一是時間上，採用歷史倒溯的方式，認爲那種離現在時間越遠越古老的文化越有價值，這導致一些作家挖空心思，把尋根變成了文化考古；二是空間上，認爲那種距離文化中心越遠的越邊緣化的文化越有意義，這又把尋根變成了文化探險。這兩方面的結合，使尋根文學在實際的文本操作上，呈現出一種原始主義的文化動向。那些遠離現代文明的邊地文化，比如原始森林、戈壁灘、雪山、荒漠、草原等；或者一些已經消失了民族傳統文化，比如男人辮子、女人小腳、八旗子弟、煙壺等「國粹」文化；或者同樣消失或鮮見的民間文化，如綠林土匪、江湖好漢等；以及一些混沌蒙昧的少數民族文化，如鄂溫克族、藏族和蒙古族等民族文化，在尋根作家們的筆下，都散發出了現代的光彩。比如莫言的《紅高粱》和鄭萬隆的《老棒子酒館》，就標榜了一種與現代文明社會久違了的江湖好漢精神，「我爺爺」土匪頭子余占鼇從小就殺人越貨，敢做敢爲，豪氣衝天；民間高手陳三腳三腳踢死一匹狼，雖遭仇家暗算，臨死也不失尊嚴，在大雪封山之前一個人來到大山溝裏等死，等等。作者通過他們的剛烈豪放、血性勇敢，表達了對民族原始生命強力的呼喚。黃子平將這種文學現象視爲那些長期消失了的綠林土匪、江湖好漢「返出江湖」〔註37〕。這種主題表達，其實重述的是沈從文早在 20 世紀三四十年代就在反覆強調的一個主題，那就是對民族原始生命強力的呼喚。而沈從文的這種文化主張中，其強烈的文化保守主義色彩，早已是一個共識。

第二，對民族傳統文化的詩性讚美。通過對民族傳統文化正面因素的積極弘揚，來表達對民族傳統文化的禮讚和服膺之心，從而喚起人們對民族傳統文化的熱愛，這也是尋根文學文化保守主義的又一種表現。以汪曾祺爲例，汪曾祺是新時期文化小說的開創者，被認爲是尋根文學的肇始人。汪曾祺大力倡導向民族傳統文化回歸，在創作中大力弘揚民族傳統文化，從積極的層面表現民族傳統文化的魅力和美。《受戒》對民族傳統文化的書寫，生意盎然，小說既是一曲平和的鄉村文化牧歌，又是一處優美的世外桃源，充滿了田園詩性和生命歡樂，表現出特別的文化的美。汪曾祺的這種寫作及文化倡導，在文化意識匱乏的 20 世紀 80 年代初，喚起人們對民族傳統文化的熱愛，具

〔註37〕黃子平：《「灰瀾」中的敘述》，上海文藝出版社，2001 年第 81 頁。

有文化啓蒙的意義。汪曾祺的這種文化宣揚，在當時就被人視爲文化守成主義者，而他的這種文化書寫又被視爲尋根文學的先聲。同樣的情況還可見於張承志。張承志被視爲 20 世紀 80 年代的文化英雄，但他的文化意識中，較少西方文化的色彩，而更多的是一種民族傳統文化意識。如果說發表於 1982 年的《黑駿馬》還有著一個啓蒙性的現代文明視角，以文明來批判愚昧，那麼到了 1984 年發表的《北方的河》中，則幾乎全部是對民族傳統文化的禮贊，以及對現代城市文明的潛在拒斥，已經表現出明顯的文化保守主義色彩。主人公「他」在野外考察河流時，充滿活力，而一旦回到城裏，特別是爲了獲取研究生准考證而不得不四處奔波，甚至委屈求人時，則顯得力不從心，勉爲其難，如同被束縛住了手腳。甚至就連他的身體也不如在野外考察時那樣強健，回城後他的胳膊一直隱隱作疼。這些細節描寫顯然表明了城市和鄉村兩種文明的對比，表明了作者的態度，體現了作者的價值取向和文化嚮往。而越往後來，張承志的文化保守主義色彩越濃，終於從最初的民族文化尋根退回到本民族（回民族）文化發掘，文化的視野越來越狹窄了。

　　第三，對現代化理性認同而情感排斥的矛盾文化心理。這其實就是歷史現代性與審美現代性之間的衝突。毫無疑問，尋根作家們的文化熱情中，有著強烈的現代性的訴求。但正如馬林內斯庫所言，現代性表現爲兩種形式：「作爲西方文明史一個階段的現代性同作爲美學概念的現代性」，這兩者之間關繫緊張，矛盾對抗，後者對前者「公開拒斥」，並表現出「強烈的否定激情」〔註38〕。正是在這樣的矛盾交織中，現代性充滿了審美張力。尋根文學的文化保守主義體現的其實就是一種審美意義上的現代性。尋根文學出現的 20 世紀 80 年代，正是整個中國社會對現代化充滿渴望和奮起直追的年代，在這種現代化的語境中，尋根作家們大多理性認同，遵循社會發展的歷史方向，而在情感上，則對那些在現代化的侵襲之下日漸式微的傳統文化表現出眷戀和回顧，體現在文本上，則是現代與傳統的矛盾交織，具有一種蒼涼的悲劇美感。在這方面，表現得最爲到位的是李杭育。在「葛川江」系列小說中，作者一方面表達了對工業文明的拒斥。《最後一個漁佬兒》中，由於工業污水排入江中，江裏的魚兒越來越少，越來越小，傳統的以捕魚爲生的漁民紛紛改行上岸。工業文明的到來，改變了人們的生活方式，帶來了人

〔註38〕 【美】馬泰.卡赫內斯庫：《現代性的五副面孔》，北京：商務印書館，2010 年版，第 48 頁。

們道德觀念的敗壞，人心越來越不古了。另一方面，作者又塑造出一個又一個「最後一個」的意象，比如「最後一幅滾鈎」、「最後一條鱄魚」、「最後一個漁佬兒」等，表達了對正在逝去的傳統文化或某種傳統生活方式的留戀。小說中主人公福奎對現代文明充滿了矛盾心理，一方面，作者透過他的眼睛，看著江對岸的燈光，不由發出感歎：「城裏那幫照著鐘點幹活的屄頭還眞有點能耐」；另一方面，又借助他表達了對城市文明的蔑視和對自由自在生活的嚮往：「照著鐘點上班下班，螺蛳殼裏做道場。哪比得上打魚自由自在。」但最終，作者的情感天平還是偏向了傳統性。福奎窮得頭無片瓦，只剩下一條相依爲命的小船，連多年的相好也娶不起，甚至連褲頭都是相好給的，仍拒絕上岸。等待他多年的老情人阿七另投他人懷抱，阿七爲他精心安排的爲求工作而請人吃魚套近乎的表演也被福奎有意砸場。最終，福奎一人孤零零地回到江中，固守著那種正在消逝的傳統漁民生活。作者對其充滿同情和無奈，作品是一曲傳統文化的輓歌，凄涼、優美而又不無感傷。還有《沙竈遺風》中的主人公施耀鑫，也是一個傳統守舊者。施耀鑫雖承認小洋樓旣時髦又實惠，但在短暫的認同之後，仍然在情感上拒絕了它，臨走之前仍不忘朝它吐一口唾沫。在這種傳統與現代的矛盾交織中，儘管作者對現代文明給葛川江兩岸帶來的變化在理智上表示認同，但在情感上卻對主人公福奎、施耀鑫等所代表的生活方式和偉岸人格表示了留戀和讚美，從而使小說在傳統和現代之間難以割捨，呈現出一種輓歌的格調，具有特別的悲劇美感。這種矛盾的審美體驗具有特別的悲劇美感，體現出的其實就是那種所謂的審美現代性。

　　與這種文化保守主義相似的，還有一種是對傳統文明的緬懷和對現代文明的強烈牴觸。較之上述在傳統和現代之間的二難心理，這種文化心理似乎有些偏激。張煒可以說就是這樣一位作家。張煒的創作表現出對農業文明的偏執的愛和對工業文明的深惡痛絕，文化保守色彩非常鮮明。張煒的寫作視角是向後的，是對已經逝去或正在逝去的農業文明的緬懷和張望。張煒曾直言不諱地說，「我要從事藝術，就不能不更多地留戀，不能不向後看」；「假使眞有不少作家在一直向前看，在不斷地爲新生事物叫好，那麼就留下我來尋找前進路上疏漏和遺落了的東西吧。」〔註 39〕這種文化保守主義思想貫穿張

〔註39〕 張煒：《蘆青河四問》，載《美妙雨夜》，上海：上海文藝出版社 1991 年，第420 頁。

煒創作的始終，從 20 世紀 80 年代初他走上文壇一直到現在，某種程度上甚至走向偏激。典型地體現出其這種文化保守傾向的作品是 1994 年出版的長篇小說《九月寓言》。這部被譽爲 20 世紀 90 年代最有影響的十部長篇小說之一的作品，集中地反映了張煒的思想特徵和所達到的精神高度。小說中的小村是農業文明的化身，是張煒的抒情對象和情感寄託所在，而煤礦工區則是工業文明的化身，是小村的威脅者和作者憎惡的對象。小說濃墨重彩地表現了小村的苦難歷史和現實的艱辛與歡樂，比如「鰎鮁」村民的移民由來、露筋和閃婆的苦難遭遇、小村人的憶苦生活、金祥爲改善小村人的伙食千里迢迢借鏊子的傳奇故事、肥和趕櫻等小村年輕人的生命歡樂等，其中充滿了理解、同情和讚美。而對於工區，則滿懷敵視和無奈。不斷蔓延的工區煤礦開採，不但破壞了小村的和諧寧靜，帶來了人心的敗壞，而且，最終毀滅了小村。小村地下被挖空，引起海水倒灌，地表塌陷，土壤變質。小村被迫遷徙，曾經的寧靜和快樂化爲烏有。作者爲小村唱出了一曲農業文明的無奈輓歌。這樣兩種文明之間的衝突，成爲張煒後來寫作中的一個固定模式，其文化保守主義的立場也日漸頑固，在日益現代化和世俗化的當代文壇，也顯得越發孤獨。

第四、以傳統性來顛覆現代性，逆歷史潮流而動。尋根作家們在表達傳統性與現代性的衝突時，有時甚至不顧歷史發展的客觀規律，而憑著個人主觀情感的好惡，逆歷史潮流而動，表現出傳統性對現代性的顛覆。這也是文化保守主義的一種極端表現。這方面典型例子可見於鄭義的《老井》和《遠村》兩部作品之中。《老井》中，被視爲傳統文化化身的孫旺泉，被譽爲「小龍轉世」，而被視爲現代文明化身的趙巧英，則被視爲是狐狸精託生。這種人物的介紹、出場，本身就體現出作者對傳統性的讚美和對現代性的嘲諷。而小說中關於萬水爺憤激之下綁曬龍王的舉動，雖說無奈，但作者卻安排老天果然下了一場大雨。這種情節安排，當然體現出一種帶有迷信色彩的傳統文化意識。而在這一過程中，現代的科學理性精神則顯得尷尬，實際上表現出現代對傳統的讓步，或者說表現出作者在面對現代與傳統之間的衝突時的膽怯和畏縮。爲什麼在這種人與自然尖銳矛盾衝突的關頭，一定要安排老天爺下一場及時大雨呢？這場大雨除了能夠緩解讀者心頭的焦慮感之外，體現的其實是現代文明向封建迷信思想的低頭，是現代性的失敗。在孫旺泉與趙巧英二人的愛情關係處理上，作者也讓現代性屈服於傳統性。在進城遠走高飛

和留在村莊挖井之間，或者說在現代愛情與傳統使命之間，也就是在現代與傳統之間，孫旺泉最終選擇了後者。孫旺泉最終忍辱負重地「嫁」給了寡婦段喜鳳，成為人家的生育機器，而拒絕了寧可與自己「拉邊套」的女子趙巧英，文化的悲劇最終體現為人的悲劇。趙巧英所代表的現代性最終不敵孫旺泉所代表的傳統性，顯示出的是一種歷史悖論和文化悲劇。這種故事情節安排，逆歷史潮流而動，也逆反人性，是作者的主觀價值理念的特殊表達。鄭義表示：「對這兩個人物我是矛盾的，趙巧英勇敢追求新生活卻又膚淺，孫旺泉深厚紮實卻又與傳統妥協，我無法從這矛盾中解脫出來，便在作品中老老實實地保留了這種矛盾。」〔註40〕《遠村》中，楊萬牛為了心愛的女人葉葉拉了二十多年的「邊套」，這本身是一個巨大的文化悲劇，令人同情。但作者偏於小說的末尾，讓葉葉在臨死前給善良而又懦弱的楊萬牛生下兩個屬於他自己的孩子，給主人公帶來一點溫暖和希望，似乎多少可以化解悲劇的沉重的壓抑的氛圍。但這其實正是作者文化保守主義的體現，也可以說是小說的敗筆。它讓讀者對楊萬牛這樣一個缺少抗爭精神的男主人公，在同情之餘，獲得了一些心理上的安慰，進而也削弱了對他的批判色彩。但這樣一來，人性的批判讓位於文化的妥協，在某種程度上也削弱了小說的悲劇色彩，體現出作者面對現實悲劇時的逃避心理。這種藝術處理方式，使小說中的文化保守最終演變成為文化妥協，削弱了作品本來具有的文化啟蒙和文化批判意味。

三、民間文化立場

尋根文學中有著大量的民間文化書寫，這些民間文化各有不同的表現形態，相應地具有不同的審美功能，體現出不同的價值取向。這可以從以下幾個方面來看：

一是以民間文化來質疑和解構主導地位的傳統文化。這可以汪曾祺為代表。作為「京派」文學與文化的傳人，汪曾祺致力於傳統文化書寫，長期處於文壇邊緣，不入主流。汪曾祺的作品也正面表現了傳統的儒家和道家文化，但他的作品中，體現其藝術個性和藝術魅力的，更多的是民間文化書寫。《大淖記事》中，生活在江南小鎮上的人們各自有自己的文化操守。這種操守，絕不是傳統文化的一統天下，而是來自底層民眾生活本身，多姿多彩，生動活潑。比如掌櫃有掌櫃的風範，挑夫有挑夫的做派，外來行幫有行幫的規矩

〔註40〕鄭義、施叔青：《太行山的牧歌》，《上海文學》1989 年第 4 期。

等，共同構成一個自足的民間文化世界。「性」是民間文化的一個重要內容，也是一個重要視角。汪曾祺是一位嚴肅作家，在這篇小說中，他也寫到了「性」，而且寫的是民間優秀女子巧雲遭受的暴力的性侵犯──被強姦。但汪曾祺卻從這種不「和諧」之中，表現了他的文化思想和性道德觀念。小說中有一段話表現了當地人們對性的看法，極具民間文化意味：

> 這裡人家的婚嫁極少明媒正娶，花轎吹鼓手是掙不著他們的錢的。媳婦，多是自己跑來的；姑娘，一般是自己找人。他們在男女關繫上是比較隨便的。姑娘在家生私孩子；一個媳婦，在丈夫之外，再「靠」一個，不是稀奇事。這裡的女人和男人好，還是惱，只有一個標準：情願。有的姑娘、媳婦相與了一個男人，自然也跟他要錢買花戴，但是有的不但不要他們的錢，反而把錢給他花，叫做「倒貼」。因此，街裏的人說這裡「風氣不好」。到底是哪裏的風氣更好一些呢？難説。

──《大淖記事》

這種性觀念，其實就是對傳統文化施加於女性的性道德規範的質疑和反抗，具有鮮明的反傳統、反倫理的當代意義，體現出作者的民間自由文化精神。所以，當巧雲遭受劉號長的強暴之後，她的反應與傳統婦女遭受類似情況的反應也不一樣：

> 巧雲破了身子，她沒有淌眼淚，更沒有想到跳到淖裏淹死。人生在世，總有這麼一遭！只是為什麼是這個人？真不該是這個人！怎麼辦？拿把菜刀殺了他？放火燒了煉陽觀？不行！她還有個殘廢爹。她怔怔地坐在床上，心裏亂糟糟的。她想起該起來燒早飯了。她還得結網，織席，還得上街。她想起小時候上人家看新娘子，新娘子穿了一雙粉紅的緞子花鞋。她想起她的遠在天邊的媽。她記不得媽的樣子，只記得媽用一個筷子頭蘸了胭脂給她點了一點眉心紅。她拿起鏡子照照，她好像第一次看清楚自己的模樣。她想起十一子給她吮手指上的血，這血一定是鹹的。她覺得對不起十一子，好像自己做錯了什麼事。

──《大淖記事》

在巧雲的反應中，沒有那種撕心裂肺、搶天呼地的呼喊，更沒有那種尋死覓活、投水上弔的衝動舉措，見不出任何傳統文化倫理的影子，而體現為

一個普普通通、實實在在的民間弱女子面對不幸時的本能反應。是民間自由的文化精神讓這個不幸的弱女子抵禦了來自傳統文化倫理道德的審判和傷害。在這方面，民間文化自有它的生命強力和保護作用。在汪曾祺作品中，這種民間文化書寫還有很多，表現多樣。其中，這種民間文化常常處於從屬地位，構成對主流傳統文化倫理的消解和對抗。

莫言的《紅高粱》中，表現民間土匪武裝抗日，根本沒有什麼高度的政治覺悟，而純粹是出於一種原始的自發的本能，保衛家鄉，抵禦外敵入侵。這些土匪大多都是窮苦的底層農民出身，並不令人感到可憎，相反倒顯得樸實可愛。就是這些登不上大雅之堂的或為人所不齒的民間土匪，在面對外敵入侵時，卻能全力以赴，自發抗日，光彩全然蓋過那些主流抗日力量。這種書寫，就徹底改變了以往關於土匪書寫的灰色形象內涵，令人耳目一新。與余占鰲帶領的民間土匪抗日武裝力量相比，無論是代表國民黨政治勢力的冷支隊長，還是代表共產黨政治力量的膠高游擊大隊長，都相形見絀，給人以自私、猥瑣之感，反倒是那些沒有明確政治覺悟的民間土匪武裝力量令人起敬。這樣一來，作品改寫了那種傳統的關於抗日武裝力量構成的書寫，還原了民間抗日的某種真實存在。這種書寫，也是用民間文化改寫或糾正了官方主流抗日文化書寫，體現出民間文化的質樸和本色，更顯得清新可愛，容易為讀者所接受。

還有陳忠實的《白鹿原》中，有一段關於白靈和鹿兆海這一對戀人政治道路選擇的描寫，也充滿了民間文化意味。在關於國共兩黨政治道路的選擇問題上，二者其實並沒有什麼明確的政治導向，而是通過拋擲硬幣的方式來決定，最終白靈選擇了共產黨，而鹿兆海選擇了國民黨。這種遊戲方式的政治選擇，就顛覆了以往那種政治信仰決定不同政治道路的慣常寫法，解構了政治道路選擇時的嚴肅性和神聖莊嚴感，而更多了一層偶然性和歷史的荒誕感。尤其是小說後面對二者不同結局的交代，其民間文化意味更為突出。參加了國民黨的鹿兆海，戰死沙場，死後被視為抗日英雄受到隆重禮葬，而參加了共產黨的百靈，在紅軍「肅反」運動中，卻被自己的同志活埋。

王安憶的《小鮑莊》中，當文瘋子鮑仁文從革命政治等主流話語的角度，來引導參加過抗美援朝的老革命鮑彥榮，讓其講述其英勇殺敵的心理動機時，得到的卻是令人啼笑皆非的民間真實聲音：

「我大爺，打孟良崮時，你們班長犧牲了，你老自覺代替班長，

領著戰士衝鋒。當時你老心裏怎麼想的？」鮑仁文問道。

「屁也沒想。」鮑彥榮回答道。

「你老再回憶回憶，當時究竟怎麼想的？」鮑仁文掩飾住失望的表情，問道。

鮑彥榮深深地吸著煙捲：「沒得工夫想。腦袋都叫打昏了，沒什麼想頭。」

「那主動擔起班長的職責，英勇殺敵的動機是什麼？」鮑仁文換了一種方式問。

「動機？」鮑彥榮聽不明白了。

「就是你老當時究竟是爲什麼，才這樣勇敢！是因爲對反動派的仇恨，還是爲了家鄉人民的解放……」鮑仁文啓發著。

「哦，動機。」他好像懂了，「沒什麼動機，殺紅了眼。打完仗下來，看到狗，我都要踢一腳，踢得它嗷嗷的。我平日裏殺隻雞都下不了手，你大知道我。」

在這一問一答過程之中，來自主流的官方政治話語試圖引導和規訓民間話語，卻被民間話語解構得面目全非。這種充滿民間生活原汁原味的話語聲音，連接地氣，眞實自然，幽默詼諧，也更易於爲讀者接受，構成對主流話語的顛覆和解構。

二是表現民間文化的神秘、野蠻與愚昧。民間文化包羅萬象，詭譎複雜，藏污納垢，相當多的民間文化既神秘難解，又野蠻愚昧。尋根文學中，很多作家都站在民間的立場上，表現了民族文化的這種負性和落後的一面。韓少功、鄭萬隆和札西達娃是其中的代表。韓少功的小說整體上都具有神秘主義氣息，這與他所熱衷表現的楚巫文化有關，也與他有意追求的模糊審美風格相關。他的《爸爸爸》、《女女女》、《歸去來》和20世紀90年代之後寫的《馬橋詞典》、《暗示》等作品，表現的都是湘西的楚巫文化，原始、野蠻、落後，充滿了神秘主義氣息，體現出知識分子的批判意識和啓蒙精神。《爸爸爸》幾乎就是一個自足的民間文化世界，其中充滿了原始巫術、野蠻和愚昧。比如寫丙崽娘罵人，每罵一句，便要「在大腿彎裏抹一下，據說這樣可以增加語言的惡毒性」。要是在山上迷路了，「趕緊撒尿，趕緊罵娘，據說這是對付『岔路鬼』的辦法」。被毒蟲咬了，「解毒辦法就是趕快殺一頭白牛，讓患者喝下

生牛血，對滿盆牛血學三聲公雞叫」。燒窯要掛太極圖，灌大糞可以治瘋癲，戰前要砍牛頭看牛身摔倒方向預測勝敗，等等。小說中的文化極其野蠻愚昧，比如丙崽娘的那把鏽跡斑斑的剪刀，既剪酸茱、指甲，又給女人接生；殺活人祭谷神；將冤家屍體和整豬切成大塊放在一塊燉，戳到啥誰就得吃啥；仲裁縫把老鼠打死燒成灰泡水喝，要模倣古人坐樁而死，最後給村人分發毒汁集體自殺，等等。人是文化的主人，文化的野蠻其實是人的野蠻，文化的愚昧是人的愚昧。小說中的文化幾乎就處於文明世界之外，是一種原始自在的民間存在。《馬橋詞典》（1996）幾乎就是一個詞語覆蓋下的民間世界，其中很多的詞語表現了馬橋文化的神秘、野蠻和愚昧。比如，「嘴煞」是用來詛咒他人的惡毒語言，「翻腳板的」是馬橋人最罵不得的話，其惡毒等級最高。馬橋人迷信「嘴煞」可以置人於死地，這其實就是一種迷信和愚昧心理。覆查罵了羅伯一句「翻腳板的」，而且沒有及時「退煞」。羅伯被瘋狗咬傷致死，覆查耿耿於懷，一直認為羅伯的死是自己咒的，以致神思恍惚，性情大變。一句「翻腳板的」改變了覆查的整個人生。覆查因了一句嘴煞，而陷入無法彌補過錯的懺悔與良心譴責中，落入語言的魔圈而無力自拔。「魔咒」也是語言暴力的一種。馬橋人對付作惡多端的「夷邊」人的報復手段就是「魔咒」——馬橋人偷偷繞「夷邊」人三圈，口裏念著一種把嶺上各處地名拆散之後再加以混雜的極為複雜繞口的口訣。受詛咒之人，一般都會在林子裏迷路。另一種「取魂咒」，取惡人一根頭髮，一遍遍把咒語磨下去，惡人就會喪失神志，成為行屍走肉。這些內容聽起來似乎神秘，充滿巫術色彩，其實質則是野蠻和愚昧。

鄭萬隆的「異鄉異聞」系列則表現了東北鄂倫春人的狩獵文化的神秘、野蠻和愚昧。他們敬山神，信奉薩滿教，舉行各種薩滿宗教儀式，對自然界的一些現象頂禮膜拜，比如《黃煙》中的火山噴發，《我的光》中的北極光等自然現象，因為不懂，臣服自然，繼而崇拜，所以神秘，從而導致了一系列野蠻愚昧的悲劇行為發生。這顯然是一種原始、落後的民族文化心理，其中的野蠻和愚昧，成為對抗和壓制文明的一種盲目原始的力量和手段。《黃煙》中，山上不斷冒出的黃煙被山民們敬奉為山神顯靈，部落裏每年都要用活人來供奉，但其實這不過是活火山在冒煙而已。而青年哲別冒著生命危險從山頂探明真相後，卻被山民認為冒犯了山神，將其亂刀處死。《鐘》裏的鄂倫春獵手莫里圖與被視為災星的姑娘戀愛，被認為是部族災難的原因，要把他殺

死獻祭，文化的野蠻和愚昧令人悲哀。札西達娃的小說則以魔幻的筆法表現了藏族文化的神秘和蒙昧。小說《西藏，隱秘歲月》和《繫在皮繩扣上的魂》表現了大量的藏民族宗教神秘文化，但在時間的進程中，這種文化是靜止落後的，甚至是前文明的，幾乎與現代文明世界絕緣。兩部作品都是關於時間的訴說，表現了在現代文明進程當中藏民族文化被現代文明遺忘的歷史和痛苦命運。

三是表現民間文化的力量、野性和生命力。民間文化自發、自然、自在，有藏污納垢的一面，也有剛健、清新、生機勃勃的一面。鄭萬隆的《老棒子酒館》就是一個典型作品，其中的民間高手陳三腳，豪爽仗義，武藝高強，大碗喝酒，大塊吃肉。他曾經三腳踢死一匹狼，後被仇家暗算，身受重傷，在大雪封山之前返回大山，死也要死在深山裏，以免讓人笑話。小說表達了對陳三腳所代表的那種英雄氣概和剛毅人格的禮贊與呼喚。這種文化書寫，表現最爲突出的是莫言的《紅高粱》，其中「我爺爺」余占鼇和「我奶奶」戴鳳蓮，充滿血性，自由奔放，無拘無束，敢作敢爲，敢愛敢恨。他們在高粱地裏瘋狂的野合和伏擊日本汽車隊，都充分展示了民間文化的力量、野性和生命力。還有一種情形也表現了民間文化的力量，那就是表現民間文化的博大精深，藏而不露。比如阿城《棋王》中關於民間象棋高人——撿破爛老頭的書寫。老頭無名無姓，無兒無女，但卻身懷絕技，化於無形。小說中對這個人物的塑造，一方面當然是在敘事的層面解釋了王一生高超的棋藝的由來；另一方面，則具有文化象徵的意義，表明了中國文化，深植民間，藏而不露，博大精深。

四是對民間文化的讚美、留戀。民間文化還有詩意、優美的一面，令一些尋根作家流連忘返。這仍然可以汪曾祺爲代表。汪曾祺的那些回憶性的作品表現了民間文化的魅力和美，寄託了作者的人生理想。小說《受戒》表現的就是一個生機盎然的民間文化世界。小說中做和尚不是出於信仰，而是一種職業，這就給人耳目一新的感覺。至於小和尚明海與小英子談戀愛，二師兄娶老婆，風流和尚三師兄找情人，和尚廟裏殺豬，大夥吃肉賭錢，這種描寫不但不給人以穢褻之感，反倒生機勃勃，趣味橫生，是對傳統的佛門文化清規戒律的破除和對健康自然的生命的禮贊。還有《大淖記事》中對江南小鎮上各種人物風流的描述，如錫匠、挑夫、做各種小買賣的，各有特色，最具魅力的當然是對當地婦女的描寫：

　　這裡的姑娘媳婦也都能挑。她們挑得不比男人少，走得不比男人慢。挑鮮貨是她們的專業。大概是覺得這種水淋淋的東西對女人更相宜，男人們是不屑於去挑的。這些「女將」都生得頎長俊俏，濃黑的頭髮上塗了很多梳頭油，梳得油光水滑（照當地說法是：蒼蠅站上去都會閃了腿）。腦後的髮髻都極大。髮髻的大紅頭繩的髮根長到二寸，老遠就看到通紅的一截。她們的髮髻的一側總要插一點什麼東西。清明插一個柳球（楊柳的嫩枝，一頭拿牙咬著，把柳枝的外皮連同鵝黃的柳葉使勁往下一抹，成一個小小球形），端午插一叢艾葉，有鮮花時插一朵梔子，一朵夾竹桃，無鮮花時插一朵大紅剪絨花。因為常年挑擔，衣服的肩膀處易破，她們的托肩多半是換過的。舊衣服，新托肩，顏色不一樣，這幾乎成了大淖婦女的特有的服飾。一二十個姑娘媳婦，挑著一擔擔紫紅的荸薺、碧綠的菱角、雪白的連枝藕，走成一長串，風擺柳似的嚓嚓地走過，好看得很！

　　她們像男人一樣的掙錢，走相、坐相也像男人。走起來一陣風，坐下來兩條腿又得很開。她們像男人一樣赤腳穿草鞋（腳指甲卻用鳳仙花染紅）。她們嘴裏不忌生冷，男人怎麼說話她們怎麼說話，她們也用男人罵人的話罵人。打起號子來也是「好大娘個歪歪子咧！」
——「歪歪子咧……」

——《大淖記事》

　　在作者的筆下，當地的這些婦女顯得俊俏、能幹、活潑、甚至潑辣，充滿生氣。這是一種底層民眾的生活形態，體現出的是一種自由活潑的民間文化精神，其中洋溢著作者的欣賞和讚美。

　　李杭育筆下的吳越文化相對於主流的中原文化來說，既是地域文化，也可以說是一種民間文化。他所塑造的眾多「最後一個」的意象，其實就表達了對於這種即將消失的民間文化的欣賞和留戀。比如《最後一個漁佬兒》中的福奎，就代表了一種民間自由自在的生活方式和偉岸人格，受到作者的肯定和禮讚。對民間文化最為欣賞的可謂是賈平凹，他一而再地重訪商州，考察地方的民風民俗，流連忘返其中。如賈平凹到了商州之後，曾詩性地寫道：

　　商州，實在是一塊神奇的土地呢。它偏遠，卻並不荒涼，它貧瘠，但異常美麗。……其山川河岩，風土人情，兼北部之野曠，融南部之靈秀；五穀雜糧茂生，春夏秋冬分明；人民聰慧而不狡黠，

風土純樸絕無混沌。我……眞所謂過起溫庭筠曾描寫過這裡的生活
了：『雞鳴茅店月，人跡板橋霜。』過人家便討吃討喝，見客店就歇
腳歇身，日子雖然辛苦，卻萬般地忘形適意。〔註41〕

在這裡，民間世界表現出了巨大的魅力和親和力，令作者流連忘返。在
這種詩性的讚美之中，作者幾乎都忘卻了自己的文化尋根使命，而成爲一名
鄉土文化的歌詠者。

四、文本的故事化

尋根文學的後期，由於啓蒙意義的迷失，一些尋根作家在歷史文化的發
掘過程中，往往淡忘了自己的文化身份和啓蒙使命，不自覺地流於故事化審
美。這種故事化文本追逐，使一些作家在對歷史文化的搜奇獵勝中，縱情展
示自己的才情和想像，使尋根文學最終呈現出故事化的文本取向。這種情況，
在那些被追認爲尋根文學的作品中，早就存在，比如鄧友梅和馮驥才的那些
傳奇性的文化之作，都基本上出現在尋根文學運動之前。這種故事化的文本
取向，越到尋根文學的後期，越是明顯和普遍。相當多的作家沉迷於文本故
事的編織，文化不過是這些作品的一件外衣，這在新歷史主義小說中有著大
量的表現。從最初的「意義文本」到後來的「故事文本」，這種文本價值取向
的變遷，宣告了尋根文學文化啓蒙意圖的失落。

這種故事化的文本取向主要表現於兩個方面：一是歷史文化傳奇。這主
要指的是北京作家鄧友梅和天津作家馮驥才的那些表現國粹文化的傳奇性文
化小說，如鄧友梅的《話說陶然亭》、《尋找畫兒韓》、《那五》、《煙壺》、《「四
海居」軼話》、《索七的後人》和馮驥才的《雕花煙斗》、《神鞭》、《三寸金蓮》、
《陰陽八卦》、《炮打雙燈》等。在這些作品中，這些作家化腐朽爲神奇，將
一些曾經盛行、而如今已經喪失了生命力或消失了的糟粕性民族傳統文化，
也就是所謂的「國粹」，如八旗子弟、煙壺、煙斗、男人的辮子、女人的小腳、
道家的陰陽八卦等，進行現代的故事包裝，使它們散發出特有的藝術光彩，
讓人欣賞，令人陶醉。這種寫作，類似於文化古董的發掘，讓一些已經喪失
了生命力的僵屍文化死灰復燃，煥發光彩。這種寫作有著大致相同或相近的
寫作思路，那就是圍繞著這些僵死的文化，拋開其本身的意義內涵不談，轉
而編織一個個曲折複雜、纏綿俳惻，甚至不乏剛烈和正義色彩的傳奇性民間

〔註41〕賈平凹：《在商州山地》，《小月前本‧代序》花城出版社 1984 年版。

故事，將這些腐朽的文化與特定的文化精神，比如愛國主義、忠孝觀念、男女愛情等，或與那些罕見的特定正面人物的性格、命運和某種帶有特定文化色彩的生活方式聯繫起來，借人物生活方式的特別和命運的曲折遭際來演繹歷史文化傳奇，實現文化性、特定意義表達和故事性的統一。同時，在藝術上，這些小說也盡可能地向傳統通俗小說藝術靠攏，比如大多採用章回體小說結構方式，內容上多貼近市井平民生活，敘述上多採用市井俚俗方言等，以一種喜聞樂見的易於接受的表達方式，受到讀者廣泛喜愛，甚至被拍成電影電視，廣泛傳播。

客觀地說，在鄧友梅和馮驥才等人的寫作意識中，對這些糟粕性的歷史文化，應該有著文化批判和文化啓蒙的寫作意圖。但在實際寫作過程中，由於歷史文化本身的魅力和美，令這些作家流連忘返，迷失自我，意識中的批判和下意識中的欣賞、把玩並存，從而削弱了這些作家本來的批判意識，使這些小說在文本的層面上，不自覺地流於故事化審美。馮驥才曾說過：「傳統文化有種更厲害的東西，是魅力。它能把畸形的變態的病態的，全變成一種美，一種有魅力的美，一種神奇的令人神往的美……」〔註42〕。正是這種神奇的充滿了故事魅力的「美」，改變了這些作品的意義表達，使其由原初的文化批判，變成了一種與文化尋根意圖沒有多大關係的文字遊戲。這種文本取向，在尋根文學的後期表現得非常普遍，尤其是在新歷史主義小說創作之中。

不過有一點需要注意的是，從時間上來講，上述的那些作品，很多都出現於尋根文學正式登場之前。比如鄧友梅的那些作品全部寫於 1984 年之前，最早的《話說陶然亭》寫於 1979 年，《那五》寫於 1982 年，而馮驥才的《雕花煙斗》也寫於 1979 年，《神鞭》則寫於 1984 年，其時尋根文學尚未正式登場。這些作品，後來都被追認爲早期的尋根文學創作。這也從事實上表明，在尋根文學的早期，文本的故事化審美早就已經開始了，並不是像一些論者所認爲的那樣，故事化審美是尋根文學發展到後期，由於啓蒙精神的缺失才出現的文本價值取向。這是由歷史文化本身的審美特性所決定的，與 20 世紀80 年代那樣一個去政治化的文學審美時代直接相關，當然也與那些作家在寫作的時候並無明確的文化尋根意圖有關。可以說，對這些作品而言，所謂的文化啓蒙，不過是後來的批評家們強加給這些作品的，它們本來的藝術目的可能並不在此，而是追求文本的故事化和娛樂化。

〔註42〕馮驥才：《三寸金蓮·後記》，北京：作家出版社 2004 年。

　　這種故事化審美的另一個表現是新歷史主義小說的大量出現。新歷史主義小說是 20 世紀 80 年代後期出現的一個聲勢浩大的小說創作現象，其創作實力強勁，並延續至今。「新歷史主義」是一種西方現代歷史哲學觀念，是對傳統歷史觀念的發展和顛覆。傳統歷史觀強調歷史的客觀性，盡可能地貼近和複製歷史真實；而新歷史主義則強調歷史的主觀性和不可複製性。意大利哲學家克羅齊提出了「一切歷史都是當代史」的著名論斷，認為歷史一旦發生，就不可能再被真實地複製，任何對歷史的敘述都包含著當代的目的，在敘述和書寫的過程中，總會攙雜進一些其它的因素，體現出敘述者的個人意志。美國歷史哲學家海登・懷特認為，任何關於歷史的文本都是一種「關於歷史的修辭想像」，而不可能是歷史的存在本身。這也就是說，所謂的歷史敘述不過是歷史想像的結果而已，不同的人會有不同的想像，真實的歷史永遠無法企及。這句話用通俗一點的話說就是，歷史不過是一個任人打扮的小姑娘，就看你怎麼打扮而已。米歇爾・福科則強調歷史是作為「多種聲音的奇怪混合」，表明對歷史的敘述多種多樣，甚至矛盾對立，同樣表明了歷史敘述中的個人化和目的性。這種種新型的歷史哲學觀念，為人們重新書寫歷史提供了方法指引。在這些理論支配下，傳統的那種再現型的歷史觀被顛覆，而主觀型的歷史觀則得到了認可。歷史有多種闡釋和描述的可能，真實的歷史應該是個人內心體驗的歷史。因此，歷史本身不再是作家們感興趣的客體，而成為演繹人的故事和表達某種目的的背景。這樣一來，一些作家開始了對歷史的主觀化想像性書寫。

　　如前所述，新歷史小說是尋根文學歷史審美的一種。尋根文學的後期，一些作家沉迷於歷史文化的魅力和美，而最終放棄了意義的追逐，轉向了對歷史故事的編織，並在其中有所寄託。他們面對著虛構的歷史時空，盡情地發揮自己的才情和想像，編製了一個又一個曲折動人的歷史故事，從而出現了故事化的文本追逐。新歷史小說在當代文壇聲勢浩大，出現了大量的名家名作，比如莫言的《紅高粱》、《豐乳肥臀》、《檀香刑》、余華的《活著》、蘇童的《妻妾成群》、《罌粟之家》、格非的《迷舟》、《人面桃花》、陳忠實的《白鹿原》等等。直到今天，很多作家仍然癡迷新歷史小說寫作，並時有佳作問世。

　　新歷史小說是尋根文學和先鋒文學發展到後期的一種合流。通常認為，新歷史小說的出現，意味著尋根文學的歷史終結，並認為莫言的《紅高粱》

就是這樣一個標誌性作品。這種觀點聽起來似乎具有某種理論意味，但其實過於簡單武斷，並不符合文學事實。對新歷史小說我們要加以區別對待，新歷史小說並非鐵板一塊，而是有不同類別。那種以文化發掘爲主的新歷史小說，不但不是尋根文學的終結，相反，可以視爲是尋根文學的延續。像莫言的《紅高粱》，其中的文化反思和文化啓蒙意識再明顯不過，怎麼能夠認爲是尋根文學的終結呢？莫言寫於 20 世紀 90 年代的《豐乳肥臀》和 2003 年的《檀香刑》及 2009 年的《蛙》，都採用了新歷史小說的寫作方法，都具有濃厚的文化反思和文化批判意識，完全可以視爲是其 80 年代文化尋根寫作思路的延續。同樣，在 20 世紀 90 年代之後才出現的陳忠實的《白鹿原》、阿來的《塵埃落定》和遲子建的《額爾古納河右岸》等作品，都是新歷史小說的傑作，都有著明確的文化發掘和文化啓蒙意圖，可以視爲是對尋根文學的歷史繼續。《白鹿原》是對關中儒家文化的發掘和現代審視，磅礴大氣，複雜深沉；《塵埃落定》是對西藏土司文化的發掘及對土司制度消亡的表現；《額爾古納河右岸》則是對近代以來東北鄂溫克民族生活及其文化式微的表現和思考。三部作品都採用了新歷史小說的寫法，既具有故事性，又具有文化人類學的意味。可以說，新歷史小說一方面瓦解了尋根文學的那種直接的尋根意圖，另一方面又成爲尋根文學的巨大載體。它改變了尋根文學的書寫方式，同時也豐富了尋根文學的審美內涵，延續了尋根文學的藝術生命。對文學而言，文化書寫是一種永恒的主題。所以，只要文學不死，文化尋根也必將永遠存在，只是不會再像 20 世紀 80 年代中期那樣以文學思潮和文學運動的形式出現。

還有一種新歷史小說，比如格非的《迷舟》、蘇童的《妻妾成群》等，雖然也披著歷史的外衣，但卻不是以文化發掘和文化啓蒙爲旨歸，而是表達某種特定的文化意念或人性認識，在我看來，不應被納入尋根文學的範疇。至於它們的故事化審美追求與尋根文學的衰落之間，當然也就沒有什麼必然關係了。

從文學史角度來看，尋根文學的故事化審美標誌著中國當代文學自身審美意識的覺醒，文學不再僅僅只是「載道」的工具，而是藝術審美本身。從意義文本到故事文本，從對意義的建構到對文本故事的追逐，中國當代文學的寫作與閱讀都出現了全面、深刻的變革。在這種藝術轉變的過程中，尋根文學是一個重要的藝術轉折點。自尋根文學之後，中國當代文學終於擺脫掉

了 20 世紀 80 年代上半期那種沉重的政治主題和意義追求的包袱，而進入到了一個以審美、娛樂、消費爲主要特徵的多元化的文學審美新時代，從而推動和出現了 20 世紀 90 年代以來的中國文學的多元化發展景觀。

第四章 尋根文學的藝術建構

「五四」以來，中國文學的發展朝著兩個方向邁進，一個是面向本土文化資源的民族化，一個是面向西方現代文化的現代化。這兩個方面的對立統一，構成 20 世紀中國文學發展的內在張力。在中國現代文學發展進程中，文學的現代化常常身不由己地被納入到國家、民族的現代歷史進程當中，成為其重要載體和藝術表現形式，與其共命運浮沉。對中國當代文學來講，1949年後，那種由現代文學開創的多元政治話語背景下催生的面向西方的蓬勃發展的現代化文學進程，由於受到特定政治因素影響，被人為地歷史阻斷。20世紀 50～70 年代，在東西方冷戰思維支配下，中國幾乎與西方世界隔絕，在事實上被迫閉關鎖國，中斷了與西方現代文學與文化的交流。文革結束後，東西方關係回暖，中西文化交流重啟，來自現代西方的各種文學與文化思潮再次湧入中國，極大地推動了中國文學的現代化發展。文學的現代化成為新時期以來中國文學發展的主要方向，也成為中國文學追趕和融入世界文學大潮的重要途徑。尋根文學就置身於這種文學現代化的大潮之中，是 20 世紀 80年代中國當代文學現代化追求的重要表現和組成部分

尋根文學是新時期以來中國文學民族化追求的集中表達，它把文學的民族化和現代化這一對對立而又相關的概念緊密整合起來，讓民族化成為實現現代化、從而讓中國文學走向世界的必然途徑。它改變了民族化長期以來在文學結構中的形式附屬地位，把民族化追求當成藝術努力的目標，從而讓民族化從文壇邊緣走向了中心，開啟了中國當代文學民族化書寫的新局面。尋根文學民族化的努力，在「五四」以來中國文學整體面貌西化的狀態下，喚醒了被冷落已久的中國民族傳統文化和藝術精神，增強了中國文學的藝術自

信，使中國文學在世界文學格局中，能夠擁有自己的獨特位置。尋根文學在中國文壇興起的時候，正值全球化文化浪潮高漲，其民族化的努力越發艱難，但也正因此，越發凸顯其民族化追求的價值和意義。尋根文學的民族化追求，是重獲民族文化身份，樹立民族文化自信的重要途徑，是對西方文化霸權的直接抵制。

尋根文學對現代化和民族化的追求，是對中國當代文學與文化的積極建構。可以說，正是經過了尋根文學的這種藝術努力，才有了後來先鋒文學等藝術上的多姿多彩，才有了中國當代文學的成熟繁榮。

第一節　尋根文學與新時期小說的現代化

新時期以來，中國文學的現代化進程起步於反思文學。通常認為，反思文學是新時期文學藝術自覺的開始，其中進行了新時期最早的現代主義藝術實驗，比如茹志娟、王蒙等人的意識流表現手法；宗璞、諶容等人的荒誕派表現手法等。但文學的現代化並不僅僅體現於形式的現代化，而更體現於敘事內容乃至藝術觀念的現代化。事實上，反思文學當中，除了形式層面的現代藝術實驗外，其明顯區別於傳統的一元政治話語的多元化話語結構，藝術視點的複雜多樣，及其中傳達出來的新的藝術觀念，才更具有現代化的藝術氣息。這是我們在讀反思文學時，能感覺到明顯區別於「傷痕」文學乃至前「二十七」年文學的地方。這種明顯的區別，其實就是一種現代化的審美質感，是反思文學的藝術獨特性所在。

反思文學與尋根文學息息相關，就文化意識表達而言，反思文學可以視為是尋根文學的前奏，反思文學中已經包含了很多尋根文學所要發掘的文化成分。尋根文學進一步強化了反思文學的這種現代化的藝術發展態勢，但它卻是以表面復古的方式來進行，以對民族化的追求來間接地表達對西方現代藝術的嚮往，這使尋根文學中呈現出民族化與現代化的複雜矛盾交織。就其本質而言，尋根文學是一次面向世界的強烈的現代主義藝術衝動，但由於自身內在的矛盾和缺陷，難以為繼並很快走向衰落。但幾乎與尋根文學的興起同時，中國當代文學現代化追求的強烈表達——新潮小說，或稱為中國的現代派小說，卻拋開傳統的面紗，大張旗鼓地張揚起了西方現代主義的藝術大旗。隨後的先鋒文學則將中國當代文學的這種現代化進程推進到一種無以復

加的境地，從而出現了中國當代文學現代化的熱潮，甚至走向泛濫。這股現代化的文學大潮延續至今，極大地推動了中國當代文學的藝術發展，並結出累累碩果，但也提出了一些令人深思的問題。在新時期文學的這種現代主義的藝術轉化過程中，尋根文學是一個重要的轉折點。

尋根文學對新時期小說現代化的推動，不僅體現於其形式上對西方現代主義藝術技巧的大量運用，而更體現於其對新時期小說敘事內容、敘述策略乃至藝術觀念等文學本體層面的現代變革。本節主要從敘事話語、敘述策略，以及藝術觀念三個方面，來探討尋根文學對新時期小說現代化的藝術貢獻。而至於尋根文學藝術形式上的現代主義審美分析，在前面關於尋根文學的「現代主義藝術審美」部分中已經論及，此處不再贅述。

一、敘事話語的轉型

文學的現代化包括內容的現代化和形式的現代化兩個方面，內容決定形式，形式為內容服務。離開了內容的現代化，形式的現代化也就無所附麗，成為無源之水、無本之木，最終不過淪為某種蒼白空虛的藝術舞蹈。雖然現代形式主義理論認為，形式在某種意義上也是內容，如同丹尼爾‧貝爾所說的，是一種「有意味的形式」。但這種形式學意義上的「內容」同作為文本敘事本身所表達的內容，畢竟不是同一回事。這就如同古人穿唐裝和今人穿唐裝一樣，前者很明顯是一種生活內容和生活必需，而後者則是一種形式審美。就其實質而言，文學的現代化最主要的應該是其所表達的內容主旨或思想的現代化，其次才是形式的現代化——為現代的思想內容尋找與之匹配的藝術外衣。作為文學內容表達的敘事話語，不僅決定著文學作品的內容構成，而且也關係著文學作品的形式結構。

從話語指向來看，尋根文學使新時期小說敘事話語「從原有的『政治、經濟、道德與法』的範疇過渡到『自然、歷史、文化與人』的範疇」〔註1〕。這種敘事內容層面的更新，作為一種巨大的藝術內在支配力量，推動了新時期小說敘事話語的轉型。在尋根文學之前，「傷痕」、反思文學屬於政治化的話語表達，而繼尋根文學之後興起的先鋒文學，則出現了多元化敘事話語共存的繁榮局面。在這種從一元向多元轉化的過程中，尋根文學起著承前啟後的作用，是一個重要的藝術轉折點。尋根文學通過對文學的「根」——民族

〔註1〕李慶西：《尋根：回到事物本身》，《文學評論》1988 年第 4 期。

傳統文化的發掘，讓文化成為文學敘事的核心，並最終用文化書寫來取代政治宣傳，成功地實現了新時期小說敘事話語的轉型，推動了新時期小說現代化的藝術變革。這種敘事話語的轉型，是尋根文學對新時期小說現代化所做出的一個重要貢獻。

（一）話語轉型的契機

敘事話語的轉型是文學變革的標誌，而任何一種文學變革都不是一蹴而就的，乃是文學在自身的發展演變過程中，多方面因素合力作用的結果。影響新時期小說敘事話語轉型的因素有很多，概括地說，主要可以從以下三個方面來考察：

第一，新時期小說敘事話語語意功能的變遷。新時期文學是在衝破文革桎梏後獲得新生的，它以失而復得的現實主義精神，對這場給全民族和全社會造成了巨大災難的「浩劫」進行了強烈的批判和深刻的反思。但從敘事話語語意功能來看，新時期之初的「傷痕」文學中，很多作品仍然沒有脫離「十七年」和文革時期文學話語運作的基本模式，文學中仍然充滿了典型的文革思維和鮮明的政治色彩，文學仍然是社會問題的傳聲筒而沒有回歸藝術自我。「傷痕」小說和反思小說基本上都屬於「問題小說」，文學是以回答社會熱點問題的方式來參與現實，是一種工具性的藝術運作，還談不上所謂的文學創造和藝術審美。最早標誌著新時期小說新的敘事話語誕生的是劉心武的短篇小說《班主任》，這部作品被視為新時期文學的發軔之作。從文本敘述來看，這部作品技巧稚拙，藝術粗糙，充滿了文革話語思維，但即便如此，這部作品仍有其不可忽視的文學史意義。它在當時文革話語全面覆蓋的文學土壤之下，第一次地孕育出了嶄新的「人」的話語，並讓其破土而出，從而引起全社會普遍關注，開闢了中國當代文學新的話語表達空間。作者以受過「四人幫」思想毒害的截然不同的兩個中學生「宋寶琦」和「謝慧敏」為例，從作為歷史主體的「人」的角度入手，批判了文革流毒的危害，揭示出文革給整個民族帶來的最根本的傷害乃是對於個體「人」的摧殘。作者以文學的方式深切地告訴我們，不但要拯救像「宋寶琦」這樣的受到「四人幫」思想毒害的落後學生，更要關注和拯救像「謝慧敏」這樣的所謂優秀學生，她所受到的毒害比起前者來講，更為嚴重，也更為隱蔽。作者以「救救孩子」的呼聲一下子接續上了中斷了幾十年的「五四」啟蒙主義文學傳統，使文學從政治的軌道回到「人學」的軌道上來，這在當時無疑具有振聾發聵的時代意義。

作品突出了作爲歷史主體的「人」的意義，實現了對當時主流政治話語的突圍。也正因此，這部藝術上並未見任何現代主義氣息的不無粗糙的短篇小說，在當時卻能引起轟動性的社會效應，成爲新時期文學的先聲。以《班主任》爲發端，在新時期之初，很快出現了一個以「人」爲本的帶有政治批判和人道主義思想的文學熱潮，相當多的作家都在「人」的問題上找到了自己的藝術目標。其中最典型的是戴厚英的長篇小說《人啊，人》。這部作品在對極「左」思潮和文化大革命進行政治批判的同時，呼籲對「人」的尊重和理解。作者以一種文化醒悟的姿態，迫切地將一個大寫的「人」字推到新時期文學的面前，從而掀起了新時期文學人道主義思想的熱潮。這種將「人」置於文學中心地位的話語運作，表明了新時期小說敘事話語表達中現代性意識的崛起，是新時期小說現代化追求的一個重要表現。

　　與這種「人」的話語出現相同步的，是新時期小說中出現了大量的關於物質層面的敘事。這種物質性敘事話語的大規模出現，表明新時期文學從對政治和精神層面的抽象關注回到了現實生活本身，是新時期小說現代性的強烈表達。物質是人類生存的基礎，是精神存在的前提。在 20 世紀 50～70 年代那樣一個重精神輕物質，甚至以精神取代物質的畸形年代，文學作品中的物質表達被嚴重忽視，甚至被有意識地壓抑，物質話語一片空缺。但這種情況在文革結束後迅速得到改觀。新時期以來，文學作品中出現了大量的關於物質匱乏的描寫，特別是關於食物缺乏的描寫。新時期初小說中曾經大量出現的關於「吃」和「飢餓」的描寫，都是對於物質匱乏的一種特殊表達。比如汪曾祺的小說中就寫到了大量的「吃」，如何「吃」，及如何做「吃」，色香味俱全，引人注目。陸文夫的小說《美食家》中寫到了大量的蘇州名吃，還塑造了一個所謂的「美食家」，通過對朱自冶這個嗜吃如命的人幾十年來的命運浮沉的描寫，來反映時代價值觀念的變遷，並讓讀者對這種食客的文化價值進行評判。

　　阿城的《棋王》中也表現了王一生的「吃」及其吃的哲學——食物不求精美，但求溫飽，頓頓飽即是福。王一生吃得特別專注，吃相也很難看，連掉到地上的飯渣子也要撿起來重新放入嘴中。這種放大式的不無誇張的細節描寫，不正是對當時食物匱乏的間接反映嗎？小說還從一個側面表現了當時食物的極度匱乏，比如「我」爲了招待來訪的王一生，一次性地從食堂取出了三個月的食用油，每月五錢，共一兩五錢，之後三個月就只能吃食堂那種

無油菜。每月「五錢」油，吃白水煮菜，這種看似隨便的物質書寫，其實是對那個特殊年代物質匱乏的極度不滿。而新時期文學中寫「飢餓」最爲典型的就是張賢亮的中篇小說《綠化樹》，其中的資產階級知識青年章永璘因爲極度的食物匱乏經常被餓得死去活來，對飢餓感的記憶「刻骨銘心」。極度的飢餓讓章永璘頭昏眼花，四肢無力，整天東張西望，到處找吃的，如同一隻飢餓的狗。是農場的女工馬纓花，用自己積攢下的糧食補給章永璘，把他從半個猿人變成一個正常人，拯救了他，讓他恢復了知識分子的本色。該作品中對特定年代食物的不足及食物對於個人生存和發展的意義，予以了放大式的強烈表達，從而令人震撼。類似的描寫還有後來劉恒的小說《狗日的糧食》，光棍農民楊天寬用兩百斤糧食換回了一個長著癭袋的女人，這個女人的生存能力很強，最大的特點是善於積累糧食，在災荒年代讓她眾多的孩子們免於餓死。但最後，這個女人卻因爲無意中以爲弄丟了家中全年賴以活命的三百斤購糧證，而服毒自殺了。其中的糧食匱乏及糧食對於農民生存的決定性影響，得到了突出的表達。

新時期小說中大量出現的這些關於食物匱乏的描寫，其實就是一種赤裸裸的物質訴求，是對人們正常生活需求的正視，也是對特定年代中國社會糧食極度匱乏的表現和不滿，具有特定的社會政治、經濟和文化的內涵。這種物質性敘事話語的大量出現，是新時期小說敘事話語語意層面的一個重要變化，表現出一種物質化的現代性焦慮。

這種物質焦慮感的形成，在表層原因上是因爲中國特定年代極度的物質匱乏狀況所導致，而深層的原因則是源於新時期之初中國所面臨的異常嚴峻的貧困、落後的發展現狀，是在走出文革之後，時代、社會、民族、國家對文學的呼喚與要求。在經過 20 世紀 50～70 年代一系列極「左」政策的掃蕩之後，中國的國計民生幾乎走到了崩潰的邊緣，物質匱乏成爲一個醒目的普遍性的社會現象，也成爲擺在新時期面前的一個嚴峻的尖銳的和迫切的發展問題。1978 年 12 月中共十一屆三中全會宣佈：「全黨工作的著重點應該從 1979 年轉移到社會主義現代化建設上來。」〔註2〕文學是社會現實的反映，在新時期初那樣一個仍然是泛政治化的年代，文學更是「時代精神的傳聲筒」，很自然地對這種時代政治要求做出了回應。與政治上的要求相適應，

〔註 2〕《中國共產黨第十一屆中央委員會第三次全體會議公報》，人民出版社，1978
年 12 月。

周揚在同年底的著名講話《關於社會主義新時期的文學藝術問題》中明確地指出：「要正確表現社會主義新時期的生活和鬥爭，最要緊的是，我們的文藝工作者要積極地投身於爲實現社會主義新時期的總任務，爲加速社會主義現代化建設的偉大斗爭中去，觀察、體驗和描寫這場火熱的轟轟烈烈的鬥爭。這是一個偉大的群眾運動，又是一場科學、技術的偉大革命。」〔註 3〕顯然，這仍然是倡導文學爲政治服務，不過這一次，「政治」轉換成了「經濟」，是號召文學爲國家的經濟建設服務，在文學與經濟之間建立起了直接的聯繫。這種自上而下的倡導，對新時期文學的發展產生了深刻的影響：一方面，現實中物質經濟的發展與變革影響和制約著新時期作家們的文學想像；另一方面，在作家們的這種物質想像與書寫的過程中，必然又會融入特定的主體的和文化的思考，反過來又會作用於現實中的物質經濟發展。作爲文學和現實這種雙向互動的表現，20 世紀 80 年代上半期出現的轟轟烈烈的改革文學大潮，便是對新時期文學物質化的現代性焦慮的直接書寫，是新時期小說物質話語的一次集中表達。改革文學對現實中的物質匱乏和文化落後做了很多書寫，同時又以文學的方式參與了現實中的改革進程，對改革予以了個性化的思索與探討，這方面代表性的作品有賈平凹的《浮躁》和張煒的《古船》等，其中既表現了現實中改革的複雜與艱難，又對改革給予了民族文化心理層面的思索與探討。

　　而隨著「人」的話語和物質化的現代性話語的發展，新時期文學的敘事已不再滿足於簡單的表面的現象描述，而是要深入探究這些現象背後的深刻、複雜的歷史和文化原因。在此情況下，歷史與文化作爲一個特定的內容層面自然而然地進入了新時期小說敘事話語的視野。於是，文化反思小說應運而生。歷史與文化因素的植入，使新時期小說敘事話語空間得到了極大拓展。「文化」是一個複合的多面體，包含了「物質」和「人」的多維層面。在文化視角的整合作用下，文化反思小說實現了「物質」和「人」雙重話語的結合。無論是對「物質」的書寫，還是對「人」的書寫，最終都歸結到對「文化」的書寫，並在其中寄託作家的特別思考。以鄭義的小說爲例，他的代表作《老井》和《遠村》都是一方面展示了物質化生存現狀的貧困。如《老井》中的孫旺泉，爲了給弟弟換回一筆彩禮，被迫放棄了心愛的戀人趙巧英，而去給寡婦段喜鳳家倒

〔註 3〕原載《人民日報》1979 年 2 月 23、24 日。引文據《新時期文藝論文選集》中國文聯理論研究室編，上海文藝出版社 1986 年第 1 版，第 10 頁。

插門，充當生育機器，忍辱負重。這一切的背後，根源都是一個字——窮，更不必說小說中連生存所必需的水資源都極度欠缺，爲了挖井，家家幾乎砸鍋賣鐵。《遠村》中的楊萬牛，也是因爲窮，拿不出彩禮，娶不起自己心愛的女人，只能屈辱地爲其拉了二十多年的「邊套」。另一方面這些作品又揭示了在這種生存狀態中，作爲個體的人的價值和尊嚴的被踐踏，孫旺泉活得屈辱壓抑，楊萬牛活得人不如狗。作者以文化追尋的方式，探究這種貧困悲劇的根源，使這兩種敘事話語在文化的層面上實現了結合。物質的貧困導致文化的悲哀，而文化的悲哀最終體現爲「人」的命運悲劇。也正因此，這兩部作品才體現出相當的文化力度和人性深度，成爲尋根文學的代表力作。

隨著新時期小說中文化意識的日漸濃厚，一場以文化發掘爲宗旨的文學運動的出現也就自然而然。1985 年，尋根文學運動正式揭開帷幕，在一些尋根作家們的表述中，「文化」便是「根」，對民族文化的挖掘就是民族文化尋根。這樣，「文化」作爲一種特定的話語內涵，從最初的若隱若現的邊緣化潛隱狀態，終於成爲新時期小說敘事話語的意義表達中心。從最初的歷史、政治話語層面，到「人」的話語層面，再到物質話語層面，最終抵達文化層面，新時期小說敘事話語結構逐步改變，最終實現了整體性的歷史變遷。在這一過程中，尋根文學既是結果，又是一個重要的歷史轉折點。

其次，從作家主體來看，新時期小說敘事話語的轉型，與新時期作家主體意識的覺醒息息相關。在 20 世紀 50～70 年代期間，在頻繁的政治運動和極「左」政治高壓政策之下，中國當代作家們的主體意識日漸失落。寫作變成一項政治任務，集體生產，缺乏創造性，文學也在事實上淪爲政治的傳聲筒。新時期的到來，使作家們獲得了文化政策上的解放和文化心理上的放鬆。在此情況下，作家們長期失落了的主體意識迅速地走向回歸。評論家季紅眞指出，新時期伊始，作家們普遍地獲得了一種「尋找意識」，這種「尋找」包括兩個方面，尋找自我與藝術的尋找〔註4〕。「尋找自我」，指的就是尋找作家們曾經一度失落了的自我主體意識，這在當時是一種普遍性的現象。如王蒙說：「復活了的我面臨著一個艱巨的任務：尋找我自己。在茫茫的生活海洋，時間與空間的海洋，文學與藝術的海洋，尋找我的位置、我的支持點、我的主題、我的題材、我的形式和風格。」〔註 5〕陳沖則認爲，「我還沒有找到我

〔註 4〕季紅眞：《文化尋根與當代文學》，《文藝研究》1989 年第 2 期。
〔註 5〕王蒙：《我在尋找什麼？》，《王蒙小說報告文學選·自序》，北京出版社 1981

自己，所以我還在尋找。」﹝註6﹞而宗璞則借小說《我是誰？》，從人的文化存在來進行「自我」定位，發出了對自我主體的質疑，使這種「尋找意識」上升到存在主義哲學的高度。這種尋找意識的出現，表明新時期小說主體意識的高揚。黑格爾說：「人一旦要從事於表達他自己，詩就開始了。」﹝註7﹞對於新時期文學而言，作家們一旦意識到自我表達的需要，新時期文學也就獲得了新生。

這種主體意識的普遍覺醒促成了新時期小說敘事話語的變革，使其由對當前社會話語的客觀反映過渡到對自我意識的主觀表現，由客觀的反映論過渡到主觀的表現論。這就為尋根文學的崛起做好了話語準備。尋根文學重整體思維，重直覺，重頓悟，而不在意對社會現實的客觀反映，更不著意對時代本質進行提煉概括。在藝術審美上，尋根文學普遍放棄現實主義的反映論，而追求一種表現主義的陌生化審美感覺。這一切，都與新時期作家們主體意識的覺醒密不可分。所以，只有實現了對傳統的現實主義再現式敘事模式的破除，才能實現尋根作家們在歷史與文化空間裏的恣意遨遊。在這方面，韓少功的《爸爸爸》就是一個典型。小說基本上屬於寓言式的文化寫作，其中充滿了大量的原始巫術文化的書寫，與那種現實主義的反映論相去甚遠。尋根文學後期，出現了大量的新歷史主義小說，也都是對傳統現實主義寫作觀念的突破。在這些作品中，歷史與文化成為作家們競相展示才情的藝術空間，而作家們所要傳達的文化意念也正蘊含其中。比如莫言的「紅高粱」系列，透過第三代「我」的敘述眼光，來講述「我爺爺」和「我奶奶」的人生故事，將個人的風流史與民間文化和抗日戰爭結合起來，演繹成一種民間版的「新兒女英雄傳」，其中的文化主題也溢於言表。在新歷史小說那些脫離現實所指的歷史、文化書寫中，敘事話語的現實意義層面已為作家們的主觀想像衝擊得七零八落，而作家們的主體意識，卻得到了空前的膨脹，小說所要傳達的文化意念也得到強烈表達。在這種高度主觀化的話語表述中，新時期文學正在悄然地發生著變化。

季紅真所謂的「尋找意識」還包括另外一層含義，即藝術的尋找。這種藝術的尋找，其實就是一種文學的自覺。這種文學自覺意識的出現，是新時

年1月。
﹝註6﹞陳沖：《我還在尋找》，《文藝報》1985年9月21日。
﹝註7﹞【德】黑格爾：《美學》第三卷，第21頁，商務印書館，1981年7月。

期小說敘事話語變革的一個重要的藝術原因。作家陳沖認爲這種「尋找」,「就是找到自己在文學上的位置;說得再具體點,就是找到那一片屬於我自己的藝術世界。」〔註8〕這種「藝術的尋找」,表明新時期以來作家們普遍具有一種藝術危機感和對新的藝術形式的渴求感,希望找到屬於自己的藝術風格。長期以來,「寫什麼」與「怎麼寫」這兩個問題一直糾纏不清,貫穿著中國當代文學發展的始終。在20世紀80年代上半期,「寫什麼」這個內容層面的問題逐步地讓位於「怎麼寫」這個形式層面的問題,表明新時期作家們在藝術上的努力追求。內容決定形式,而形式反過來會影響內容。新時期以來作家們頻繁的形式實驗是爲了適應新的話語內容,或乾脆成爲新的話語內容的組成部分,這就使新時期作家們的形式努力具有了話語革新的意義。以王蒙爲例,他在20世紀80年代初的「意識流」文學試驗,絕不僅僅只具有形式探索的意義,同時它還兆示了一種新的模仿西方的「準現代性」話語的誕生。也就是說,在新時期初的中國社會文化語境中,已經出現了西方現代社會文化的因素。所以,這種形式變革的意義與其話語變革的意義幾乎同樣鮮明。同樣的例子也可見於汪曾祺。新時期伊始,汪曾祺以令人耳目一新的「新筆記體」小說飲譽文壇,掀起了一股文化小說的熱潮,而文化小說也因他的提倡而在新時期得以蔚然成風,這顯然與他的文體寫作有關。從文體的角度來講,「新筆記體小說」是我國古代「筆記體小說」的當代延傳,而「筆記體小說」是我國古代的一種典型的文化小說,有著悠久的歷史和深刻的文化內涵。新時期以來汪曾祺對「筆記體」小說的大力倡導,顯然與其文化主張緊相一致。這就很容易看到,在汪曾祺的文體寫作與他的文化主張之間,顯然有一種形式和內容相輔相成的關係。李慶西曾就此寫過一篇文章,名字叫做《新筆記體小說:尋根派也是先鋒派》〔註9〕,就指明了這種文體寫作內容和形式雙方面的意義。由形式追求所導致的話語變革,在尋根文學中成爲普遍性的存在,像李杭育對一種獨特的有文化背景的語言的追求〔註10〕,韓少功對「東方文化的思維和審美優勢」的尋找〔註11〕,以及尋根作家們的普遍的魔幻情結等,與其說是出於對某種形式的偏好,倒不如說是對形式背後的某種特定

〔註8〕陳沖:《我還在尋找》,《文藝報》1985年9月21日。
〔註9〕李慶西:《新筆記體小說:尋根派也是先鋒派》,《上海文學》1987年第1期。
〔註10〕李杭育:《從文化背景上找語言》,《文藝報》1985年8月31日。
〔註11〕韓少功《東方的尋找和重造》,《韓少功散文》(上)中央廣播電視出版社1998年1月。

的文化語境的追求。

　　所以，我們完全可以說，尋根作家們群體性的藝術追求，既可以說是一種現代化的形式努力，也可以說是一種新的敘事話語建構，在形式和內容（意義）的雙重層面上，都推進了新時期小說敘事話語的轉型。設想一下，如果沒有尋根文學的形式探索，新潮小說和先鋒文學的形式革命如何能夠憑空得以產生。尋根文學中，本來就蘊含了很多先鋒藝術實驗的成分，先鋒文學中，也有很多文化尋根的內容。二者的這種複雜交織，其中的藝術聯繫，非常清楚，不容割裂。

（二）話語轉型的表現

　　尋根文學實現了新時期小說敘事話語從當前社會政治領域向歷史與文化領域的位移，促成了新時期小說敘事話語的全面轉型。這種轉型，主要體現在以下幾個方面。

　　一，從一元向多元敘事話語的轉變。新中國成立後，隨著一體化文學進程的開啓，20 世紀 40 年代出現的多元化的文學話語格局很快被 50～70 年代單一的政治話語所取代。其間偶而出現的一些異質話語表達，如歷史、文化與人性書寫等，都被當成封建的或小資的內容成分被否定或被抑制，這就造成該段歷史時期文學作品中傳統歷史與文化意識的匱乏，以及人性話語的大幅空白，文學園地也因此一片荒蕪，了無生機。文革結束後，隨著政治對文學控制的鬆動，當代文學的話語表達日漸自由和活躍。那些被否定被壓抑的敘事話語如同雨後春筍一般，浮出新時期文學的地表。中國當代文學的敘事話語也因此從一元逐漸走向了多元。「傷痕」文學中充滿了政治話語，延續著「十七年」文學的遺風，但在政治話語的裂縫中，人性話語的萌芽已經隨處可見。劉心武的《班主任》、盧新華的《傷痕》、馮驥才的《啊！》等傷痕之作，在政治批判的同時，已經觸及到了「人」和人性的存在。反思文學中同樣充滿政治話語，但主體意識明顯增強，已經出現很多主體反思的成分。與「傷痕」文學相比，反思文學在政治話語和人性話語之外，還增添了很多歷史與文化的意蘊，因而能夠超越現實，具有較爲深廣的藝術思考空間，顯得深刻複雜。改革文學是新時期政治話語的一次反彈，但已經無法像 20 世紀 50～70 年代那樣，做到政治話語的一統天下，其中必然地交織著很多人性的和文化的因素，話語結構比較立體化。至於尋根文學，則以一種遠離政治的話語姿態，張揚起了歷史與文化的大旗，與現實拉開距離，其中也不乏特定的

人性挖掘和審視。這種從一元到多元的敘事話語轉變，表明新時期小說話語空間的拓展，體現出新時期小說的進步，標誌著新時期小說敘事話語的轉型。

二，歷史與文化意識的凸顯。在政治一體化的支配下，20世紀50～70年代文學作品中，傳統的歷史、文化意識出現了全面的失落。在當時，所謂的歷史就是中國新民主主義革命歷史，所謂的文化就是紅色革命文化，傳統的歷史文化幾乎被掃蕩一空，僅在60年代初出現了一個短暫的歷史題材寫作的小高潮，湧現出了諸如陳翔鶴的《陶淵明寫〈輓歌〉》、《廣陵散》，黃秋耘的《杜子美還鄉》和馮至的《草堂春秋》、《白髮生黑絲》等傳統歷史題材小說，戲劇方面也僅有田漢的《關漢卿》、郭沫若的《蔡文姬》等歷史劇作。但這些作品很快就遭到批判，不了了之。從而形成被鄭義等尋根作家們加以聲討的「文化斷裂帶」。文革結束後，面對著文化廢墟，國人普遍有一種文化危機感，接續歷史，重建民族傳統文化，成為一種普遍的時代心理。這種文化重建的熱情，在彼時外來文化的激發下，最終演化成為一場聲勢浩大、如火如荼的全社會性的「文化熱」。在這一過程中，傳統的歷史、文化意識作為一種特定的敘事話語表達，在新時期文學中得到了空前的凸顯。

這種文化意識的覺醒，在新時期文學中得到了及時的反映。新時期以來，從汪曾祺的系列文化小說開始，文學話語的現實內涵和政治化承載就日漸稀薄，而話語中的歷史感和文化感卻愈益濃厚，並作為一種新的話語內涵成為新時期小說敘事話語的主要追求。汪曾祺不是尋根作家，但他對歷史文化的開拓，卻使他無意中成了尋根文學的肇始者。李陀指出，「汪曾祺的小說最早引進了文化意識，文化意識的強化最早是從他開始的。」〔註12〕以汪曾祺的文化書寫為發端，新時期小說中的文化意識日漸濃厚。王蒙、陸文夫、鄧友梅、馮驥才、賈平凹等人，都從不同的角度，切入了民族傳統文化，推動了新時期小說中的文化書寫。他們的這種寫作，通常也被視為尋根寫作的先聲。

在這一過程中，張承志的文化寫作是一個典型。張承志是一位文化意識非常鮮明和文化使命感非常強烈的作家，他早期的寫作致力於蒙古草原文化抒情，後期的寫作致力於本民族（回民族）歷史文化發掘。在20世紀80年代，張承志因其鮮明的文化立場和剛健豪邁的精神氣概，而被視為當代文壇的「文化英雄」。早在1982年的《黑駿馬》中，他就吹響了向歷史與文化進軍的號角。作者借助一首讚美駿馬的蒙古民歌《剛嘎—哈拉》，將一匹從天而

〔註12〕林偉平：《新時期文學一席談——訪作家李陀》，《上海文學》1986年第10期。

降的蒙古駿馬的故事和一對蒙古男女青年的悲劇性的愛情故事交織在一起，通過對這首蒙古民歌的迴環往復的穿插式的吟唱，渲染出一種濃厚的歷史文化氛圍。在此背景上，作者書寫了一對草原男女青年的悲劇性的愛情故事，通過女主人公索米婭的人生遭遇，聯繫起了草原文化的歷史、現在與未來，寄託了作者深刻的憂思。這種文化視角的愛情書寫，使這樣一個原本普通的愛情故事獲得了深廣的文化蘊涵，感人至深，具有震撼人心的美學力量。可以說，這部作品的藝術魅力，不在於那個遭受破壞的愛情故事本身，而在於其中所體現出來的特定的歷史文化意蘊，及現代文明燭照下所體現出來的蒙昧晦暗，具有一種深沉的歷史和文化之美。如果說，在《黑駿馬》中，那種通過民歌來表現的歷史文化書寫還顯得隱約含蓄的話，那麼到了1984年的《北方的河》中，敘事話語的歷史文化走向則乾脆走向了明朗公開。作品中那些流串古今橫貫北方大地的大江大河，在話語的表層涵義上，已使人很容易將它們與中華民族五千年的歷史文明相聯繫。主人公「他」對「北方的河」的考察與熱愛，在黃河邊對聯繫著五千年歷史文明的彩陶碎片的激賞，尤其是作品中主人公直接稱呼黃河為「父親」的敘述，是一種明白無誤的文化「尋父」。在這種表述中，敘事話語的文化蘊含已經溢於言表，文化尋根的主題已經呼之欲出。可以說，這部作品將新時期小說中的歷史文化意識推到了頂點，與後來韓少功、李杭育等人的勉為其難的文化尋根小說相比，可謂是一種真正意義上的文化「尋根」。這種歷史文化的書寫，在張承志後來的《心靈史》和《金牧場》等作品中，則演化為對本民族歷史文化的發掘與緬懷，壯懷激烈。但在對本民族（回族）的歷史文化發掘過程中，張承志表現出狹隘的民族文化立場，他最終從一個中華民族文化的發掘者變成一個回民族文化的守夜人。這限制了他的創作視野，也制約了這些作品的藝術影響。在寫完《心靈史》（1993）之後，張承志基本放棄了小說創作，開始了他的民族文化漫遊。

同樣的情況還可以見於1984年出現的阿城的《棋王》。《棋王》一出，轟動海內外。在題材內容上，《棋王》明顯屬於知青小說。在《棋王》出現以前，以往的知青小說大多暗含著一個政治的或社會學的視角，比如梁曉聲的《今夜有暴風雪》、韓少功的《西望茅草地》、王安憶的《本次列車終點》等。但阿城的《棋王》卻與眾不同。表面來看，這部作品與別的知青題材小說似乎沒有多大區別，也有著政治的和社會學的視角。主人公王一生也經歷過家破人亡、上山下鄉，在鄉村也與別人一樣勞動、吃飯。但如果我們深入這部作

品文字的背後，王一生似乎不僅僅只是一個知青，而是某種特定文化的化身，在的身上，有時代政治的烙印，更有民族傳統文化的傳承。他集傳統儒道文化於一身，演繹了民族傳統文化的特定存在，表現了民族傳統文化的魅力和美，弘揚了民族傳統文化精神。王一生的存在體現爲一種文化的存在，既有歷史質感，又有文化神韻。也正是因此，這部作品超越了一般的知青題材小說，成爲新時期文化小說的代表力作，並被追認爲尋根小說的代表作。在汪曾祺、張承志、阿城等作家作品的推動下，當代文學中的歷史文化意識日漸濃厚，文化尋根主題呼之欲出，一個新的文學話語時代正在到來。

三、題材選取的歷史文化取向。這種敘事話語的轉型，還體現在新時期以來小說題材內容的選取和表現上面。不同的題材有不同的意義內涵，在某些特定的文學題材中，往往會傳達出特別的文化氣息。從總體趨勢來看，新時期以來當代小說題材的選取，大體上呈現出遠離政治親近民間、棄重大而私人的這樣一種走向。「傷痕」文學基本上屬於政治化的題材，但反思文學中已經出現很多具有特定文化氣息的內容，比如陸文夫《美食家》中的蘇州美食、張承志《黑駿馬》中的蒙古草原民歌和《北方的河》中的眾多凝聚著特定文化內涵的北方的大河及文明碎片、《棋王》中的具有中國傳統文化象徵的中國象棋等。在汪曾祺、鄧友梅和馮驥才等人的文化小說中，還出現了大量的民俗書寫，比如汪曾祺筆下的眾多的風俗寫照；鄧友梅筆下的八旗子弟、煙壺等；馮驥才筆下的神鞭（男人辮子）、三寸金蓮（女人小腳）和陰陽八卦等，都聯繫著特定的歷史和文化。例如汪曾祺的《受戒》，就寫到了作者家鄉江蘇高郵一帶解放前做和尚的習俗，這樣的內容與政治無關，體現的是一種特定的民俗文化。還有鄭義的《老井》中，寫到了當地眾多的枯井，而每口枯井幾乎都有一段慘烈的挖井歷史，從而使現實中主人公孫旺泉的挖井之舉，具有了某種神聖的歷史文化內涵。

在韓少功、李杭育等人的尋根文學主張中，揚不規範文化和少數民族文化，貶斥規範文化和中原主流文化。韓少功所謂的不規範文化指的是「俚語，野史，傳說，笑料，民歌，神怪故事，習慣風俗，性愛方式等等」，李杭育所指的少數民族文化其實就是一種以少數民族爲主體的民間文化，其特徵是豐富多彩，神秘浪漫。這些內容中都凝聚著特定的歷史與文化。尋根文學以這些題材爲表現對象，在話語內涵上自然而然地就會帶上特定的歷史與文化氣息。比如，在韓少功的《爸爸爸》中，有一段對打鬥祭祀儀式的描寫：

火光越燒越高。人圈子中央，臨時砌了個高高的爐臺，架著一
口大鐵鍋。鍋口太高，看不見，只聽見裏面沸騰著，有著咕咕嘟嘟
的聲音，騰騰熱氣，衝得屋梁上的蝙蝠四處亂竄。大人們都知道，
那裡煮了一頭豬，還有冤家的一具屍體，都切成一塊塊，混成一鍋。
由一個漢子走上粗重的梯架，操起長過扁擔的大竹籤，往看不見的
鍋口裏去戳，戳到什麼就是什麼，再分發給男女老幼。人人都無須
知道吃的是什麼，都得吃。不吃的話，就會有人把你架到鐵鍋前跪
下，用竹籤戳你的嘴。

這是一個殘忍的部族祭祀的場面，有著濃厚的初民意識和原始文化色
彩。這樣的文字書寫，很容易令讀者聯想到人類文明的早期，感受到其中的
愚昧和野蠻，與當下的現實很自然地拉開了距離。這是一種文化的體悟，又
具有特定的歷史意味。類似的例子在鄭義的《老井》中也有：

孫石匠除一短褲，全身赤裸。善祈取水時那柳枷，現已經換作
刀枷。那刀枷是六把二尺許的小鍘刀綁紮成的：三把鍘刀成一三角
形，套在罪人肩頸上；在這三個接點處，再各立起一把鍘刀，在頭
頂上交於一點，六把刀片，都是刃朝裏，罪人的頭顱便枷禁於刀叢
之中了。稍不留意，頭上頸上便會被那刀刃創傷，流出血來。

這是一個求雨的「惡祈」儀式，從中可現文化的殘酷、野蠻和愚昧。這
樣的儀式聯繫著古今，具有特別的歷史意味。尋根文學中有大量的遠離現實
生活的風俗、儀式、神話、傳說、宗教等的描寫，這些題材本身歷史久遠，
或聯繫著特定的生活內容，而帶上濃厚的歷史和文化氣息。這種題材的選取，
在無形之中，逐漸改變了新時期小說敘事話語的內容構成。

四、對二元對立思維模式的破除，使敘事話語內涵從原來的二元對立思
維模式走向了多維和立體化。長期以來，在一體化的政治思維模式支配下，
當代小說敘事話語表現出嚴格的二元對立思維特徵，在語意內涵表達上，非
此即彼，非對即錯，非進步則落後，非高尚則低下，非革命即反革命。這種
帶有專制特徵的話語表達曾一度操縱了當代小說的話語運作，並釀就了許多
荒謬的、可怕的、殘酷的惡果。在二元對立思維模式支配下，當代文學敘事
話語失去了多樣性、多義性和豐富性，表現得僵化、死板和單一，嚴重制約
了當代文學的發展。所以，新時期文學要想獲得解放，就必須破除二元對立
思維模式。

　　二元對立本質上屬於一種政治化思維模式。要想破除二元對立思維模式，前提是必須擺脫政治化思維模式的影響。「傷痕」文學基本上屬於政治化思維，反思文學中也有大量的政治化思維，但已經開始出現鬆動，呈現出思維和審美的多元化。比如朱小平的《桑樹坪紀事》，其中既有政治批判，也有文化反思，不同審美思維的出現，拓展和豐富了作品的意義空間。尋根文學因其遠離政治話語而較少受到政治思維的影響，而歷史和文化話語的開闢使其獲得了更多更廣的話語空間。由於歷史文化本身的複雜性和多義性，所以尋根文學的話語思維也表現得複雜和多元。這就從根本上改變了新時期小說的思維模式，使其從二元對立走向了開放和多元，促進了新時期小說敘事話語的變革。

　　如阿城的《棋王》中，「中國象棋」不再僅僅只是一种競技藝術，而是民族傳統文化的象徵，對「下棋」的迷戀和精通，不再僅是一種娛樂，而是一種文化行為和精神寄託。韓少功的《爸爸爸》中，採取模糊化的美學策略，表現出不確定性的審美特徵。其中的敘事相互拆解，呈現出發散性的思維特徵。比如關於雞頭寨歷史的由來，作品中就有各種說法，彼此之間互相拆解；關於丙崽的文化蘊含，評論界歷來眾說不一。還有鄭義的《老井》中，「井」的意象不再是單一的所指，而是傳達出進步與封閉，生存與死亡、雄壯與卑瑣、苦難與幸福等對立性的多元復合的語義內涵。王安憶的《小鮑莊》中，作者對傳統的儒家「仁義」文化予以了現代審視，向我們展示了「仁義」文化的複雜面目。在作者筆下，我們既可以看到儒家「仁義」神話的現代體現（小英雄撈渣的故事），也可以看到仁義文化的殘酷、虛偽和其功利性的一面，如拾來的故事，小翠子的故事，鮑秉德和瘋妻的故事，文瘋子鮑仁文的故事等等，而恰恰是這些，才構成了小鮑莊人「仁義」神話的現實內涵。這種多元復合的語義表達，使小鮑莊人世代構築的「仁義」神話，在現實面前自然地走向坍塌，從而引發讀者諸多的思考。

　　這種多元復合的語意追求，在韓少功那裡則成為自覺的美學追求。韓少功的小說追求一種特定的模糊美學——重整體、重統一、重直感的模糊美。他的小說在敘事話語語意內涵上呈現出一種不確定性。韓少功對傳統的那種自足式的小說敘事極為不滿，認為它們束縛了作者的想像力和讀者的藝術想像空間。他的小說話語內部相互質疑，相互拆解，話語意義呈現出不確定性和分散性。《爸爸爸》和《歸去來》等作品如此，20 世紀 90 年代後的《馬橋

詞典》（1996）和《暗示》（2002）等作品依然如此，從而形成他的作品的特殊的模糊美學特徵，帶來了意義闡釋的多樣化。韓少功的這種敘事風格，在解放文本的同時也解放了讀者。對之的理解，絕不是傳統的二元對立思維所可以應對，而是需要匹之以一種發散性的藝術思維。這種多元化的話語表達，在後來的尋根文學作品中大量體現，甚至到了誇張肆意的程度。如莫言的《紅高粱》中，作者自述他的家鄉：「高密東北鄉無疑是地球上最美麗最醜陋、最超脫最世俗、最聖潔最齷齪、最英雄好漢最王八蛋、最能喝酒最能愛的地方。」這是莫言小說中的一個經典句式，在並列運用的五組話語中，每組話語由兩種意義相反或全然不同的內容構成，整句敘事話語語意朝著十個不同方向散開，獲得了傳統小說話語表達所無法想像更無法具有的表達效果。這種反邏輯、反常規的多元化的話語表達，是對傳統的二元對立思維模式的顛覆，昭示著中國當代文學新的話語時代的到來。

（三）話語轉型的結果

由當前社會政治話語向歷史與文化話語的位移，從根本上改變了中國當代文學敘事話語的構成，對新時期以來中國文學的發展產生了深刻的影響。這主要表現為以下三個層面：一、內容層面。尋根文學敘事話語的歷史文化走向削弱了敘事話語的現實意義追尋，使尋根文學的話語書寫在很大的程度上變成了與現實沒有多大關係的文字表演，從而導致了尋根小說文本的故事化、歷史化和傳奇化傾向，使其由意義文本走向故事文本。二、形式層面。尋根文學本來就有強烈的現代主義藝術衝動，尋根文學後期，由於意義的迷失，不少的尋根小說得以在形式上伸展手腳，從而促成了新時期小說由內容向形式的轉變，為隨後的先鋒小說的形式實驗做好了藝術鋪墊。三、意義層面。尋根文學由於對話語現實意義的拒絕，以及文本的故事化、歷史化和傳奇化價值取向，從而導致尋根文學啟蒙精神的實際消亡。

從內容來看，由於歷史文化的非當前性，使尋根作家們在對歷史文化的描述時，往往得以掙脫現實時空邏輯的制約，進行抽象化處理，從而削弱了尋根文學敘事話語的現實意義功能。現實時空關係遵循因果律，在抽象化的非邏輯性的歷史時空虛構過程中，事物的因果律顯然是不存在的。而因果律的廢除給小說敘事造成大幅度空白和自由，也對小說敘事的真實性提出了質疑。現實的題材內容往往要經受生活真實性的檢驗，而對歷史與文化的驗證往往是多餘的、可笑的。因為在對歷史文化的虛構和表達過程中，歷史事實

已不可能復現，而這也不是敘述者的主要目的。敘述者借助歷史與文化的書寫，所要表達的不過是一種主觀意念而已，而爲了增強這些作品的可接受性，或者說爲了獲得一種寫作的快感，故事性和傳奇性卻得到額外的重視，成爲這類作品重要的藝術目標。在這方面，我們可以尋根作家們普遍的魔幻情結做證明。尋根作家們對來自拉美的魔幻現實主義普遍地鍾愛，魔幻現實主義成了他們超時空體驗的主要藝術方法。而魔幻現實主義是一種荒誕、誇張、變形的非現實邏輯的藝術表現方法。在非邏輯的魔幻時空中，作品的當前化特徵消失了，歷史文化感增強了，而文本的故事化、傳奇化傾向卻更突出了。這也就可以使我們理解，爲什麼大多數尋根小說與現實都保持較遠的距離，都有一個相對完整的故事，都會對文本的故事性和傳奇性表現出那麼大的興趣。阿城的「三王」都屬於奇人奇事，被稱爲世俗生活傳奇；鄭萬隆的「異鄉異聞」系列，屬於邊地文化傳奇；鄧友梅和馮驥才的京、津文化小說系列，屬於市井文化傳奇；莫言的「紅高粱」系列，屬於現代土匪英雄傳奇，等等。在這種傳奇性的歷史與文化書寫過程中，中國當代小說敘事話語正在發生深刻的變化。

形式方面，由於卸掉了生活眞實性追求的沉重包袱，尋根作家們得以輕裝上陣，在小說藝術上縱情馳騁自己的才情和想像，進行多方面的藝術嘗試，從而推動了新時期小說藝術形式上的變革。尋根文學在內容上走向虛空的同時，作爲一種補償，卻獲得了形式上的豐富多彩。尋根作家們嘗試過表現主義、象徵主義、神秘主義、魔幻現實主義等多種現代派藝術表現方法，使當代小說藝術表現方法走向多樣化。如果說反思文學是新時期小說文體自覺的開始，那麼尋根文學則是先鋒文學的前奏，有著大量的自覺的文體實驗。不少讀者會有這樣一種感覺，20 世紀 80 年代中期的先鋒文學似乎是一夜之間橫空出世。這是當代文學史敘述的錯覺，事實完全不是這樣。任何一種文學現象都不會是憑空出現的。尋根文學在藝術上的努力爲先鋒文學的出現做了良好的藝術準備，很多的尋根作家同時又是先鋒作家，比如韓少功的《爸爸爸》，就是一部高度成功的現代主義小說文本，韓少功本人也喜歡文體探索，他後來的一系列創作，如《馬橋詞典》、《暗示》、《山南水北》等，文體上都求新求變，打破了傳統小說的藝術範式。其先鋒藝術探索，直到今天，一直走在文壇前列。所以，韓少功既是一位尋根作家，又可以說是一位眞正的先鋒作家。

　　尋根文學表現出對傳統現實主義的全面超越，無論是《棋王》、《爸爸爸》，還是《小鮑莊》，都已經不再是傳統現實主義的經典敘事；而在敘述上，這些作品又表現出表現主義的審美特徵，追求「陌生化」的審美效果，以一種客觀的不動聲色的姿態拒絕了作家主體情感的介入。這種審美追求，使尋根文學在藝術表現上與傳統現實主義明顯區別。在語言上，尋根作家們追求語言的個性化，如韓少功語言含混晦澀，阿城語言充滿士大夫氣，李杭育語言活潑幽默等。形式感的增強，是敘事話語的變革給新時期小說所帶來的一個新的變化。

　　從意義層面來講，從當前社會話語向歷史與文化話語的轉型，極大地瓦解了中國當代小說的意義追求。文學的意義是文學存在的理由。尋根文學是一次以文化啟蒙為目的的民族文化復興運動。在尋根作家們的文化意圖裏，有著強烈的啟蒙主義動機。在韓少功、阿成、鄭義、李杭育等人看來，通過文化啟蒙，可以復興民族文化，振興民族精神，進而走向世界。這種強烈的啟蒙意識是「五四」以來中國知識分子啟蒙意識的當代延續，是 20 世紀 80 年代新啟蒙主義社會思潮的表現。但是，由於尋根文學敘事話語的歷史文化走向，淡化了敘事話語的現實內涵；同時，對文本故事化和傳奇化的追求，又進一步削弱了尋根文學的啟蒙意義表達，使尋根文學的啟蒙意圖在事實上流於虛空，變成了一場關於民族文化復興的文化烏托邦運動。

　　尋根文學致力於文化啟蒙，但對於什麼是啟蒙，這些年輕的知青作家們似乎並沒有做好太多的思想準備。啟蒙是一種精神行為，以現代意識為指導，以現代理性主義為原則。在現代理性原則的指導下，一切原始的、落後的、非理性的宗教、儀式、神話、信仰等，都必須經受現代文明眼光的檢驗。這就使尋根文學的歷史文化發掘與啟蒙主義之間發生衝突，導致尋根文學主題內在的分裂。因為很明顯，尋根作家們本來是帶著文化啟蒙的目的，去從事歷史與文化的發掘，這種啟蒙的功利意識要求他們發掘的不是歷史文化中那種感性的審美體驗，而是其中所透露出來的那種能夠經受得住現代理性檢驗的審美內容。但是，在發掘整理的過程中，歷史文化本身的美和魅力，卻一再地淹沒了尋根作家們的啟蒙意義追求，使他們在對歷史文化的發掘和書寫時，往往忘卻了自身的啟蒙使命，不自覺地流於藝術審美。這樣的文本價值取向，顯然從內部瓦解了尋根作家們的啟蒙意圖。尋根文學中，一些作家為引人注目，不惜搜奇獵勝，那些蠻荒的偏遠的深山老林或者傳統文化中的一

些負面的糟粕性的代表東西，如「三寸金蓮」、「八旗子弟」、「煙壺」、「綠林土匪」等，竟被他們搜奇獵聖，化腐朽爲神奇，成了競相展示的文化資源。這樣的文化發掘，離尋根作家們的文化初衷已經越來越遠。

這種意義的迷失，還與尋根作家們的文化立場和文化態度有關。文化尋根是一次回歸文化母體的文化復興運動，尋根作家們對民族傳統文化的發掘，大多持的是一種文化認同的立場。這種文化認同，使尋根作家們對民族傳統文化表現出更多的親和性，而缺少啓蒙主義的理性批判眼光。但是由於歷史文化本身的混合包容性，優與劣相互雜陳，精華與糟粕同在，尋根文學的這種普遍性的文化認同，與啓蒙主義的理性批判之間，就產生了錯位和衝突。啓蒙主義要求對一切原始的、落後的、非理性的內容進行現代理性甄別，而尋根作家則對民族傳統文化表現出無差別的欣賞和留戀。這種價值取向的錯位，導致了尋根文學價值取向的紊亂，使他們在面對民族傳統文化時困惑迷惘，最終導致其啓蒙意義的迷失。

我們可以尋根文學的代表作阿城的《棋王》爲例，來看看這種敘事話語的轉型對尋根文學意義建構的影響。《棋王》是一部典型的文化小說，是新時期小說敘事話語歷史文化走向的重要標誌。這部作品在一個剛剛走出文革的歷史新時期，面對著一片文化荒蕪，以藝術審美的方式，發掘了民族傳統文化中的儒家和道家文化，表現了這兩種民族傳統文化的魅力和美，其意義功不可沒。應該說，作爲一部純粹的文化小說，《棋王》的寫作是很成功的，它讓傳統的儒家和道家文化，經過現代的藝術包裝，散發出特有的藝術光彩。但是，如果我們把它當作一部尋根文學作品，將它放在 20 世紀 80 年代中國當代社會啓蒙的文化語境中，從文化啓蒙的角度來看，《棋王》的悖謬和矛盾之處是很明顯的。作者發掘了民族傳統文化的兩大板塊——儒家和道家文化，正面表現了這兩種文化的魅力和神韻，但卻未對這兩種文化的負面因素做出任何現代理性的甄別。因爲我們都知道，傳統的儒家和道家文化，都有他們的優劣所在。儒家文化有其積極進取的一面，但也有封建糟粕的一面；而道家文化雖然在爲人處世和人格修養上有其長處，但從社會發展角度來說，則主要是消極的。作品中，作者對傳統文化的觀照，基本上持一種不加區別的認同態度，見不出任何的現代理性精神。作者的本意是要以文化啓蒙的方式，參與中國社會歷史進程的改造，但在作品中，這種文化啓蒙卻被文化認同全面取代，從而大大削弱了這部作品原本應有的啓蒙效果。除了空見

一片文化熱情，難以見出文化判斷和文化指引。《棋王》的這種原始性的文化書寫，令人不禁懷疑它的反現代傾向，進而質疑它的文學意義。這種質疑和批評，在《棋王》問世之初就廣泛存在，如有人認為《棋王》在價值取向上是一種「背離現代意識的抉擇和追求」，它對傳統文化的全面認同實際上是對現代意識的一種潛在的對抗〔註 13〕。李書磊則對《棋王》的文化回歸傾向予以了嚴厲的批評，指責那種「以懷舊情感為作品主線的『文化尋根』，不但是反生活的，也是反美學的」〔註 14〕。顯然，文化立場與啟蒙意圖的衝突，是《棋王》以及這類作品啟蒙意義走向迷失的主要原因。

這種啟蒙意義的崩潰，不僅在事實層面上終結了尋根文學的歷史發展，而且深刻影響到了中國當代文學的發展格局。尋根文學的後期，當尋根作家們的文化啟蒙意圖被歷史文化審美追求在事實上架空之後，一些作家乾脆脫掉文化啟蒙的外衣，一頭扎進歷史和形式的漩渦中，進行自由自在的藝術遨遊。這股尋根文學的餘波，同 20 世紀 80 年代後期的先鋒文學和新寫實小說一起，共同彙入新歷史主義小說的大潮。新歷史小說的出現，表明中國當代文學多元化的話語時代的到來。從社會政治話語，到歷史文化話語，再到多元的個人化話語，中國當代文學的敘事話語獲得了自由，中國當代文學也獲得了長足的發展。在這種話語轉型的過程中，尋根文學是一個重要的轉折點。

二、敘述策略的轉型

在內容上「寫什麼」出現變革的同時，「怎麼寫」這個形式主義問題在尋根文學中也得到關注。在敘事話語發生變革的同時，尋根文學的敘述方式也在發生著深刻變化。傳統的現實主義文學注重對社會現實的本質再現，多採取客觀寫實的敘述方式，而尋根文學則遠離社會現實，在對歷史文化的審美體驗中，注重抒發審美主體的感性認知，在敘述上多採取主觀寫意的敘述方式。從文學創作的角度來看，敘述方式既是一種話語表達方式，其實也是審美主體的藝術思維方式。不同的表現對象會激發作家們不同的藝術思維，而不同的藝術思維則又要求匹之以不同的敘述方式。因為從根本上來講，敘述方式是為敘事話語的表達服務的，尋根文學特定的歷史文化意蘊也決定了需要那種主觀的抽象的概括性的敘述表達。從客觀寫實到主觀寫意，尋根文學

〔註13〕荒甸：《棋王：背離現代意識的抉擇和追求》，《批評家》1986 年第 4 期。
〔註14〕李書磊：《從「尋夢」到「尋根」》，《當代文藝思潮》1986 年第 3 期。

推動了新時期小說敘述策略的轉型。這種敘述方式的變化，反映了新時期以來小說藝術上的現代主義變革。相比較於傳統的長期占主導地位的寫實主義方法而言，多種抒情寫意的主觀敘述方式的出現，推動了新時期小說寫作風格的多樣化，而多樣化風格的出現，是一個時代文學繁榮的標誌。評論家李慶西就曾表示，尋根文學追求的是一種「風格意識中的文化意識」，致力於「重新構建的審美（表現的）邏輯關係」〔註15〕，都指出了尋根作家們的風格化追求和表現主義的審美特徵。尋根文學在小說敘述上的主觀化藝術追求，是對新時期小說現代化的又一個重要貢獻。

（一）轉型的原因

新時期小說的發展演進以 1985 年為界，其前後風貌是明顯迥異的。文革結束之後，「傷痕」與反思文學曾使當代文學一度進入了創作和閱讀的黃金時期。這一階段的小說創作，雖然體現著思想解放的大膽和激情，但在敘事和藝術思維上，所秉承的依然是幾乎成為既定模式的現實主義文學傳統。這些作品帶給當時讀者的震撼力，更多的來源於對剛剛過去的歷史現實的沉痛揭露和抨擊，以此贏得了讀者的強烈共鳴和社會的普遍歡迎。但在兩三年後，這股熱潮逐漸平靜下來，小說寫作的手法出現了多樣化，不再是嚴格的現實主義的一統天下。王蒙在《春之聲》中開始了意識流文學實驗；張承志高揚起幾乎被人遺忘的浪漫主義旗幟，以騎手的姿態闖入文壇；在建國後倍受冷落的現代抒情小說，也以靜怡的風姿生機復蘇。早在 1980 年，汪曾祺在《北京文學》上就發表了清新得如同田園牧歌一般的《受戒》。這些，都不動聲色地衝擊著傳統的現實主義表現手法和思維模式，同時對讀者的審美習慣也形成了考驗。《受戒》發表之後，很多人疑惑地問：「這也能稱為小說嗎？」「小說怎麼可以這樣寫？」〔註16〕傳統的寫作方式受到了質疑。但真正能從敘述策略的高度，推進這一寫作方式轉變的是尋根文學。隨著鄧剛的《迷人的海》、張承志的《北方的河》、韓少功的《爸爸爸》、阿城的《棋王》和《遍地風流》、莫言的《透明的紅蘿蔔》、賈平凹的《太白山記》等一系列具有主觀抒情化特徵的作品在文壇的出現，新穎的寫意筆法，以其獨特的美學效果，以一種整體性的力量，與傳統現實主義的「栩栩如生」、「環環相扣」等特徵明顯相區

〔註15〕李慶西：《尋根：回到事物本身》，《文學評論》1988 年第 4 期。
〔註16〕汪曾祺：《關於〈受戒〉》，《汪曾祺全集》，第 6 卷，北京師範大學出版社 1998年，第 340 頁。

別，引起了廣泛的關注。這種從客觀書寫到主觀寫意的藝術轉變，標誌著新時期小說敘述策略的轉型。

　　而在當時，推動這一轉型的原因主要有以下三個方面。第一，文學功利色彩的淡化和審美意識的增強。文革結束後，文學一度成為人們控訴和宣泄的載體，人們不僅通過各種催人淚下的故事來舔拭傷口，清算「左傾」的罪惡，同時也在回顧歷史、義憤填膺的同時，痛定思痛，挖掘悲劇的根源。可以說，當時的作品都有著強烈的政治訴求，非常自覺地成為社會問題的傳聲筒。在今天看來，這種政治化的文學表達，其社會功用不容否認，但對於文學本身，則關注不夠。在 20 世紀 80 年代上半期的文學黃金時代裏，置於光環中心的其實不是文學，而是借文學所反映的社會思潮。「傷痕」、反思和改革文學一次次地掀起了政治化寫作的熱潮，但也正因為政治化色彩過於突出，最終遭到了讀者的厭棄。對於經歷過 20 世紀 50～70 年代中國文學的當代讀者來講，這種政治化寫作他們已經受夠了。而對於一些藝術創新意識較強的作家來說，文學藉故事對歷史悲劇進行持續的反映，並形成較為一致的認識和敘事風格，這種模式化、概念化的做法，已使他們感到厭倦。在 20 世紀 80 年代，隨著審美主體意識的覺醒和多樣化的審美需求的出現，新時期小說面臨著迫切的藝術變革。如果說文革結束之初，文學所迫不及待要反映的是「寫什麼」，那麼經過一陣宣泄之後，「怎麼寫」這個藝術問題已經更加引起作者和讀者的關注。從內容到形式，從客觀到主觀，這種藝術上的變化，直接或間接地推動了新時期小說敘述策略的轉變。

　　二、美學觀念的變遷。出於對文革時期「假、大、空」與「瞞」和「騙」文藝的反撥，新時期伊始的「傷痕」文學、反思文學和改革文學，都以對現實的認真執著，體現出嚴謹的現實主義的寫實品格。對於歷經了十年浩劫的新時期文學來說，這些嚴謹的寫實作品的出現，標誌著傳統的現實主義美學精神的復歸，使文學得以再次回到以生活真實為基礎的現實軌道上來，這在當時無疑是十分必要和有意義的。但是，隨著這些寫實作品的進一步泛濫，不少作品與現實拉不開距離，成為對現實的機械複製和摹仿，這使現實主義在回歸的同時也因流於膚淺狹隘而一頭扎進了死胡同。這從當時的創作現狀可以得到反映。以尋根文學的兩位主要作家韓少功和賈平凹為例，二者都為新時期文學健將，但在 20 世紀 80 年代初期幾乎都陷入了創作的困境。新時期伊始，韓少功曾以《月蘭》、《風吹嗩吶聲》、《西望茅草地》等寫實作品聞

名，但從 1983 年 5 月到 1985 年《爸爸爸》這篇尋根文學代表作發表之前的兩年中，卻僅發表了一個短篇小說。而賈平凹在《商州初錄》問世前的一年裏，基本上不寫小說，只寫散文和不供發表的詩歌。如何突破創作上的困境，使文學獲得進一步發展，這是擺在新時期文學面前的一個迫切任務。

在這種情況下，傳統現實主義的美學原則受到了質疑。文學到底是對生活的客觀再現，還是對自我的感性表現？這個古老的問題在新時期再次引起了廣泛的關注。這個問題的焦點，其實就是對現實主義反映論認知模式的質疑。最早提出這一問題的是老作家汪曾祺，他率先對現實主義的典型理論表示了懷疑，他援引海明威的話說：「不存在典型，典型全是說謊」〔註17〕。他以對直覺的表象的生活真實的追求，取代了對生活本質意義的追尋，從而構成了對傳統的現實主義反映論認知模式的挑戰。繼汪曾祺之後，眾多的作家們表現出對傳統現實主義的梳理和對自我表現的嚮往。如賈平凹，深受明清白話小說性靈寫作的影響，追求一種自由的主觀性情抒發，被視為尋根之作的「商州」系列就是如此。還有韓少功，借助表現主義美學的「陌生化」審美理論，有意拉開文學與現實之間的距離，形成一種有距離的審美觀照，表達的是一種主觀的審美意念，比如他的代表作《爸爸爸》等。還有莫言，他的作品富於高度的主觀色彩，在一種天馬行空般的主觀想像中，展現出表現主義的美學風采。莫言的小說大量採用通感表現手法，而這種打通各種感官之間界限的表現方式，體現出的正是表現主義的美學效果。從客觀再現到主觀表現，新時期小說美學觀念出現變遷。美學觀念的變遷，為寫意這種敘述手法的出現，提供了理論上的指導。

美學觀念的變遷帶來了敘述手法的變化。在反映論美學觀念主導下，文學因拘泥於對現實的客觀再現而必須遵循嚴格的寫實方法，像當時的《班主任》、《傷痕》等作品，都以直逼現實的真實感吸引和打動讀者。這種客觀實錄的敘述手法，使文學在相當大的程度上成了現實的附庸，導致了對現實的黏滯。而在表現論美學觀念主導下，文學在立足現實的同時，側重於對主觀意念的自由抒發，使文學在擺脫了現實羈絆後，於無拘無束中呈現出自由化的寫意特徵。這種自由、主觀的寫作，在尋根文學中有很多，如賈平凹的「商州」系列、阿城的《遍地風流》、韓少功的《爸爸爸》、莫言的《透明的紅蘿

〔註17〕 汪曾祺：《小說的散文化》，《汪曾祺全集》，第 4 卷，北京師範大學出版社 1998 年，第 79 頁。

葡》等，都體現出這種寫意化的審美特徵。

三、敘事話語的位移。在上一節中，我們已經論述了尋根文學對新時期小說敘事話語的轉型，使其從當前社會話語向歷史與文化話語位移。這種敘事話語的位移，標誌著新時期文學的一次群體性的撤退。這一方面有對過於泛濫了的急功近利的當前社會話語的厭棄，另一方面又有對中斷已久的歷史與文化話語的憧憬。同時，國內外高漲的文化熱和拉美「爆炸文學」的成功，又為它創造了客觀的外部條件，提供了誘人的文學前景。這種敘事話語的位移，使新時期文學走出了敘事的困境，為新時期文學開闢了廣闊的話語空間。

敘事話語的位移，對文學的敘述手法提出了新的要求。歷史與文化的悠遠飄渺和模糊不確定性，是嚴格的、中規中矩的寫實手法所無法勝任的，至少是不擅於此道的。而在這方面，寫意手法則顯示出了自己的天然優長。其形神結合、虛實相生、寫實與象徵相結合的藝術表達方式，使其對歷史與文化的書寫成為可能。文學敘述最終體現為語言的表達，不同的敘述對象要求採用不同的敘述語言。對現實生活的客觀寫實，要求語言的明晰確定；而對歷史文化的書寫，則要求敘述語言具有模糊性和包容性，在意義空間上具有彈性。這種模糊性、包容性和意義空間的彈性，正是寫意表現手法的審美特徵。寫意手法的大量運用，不僅滿足了歷史與文化話語表達的需要，而且為作家們提供了藝術表達的自由。正是寫意手法的大量運用，新時期文學終於在現實主義寫實之外，找到了另外一種書寫方式，從而形成互補。寫意手法的大量運用，解放了作家，也解放了新時期小說文體，推動了新時期小說藝術的現代化。

此外，新時期小說敘述策略的變化，還受到外來文學的影響。從最早的意識流、荒誕派到後來的魔幻現實主義等，每一種現代主義藝術表現手法的引進，都刺激了新時期小說藝術的變革，包括敘述方式的變化。尤其是拉美的魔幻現實主義，對於新時期小說的現代化演進，意義重大，影響空前。從敘述角度來看，魔幻現實主義對歷史與文化話語的開闢，刺激了新時期小說敘事話語從社會政治向歷史與文化的位移，而歷史文化話語的出現又改變了傳統的寫實敘述方式，推動了新的敘述方式的誕生。同時，魔幻現實主義的「變幻想為現實而又不失其真」的主觀想像，並不適合採用傳統的寫實方法，某種程度上恰恰要求運用寫意手法。魔幻現實主義所借助的變形、誇張、隱喻、象徵等主要表現手法，並不是傳統的客觀寫實，恰恰正是現代寫意的主

要表現手法。魔幻現實主義的巨大藝術成功，尤其是 1982 年馬爾克斯的《百年孤獨》獲得諾貝爾文學獎，對於中國的新時期文學，從藝術觀念到表現手法，都產生了深刻的影響。

（二）轉型的表現

「寫意」原本是中國傳統繪畫中與「工筆」對稱的一種畫法，特點是筆墨放縱，形跡不拘，力求神似，並且表達著某種特定的意境。與西方「寫實」（或曰重再現）藝術傳統不同，「寫意」（或曰重表現）不僅是中國傳統繪畫的一大特色，而且更是中國傳統藝術精神的精髓。只要將中國的凸出變形傳神的佛教壁畫雕塑、高度抽象講究氣韻風骨的書法、以虛勝實的山水田園詩畫、崇尚意境體悟的唐宋詩詞等，與西方高度寫真的古希臘雕塑、文藝復興時期的繪畫和建築、「三一律」制約下的戲劇創作等做一比較，寫意的美學特點和與寫實的區別便一目了然，東方與西方的藝術傳統也就涇渭分明。從美學類型來講，寫意屬於表現論的美學範疇，它與以反映論爲基礎的寫實共同構成了新時期小說的兩種基本敘述範式。

從新時期文學發展歷程來看，這種轉型，有一個發展演變的過程。從作品來看，在當時，最能體現這種轉型過程的是《迷人的海》和《北方的河》兩篇作品的先後出現。這是兩篇獨特的帶有浪漫主義色彩的文化之作，在當時眾多的寫實作品中，因其表現方式的特別而引人注目。在敘述方式上，這兩篇作品都是寫實和寫意相結合，《北方的河》寫實成分偏多，而《迷人的海》則主要是寫意。單獨來看，這些作品並沒什麼特別的意義，但如果把它們放在新時期文學發展的流程上來考察，這兩部作品的先後出現，就比較明顯地體現出新時期小說敘述策略從寫實到寫意的發展演變。張承志是一位有著濃厚浪漫主義氣質的作家，在《北方的河》出現之前，曾經創作過《綠夜》、《黑駿馬》等抒情小說，其中都有著較強的故事性，曲折動人，但《北方的河》在敘事上卻明顯不同。這部作品基本上脫去了故事的外衣，只剩下一個簡單的故事主線──主人公「他」報考研究生卻遲到，其間夾雜著一個並不怎麼特別的三角戀愛故事。但是，在故事情節弱化的同時，作品中的抒情色彩卻得到了增強，並體現出某種特定的陽剛之美，極具文化魅力，從而取得了傳統現實主義寫實表達所難以達到的藝術效果。作者筆下的北方的河，既是自然之河，又是時代之河，文化之河，生命之河，具有無窮的文化魅力。而鄧剛的《迷人的海》，敘事幾乎完全回到人物內心。這部作品幾乎沒有外在的情

節衝突，純粹是一種主觀情緒的表達。作品通過一老一少兩代海碰子一次次地投入大海，在人與自然的搏鬥中，體現出力量、勇敢、智慧和拼搏等精神特徵，既是一種個體精神，又是一種時代的、文化的精神。其中的迷人的海，既是自然之海，又是時代之海和精神之海，具有積極向上的文化力量。與《北方的河》相比，《迷人的海》敘述上的主觀色彩更濃厚了，整部作品幾乎都是一種個人的情緒化表達。這種從外到內，從客觀到主觀，從寫實到寫意的敘述變化，體現出新時期小說敘述策略的變遷。

　　而從當時作家的創作變化來看，最能體現出這種敘述策略轉型的當屬賈平凹。在個性氣質上，賈平凹屬於傳統式的抒情作家，並不熱衷於對當前社會話語的書寫。其早年師從孫犁，學習其抒情寫意的筆法，傾心於朦朧空靈的美的意境的營造，因與當前社會話語的過分脫離而受到外界的批評。後在評論界的壓力下創作《小月前本》、《雞窩窪的人家》、《臘月·正月》等反映農村改革的寫實作品，雖然為他贏得了一片好評，但作者本人卻隱約地流露出對寫實表現手法的厭棄和對寫意表現手法的嚮往。在《臘月·正月》後記中，他「毫不忌諱地說：一些作品，總是處於一種意會的但說不出的朦朦朧朧的意識中產生的……我一旦覺得應該怎麼寫了，一切都清楚了，卻再也寫不下去，須得轉移一下陣地，改變一下寫法，重新在一種朦朦朧朧的意識裏隨心所欲了。」到他寫作《浮躁》的時候，這種傾向更為明顯。《浮躁》裏洶湧澎湃的州河、神秘的看山狗、金狗與州河之間的特殊聯繫等，採用的都不是傳統現實主義的表現方式，而是神秘、象徵等寫意筆法。但從總體上講，《浮躁》仍不失為一部嚴謹的寫實作品。而賈平凹在寫完《浮躁》之後，因苦於哲理色彩和文化底蘊的難以言傳，而不無傷感地認為這將是他最後的一部寫實作品，「這種流行的似乎嚴格的寫實方法對我來講將有些不那麼適宜，甚至大有了那麼一種束縛」〔註18〕，公開地表示了對那種自由自在的主觀抒情寫意表現手法的創作嚮往。在後來的創作中，他則將這種寫意表達效果概括為「黏黏糊糊，湯湯水水」〔註19〕，並上升為他個人的敘事風格。《浮躁》之後，他終於從當前社會話語中拔出身來，投入對人性和歷史與文化的開採。從他後來奉獻給我們的作品來看，其間充滿了佛禪論道、陰陽卦爻、神人相通、天人合一等帶有混沌模糊文化特徵的內容，在敘述方法上多採用那種自我抒

〔註18〕賈平凹：《〈浮躁〉序言之二》，作家出版社 1993 年。
〔註19〕賈平凹：《高老莊·後記》，《收穫》1998 年第 5 期。

發的主觀寫意表達。這既增強了其作品的文化意蘊和哲理色彩，又使他獲得了內心表達的自由。

（三）轉型的結果

從寫實到寫意的轉型，對於中國當代文學的發展，產生了深刻的影響。這種影響是多方面的，我們可以從以下幾個方面來看。

一、風格化意識的出現。風格是一個作家區別於其它作家的個性化藝術特徵，是作家成熟和藝術成熟的標誌。眾多作家風格化的出現，表明一個時代文學的多樣化和藝術上的成熟。在 20 世紀 50～70 年代，在政治化文學思潮制約下，文學主體性失落，風格化色彩消失，出現了大量的公式化、概念化和模式化創作現象。新時期以來，隨著文學主體意識的回歸，當代文學的風格化意識得以重新出現。

風格化其實是一種藝術表達的個人化。新時期文學從客觀寫實到主觀寫意的發展演變，其實正是個人化主體意識日益增強的結果，當然也是一種藝術上的表現。這種敘述策略的變遷，促進了作家個性化的藝術風格的形成。以莫言為例。1985 年以前，莫言還是沿用傳統敘事方法寫作的，其中雖然不乏精彩之作，也初步顯示了莫言豐厚的農村生活蘊藏和相當圓熟紮實的寫實技巧，卻並不曾引起社會廣泛的關注。文學變革的聲浪，促使莫言對自己以往的作品進行了深刻的反思。他在同當時幾位青年軍人文藝座談時認為：「我們的創作，毛病之一是『太』老實，把真實誤解為生活的原樣照搬，不敢張開想像的翅膀去自由翱翔。」〔註20〕基於這種認識，1985 年，莫言突然一改對他來說已經輕車熟路的傳統寫實敘述手法，寫出了朦朧、空靈、作品的主旨意會勝於言傳的中篇小說《透明的紅蘿蔔》。這篇小說的成功，所憑藉的不僅僅是它情節內容構思上的奇特，而更是它感覺化的敘述方式所營造出的獨特的藝術效果。遍佈作品中的濃鬱的感覺化、體驗化的敘述，為作品蒙上了一層氤氳般美麗空靈的意境，飄蕩出欲淡更濃的悲劇氛圍，從而令人流連忘返。這種感覺化敘述其實就是一種寫意表現手法。這種敘述方式所營造出的奇特的美學效果，使莫言意識到自己語言敘述上的巨大潛能和優長。這之後他在《球狀閃電》、《金髮嬰兒》等作品中更加無拘無束，普遍地運用了感覺化的敘述方法，既寫實又寫意，在迷離朦朧、閃爍著神秘色彩的意境中，傳

〔註20〕 本刊記者：《幾位青年軍人的文學思考》，《文學評論》1986 年第 6 期。

達出傳統敘事中感受不到的神奇而又深邃的藝術魅力。從莫言身上，我們可以看到，與寫實相比，寫意顯然更適合某些作家的精神氣質，有助於作品獨特風格的形成，而這種氣質和風格在某些時候是作家本人也未曾意識到的。他們往往在一開始按照某種既定的或流行的模式來寫，只有在實踐中感受到滯塞和彆扭，才會想到能流暢地將自己的心性表達出來的到底是什麼。在這種意義上，寫意不僅為新時期作家提供了藝術表現的自由，而且更促成了新時期文學的風格化。可以說，正是寫意手法的廣泛採用，新時期一些風格鮮明而又迥然有異的作家才得以出現，像賈平凹的樸拙、韓少功的凝重、莫言的空靈、阿城的淡泊等，新時期文學因此而走向豐富走向繁榮。

二、哲理意識的增強。哲理意識的強弱是衡量小說藝術成就高低的一個重要尺度，加繆說：「偉大的小說家都是哲學家。」〔註21〕毋庸諱言，20世紀以來，中國文學中的哲學意識相對薄弱，這是一個不爭的文學事實。文學因過於黏滯現實，無法超越現實，缺乏應有的形而上的思考，而患上了嚴重的「貧血病」。這種情況的出現，有政治的原因，有現實的原因，也有作家們自身的原因。這種情況，一直延續至今，對於剛從20世紀50～70年代走出來的新時期文學，更是如此。這極大地制約了中國當代文學的成就，成為妨礙其走向世界的一個重要原因。

從當前社會話語向歷史與文化話語的位移，從寫實到寫意的敘述策略的變遷，為新時期小說中哲理意識的增強，創造了條件。歷史文化中往往蘊含著更多的哲理意味，而寫意表達方式具有意義的包容性和發散性，適合於表達那種說不清道不明、只可意會不可言傳的哲理意識。尋根文學對寫意手法的大量運用，增強了新時期以來小說中的哲理色彩。還是以賈平凹為例，在20世紀80年代上半期，儘管他的改革系列小說獲得了好評，但作家本人對這種客觀的載道式的寫作並不滿意。在寫完《浮躁》時，賈平凹就曾感歎自己「哲學意識太差」〔註22〕。對自我心性的表達，尤其是對哲學境界的嚮往，成為賈平凹進一步的藝術追求。哲學意識的增強是小說走向成熟的標誌，也是作家自我提高的表現。但是，哲學意識的獲得，除了必須經過時間的沉澱和理性的思考，還必須找到合適的表達方式。《浮躁》之後，賈平凹致力於作品「形而上和形而下

〔註21〕【法】加繆：《哲學和小說·西西弗的神話》，北京三聯書店1998年，第216頁。
〔註22〕賈平凹：《〈浮躁〉序言之二》，作家出版社1993年。

結合部的工作」〔註23〕。為了獲得對自我和對世界的自由表達，他放棄了那種已使他獲得成功的傳統的寫實表現手法，而轉向了抒情寫意的自我抒發。在他後來的作品中，為獲得「混混沌沌」、「元氣淋漓」〔註24〕的美學效果，他大量運用抒情寫意這種主觀敘述方法，並形成含混、黏糊的個性風格。誰也說不清賈平凹的作品在「混沌」、「元氣淋漓」中到底包蘊了些什麼，但作者所要傳達的哲學意念恰恰就在這一片「混沌」、「模糊」之中。而對於韓少功來說，「不確定性」是他觀察人和世界的文化心態，在這一心態支配下，他對外部世界存在狀態的感知，往往也是模棱兩可的，含混的，甚至是自相矛盾的，顯示出如巴赫金所說的「未完成性」和「不可論定性」〔註25〕。在藝術觀上，他的原則是「想得清楚的事就寫成隨筆，想不清楚的事就寫成小說。」〔註26〕在藝術表現上，對「想不清楚的事」，則堅持「現實主義與現代主義相結合」〔註27〕，而寫意正是現代主義——表現主義的藝術表現手法。這種寫意手法的運用，也增強了韓少功小說的哲理意蘊。比如《爸爸爸》，就是一部高度成熟的現代主義文本，作品通過變形、誇張、象徵、隱喻等現代主義表現手法，在傳達出深刻的文化意蘊的同時，還體現出深刻的哲理意味。例如小說中永遠走不出的雞頭寨，象徵了人類的固步自封、封閉保守；遍佈小說中的自我拆解，就顯示出對二元對立思維模式的破除等。因為文化本身就與哲學相通，具有直接或間接的哲理意蘊。而那些現代主義表現手法的運用，其實正是寫意敘述方式的體現，增強了這種哲理意蘊的表達。

最後，我們來看看阿城。在新時期所有寫意的作家中，阿城是最為獨特的一位。從阿城的身上，可以看出從寫實到寫意的轉型給新時期文學帶來的另外一種影響。阿城的獨特，體現在他並不以變形、誇張、隱喻、象徵等習見的寫意手法取勝，相反，他的作品中幾乎沒有這些常見的寫意手法。他的寫意，並不體現為單個的寫意手法的運用，而是通過作品的整體美學效果體現出來的。換句話說，他是通過寫實的方式，來達到寫意的美學效果，而這

〔註23〕 賈平凹：《〈浮躁〉序言之二》，作家出版社1993年。
〔註24〕 賈平凹：《〈浮躁〉序言之二》，作家出版社1993年。
〔註25〕 王建剛：《不確定性：對韓少功文化心態的追蹤》，《理論與創作》，1998年第2期。
〔註26〕 王建剛：《不確定性：對韓少功文化心態的追蹤》，《理論與創作》，1998年第2期。
〔註27〕 韓少功：《好作品主義》，《小說選刊》1986年第9期。

種美學效果，是通過作品整體意蘊體現出來的。《棋王》中，對王一生的日常言行的寫實構成了整部作品的核心內容，但作品的主旨卻完全超乎那寫實的內容範疇，而指向傳統文化與現實人生的關係，具有特別的哲理意蘊。《樹王》中，通過肖疙瘩與大樹之間的關係及遭遇，於文革的現實批判之外，表達的卻是人與自然之間的關係，體現出天人感應、天人合一的傳統文化精神。《遍地風流》則以邊地的民風習俗，來展示自然舒展的生命形態，並從中感悟世界和人生。阿城的作品，局部地看，寫實，整體地看，寫意；局部地看，見不出作品的意思，作品的內涵，體現於整部作品之中。從審美來看，阿城的作品追求的是一種傳統的中國文化和藝術精神，在對傳統文化和藝術的審美觀照中，確定自我的存在和意義，而在藝術思維上，則以直覺、頓悟、感覺、體驗等方式，追求一種超功利的美學境界。這種重主觀表現的藝術追求，與傳統的反映論藝術模式迴然有別，是古老的東方美學精神在當代文學中的復活。這種「復活」，在汪曾祺、賈平凹、韓少功、何立偉、莫言等人作品中同樣有所體現，是東方文化審美思維的重現，也就是韓少功所主張的那種「尋找東方文化的思維和審美優勢」〔註28〕。這種東方文化思維和審美，其實就是一種民族化的古典藝術審美，其中體現出來的精神，就是一種東方藝術精神。從阿城的身上，我們可以看到新時期文學古典美的藝術追求。這是寫實到寫意的敘述策略轉型，給新時期文學帶來的又一貢獻。

三、藝術觀念的轉型

文學的現代化既體現為現代藝術技巧的運用，更體現為現代藝術觀念的形成。尋根文學的現代化不僅體現於其內容和形式上的現代化追求，而且更體現於其藝術觀念的深層變革，對舊的藝術觀念的破除和新的藝術觀念的形成。這一點，評論家季紅眞早就認為：「『文化尋根』思潮的眞正作用，不在文化價值抉擇方面的科學與否，而是在文學自身的觀念蛻變與風格更新。」〔註29〕「觀念蛻變」，指的就是尋根文學對新時期小說藝術觀念的更新。

20世紀80年代是中國當代文學藝術觀念發生急劇變化的文學時期。在現代西方藝術觀念的衝擊下，長期占主導地位的中國傳統藝術觀念正遭受廣泛的質疑，一系列新的藝術觀念正在孕育之中。尋根文學集傳統與現代於一體，

〔註28〕韓少功：《尋找東方文化的思維和審美優勢》，《文學月報》1986年第6期。
〔註29〕季紅眞：《文化尋根與當代文學》，《文藝研究》1989年第2期。

無論從內容、形式，還是藝術觀念等方面來看，都是一個矛盾復合體，都體現出某種斷裂特徵，在新時期以來中國文學的現代化藝術進程中，是一個轉折點。以 1985 年爲界，20 世紀 80 年代文學前後期的藝術面貌和藝術觀念截然不同。1985 年之前，基本上屬於現實主義文學；而 1985 年之後，則主要屬於現代主義文學。在這過程中，尋根文學是一個重要的分界線。尋根文學從多方面推動了新時期小說藝術觀念的轉型，有力地推動了新時期小說的現代化進程。

（一）從「載道」到「審美」

「載道」和「審美」是兩種性質截然不同的文學功能，在漫長的文學發展演變過程中，二者之間充滿矛盾和對立。文學是一門藝術，從其本質屬性來講，以審美愉悅爲本質功能。魯迅先生在論述文學藝術起源的那篇著名的「杭育歌」中，就十分形象地論述了這一點：「今夫舉大木者，前呼『邪許』，後亦應之，此舉重勸力之歌也。」（見《淮南子‧道應訓》和《呂氏春秋‧淫辭》）這首歌以形象的方式，表明了文學藝術起源於勞動，文學的本來屬性和本質功能是審美娛樂。所謂的「杭育歌」目的是「舉重勸力」，是爲了協調勞動、緩解疲勞所進行的原始藝術審美。至於文學的載道功能，乃是文學在後世發展演變過程中，爲了適應某些社會需要，而被加以改造利用的結果，是時代、社會、國家、階級等施加於文學的功利性要求。在實際的文學發展過程中，文學的載道功能和審美娛樂功能各有所長，但更多的時候，是「載道」超過「審美」，文學的載道功能往往表現出對其審美愉悅功能的擠壓，從而導致文學功能的錯位。

從文學傳統來看，中國文學歷來是「載道」的文學。對於小說來講，這種情況在近代以來表現得尤爲突出。在梁啓超等人的「小說界革命」中，就公開宣揚：「欲新一國之民，不可不先新興一國之小說。故欲新道德，必新小說；欲新宗教，必新小說；欲新政治，必新小說……」〔註 30〕。對小說功能的無以復加的強調，其實是要將小說納入啓蒙的軌道，有著很明顯的政治功利目的，同時它也兆示了小說在 20 世紀中國所將要承擔的歷史使命，這早已被後來的文學實踐所證實。也正是基於這一點，構成 20 世紀中國文學內在矛盾的一個根本性問題，就是功利（載道）與審美之間的衝突。可以說，20 世

〔註 30〕梁啓超：《論小說與群治之關係》，《新小說》創刊號，1902 年。

紀以來幾乎所有的關於中國文學性質的論爭，都可以在這個問題上找到原因和影子。對於 20 世紀 80 年代的尋根文學來講，它也正是在這個問題上，重彈了歷史的老調。不過這一次，它是從功利回到了審美，實現了對新時期文學審美愉悅功能的還原，是對文學本質屬性的一次回歸。

從中國當代文學的發展實際來看，尋根文學出現之前，新時期文學的屬性基本上屬於「載道」式的，文學沿著社會學的軌道運行，因而在相當的程度上成了「時代精神的傳聲筒」。「傷痕」文學、反思文學和改革文學，其中都有一個政治的或經濟的「道」，只是在部分的反思文學中，才開始出現了「美」，而這種「美」顯然是「道」的附屬品，不過是作為一種次要的因素伴隨著「道」而產生的。只有到了尋根文學，「道」才正式讓位於「美」，審美一躍成為文學作品的主要追求。從「載道」到「審美」，表明新時期小說審美功能的變遷。這種變遷，是新時期以來文學本質屬性的一次自我還原。

這種文學本質屬性的還原，早在新時期之初，就已經開始了。前面已經講過，新時期之初，作家們普遍地表現出一種尋找意識：自我尋找和藝術的尋找。這種藝術的尋找在當時基於兩個方面展開，一是嘗試性地對原有的藝術觀念進行突破。這方面可以汪曾祺為代表。1980 年，幾經周折，汪曾祺的小說《受戒》終於在《北京文學》上得以發表。在當時「傷痕」和反思文學的血淚控訴聲中，這部詩情畫意、春意盎然的充滿世外桃源氣息的小說的出現，顯得「不合時宜」。在發表之前，有人問他「為什麼要寫這樣的小說」，汪曾祺的回答是「寫給自己玩玩」〔註31〕。「玩玩」顯然不是一種載道意識，而更多的是一種無功利的審美心態。眾所周知，汪曾祺是京派文學傳人，而傳統文化審美是京派文學的首要藝術特徵。在當時政治森嚴的文學環境下，汪曾祺的這句直逼文學真諦的隨口表白，無意中宣告了一種久違的以審美和娛樂為核心的京派文學觀念的重現，表明了一個新的文學時代的到來。這種「玩玩」的藝術心態，在汪曾祺後來的表述中，進一步上升為「語言遊戲」，並在創作中予以實踐。他的小說《職業》中就有很明顯的語言遊戲成分。一個為了謀生，被迫早早輟學，去給人家賣點心的小男孩，天天叫賣著一種點心——「椒鹽餅子西洋糕」。作者用五線譜的方式將這孩子叫賣的聲音譜成曲，別的上學的孩子跟著他的聲音模仿，很逗，很開心。他很羨慕，也很無

〔註31〕汪曾祺：《美學感情的需要和社會效果》，《汪曾祺全集》第 3 卷，北京師範大學出版社 1998 年版，第 308 頁。

奈。因爲對別的孩子來講，這是娛樂，而對他來講，這是工作。有一天，在下班之後，這個賣糕點的孩子，走進一條沒有人的小巷子，四顧無人，也學著那些小孩的模樣，捏著鼻子，喊了一聲「椒鹽餅子西洋糕」，被自己的聲音逗得很快樂。童心貪玩，喜歡娛樂。在這過程中，這個孩子被壓抑的童心終於得到了一次釋放。在語言的模仿和對模仿者的模仿之中，小說表達了一種孩童的天眞和快樂的心理。同時，作者也藉此表白了一個道理，那就是勞動或職業是不自由的，會壓制人的自由，尤其對兒童更是如此。這種語言之間的轉換，及其所引起的聲音的變形，以及由這種變形所導致的語意的變化，其實就是一種語言遊戲。這種語言遊戲，在後來的先鋒文學中幾乎被一些作家奉爲藝術圭臬，有著大量的表現。比如馬原的「敘述圈套」、格非的「敘事迷宮」、莫言的語言狂歡，以及孫甘露的極端語言實驗等，都推動了新時期小說文體的解放和小說觀念的更新。這種「遊戲」的小說觀，幾乎從新時期一開始就存在，構成了對傳統的「文以載道」文學觀念的分離和對抗。

　　二是通過藝術形式的更新，來呼喚新的審美意識的誕生。這仍然可以汪曾祺的文體寫作來做例證。新時期伊始，汪曾祺以令人耳目一新的「新筆記體」小說飲譽文壇，掀起了一股文化小說的熱潮，這顯然與他的文體寫作有關。從文體來看，「新筆記體」小說是對中國古代「筆記體」小說的當代繼承。「筆記體」小說是中國古代的一種文人小說，篇幅短小，言簡意賅。在中國古代，由於小說屬於小道，不入主流，難登大雅之堂，所以，一些文人寫小說，大多不是爲了「載道」，而是怡情養性，自娛自樂。「筆記體」小說就是如此，如汪曾祺喜歡的《閱微草堂筆記》、《容齋隨筆》、《世說新語》、《聊齋誌異.等，其中很難見到家國情懷之類的政治寄託，大多是個人性情抒發，率性自然，樸素本眞。汪曾祺對「筆記體」小說的倡導，一方面固然與他的文化身份有關，他是一位具有古典色彩的傳統型的文人，又是「京派」文學在當代的傳人；另一方面，在潛在心理上，其實是對當時過於濃重的占主導地位的「載道型」藝術觀念的不滿和對抗。從文體的演變來看，汪曾祺的文體寫作，不僅具有形式革新的意義，而且還有著特定的政治文化蘊涵，體現出文體的意識形態特徵。李陀就曾認爲汪曾祺的寫作是對「毛文體」的反動，他說：「汪曾祺在現代漢語寫作中進行的種種試驗顯然都是有意而爲，但是，老頭兒大約沒有想到，他在語言中做的事情還有重要的文化政治方面的意義，那就是對毛文體的挑戰。」那什麼是「毛文體」？李陀說：

　　毛文體以及生產毛文體的相關機制，最值得我們今天分析和總結的地方，正在於它成功地把語言、文體、寫作當作話語實踐向社會實踐轉化的中介環節，並且使這種轉化有機地和毛澤東領導的革命成爲一體。在毛文體的號召和制約下，知識分子的寫作已經不再是簡單地寫小說，寫詩歌寫新聞報導，或是寫學術文章。它獲得了另外一種意義，即經過一個語言的文體的訓練和習作過程來建立寫作人在革命中的主體性。在這個過程中，千千萬萬個知識分子正是通過「寫作」完成了從地主階級、資產階級或小資產階級立場向工農兵立場的痛苦的轉化，投身入一場轟轟烈烈的革命，在其中體驗做一個「革命人」的喜悦，也感受「被改造」的痛苦；在這個過程中，也正是「寫作」使他們進入創造一個新社會和新文化的各種實踐活動，在其中享受「理論聯繫實際」的樂趣，也飽嘗意識形態領域中嚴峻階級鬥爭的磨難。〔註32〕

　可以說，在 20 世紀 50～70 年代，「毛文體」是當時幾乎所有寫作的共同藝術規範，這對於當時知識分子思想改造和意識形態思想的統一，意義重大。但由於這種文體背後過於強烈的意識形態色彩和政治強權力量，無疑對知識分子也是一種束縛，對文學也會造成壓抑。所以，新時期以來，對這種「毛文體」的破除，是中國當代文學自由發展的前提，成爲很多知識分子共同的努力目標。汪曾祺本來就是一個遠離政治的人，對政治心存敬畏。所以，他的寫作對政治的迴避，無意之中正好成爲對「毛文體」的拒絕。李陀用「挑戰」一詞來形容汪曾祺對待「毛文體」的態度，這其實是誇張了，言過其辭。汪曾祺根本沒有「挑戰」的勇氣，換句話說，他不願意，也不敢，只是無聲地拒絕而已。

　　同樣的情況還體現於當時的「現代派」問題論爭。1982 年，王蒙、劉心武、李陀、馮驥才等人圍繞著高行健的小冊子《現代小說技巧初探》，在《上海文學》上展開了關於現代派問題的討論。當時這幾位作家的相互通信，雖然談的是小說形式技巧問題，但在這種表象的背後，其實是對新的審美意識的渴求。這表明，在當時的文學規範中，傳統的現實主義文學觀念已經受到挑戰，新的現代主義藝術觀念已經萌芽。

〔註32〕李陀：《汪曾祺與現代漢語寫作──兼談「毛文體「》，《花城》1998 年第 5 期。

　　尋根文學強化了這種藝術尋找。在尋根作家們的理論宣言中，普遍地高揚文學的審美精神，對傳統的「載道」觀念進行了公開否定和批判。對此持論最為激烈的是李杭育。他從中外文學比較的角度，將中國文學傳統與希臘和印度文學傳統相比，在肯定了人家的種種優點和指出了自身的種種不足之後，進而對中國文學傳統產生「萬分痛恨」的心情。他認為：「純粹中國的傳統，骨子裏是反藝術的。中國的文化形態以儒學為本。儒家的哲學淺薄、平庸，卻非常實用。孔孟之學不外政治和倫理，一心治國安邦，教化世風，便無暇顧及本質上是浪漫的文學藝術；偶或論詩，也只『無邪』二字，仍是倫理的，『載道』的。」他還從歷史的角度指出：「兩千年來我們的文學觀念並沒有發生根本的變化，而每一次的文學革命都只是以『道』反『道』，到頭來仍舊歸結於『道』，一個比較合時宜的『道』，仍舊是政治的、倫理的、而決非哲學的、美學的。」進而得出結論認為：「一個過早地成熟，過早地喪失了天真的美麗，過於講求實際的民族，其文學難免乾巴。」〔註33〕作者對中國文學中的重「載道」輕「審美」的文學傳統，進行了自古至今的嚴厲批判。有感於「洋人把中國人的小說拿去，主要是作為社會學的材料，而不作為小說」，阿城認為：「我們的文學常常只包涵社會學的內容卻是明顯的。社會學當然是小說應該觀照的層面，但社會學不能涵蓋文化，相反文化卻能涵蓋社會學以及其它。」〔註34〕希望通過文化的植入來對新時期文學中過於濃重的「載道」傾向進行糾偏，為新時期文學注入一些審美的因素。在尋根文學的綱領性宣言《文學的「根」》中，韓少功劈頭就問，「絢麗的楚文化流到哪裏去了？」這顯然是從審美的角度發問。接著作者通過一位詩人去湘西開會，終於在湘西的崇山峻嶺裏找到了它，「只有在那裡，你才能更好地體會到楚辭中那種神秘、奇麗、狂放，孤憤的境界。」這樣的境界顯然不是功利性的，而是審美的。在韓少功看來，尋根所要追求的「是一種對民族的重新認識，一種審美意識中潛在歷史因素的蘇醒，一種追求和把握人世無限感和永恒感的對象化表現。」這樣的認識，絕非功利性的，而是一種審美化的詩性感悟。後來，為了警惕尋根文學的功利化傾向，韓少功提醒人們，尋根不要弄成新國粹主義，新地方主義，而是「對東方民族思維和審美優勢的尋找」〔註35〕。

〔註33〕李杭育：《理一理我們的「根」》，《作家》1985 年第 6 期。
〔註34〕阿城：《文化制約著人類》，《文藝報》1985 年 7 月 6 日。
〔註35〕韓少功《東方的尋找和重造》，《韓少功散文》（上）中央廣播電視出版社 1998

因此，韓少功本來意義上的所謂的「尋根」，實際上是一次審美範疇內的歷史文化追尋活動。

與理論主張相一致，尋根作家們普遍表現出對審美的關注。汪曾祺可以視爲新時期文學審美意識覺醒的第一人，從《受戒》開始，其作品中的審美因素就開始得到有意識地呈現，並與傳統的「載道」觀念形成無形的潛在的對抗。在汪曾祺的作品中，社會背景淡化，主流的政治意識幾乎全部退場，而文化和世俗的日常生活和普通人生卻得到了空前的關注。沿著汪曾祺的道路，新時期作家們逐漸將藝術目光從對當前社會問題的關注，轉移到對歷史與文化美學意義的開探。在張承志的《黑駿馬》、《北方的河》等作品中，作者以一種浪漫主義的身姿和男子漢的心態，開始了個人的文化探尋。這兩部作品中，政治因素都極爲淡化，而其中的文化發掘和文化呼喚的主題卻呼之欲出。《黑駿馬》是一次草原文化尋根，表現主人公（白音寶力格）對曾經的初戀和心目中的女神（索米婭）的一次浪漫追尋，在其中寄寓文化批判的主題；而《北方的河》則是一次民族文化抒情，表現主人公「他」對理想中的「北方的河」的熱情擁抱和浪漫情懷。這兩部作品由於其中的浪漫激情和悲壯情懷，讀來令人心潮澎湃，具有震撼人心的美學力量。自 20 世紀 80 年代後期開始，張承志踐行伊斯蘭教宗旨，發掘回民族歷史文化，書寫回民族史詩，寫下了《金牧場》和《心靈史》等民族文化之作，繼續表現出一個文化朝聖者的浪漫情懷。

阿城的《棋王》中，傳統知青題材小說的政治化訴求不見了，取而代之的是表現傳統文化的美。敘述者「我」在觀看棋呆子王一生與九人的車輪大戰時，爲其所動，不由產生聯想：「我心裏忽然有一種很古的東西湧上來，喉嚨緊緊地往上走。讀過的書，有的近了，有的遠了，模糊了。平時十分佩服的項羽、劉邦都目瞪口呆，倒是屍橫遍野的那些黑臉士兵，從地下爬起來，啞了喉嚨，慢慢移動。一個樵夫，提了斧在野唱。忽然又彷彿見了呆子的母親，用一雙弱手一張一張地折書頁。」而在比賽結束後，又深深地感悟到：「不做俗人，哪兒會知道這般樂趣？家破人亡，平了頭每日荷鋤，卻自有眞人生在裏面，識到了，即是幸，即是福。衣食是本，自有人類，就是每日在忙這個。可囿在其中，終於還不太像人。」（《棋王》）這樣的聯想，當然不是什麼政治說教，而是一種詩性的審美的想像。同樣，這樣的感悟當然也不是灌輸

年 1 月。

什麼道理，而是一種文化的體悟。在李杭育的《最後一個漁佬兒》中，對「最後一個」的書寫，已經見不出任何的「載道」意味，文化書寫變成文化憑悼，對「最後一位漁佬兒」福奎的詩意書寫，變成了一首無奈的傳統文明的輓歌。這種傳統與現代之間兩難的書寫，是一種審美現代性的詩性表達。在韓少功的《爸爸爸》中，審美意義幾乎構成了對啓蒙意義的顛覆。作者的本意是要進行文化啓蒙，他塑造了一個人類的怪胎——丙崽，集人類文化劣根性之大成。但在文化批判的過程中，由於作者一而再地向讀者展示了湘西文化的神秘野蠻和原始巫術文化，具有某種特別的文化吸引力。在這部作品中，湘西的原始巫術文化，構成了一個自足的封閉的審美系統，成為這部作品藝術上的一大特色。這種文化的魅力在很大的程度上沖淡了作品的啓蒙意義追求。讀者在讀這部作品時，往往會忽略了作者的文化批判意圖，而去捕捉這種文化的神秘感和新鮮感，從而容易出現本末倒置的審美效果。

這種審美化追求，在王安憶的《小鮑莊》中，則變成對「載道」的懷疑和顛覆。作者通過野史與正史的對抗和衝突，對「仁義」的現代闡釋在審美的意義上揭穿了「仁義」神話掩蓋下的殘酷本相。這是一種審美的發現，而不是道理的灌輸，更具有藝術說服力。正是以上述作品的出現為標誌，新時期文學終於卸掉了「載道」的沉重包袱，邁入了一個多元化藝術審美的新時代。

（二）從現實主義到現代主義

20世紀80年代，中國當代文學經歷了一次明顯的現代主義藝術浪潮。文革結束後，「傷痕」、反思與改革文學使一度失落的現實主義文學傳統得到了恢復。但是，這種現實主義由於自身的局限性，在回歸的同時，也暴露出很多問題，阻礙了中國當代文學的進一步藝術發展。在開放的政治文化背景下，西方的現代主義文學和文化思潮，對新時期的中國文學產生了強有力的衝擊。意識流、蒙太奇、現代派、荒誕手法和存在主義等西方的文學和哲學觀念或技巧，都成為中國作家們眼中的香餑餑，被積極地實驗運用。同時，王蒙、劉心武、馮驥才、李陀等人，還圍繞著高行健的《現代小說技巧初探》，以發表通信的方式，展開關於現代派問題的討論，為現代主義在新時期文壇的出現製造聲勢。

但是，「西方現代主義給中國作家開闊了眼界，卻並沒有給他們帶來真實

的自我感覺，更無法解決中國人的靈魂問題」〔註36〕。這種形式主義的探討，並未能讓現代主義在中國文學中生根立足。所以，在 20 世紀 80 年代初喧囂一時的「現代派熱」的背後，緊跟著的不是創作的全面歐化，相反倒是現代派實驗的冷寂，出現了現代派的低谷。當時熱衷於現代派實驗的一些小說家像茹志娟、宗璞、李陀、馮驥才等人，現代派小說實驗都已告停。這表明，現代主義在中國文學中的發展，還需要新的機遇，需要新的努力。

　　這種情況的轉變直到尋根文學的出現。尋根文學的主體是一些年輕的知青作家們，正處在藝術的求新突破時期，對傳統的現實主義創作方法本來就不滿，對西方現代主義充滿熱情。在尋根作家們的理論表述中，對西方現代主義普遍表現出濃厚的興趣。如韓少功對毛姆小說《月亮與六便士》中的那位現代派畫家的推崇；李杭育對墨西哥現代派作家胡安·魯爾弗的欣賞；鄭萬隆對福克納和拉美「魔幻現實主義」等的感悟和借鑒；還有王安憶自美歸來後，對西方現代派藝術的思索等〔註37〕。由於此前現代派實驗的受挫，尋根作家們只能採取文化偽裝的方式，借對民族文化的發掘，來含蓄地表達他們的現代主義熱情。尋根作家們貌似復古的文化追尋背後，實質上是對西方現代主義的藝術嚮往，並予以了多方面的實驗。評論家李陀在談到尋根作家們的這種現代主義取向時說：「現在的尋根派，恰恰就是昨天鼓吹向西方現代派借鑒的那一撥人。」〔註38〕正是經過尋根作家們的藝術努力，中國當代文學終於迎來了現代主義的熱潮，這便是緊隨尋根之後出現的新潮小說和先鋒文學等。由此，中國當代文學實現了從現實主義向現代主義的過渡。

　　在這種現代主義藝術轉化的過程中，尋根文學做出了重要的貢獻。這主要變現為以下幾個方面：

　　第一，促成了新時期文學向內轉。20 世紀 50～70 年代的中國文學基本上是外向型的文學，自我和個人內心世界在當時被視為題材禁區，一切可能存在的私人空間在文學作品中都被當作異端或危險的題材內容遭到封殺。文革結束後，隨著思想解放運動的開展，文學逐漸地向「人」的軌道回歸，個體化的「人」和「人」的內心世界在文學作品中逐漸獲得了合法的地位。這就

〔註36〕李慶西：《尋根：回到事物本身》，《文學評論》1988 年第 4 期。
〔註37〕王安憶：《關於〈小鮑莊〉的對話——王安憶致陳村的信》，《上海文學》1985 年第 9 期。
〔註38〕李陀、李歐梵等：《文學：海外與中國》，《文學自由談》1986 年第 5 期。

使新時期文學的書寫，由對外在世界的客觀反映逐漸轉向對人物內心世界的主觀書寫。同時，文學的審美因素也得到突出，從而出現了明顯的向內轉。從藝術上講，文學的「向內轉」包括兩方面的內涵：一、文學描寫對象（題材）的個人化、心理化；二、文學向自身審美屬性的回歸。「向內轉」曾是新時期文學一個備受關注和爭議的問題。1986 年 10 月 18 日，魯樞元先生在《文藝報》發表文章，談到那些帶有「向內轉」傾向的小說和詩歌創作特徵時，認爲：

> 這類小說，成就高下不一，但共同的特點是：它們的作者都在試圖轉變自己的藝術視角，從人物的內部感覺和體驗來看外部世界，並以此構築起作品的心理學意義的時間和空間。小說心靈化了、情緒化了、詩化了、音樂化了。小說寫得不怎麼像小說了，小說卻更接近人們的心理眞實了。新的小說，在犧牲了某些外在的東西的同時，換來了更多的內在的自由。

> 詩人以個性的方式再現情感眞實的傾向加強了，詩歌的外在宣揚，讓位於內向的思考，詩歌的重心轉向了內在情緒的動態刻畫，主題的確定性和思想的單一性讓位於內涵的複雜性與情緒的朦朧性。正如謝冕同志指出的，新時期的詩歌，由對外在客觀事物的鋪敍描摹變爲對於具有複雜意念的現代人心靈對應物的構建。也正如一位青年詩人的自述，新時期的詩歌，發生了由「客體眞實」向「主體眞實」的位移，發生了由「被動反映」向「主動創造」的傾斜。〔註39〕

> ——魯樞元：《論新時期文學的「向內轉」》

魯樞元先生的這篇文章引發了長達五年的關於文學創作「向內轉」的論爭。1999 年，魯樞元先生在《南方文壇》發表文章，對上述文章所引起的論爭予以總結，並重新界定「向內轉」：

> 事過境遷，這裡，我倒希望爲「向內轉」做一個亡羊補牢式的界定：「向內轉」，是對中國當代「新時期」文學整體動勢的一種描述，指文學創作的審美視角由外部客觀世界向著創作主體內心世界的位移。具體表現爲題材的心靈化、語言的情緒化、情緒的個體化、

〔註39〕魯樞元：《論新時期文學的「向內轉」》，《文藝報》1986 年 10 月 18 日。

描述的意象化、結構的散文化、主題的繁複化。「向內轉」是對多年
來極「左」文藝路線的一次反撥，從而使文學更貼近現代人的精神
生存狀態，爲中國當代文學的發展開創出一個新的局面。中國當代
文學的「向內轉」顯示出與西方 19 世紀以來現代派文學運動流向的
一致性，爲從心理學角度探討文學藝術的奧秘提供了必要性與可行
性。〔註40〕

——魯樞元：《向內轉》

　　從文學史意義來看，這種「向內轉」，是新時期文學擺脫政治束縛，回歸
自我的一次努力，開啓了新時期文學現代主義轉化的藝術之路。

　　這種「向內轉」的一個重要表現，就是新時期文學寫作重心逐漸由傳統
敘事走向了現代抒情。抒情意識的崛起標誌著新時期文學主體意識的增強。
在尋根文學崛起之前，新時期文學於普遍的現實主義客觀寫實之外，就已經
出現了抒情化的藝術苗頭，出現了很多的散文化或詩化寫作。散文化和詩化
寫作，就其本質而言，是一種抒情寫作。當時像汪曾祺、王蒙、張承志這樣
一些個性風格各不相同的作家，幾乎在同一時間全部邁入了抒情化的行列。
這種散文化或者詩化寫作，與傳統的現實主義客觀寫實相比較，最明顯的差
別就是在敘事的變化上。在尋根文學出現之前，傳統的現實主義寫作大多關
注和表現的是外在的、客觀的、重大的社會主題，比如革命歷史題材、農村
變革題材、控訴文革題材、反右題材和改革題材等，所抒之情也大多是時代
之情、階級之情和政治之情，個人的、私人的和內心的情感世界很少得到表
現。即便偶而有所表現，也會被當做小資情調加以批判。在 20 世紀 50～70
年代，這種「外向型」的寫作，使當代文學審美質地粗糙，了無生氣。

　　自新時期以來，隨著文學主體性的增強，當代文學中的個性化抒情成分
日益突出，相當多的作家們在寫作時，盡可能地捨棄那種由外在情節所決定
的矛盾衝突，而注重人物內心的感受和情感的抒發，出現了很多散文化和詩
化之作。這種個人化的寫作趨勢，開啓了中國當代文學向內轉的文學進程，
並成爲新時期以來中國當代文學的總體發展走向。評論家黃子平在總結新時
期文學這種散文化和詩化的寫作傾向時，認爲它們是「用『抒情性的東西』
來擠破固有的故事結構」〔註41〕。在汪曾祺的《受戒》等系列散文化小說中；

〔註40〕魯樞元：《向內轉》，《南方文壇》1999 年第 3 期。
〔註41〕黃子平：《論中國當代短篇小說的藝術發展》，《文學評論》1984 年第 5 期。

在王蒙的《在伊犁》新疆系列小說中；在張承志的《騎手為什麼歌唱母親》、《黑駿馬》等草原文化小說中；在賈平凹的「商州系列」小說中，作者大多採用散文化或詩化敘述方式，追求一種優美的抒情表達。在這些作品中，戲劇化的故事情節淡弱了，而人物的情感和內心世界卻得到了彰顯。20世紀90年代後，東北女作家遲子建進一步強化了這種散文化和詩化寫作，以別具一格的充滿女性浪漫氣息的詩化寫作，深化了尋根文學的主題。

這種抒情化的寫作表達，在尋根文學中得到了充分的體現。比如張承志的《北方的河》，敘事主線若隱若現，講述的是一個大學畢業生從新疆來到北京報考研究生而又遲到，為獲得一張准考證而努力的故事，並沒有太多的過於曲折的故事情節，但是整部作品卻激情澎湃，氣勢昂揚，激蕩人心，具有一種浪漫主義雄壯之美。這種美，顯然不是來自作品的故事情節，而是作者的激揚型的主體人格氣質投射和浪漫抒情。李杭育的《最後一個漁佬兒》，也沒有多少的故事情節，但作品卻具有一種輓歌情調，具有一種傷感的美。這是一種現代性的審美體驗，是一種抒情性的詩性表達。這種個人化的抒情，是審美個體對時代本質的心理體驗，表明文學關注的重心已經從外在世界回到了人物內心，表明當代文學的一種進步。抒情作品的大量出現，表明新的小說藝術觀念正在到來。

第二、表現主義美學原則的崛起。與這種「向內轉」相一致，尋根文學與現實之間的關係也發生了深刻變化。傳統現實主義以「反映論」為指導，強調文學對現實的客觀再現；而尋根文學則突出了自我表達的需要，體現出表現主義的美學特徵。這主要體現在三個方面：一、重主體性認知。在尋根文學「向內轉」的過程中，就包含了文學主體性的藝術要求。這一方面要求表達人物的內心世界，另一方面，則對讀者提出要求，要求讀者的主體情感投入，與人物共命運，共呼吸。如烏熱爾圖的《琥珀色的篝火》，這部作品的故事情節非常簡單，鄂溫克族獵人尼庫為了救助幾個在森林中迷路的考察者，而拋下了他的正處病危的妻子塔列，而當他完成救助任務忙忙趕回時，他的妻子已經去世了。這樣的內容設置，沒有太多的矛盾衝突，但為什麼這部作品非常感人？對待這樣的一部作品，我們該如何去解讀？顯然，運用傳統的現實主義反映論在此是無法解讀的。我們只有從心理體驗的角度，將自我和主人公聯繫在一起，設身處地地去體驗主人公在那種生與死之間的抉擇及由此帶來的痛苦，才能領略到這部作品的藝術魅力。很明顯，那是一種無

言的痛苦，也是一種民族的高尚品格的價值體現。也正因此，這部作品才能體現出鄂溫克民族文化的自我犧牲精神與崇高的價值情懷。這就是一種主體性的審美體驗。再比如阿城的《棋王》，寫棋呆子王一生的下棋和個人遭際，這樣的內容設置，表面來看，平淡無奇。那麼，爲什麼這部作品在海內外會產生轟動性的影響？我們又該如何認識這部作品？顯然，在王一生的身上，體現出了一種中華民族的傳統文化精神，體現出了一種人生處世的風範，寄託了作者的審美理想。對待王一生的認識，一方面要聯繫這個人的現實處境，個性心理，設身處地地去感受他的存在；另一方面則要求我們對傳統文化的審美認識。只有將這兩方面結合起來，我們才能與作者與王一生精神接軌，才能體會到王一生的人格精神，才能感悟到其身上散發出來的文化魅力。

　　二、重整體性思維。不同於傳統現實主義對現實的條分縷析式的理性分析，尋根作家們在對中國民族傳統文化的發掘過程中，復活了傳統的民族藝術思維——整體性思維。這是一種典型的東方式的藝術思維，它注重的是思維過程中的直覺、頓悟、經驗和想像等，獲得的是一種混沌的模糊的整體表達效果。尋根作家們在各自的理論表述中，普遍地推崇這種整體性思維。如韓少功迷戀湘西的楚巫文化，嚮往《楚辭》中的那種「神秘、奇麗、狂放、孤憤的境界」。這種境界，只可意會不可言傳，是一種模糊的整體性的審美感覺。阿城在對莊禪的描述中，就包含著對悟性直觀的思維方式的認同〔註42〕。鄭萬隆宣稱他竭力保持藝術思維中的整體性的感覺，認爲：「這種整體感覺不是以機械的邏輯分析來進行把握，而是把客體視爲有生命的有機整體來進行審美觀照，是一種直覺與理解。」〔註43〕這已經說得很清楚。李杭育主張文學的認知方式，要倚重「直覺、經驗、想像力構成的智慧」〔註44〕，表達的也是同樣的意思。而札西達娃則從遠古的神話故事和民間歌謠中，復活了傳統的神話思維，表現世界的神秘莫測。作品方面，我們可以韓少功的《爸爸爸》爲例證，這部作品寫的是一個山寨的歷史性遷徙。但在作者的敘述過程中，雞頭寨是被當作一個整體來對待的，作者沒有突出其中任何個人的意義。在作者筆下，雞頭寨中幾乎所有的人都缺乏獨立的人格。他們渾渾噩噩，服從命運，聽從部落統一的意志，個人的行動並不具有任何獨立的意義。丙崽

〔註42〕阿城：《文化制約著人類》，《文藝報》1985 年 7 月 6 日。
〔註43〕鄭萬隆：《我的根》，《上海文學》1985 年第 5 期。
〔註44〕李杭育：《通俗偶得》，《文學自由談》1986 年第 2 期。

就是大家，大家也可以說就是丙崽。這就是一種整體性思維，也是一種原始思維。讀者對雞頭寨的認識不是從單個的人著手，而是將其當作一個文化整體來認識。

三、陌生化審美追求。陌生化理論源出於藝術創作，是俄國形式主義的核心概念。俄國文藝理論家維克多‧鮑里索維奇‧什克洛夫斯基認為，所謂「陌生化」，是指在藝術創造和藝術欣賞的過程中，採用某種獨特的表達方式，有意拉開審美主體和審美對象之間的距離，形成「間離效應」，使人們在司空見慣的日常事物中，獲得新鮮和美感。陌生化的實質是要借助特定的表達形式，打破審美常規，更新我們對生活的感覺，解放我們被習慣所束縛的審美思維。這一理論後來被德國表現主義戲劇理論家布萊希特運用於戲劇領域，獲得更廣泛的運用。布萊希特在《談實驗戲劇》一文中認為：「放棄情感交融對戲劇來說是具有決定意義的大事。」〔註45〕布萊希特主張欣賞戲劇時必須節制情感，拉開作品（戲劇）與讀者（觀眾）的距離，以保證理性的思考，形成一種有距離的審美觀照。尋根文學在很多方面也體現出這種「陌生化」審美特徵。尋根文學是一次疏離現實的面向過去的歷史與文化發掘活動，這使尋根文學作品因缺少現實的體溫，而呈現出一種冷峻的色調。同時，由於歷史文化的非當下性，這使尋根文學的審美，本來就是一種有距離的藝術欣賞活動。從作家主體來看，由於歷史文化的客觀性，這就要求尋根作家們在藝術表現時，盡可能地採取一種客觀化的敘述姿態，拒絕主體與客體之間的情感交流。這些，都形成了尋根文學的「陌生化」審美效應。

比如韓少功的《爸爸爸》和王安憶的《小鮑莊》，這兩部作品猶如東方民族文化的寓言。作者敘述態度冷峻客觀，很自然地將讀者的情感排除在文本之外。尤其是韓少功的《歸去來》，給人感覺恍若隔世，處處顯得熟悉而又陌生；鄭萬隆的「異鄉異聞」系列作品，表現的是東北邊陲文化，彷彿是久遠的邊地傳說，與現實生活絕緣；莫言的「紅高粱」系列，如同是舊英雄傳奇的當代重現。這些作品，在表達特定的文化生活時，都有意拉開了與現實生活的距離，營造出一種審美的新鮮感。這種新鮮感，其實就是「陌生化」的審美效果。從現實主義的客觀再現到表現主義的主觀表現，認知方式的改變，必然帶來藝術觀念的變化，從而也最終促進了新時期小說藝術觀念的轉型。

〔註45〕【德】布萊希特：《談實驗話劇》，見《布萊希特論戲劇》，丁揚忠譯，北京：中國戲劇出版社1990年，第26頁。

（三）時空觀念的轉變

尋根文學對新時期小說現代化還有一個重要的貢獻，那就是推動了新時期小說時空觀念的變革，使其由傳統的一維平面走向了現代的多維立體。時空觀念是小說對世界的反映方式，也是對世界的認識方式。傳統的小說遵循現實主義的反映論，其中時間是線性發展的，空間是平面展開的。而現代的小說以表現論為指導原則，時空是跳躍的、變換的，時間可以迴環往復，空間則可以多維立體。從傳統的一維平面的時空觀到現代的多維立體的時空觀，表明小說藝術觀念的深刻變化。

新時期以來小說時空觀念的變革，最早出現在王蒙、茹志娟等人的意識流小說實驗中。意識流通過心理時空的開關，以自由跳躍的方式，改變了傳統小說的單向度的時空構成，使小說的時空表現走向了現代的多維立體。在20世紀80年代，意識流可被視為當代小說現代主義藝術實驗的第一聲。尋根文學中蘊含著大量的現代主義藝術審美元素，積極地推動了新時期小說時空觀念的現代變革。與傳統的線性時間觀不同，尋根文學打破了時間的外在的客觀邏輯，模糊了時間的界限，讓時間某種程度上出現了循環。鄭萬隆說：「我意識到自己的時代，那是因為我在時間中。我不僅是生活在『現在』，而且是生活於『過去』的『現時』；『過去』就在『現時』裏，不是已經逝去了而是還在活著，還依然存在。」所以他認為：「遠古和現在是同構並存的」〔註46〕。在他的一系列關於東北鄂倫春民族的狩獵小說中，時間的線性痕跡明顯消失了，過去和現在處於一種混沌交織狀態。他筆下的世界，既可以看作是遠古的傳說，又可以看作是現在的故事。這種「過去」與「現在」的複雜交織，體現出了一種時間的循環。這種時間的循環，也讓他的作品審美超越了特定的時間制約，而具有永恒的藝術魅力。

韓少功迷戀湘西的楚巫文化，而巫術文化在本質上是一種混淆了時空界限的帶有神秘特徵的原始文化。所謂「山中一日，世上千年」，陰陽兩界，自由穿梭，說的就是如此。韓少功的小說，有意模糊時空的界限，追求一種混沌模糊的敘事效果，呈現出不確定性的模糊審美特徵。在《爸爸爸》這部作品中，敘事時間是含混模糊、迴環往復的，被賦予了一種象徵性的意義。這部作品沒有明確的時間，但從文本細節描寫來看，我們可以大致判斷出該作品時間的兩種性質：一，從作品的整體風貌來看，該作品展示的是一種文化

〔註46〕鄭萬隆：《我的根》，《上海文學》1985年第5期。

原生態，如食人肉、以活人祭祀的原始祀儀；遠古的部落村社遺風等。它應當屬於一種過去的時間，是一種人類的初民階段。二，小說又具有現代文明氣息，從而打破了這種文化原生態的氛圍。小說裏寫了個沒有出場的人物——德龍，他是丙崽的父親，在當地人們眼中是個浪蕩子，經常遊走於山裏山外之間，不時帶進山裏一些新玩意，如鬆緊帶、照片、皮鞋、報紙、打火機等；小說裏還出現了一個叫仁寶的新黨人物，張口閉口滿嘴新詞彙，對山寨一切不滿，立志要改革。這些描寫，似乎又具有現代文明的氣息，表明雞頭寨並不完全屬於過去，而是屬於現在。這就造成了小說時間上的模糊，使小說在時態上出現了一個循環怪圈：過去和現在複雜交織，過去就在現在中，現在亦在過去裏。借用小說的一句現成話表達就是：「好像從遠古活動到現在，從未變什麼樣。」這就形成了小說時間上的象徵意義，表明中國文化在時間發展上的惰性、滯後性和封閉性，昭示出一個超穩定的前現代的古文明中國。

在空間表現上，為追求所謂的客觀真實性，傳統現實主義小說嚴格遵循限制性的敘述視角，以敘述者的眼光來決定敘事空間的構成。但在現代小說理論指導下，空間不再是視線所及的平面化展開，而是建立在視覺和心理想像基礎上的復合的立體構成。每一個審美主體的內心，都是一個完整的藝術世界。這種空間觀念的變化，擴展了小說的表現疆域，豐富了小說的內涵。尋根文學在空間表現上，予以了有效的藝術突破。比如，尋根小說對魔幻現實主義手法的普遍運用，就是一個極好的證明。魔幻現實主義是對現實時空的變形化藝術處理，時空倒置，現實與夢幻和想像之間自由穿插。韓少功、賈平凹、莫言、札西達娃等人作品中，對魔幻現實主義都有大量的運用，都體現出這種自由化的空間敘事特徵。比如札西達娃的《繫在皮繩扣上的魂》中，敘事空間有不同的維度，有現實的層面，敘述者「我」與桑傑達普活佛臨終前的對話；有虛構的層面，「我」鎖在抽屜裏的故事中的男女主人公所處的世界；有虛幻的世界，即活佛和塔貝所想像中的關於香巴拉戰爭的世界；還有現實與虛構相結合的世界，即「我」從山上滾下山崖，恰好來到負傷即將死去的塔貝身邊，這個地方就是活佛所講的所謂的蓮花生大師的手掌之地。作者讓這些不同的空間交替出現，在現實、虛構和幻覺中，在一種非邏輯的時空對接中，使小說獲得了特別的魔幻象徵意義。

還有王安憶的《小鮑莊》，則比較典型地表現出敘事空間的立體化特徵。

在寫作《小鮑莊》之前，王安憶一直在思索小說結構問題。所謂結構問題，實際上就是小說空間問題的藝術顯現。王安憶認為：「現有的思想方式，結構形式終是單線條的。那種質樸單純的結構方式，自有別的所替代不了的魅力。而我們這些從小生活在上海這樣一個城市裏的孩子，卻是在這樣一種環境裏，那就是耳邊同時可以響起幾十種聲音，眼裏可以同時映入幾十種印象，前後左右可以同時發生幾十個故事，不分主次地糾纏在一起……它提供了一種新的思想方式。」〔註47〕帶著這種「新的思想方式」，王安憶在《小鮑莊》中開始了新的結構試驗。在這部作品中，敘事結構隨著不同故事的展開，呈現出多頭並進的立體空間態勢。這部作品至少有三條並行的主線，即拾來的故事、小英雄撈渣的故事和文瘋子鮑仁文的故事，不同的故事指向不同的敘事空間，體現出不同的意義。此外還有一些更小的敘事空間，如作者輕筆點染到的正在轟轟烈烈開展文化大革命的千里外的北京和千里外的上海、文化子和小翠子的愛情故事、抗美援朝老革命鮑彥榮的故事、鮑秉德和瘋妻的故事等等。這些故事貌似獨立，但卻如交響樂般交織在一起，在「仁義」這根文化主線作用下，共同組合成一個立體的藝術世界。這種復合式的故事結構，其實正是立體化的現實生活的藝術反映。與傳統的平面空間藝術相比，這種立體化的空間敘事獲得了更大的內容含量，也獲得了盡可能大的意義空間。

時空觀念的變革是小說現代化的一個重要標誌。在中國現代文學時期，在西方現代小說觀念的激發下，一些作家就積極努力，在小說時空表達上做了積極的探索。比如 20 世紀 30 年代出現的新感覺派小說，就運用了大量的意識流、蒙太奇和心理敘事等表現手法，推動了中國現代小說時空觀念的變革。但在經過 1949 年後一體化的文學進程之後，隨著傳統現實主義經典地位的確立，這種多元化的藝術探索被迫中斷。但就在傳統現實主義的藝術籠罩之下，在 20 世紀 50〜70 年代期間，我們仍然可以看到一些現代主義的藝術萌芽，可以看到一些作家為突破傳統小說時空觀念所做的努力，在梁斌的《紅旗譜》、柳青的《創業史》、楊沫的《青春之歌》、宗璞的《紅豆》等作品中，我們都多少可以看到那種久違的心理敘事和隱約的意識流表現手法。這是現代主義的藝術萌芽，是藝術不滅的鬼火，表明再嚴屬的人為阻隔，也無法遏制藝術生命的成長。這種現代主義的藝術探索，在中國社會邁入新時期之後，

〔註47〕王安憶：《關於〈小鮑莊〉的對話——王安憶致陳村的信》，《上海文學》1985年第 9 期。

迅速得到了強化。在新時期之初茹志娟的《剪輯錯了的故事》、王蒙的《布禮》、《春之聲》等作品中，蒙太奇、意識流等現代主義表現手法已經堂而皇之地登上藝術舞臺，拓展著當代小說的時空邊界，引領著新時期小說藝術觀念的變革。在這些作品中，人們看到的已不再是傳統小說的一維時空，而是當代文學在時空表達上的摸索進展。尋根文學則進一步推進了新時期小說時空觀念的現代變革，使其由傳統的一維平面最終走向了現代的多維立體，這就為隨後的新潮小說和先鋒文學的出現做好了藝術準備。從「傷痕」、反思和改革小說的一維平面時空，到新潮小說和先鋒文學的多維立體結構，中國當代小說時空觀念出現重大變革。在這一過程中，尋根文學同樣是一個重要的轉折點，起著承前啓後的作用。這種時空觀念的變革，是尋根文學對新時期以來的中國當代文學所做出的又一重要貢獻。

第二節　尋根文學與新時期小說的民族化

　　民族化是 20 世紀以來中國文學努力追求的目標之一。從左翼時期的文藝大眾化，到 20 世紀 40 年代解放區文學的「為工農兵服務」，到五六十年代對「中國作風和中國氣派」的倡導，再到新時期以來民族化意識的張揚，直至當前中國當代文學仍對民族化不懈追求等，可以說，對民族化的追求貫穿了整個 20 世紀以來中國文學發展的歷史。尋根文學是新時期以來中國文學民族化追求的集中表達。雖然尋根文學運動在中國文壇存在的時間很短，被人視為「曇花一現」，但它所倡導和開啓的以民族文化審美為核心的民族化追求，卻在 20 世紀 90 年代以來的中國當代文學中發揚光大，影響到了一批又一批作家們的寫作，並結出累累碩果。比如莫言、賈平凹、陳忠實、阿來、遲子建等人的作品中，都有著濃厚的民族文化特色。2012 年，當年的尋根文學代表作家之一的莫言，在中國文學史上第一次地獲得了諾貝爾文學獎，其獲獎的一個重要的藝術原因，就是他的作品的民族化藝術特色。莫言是一位自覺地持之不懈地對民族文化和藝術進行努力探索的作家，也被認為是中國當代最具有本土民族文化意識的作家。他的努力和成就，體現了尋根文學民族化追求的意義和收穫。

一、當代文學民族化意識的崛起

　　中國當代文學的民族化追求經歷了一個從邊緣到中心、從形式到內容的發展演變過程。在 20 世紀五六十年代，在工農兵文藝思想的主導下，為了更

好地發揮文學的宣傳教育功能，也倡導民族化，提倡「中國作風」和「中國氣派」，但這顯然是一種服務於政治化主題表達的民族化追求。文革期間，除了京劇樣板戲之外，文學的民族化追求基本上被紅色政治宣傳所取代，出現了民族化的失落。中國當代文學的民族化意識的崛起是從 20 世紀 80 年代初開始的。對於新時期文學而言，民族化意識的崛起有一個發生發展的過程。中國當代文學在走出文革桎梏之後，進入了一個新的歷史發展時期，即所謂的新時期文學。在新時期文學最初的一段時間，由於沉湎於對文革傷痕的揭露和對歷史災難的反思，而無暇顧及文學的發展走向。但很快，一些責任意識強烈、藝術感覺敏銳的作家，面對著這個文學發展的嶄新的歷史時期，適應著 20 世紀 80 年代整個中國社會的現代化發展趨勢，開始了文學現代化的藝術探求。

　　這種努力當時主要表現為兩個方面：一方面是以茹志娟、王蒙、李陀、劉心武、高行健、馮驥才等人為代表的「偽現代派」，對西方現代藝術方法進行借鑒和實驗，希望通過對西方現代藝術方法的引進、植入，來讓新時期文學與國際文學接軌，從而在當時掀起了一股「現代派」的熱潮。這是 20 世紀 80 年代以來中國當代文學努力的總的方向，但在當時並不成功。另一方面是以汪曾祺、劉紹棠、鄧友梅、林斤瀾等人為代表的邊緣作家，通過對民族傳統文化的回歸和對民族文化意識的張揚，來追求文學的民族化，希望通過對民族化的努力，來開啟新時期文學的現代化之途。這方面的努力，最早的是汪曾祺。1982 年他在《北京文學》上發表的《回到現實主義，回到民族傳統》一文，倡導文學的民族化，可視為新時期文學民族化追求的先聲。汪曾祺自己的創作就是對民族化追求的實踐，並取得了豐碩的成果。他的《受戒》、《大淖紀事》、《歲寒三友》、《徙》等作品都散發著濃鬱的民族文化氣息。但與處於當時主流位置的第一方面作家的轟轟烈烈的「現代派」熱相比，這些作家都還只是在邊緣處努力。但由於第一方面作家的「現代派」追求所呈現出的「超前性」，與 20 世紀 80 年代初期中國的具體的文學和文化語境相脫離，受到人們的冷落而難以為繼，因而在當時出現了一陣「現代派」的低谷，從而使人們將探詢的目光轉向第二方面，即投向對民族傳統文化的關注。這種努力方向與 20 世紀 80 年代中期轟轟烈烈開展的「文化熱」相呼應，從而刺激了尋根文學的產生。這種從對「現代派」的熱衷到對民族傳統文化的興趣發掘，顯然是一種文學策略。也正是在這種意義上，李陀認為：「現在的尋根派，

恰恰就是昨天鼓吹向西方現代派借鑒的那一撥人」〔註48〕。由於他們認識到單純地對西方現代藝術方法的橫向植入，難以在中國生根立足，相反，把西方現代藝術方法與本民族的傳統文化意識結合起來，倒有可能爲本民族文學開闢新的道路，促進本民族文學現代化的實現。這就可以理解，爲什麼尋根文學在文化發掘的同時，卻會對西方現代藝術表現方法，諸如表現主義、象徵主義、魔幻現實主義等，表現出普遍的熱衷。從「現代派熱」到「文化熱」，標誌著新時期文學民族化的追求由邊緣走向了中心。

尋根文學在20世紀80年代上半期中國文壇出現的時候，正值西方全球化浪潮蔓延之際。吉登斯說：「現代性的根本性後果之一就是全球化」〔註49〕。尋根文學有著強烈的現代性精神訴求，迫切希望自己融入世界，這種現代性訴求的結果，也就是加入全球化，成爲世界文學大家庭中的一員，而且是有特色有成就的一員。全球化的主要特徵就是抹殺各個民族文化的差別，追求全球一體化。全球化是一種西方強勢的文化話語，對於像中國這樣落後的弱勢的民族來說，全球化體現的是一種西方文化中心主義和文化霸權。它以文化輸出的方式，以誘惑和強迫相結合的手段，把其它弱勢民族話語納入自己的文化版圖，而那些弱勢民族話語往往在這種被動地迎合和接受的過程中，喪失自己的民族文化個性。當全球化把世界以一種立體和放大的姿態推進到世界各國，特別是那些弱勢民族話語面前，往往會激起一種矛盾的文化心理：一方面，歡迎全球化，渴望融入世界；另一方面，對全球化充滿戒心，往往會出現民族主義話語反彈，以一種民族化的姿態來自我保護。曾經轟轟烈烈的拉美「爆炸文學」面對著西方強勢話語，就表現出了這種矛盾的心理。對於剛剛走出文革封閉狀態，重新對外開放的新時期之初的中國文學來講，情況也是如此，一方面渴望現代化，嚮往融入世界文學；另一方面對以西方爲代表的現代化又有一種本能的牴觸心理，從而表現出一種民族文化主義情緒。「全球化社會關係的發展，既有可能削弱與民族（或者是國家）相關的民族感情的某些方面，也有可能增強更爲地方化的民族主義情緒。」〔註50〕所以，在全球化的背景之下，「民族」與「世界」之間的關係，是一種矛盾和統

〔註48〕 李陀、李歐梵等：《文學：海外與中國》，《文學自由談》1986年第5期。
〔註49〕 【英】安東尼.吉登斯：《現代性的後果》，南京：譯林出版社，2000年7月版，第152頁。
〔註50〕 陳仲庚：《現代性的別處：鄉土與尋根》，見《現代性與中國當代文學轉型》，雲南：雲南人民出版社，2003年1月版，第200頁。

一的關係，這是處於全球化時代的尋根作家們不得不考慮的發展策略問題。

　　世界已經進入中國，中國該如何面對世界？正是在此背景下，1987 年，《文學評論》和《光明日報》幾乎同時刊登了兩篇非常有文化意味的旗幟鮮明的文章：陳越的《民族化：一個防禦性的口號》〔註51〕和李方平的《民族化：一個戰略性的口號》〔註52〕。陳越認為，強調民族化和民族立場，會導致自我封閉，妨礙中國文學走向世界；李方平則認為，民族文學要想走向世界，其決定性的因素，就是民族文學能否保持自身民族特色，能否堅持民族化的立場。兩篇文章的立論正好相反，一個否定民族化，一個肯定民族化，但二者的出發點和目的則是一致的，都是探討民族文學與世界之間的關係，目的都是希望中國文學能夠走向世界。二者都強調了民族化之於中國文學走向世界的意義，都把民族化當成一種手段，而不是目的。這種認識，放在 20世紀 80 年代的中國文化語境中，顯然是很有認識見地的。從後來尋根文學發展的事實來看，兩位論者的觀點都有表現，分別代表了中國當代文學發展的兩種態勢：一種是西化；另一種是在西化的過程中堅守民族化。二者之間不存在孰高孰低、誰對誰錯的問題。

　　世界的大門已然開啟，全球化是大勢所趨。由此，與世界對話，走向世界，成為尋根作家們的共同追求。韓少功希望尋找和重建一個可以與世界對話的審美的東方〔註53〕；鄭萬隆明確希望「中國文學要走向世界」〔註54〕；阿城主張「中國文化須與世界文化封閉在一起」〔註55〕；鄭義強調：「一代人能跨越民族文化斷裂帶，終於走向世界，我卻堅信。」〔註56〕賈平凹通過對家鄉商州的文化書寫，希望「外邊的世界知道了商州，商州的人知道了自己。」〔註57〕還有莫言對高密東北鄉的文化書寫，都有著走向世界的願望。走向世界固然是一個美好的夢想，但全球化似乎是一個無底的黑洞，在其中如何凸顯自己的文化位置就成為一個難題。所以，當尋根作家們真的置身於這種全球化的文化事實時，文化戒備、文化懷鄉、乃至文化自尊等抗拒性的文化心理自然而然就會出現。

〔註51〕陳越：《民族化：一個防禦性的口號》，《文學評論》1987 年第 1 期。

〔註52〕李方平：《民族化：一個戰略性的口號》，《光明日報》1987 年 4 月 7 日。

〔註53〕韓少功：《東方的尋找與重建》，《湖南文學》1986 年第 1 期。

〔註54〕鄭萬隆：《中國文學要走向世界》，《作家》1986 年第 1 期。

〔註55〕阿城：《文化制約著人類》，《文藝報》1985 年 7 月 6 日。

〔註56〕鄭義：《跨越文化斷裂帶》，《文藝報》1985 年 7 月 13 日。

〔註57〕賈平凹：《商州又錄·小序》，《賈平凹文集·尋根卷》，中國文聯出版公司 1995年 3 月版，第 115 頁。

這是對全球化的一種擔憂、一種潛在的逆反心理。所以，在全球化的背景下，民族文化主義的出現，就是很自然的現象。反映在文學上，那便是民族化的審美追求。在這種意義上，也可以說，民族化其實是全球化帶來的一種反應，當然也是一種結果。

尋根文學就是如此。在尋根作家們的文化意圖中，有著強烈的復興民族文化的動機和走向世界的願望。顯然，尋根文學的本意並非要文化復古，而是借助文化尋根，或者說是民族化追求，實現走向世界的最終目的。在尋根作家們的文化藍圖裏，民族化是其復興民族文化走向世界的重要手段，同時也是對抗西方文化中心主義和文化霸權的一種策略。如韓少功認爲，中國文學應該具有中國民族特色，不能「模仿翻譯作品來建立一個中國的『外國文學流派』」，「在文學藝術方面，在民族的深厚精神和文化物質方面，我們有民族的自我，我們的責任是釋放現代觀念的熱能，來重鑄和鍍亮這種自我。」〔註58〕而李杭育則堅持認爲，「中國的文學總該有點民族意識在裏邊」，否則「我們跑到世界上去，人家問起來，我們算什麼人呢？我們的作品算是個什麼東西呢？」〔註59〕這種自覺的民族文化意識，已經很清楚地表明了尋根作家們對西方文化的戒備心理。所以，尋根文學民族化意識的崛起，可以視爲是全球化文化語境下，中國本土民族文化意識的一次反彈，是對西方文化霸權的抗拒和對民族文化自我的保護。正是這種民族化追求，使中國文學贏得了進入世界的門票，同時在不斷強化的全球化過程中，確認和保留了民族文化身份，並最終獲得了世界的認可。2012 年，莫言獲得諾貝爾文學獎，以有力的文學事實，證明了中國文學民族化追求的成就和意義。

與以往的民族化追求不同，尋根文學的民族化追求具有自身的特色。從當代文學的直接源頭現代「左翼」文學開始所提倡的文學「大眾化」，到 20 世紀 40 年代解放區文學的「爲工農兵服務」，再到 50～70 年代所追求的「中國作風和中國氣派」，這些都是著重從文學的民族形式入手的，旨在充分實現文學的社會功用。而尋根文學卻與此不同。尋根文學不僅在小說的民族形式上頗費機心，更把大量的精力放在小說內容的民族性上。對於尋根文學來講，內容上的民族化是第一位的，而形式上的民族化則要退居其次。尋根文學對於民族化的追求，與其說是出於一種目的，倒不如說是出於一種手段，或曰

〔註58〕韓少功：《文學的「根」》，《作家》1985 年第 4 期。
〔註59〕李杭育：《「文化」的尷尬》，《文學評論》1986 年第 2 期。

出於一種文學策略。它與現代文學中的大眾化和通俗化不同，也有異於 20 世紀 50～70 年代期間所提倡的民族形式，他們的出發點首先是文學對民眾的啓蒙和教化作用，重在文學的社會功利性。而尋根文學雖然充滿了對民族文化的表現和審視，輾轉之間亦不乏對民族命運的思考，但從根本上來說，最直接的意圖是追求一種特殊的審美效果，它注重的是文學的審美功能。從形式到內容，從功利到審美，尋根文學改變了中國當代文學民族化努力的方向，對後來中國文學的民族化追求，產生了深遠的影響。

二、尋根文學民族化追求的表現

尋根文學是新時期文學民族化追求的集中表現。簡單地說，民族化包括民族生活內容書寫和民族藝術形式追求兩個方面。民族生活內容又可以包括民族文化、民族風情和民族心理等方面。尋根作家們所尋的「根」，既指向民族文化的內容，又指向民族文化的形式。對這種「根」的挖掘和表現，從內容和形式上，體現出多方面的民族化追求。

（一）鮮明和突出的風俗畫描寫

民族風格是民族化的重要特徵，不同的民族有不同的風格。風俗是民族風格的重要表現形式。已故的文學史家唐弢先生說：「民族風格的第一個特點是風俗畫」〔註 60〕。可見風俗畫之於民族化追求的意義。風俗畫是民族風情畫卷，它當然不是僵死的風俗圖畫，而是鮮活的民族生活、民族風俗和民族文化的自然呈現。尋根作品中，對風俗畫的刻意書寫成了尋根作家們的不約而同的藝術追求。尋根作家們對風俗畫的描寫，不是作純粹的攝像式的鏡式反映，雖然在部分的尋根文學作品中，也有著搜奇獵勝的心理，以誇張的奇風異俗來吸引讀者的眼球，但就總體而言，尋根作家們是通過風俗來寫文化，通過風俗來寫人，從而使這種風俗描寫體現出濃鬱的民族風情。

其實，以風俗畫入小說，在中國現代文學中就已經是作家們的藝術追求。20 世紀 40 年代的蕭紅、師陀、端木蕻良等人即已主張在小說創作中，「應該追求四種東西：風土、人情、性格、氛圍」，以抒情懷舊小說表達著對民族的追憶和思考〔註 61〕。作家們對於風土人情的傾心，各自的理由不同，有的是

〔註60〕唐弢：《西方影響與民族風格——中國現代文學發展的一個輪廓》，《文藝研究》1982 年第 6 期。
〔註61〕端木蕻良：《我的創作經驗》，載 1944 年 11 月 1 日《萬象》第 4 年第 5 期。

爲打破傳統小說的一貫做法，有志於融小說、散文、詩歌爲一爐，如蕭紅、沈從文、汪曾祺等對於小說文體的思考；有的則出於對特殊的審美情趣的嚮往，如周作人、廢名等。而在實際上，這兩種因素又常常是交織在一起的。而風俗畫和文學的民族性之間的聯繫，也很早就被作家們注意到了。魯迅在半個多世紀以前就已經精闢地指出，「我的主張雜入靜物，風景，各地方的風俗，街頭風景，就是如此。現在的文學也一樣，有地方色彩的，倒容易成爲世界的，即爲別國所注意。」〔註62〕這種考慮問題的角度，與作家對文體的探索和對審美意境的追求已經有所不同，它更注重的是文學審美效果，即外界對作品的認識評價。而尋根作家們對於風俗畫的描寫，則又與此不同。

尋根作家們對於風俗畫的描寫，首先是爲其文化主張服務的。他們對風俗畫的書寫，直接的目的是爲了增強作品中的文化色彩，是爲了書寫文化。毫無疑問，風俗中蘊涵著文化的內容，這是風俗本身的特性。新時期以來作家們對於風俗畫的書寫，是後來尋根文學民族化追求的前奏。新時期伊始，老作家汪曾祺就以重溫「四十三年前的一個夢」爲起點，開始了風俗畫小說的創作。人們用驚喜的眼光讀完了他的《受戒》以後，耳目不禁爲之一新。小說中關於江南水鄉的風俗表現和自然風光描寫，詩意盎然，優美純淨，令人如同欣賞一幅現代中國的《清明上河圖》。在他後來一系列的作品中，如《大淖記事》、《陳小手》、《歲寒三友》等，這種風俗畫描寫得到進一步張揚。汪曾祺的這種風俗文化寫作開拓了新時期作家們的藝術視野，有人稱他爲「風俗畫」作家，稱他的小說爲「現代抒情小說」，而風俗畫和民族文化書寫都是現代抒情小說的特徵。在 20 世紀 80 年代初，提倡寫風俗畫的，還有劉紹棠、鄧友梅、陸文夫、馮驥才等人。劉紹棠力主「鄉土文學」，嚴格遵循魯迅先生的「越是民族的，越是世界的」的觀點，全力投入對京東運河兩岸的風景與民俗的寫照。同是寫風俗，劉紹棠的文學觀與汪曾祺又有區別。汪曾祺並不認可魯迅先生的「越是民族的，越是世界的」觀點，對民族化持一種開放的態度，主張在堅守民族文化的基礎上吸收一些世界文化的有益因素。所以，相比之下，汪曾祺的民族文化主張既傳統又現代，而劉紹棠的文學觀念則顯得保守了，他的民族化主張具有一種排外情緒。

鄧友梅、馮驥才和陸文夫等人多寫京都市井文化，筆下不乏對世俗風情

〔註62〕魯迅：《致陳煙橋》，《魯迅選集》第 4 卷，人民文學出版社，1983 年 12 月，第 477 頁。

的精筆彩繪。由於風俗本身就應該作文化看，它是帶有民族與地域色彩的傳承者的一種文化形式，所以上述作家的風俗寫作可視為後來的文化尋根小說的濫觴。但是二者又有區別。因為他們對於風俗畫的描寫，更多地是憑著個人的審美興趣，是為各自的寫作需要服務，並不是自覺地要去書寫什麼文化。劉紹棠寫風俗是為了實踐自己建立鄉土文學的主張；鄧友梅等人筆下的市井風俗，滲透到人物活動的典型環境中去，成為人物刻畫和時代表現的需要。他們的風俗描寫，沒有脫離文學的框架，沒有超出藝術的層次。文化於他們只是無意識地體現，而不是有意識地表現。

　　尋根文學與此不同。尋根文學的風俗畫描寫是直接衝著文化書寫的目標來的。在尋根作品中，風俗成了文化的載體，成了尋根作家們書寫文化的手段。有意識地將風俗作為文化資源來表現、將風俗從形式審美轉移到內容審美的作家是汪曾祺。汪曾祺最早地將風俗上升到小說本體的位置，提升了風俗的文化功能。汪曾祺說：「風俗是一個民族集體創造的生活抒情詩」，以抒情性的語言表明了風俗的文化內涵。汪曾祺的小說中寫了大量的風俗，其中蘊含了豐富的民族傳統文化。也正是因此，汪曾祺的小說被稱為文化小說，他本人也被視為尋根文學的鼻祖。後來的尋根作家中，能夠接續上汪曾祺的這種思路的是李杭育，他說：「把民俗作為一種文化現象來發現和表現，把握住它的歷史內容和文化價值，……這樣在小說裏，風俗就不僅是詩情畫意的東西，而且也是富有思辨性的東西。」〔註63〕這也就是說，風俗並不僅僅只具有形式審美的功能，而是文化的載體，本身就是內容，具有意義。這種觀點，其實就是汪曾祺的觀點。李杭育的這種關於風俗的主張很快成為韓少功、鄭萬隆、鄭義、賈平凹等人的共識。風俗中蘊藏著文化，對風俗的書寫其實也就是對文化的表現，這是一條多麼誘人的文學道路。尋根作家們對風俗的書寫，終於由審美的需要轉入對文化的挖掘，這無疑是一種巨大的進步。

　　尋根文學的風俗畫描寫可以分為兩種，一種是地域性的文化書寫。俗話說，「一方水土養一方人」，不同的地域會形成不同的文化特徵。由於尋根作家們各居一隅，把中國的人文地理版圖進行了瓜分，不同的地域有不同的自然景觀和不同的文化風情，所以也就呈現出不同的地域風俗特徵。我們在之前的尋根文學的地域文化審美中，已經論述了尋根文學的不同的地域文化特色。這裡要進一步說明的是，不同的地域有不同的自然條件，而不同的地理

〔註63〕李杭育：《「葛川江文化」觀》，《青春》1984 年第 12 期。

條件又孕育出不同的人文精神特徵，也就是所謂的地域文化特徵。比如韓少功筆下的湘西，崇山峻嶺，與世隔絕，神秘怪誕，巫術橫行。作者向我們展示了一個幾乎史前文明時代的湘西山地原始文化。比如游離於文明世界之外的原始山寨部落、蛇蟲瘴癘肆掠橫行的山寨、冷森森的飛瀑、刻著各種鳥獸圖形和蝌蚪文線條的石壁、一腳可以踏入如同浮在雲端的漫天迷霧等等，給人以文化上的原始蒼涼之感，如同史前文明，太古洪荒。

還有鄭萬隆在他的「異鄉異聞」系列小說中，有很多對東北邊陲狩獵文化的書寫，如漫無邊際的原始大森林、白茫茫的大雪封山、神秘而又原始的部落圖騰崇拜、春天冰雪融化時天崩地裂的「倒開江」、由那些從四面彙集而來的獵手、淘金者、伐木工等組成的東北邊地生態群落、還有鄂倫春民族的狩獵生活等，給我們展示了一幅又一幅東北邊陲的風俗圖畫。同樣的情況還可見於兩位少數民族作家烏熱爾圖和札西達娃。烏熱爾圖是一位鄂溫克族作家。鄂溫克族是個人口不到三萬的弱小民族，蟄居東北大小興安嶺原始森林，整個民族以狩獵爲生。在作者筆下，表現了該民族原始森林生存環境、狩獵文化生活、鄂溫克族的民族文化性格等。如《七岔犄角的公鹿》裏對那隻雄健、俊美、充滿力量和智慧的公鹿的描寫，體現的其實是一種崇拜力量、勇敢、智慧、犧牲精神和美的鄂溫克民族文化精神。還有《琥珀色的篝火》和《一個獵人的懇求》等作品中，都有濃厚的鄂溫克民族文化意蘊。札西達娃則以一個藏族作家的獨特感受和體驗，以魔幻現實主義的筆法，在《西藏，隱秘歲月》、《繫在皮繩扣上的魂》等作品中，以現代理性眼光，重新打量藏民族的歷史文化、宗教傳統、民俗風情，以獨特的藏民族文化身份和特殊的西藏地域風情，給我們呈現出一幅幅充滿奇異和神秘色彩的藏民族生活畫卷。

還有李杭育，他對東南吳越文化的書寫，也頗具神韻。他的作品中，向我們展現了一幅幅東南地域的民族風情畫卷。他虛構了一條地域文化河流——「葛川江」，象徵著南方文化精神。一方面，作者表現了葛川江的野蠻與兇險、自由與奔放、神秘與興奮，如：「葛川江一出山源就汩汩不息，依傍著逶迤東來的五百里大嶺過灘饒岬，急劇蛇行，湍湍於高山大嶺間的峽谷、深壑，切斷石崖……又那樣亢奮，像是拼命地要從群山中絞出來，擠出來，噴出來。」這其實表達的就是一種南方的地域文化精神。另一方面，他還用詩情畫意的筆觸表現了葛川江沿岸的人文景觀，如土坡、蘆蕩、村落、草灘甚至沙、魚、

鳥等，充滿情趣。如《紅嘴相思鳥》中對相思鳥的描寫：「春天，它們成雙成對地各自散開去幽會，在陽光下嬉戲、調情、交尾；一夏一夏它們躲在深山裏消夏、越冬，撫育後代；只有秋天，相思鳥才會成群結夥地飛來，飛向烏龍崗這一帶……這一群賞秋的遊客，沿著馬蘭溪向東旅行，走一程歇一陣，不慌不忙，盡情地在林間跳躍、吵鬧、歌唱，那麼悠閒，那麼欣悅。年復一年，落霞嶺山區的相思鳥始終不渝地朝著同一個方向，來回遷徙在那些古老而豐饒的峽谷間。」這表達的是一種悠然自得、充滿人情味的地域色彩的文化生活。

賈平凹筆下的商州，地處川、陝、豫、楚的交界之處，是荊楚文化與中原文化的交匯地帶。商州「兼北部之曠野，融南部之靈秀，五穀雜糧茂生，春夏秋冬分明，人民聰慧而不狡諧，風情純樸絕無混沌。」〔註64〕作者說「商州是生我養我的地方，那是一片相當偏僻、貧困的山區，但異常美麗，其山川走勢，流水脈向，歷史傳說，民間故事，乃至天上飛的，地上跑的，構成極豐富的、獨特的神秘天地。我在商州每到一地，一是翻閱縣志，二是觀看戲曲演出，三是收集民間歌謠和傳說故事，四是尋找當地小吃，五是找機會參加一些紅白喜事活動，這一切都滲透著當地的文化啊！」〔註65〕賈平凹多次往返商州，先後寫下《商州初錄》、《商州又錄》、《商州再錄》及長篇小說《商州》和《浮躁》等一系列表現商州地域文化風情的作品。其中既表現了商州的地理風貌特徵，又表現了其中的風俗、人情，給我們展示了一幅又一幅商洛地域文化風情畫卷，充滿了山野情趣和秦漢風采。類似的情況還可見於莫言對他的家鄉山東高密的地域文化書寫等。

如果人們把以上作家的風俗描寫同四十年代的蕭紅、師陀等人做一下對比，會發現有很多不同。師陀的《果園城記》、駱賓基的《北望園的春天》以及蕭紅的《呼蘭河傳》，既是畫卷，也是詩篇，有惆悵和哀傷，到了蕭紅那裡，更有廣闊的蒼涼。尋根作家們筆下的風土人情，則膨脹著旺盛的生命力，充滿了原始的生機。即使是像《爸爸爸》中村落之間的血腥仇殺和村莊化為廢墟，也沒有帶來悲劇感和破滅感，而只使人們在如同史前的寂寞中，感到無形中主宰著一切的力量的壓迫。二者根本的區別在於，師陀、蕭紅等人的風俗畫描寫中，溶入了時代的內容，有著傷時憂世的民族情懷，所以才會打動

〔註64〕賈平凹：《在商州山地》，《小月前本・代序》花城出版社 1984 年版。
〔註65〕賈平凹：《答〈文學家〉問》，《文學家》1986 年第 1 期。

人心。而尋根作家們的風俗畫描寫，則是突出對文化的書寫，有著文化展示甚至獵奇的心理，所以自然會給人以新鮮乃至驚奇之感。側重點的不同，導致了二者藝術效果的差別。

尋根作家們的風俗畫描寫，另一種更爲重要的表現是寫風俗。風俗的主體是「人」，所以寫風俗的目的也就是爲了寫「人」。「人」是文學的主體，是文學永恆的表現對象。20 世紀 80 年代的中國是繼「五四」之後的又一個「人」的覺醒的時代，「人」的書寫是文學從政治的束縛中解放出來的重要標誌。風俗作爲人類創造的一種集體性的文化，其主體當然就是其創造者——「人」。所以，對風俗的描寫也就是對「人」的書寫。早在 1981 年，張賢亮針對新時期文學中的風俗畫描寫，就發表意見認爲：即使是天才的畫家，「它們的色彩和線條雖然能喚起經常是沉睡著的美感，卻引不起那生動的、勃勃的激情和要去探索命運的聯想。只有人，只有一幅風景畫的畫面中出現了人，才會在刹那間引爆起靈感的火花。」〔註 66〕這就表明了風景描寫中「人」的意義，對於風俗描寫同樣如此。尋根作家們的風俗畫卷中，我們可以看到，置於中心位置的，始終是文化的主體——「人」，也正是如此，才突出了這種風俗畫描寫的意義。

尋根文學作品中，表現了很多的風俗或儀式。其實，儀式是風俗的某種特定表現形式。比如韓少功的《爸爸爸》中，就寫了一個部落祭祀的儀式：

> 火光越燒越高。人圈子中央，臨時砌了個高高的爐臺，架著一口大鐵鍋。鍋口太高，看不見，只聽見裏面沸騰著，有著咕咕嘟嘟的聲音，騰騰熱氣，衝得屋梁上的蝙蝠四處亂竄。大人們都知道，那裡煮了一頭豬，還有冤家的一具屍體，都切成一塊塊，混成一鍋。由一個漢子走上粗重的梯架，操起長過扁擔的大竹籤，往看不見的鍋口裏去戳，戳到什麼就是什麼，再分發給男女老幼。人人都無須知道吃的是什麼，都得吃。不吃的話，就會有人把你架到鐵鍋前跪下，用竹籤戳你的嘴。

這是一個殘忍的部族祭祀的場面，有著濃厚的狹隘的初民化的意識和色彩。「人」是這種儀式的主體，不管其中的場景有多殘酷，實際上表現的是人的野蠻和愚昧。類似的例子在鄭義的《老井》中也有，那裡有一個求雨的「惡祈」儀式：

〔註66〕張賢亮：《滿紙荒唐言》，《飛天》1981 年 3 月。

設壇祈雨，這「惡祈」是最高形式了。不到萬不得已，是鬧不起來的。萬般無奈之時，只好用「罪人」自甘受罪受罰的慘狀，來觸動神祇的惻隱之心。那受苦流血的場面，對神祇而言，不無要挾之意味；對觀眾而言，自然頗為熱鬧刺激的。

…………

河北牛王堡家惡祈，罪人赤膊，十字披掛鐵鏈，粗長沉重的鐵鏈在地上拖拽著，在毒日頭下暴曬著，罪人身上燙滿了泡。鄰村惡祈，罪人用鐵鉤鉤住兩鎖骨，一邊吊一把鍘刀，也很威風好看的……

「求雨」本身是一種風俗化的迷信活動，其中的「惡祈」則是一種帶有表演性質自虐式的求雨儀式，「熱鬧刺激」和「威風好看」。無論參與者（表演者）還是旁觀者，都是「人」。在這部作品中，這種儀式的現實指涉者是孫旺泉。孫旺泉為了不負眾望，不得不屈服於幾千年的傳統文化規範，到寡婦家倒插門，留在家鄉為村民挖井取水，而與自己鍾情的女子趙巧英分手，這其實也是一種「惡祈」。

鄭義的《遠村》中還寫到了北方農村的一個陋習——拉邊套，且看作者對這種風俗的描寫：

一個光棍漢，公開或半公開地和另一家婆姨過活，實心實意把她家當成自己家，在這一帶稱作「打夥計」，也有人喚「拉邊套」。

在這部作品中，這種風俗的現實對應者是楊萬牛。楊萬牛因為貧窮娶不起媳婦，而不得不為自己心愛的女人葉葉拉了20年的邊套。這是「人」的悲劇，也是文化的悲劇。

還有李杭育的小說中，也有著大量的風俗描寫，如《船長》、《土地與神》、《重陽》、《流浪的土地》、《沙竈遺風》等作品中，有著大量關於婚喪嫁娶之類的民俗描寫，用以表現作者所崇尚的葛川江兩岸人的「幽默、風騷、遊戲鬼神和性意識的開放、坦蕩」精神。賈平凹的「商州系列」也濃墨重彩地表現了商州地區各種各樣的婚喪嫁娶等民間習俗和對神靈的圖騰崇拜祭祀儀式。比如《西北口》和《古堡》等作品中，就表現了人們的求雨儀式和對奇形怪狀的神靈象徵「九仙樹」的崇拜活動，表現人類對神秘的大自然的敬畏心理。類似的風俗和儀式描寫，在尋根文學作品中很普遍。顯然，不管這些風俗、儀式表現的是什麼樣的內容，但都是以「人」為中心，是為了突出「人」的文化存在，這也正是尋根文學風俗描寫的意義所在。

（二）對中國傳統文化的現代審視

尋根文學是一次面向本土民族文化傳統的文化發掘運動，尋根文學所尋的「根」，除了包括那些邊緣的「不規範文化」（韓少功語）和「少數民族文化」（李杭育語），還必然地指向占主導地位的民族傳統文化，雖然尋根作家們對此並不看好。中國民族傳統文化中占主導地位的是儒家文化和道家文化。尋根文學中，這兩種民族傳統文化都得到了表現，或者對其進行現代弘揚，或者對其進行現代解剖和審視。這種民族傳統文化的書寫，使尋根文學呈現出鮮明的民族化色彩。

先看儒家文化。儒家文化是中國傳統文化的主體，中國人在骨子裏都會受到儒家文化哲學的影響，這種影響可以說是一種民族集體無意識。尋根文學中，尋根作家們對儒家文化予以了大量表現，並進行了現代審視。最早對儒家文化進行現代弘揚的是老作家汪曾祺，他說：「我是一個中國人。中國人必然會接受中國傳統思想和文化的影響。我接受了什麼影響？道家？中國化了的佛家——禪宗？都很少。比較起來，我還是接受儒家的思想多一些。我不是從道理上，而是從感情上接受儒家思想的。我認為儒家是講人情的，是一種富於人情味的思想。」〔註67〕正是基於這種看法，他的作品中對傳統的儒家文化和道家文化都給予了大量的正面的書寫，由此，形成了他的作品的濃厚的文化氣息。他自己也外儒內道，被視為中國最後一個封建士大夫，被稱為文人作家。在汪曾祺筆下，儒家文化體現為樂觀向上，積極有為的濟世精神，體現為人與自然、人與社會、人與人之間的和諧之美。典型地體現他的這種儒家文化精神的是他的兩篇文人小說《歲寒三友》和《徙》。《歲寒三友》寫於 1980 年，是一篇正面弘揚傳統儒家文化精神的輓歌式的作品。作品中的三位儒士陶虎臣、靳彝甫和王瘦吾，恪守儒家文化規範，秉持個人操守，積極樂觀，與人為善，造福社會，在給自己創造財富的同時也給他人帶來快樂。但時運艱難，三人最終窮愁潦倒，陷入絕境。三人君子之交，相濡以沫，不失仁者風範。作者對這三人充滿欣賞和同情，對傳統儒家文化風範充滿景仰，但又看到了這種文化的不斷式微的現實處境，感到隱憂和無奈。還有《徙》中的主人公私塾先生高北溟，為人兢兢業業，教書育人。但是，世風日下，主人公終究無能為力，不但連給自己的恩師刻印詩稿的畢生願望不能實現，

〔註67〕汪曾祺：《我是一個中國人》，《汪曾祺全集》（3），北京師範大學出版社 1998
　　　年版，第 300—301 頁。

就連自己心愛的女兒的人生願望也無法滿足，只能眼睜睜地看著其鬱悶而死。最終，高北溟空懷抱負，潦倒終生，唱出了一曲傳統文人的命運悲歌。作者欣賞主人公身上的那種「天行健，君子以自強不息」的儒家文化精神，同樣對其日益逼仄的現實處境和悲劇命運表示了同情。對儒家文化的這種書寫，在汪曾祺作品中還有很多。在藝術上，汪曾祺追求的是「和諧」，體現的也是儒家的「哀而不傷，怨而不怒」和中庸之道的文化精神。

　　尋根文學中，正面弘揚這種儒家文化精神的，還有山東的幾位作家，比如王潤滋的《魯班的子孫》、矯健的《老人倉》和張煒的《古船》等作品，都表現了儒家文化的重義輕利和文化擔當精神。最典型的是張煒的《古船》，其中的主人公隋抱樸，作為窪里鎮粉絲廠的家族長子和繼承人，在翻天覆地的時代變革中，不斷地自我反省，為家族懺悔，忍受著以四爺趙炳為首的封建宗法勢力和以趙多多為首的流氓無產者勢力的家族報復式的迫害和摧殘。但在被奪走的粉絲廠因為「倒缸」而陷於覆滅之際時，他還是挺身而出，拋棄前嫌，力挽狂瀾，挽救了粉絲廠，挽救了整個窪里鎮。作者通過隋抱樸人物形象的塑造，表現了其身上所體現出的儒家文化的「吾日三省吾身」式的反思精神、忍辱負重的隱忍精神和「修齊治平」的濟世精神，予以高度的禮贊。而作為對比，小說表現了他的弟弟隋見素的急功近利、心胸狹隘和報復心理。他視粉絲廠為家族產業，時刻想要奪回來，為此與趙多多等人不惜明爭暗鬥，甚至不擇手段，這是儒家文化的一種劣性發展。為表示對隋見素所代表的文化思想的否定，作者讓其年紀輕輕地就得癌症，從而宣告了這種文化在現實中的死刑。還有，小說中，作者對隋家三兄妹的命名就很具文化意味，分別對應儒家文化的「抱樸，見素，含章」，這其實就是一種文化寄託。所以，《古船》雖是一部書寫社會變革的文學巨著，但如從尋根的意義來看，它是對儒家文化的當代弘揚和理性審視。

　　這種文化審視，還可見於鄭義的《遠村》和《老井》。《遠村》中的楊萬牛一輩子為自己心愛的女人葉葉拉邊套，隱忍苟且，這體現的其實就是儒家的逆來順受和忍辱負重的文化精神。這種精神缺乏剛性，令人無奈，但卻是弱者的處世哲學。我們無法要求生活中的人都是強者，都能活得有尊嚴，弱者也有其存在的理由和存在的精神之道。這是現實的無奈，也是文化的無奈。《老井》中，當人與自然的對立達到了某種不可調和的程度時，為了生存，相應的文化規範也就自然而生，在這種文化規範中，人也就變成文化的囚徒。

孫旺泉，這個被譽爲「小龍再世」的人，可視爲儒家文化的現實載體。在愛情與打井的選擇之間，他忍辱負重，堅韌耐勞，知其不可爲而爲之，以一種強烈的責任感承擔起了打井的重任，而棄絕了與心愛的女子趙巧英的愛情，無可奈何地屈服於他所生存的那種歷史文化規範。這種悲壯豪邁之情，體現的是儒家的「故天將降大任於是人也，必先苦其心志，勞其筋骨，餓其體膚，空乏其身，行拂亂其所爲也，所以動心忍性，增益其所不能」(《孟子》) 的信條。在《老井》中，鄭義還將這種思考上升到生態倫理的高度，認爲：「老井的悲劇，不在乎缺水、貧困，而在於人與自然的敵對，在自給自足的自然經濟下，這悲劇幾乎是必然的，直到商品經濟進入農村，黃河流域劃爲林牧區，大農業開始形成，歷史才走完千年螺旋，人與自然才在更高層次上趨向新的和諧」〔註68〕。鄭義的這種思考，就跳出了一般的人與傳統文化關係的思考，而提升到人與自然、人與社會及政治文化關係的思考。這種思考問題的角度，就超越了同時期其它的一些文化尋根之作，使他的這部藝術上並不是很完美的作品，卻具有特別的文化含義，尤其是具備生態倫理的價值，在尋根文學中佔有重要的地位。《遠村》和《老井》都表現了人在傳統文化中的艱難處境，以及傳統文化對人的制約作用，對傳統文化和人，作者都進行了現代審視和思考。這種文化書寫，使鄭義的這兩部作品呈現出鮮明的儒家文化色彩。

王安憶的《小鮑莊》則是對儒家文化的現代剖析和審視。小鮑莊作爲一個縮影，是原始儒家「仁義」精神的現實載體。全莊的村民都自視爲神話中的儒家原始聖人大禹的後代，所以他們都理所當然地自認爲是儒家「仁義」規範的現代傳人。這裡有跟隨陳毅打天下卻自甘清貧的老革命鮑彥榮，有不嫌妻瘋、「階級情誼比海深」的鮑秉德，有破除世俗偏見、追求「崇高的愛情」而勇敢地和二嬸結合的拾來等。但其中最有代表性的還是小英雄撈渣。如果說小鮑莊是原始儒家「仁義」精神的縮影，那麼撈渣則是其現代化身。撈渣的性格以「仁義」爲核心，兼及泛愛、溫良、孝順、禮讓、慈善等，全面地體現了原始儒家的「仁義」精神。撈渣從小看上去「仁義」，人人喜歡，表現就更仁義。撈渣對「老絕戶」鮑五爺尤爲親近。在淹沒全村的水災面前，他爲救五爺而自己被淹死，「行了大仁義」。由此，撈渣成爲全莊人的「仁義」楷模，被縣上封爲捨身救人小英雄，受到大家禮遇。而且，撈渣死後，其「仁義」行爲還在繼續著。他的死給莊裏的人帶來了奇蹟般的好運，使一些人的

〔註68〕鄭義、施叔青：《太行山的牧歌》，《上海文學》1989年第4期。

夢想成爲現實，改變了他們的命運。比如建設子作爲小英雄的哥哥被招工，隨即也解決了婚姻問題；小翠子和文化子因爲障礙排除而得以自由結合；文瘋子鮑仁文因爲寫了一篇小英雄的報導《鮑山下的小英雄》，在省城報紙發表，終於圓了一回多年的作家夢；而拾來也因冒著危險打撈起小英雄的屍體，而獲得了人們的尊敬等。

但如果我們仔細分析一下，在小鮑莊人津津樂道、引以爲榮的「仁義」裏，其實又包含了許多複雜的內容。比如鮑秉德在和瘋妻的婚姻中，並不是什麼「階級情誼比海深」，實際上是又感傷又無奈的心情。大水帶走了前妻，也很難說就不是一種解脫。小說還露骨地寫道，鮑秉德在再婚後，雖然面對的是一個麻臉醜女人，但很快就出現了生理上的正常反應和欣悅的心情，從而戳穿了原先「仁義」的虛僞面具。撈渣的母親當年不顧自家孩子多難養活，仍然收留了小翠子，表面是一種仁義行爲，可在這樣的行爲背後，其實是有著收養一個免費童養媳的私心打算。小慧子（大姑）與拾來表面以養母與養子的關係面世，但事實上拾來是大姑與貨郎的私生子，二者是母子關係，但卻不能承認。這就是小鮑莊「仁義」神話的眞相。小鮑莊人也並非不知道，但卻習以爲常。這表明「仁義」文化在現實中的靈活性和複雜性，而這也正是中國文化特別深厚濃稠的地方。《小鮑莊》的結尾，還有一段意味深長的描寫：

> 撈渣的墓，高高地坐落在小鮑莊的中央，臺階兒乾乾淨淨的。不用村長安排，自然有人去掃。他大、他娘、他哥、他嫂自然不必說了。還有鮑仁文，鮑秉德，拾來，也隔三差五地去掃。只是要求村長買一把公用的掃帚，用自家掃地的掃帚掃墳頭，總不大吉利。

這是深得中國傳統儒家文化哲學「個中三昧」的藝術寫照。作者王安憶以其敏銳的藝術洞察力，對儒家傳統文化哲學進行了深刻的剖析和透視，傳統的儒家「仁義」神話在她的筆下被剝露得體無完膚。作者以不露聲色的辛辣的筆觸提醒我們，今天該如何對待儒家「仁義」文化？傳統儒家的「仁義」文化，在今天又將何去何從？

顯然，撈渣是一個文化符號。這是一個過於早熟的孩子，在象徵的意義上，表明了中國傳統儒家「仁義」文化的過於成熟。所以，這個孩子最後的夭折，也暗示了傳統儒家「仁義」文化在現實中的難以爲繼。《小鮑莊》是對傳統儒家文化的現代剖析和審視，體現出作者王安憶對這種民族傳統文化當

代走向的藝術思考。這部尋根文學的扛鼎之作，很容易讓人將它與魯迅先生的《狂人日記》聯繫起來，具有強烈的文化批判、文化反思的啓蒙意義。在20世紀80年代重建民族傳統文化的背景下，其現實意義尤爲突出。

其次，我們來看道家文化。中國文化結構中，能夠與儒家文化並列的，是道家文化。儒道文化互補，是中國傳統文化特色。儒家文化多見於仕途，經國治世，居於廟堂之上；而道家文化多用於個人修養，修身養性，處於江湖之遠。道家文化親近自然，清心寡欲，淡泊名利，主張與世無爭，潔身自好，清靜無爲。道家文化多體現於個人人格修養和處世之道。尋根文學中，對道家文化體會深刻和表現充分的，仍然要從汪曾祺說起。汪曾祺被人稱爲外儒內道，在作品中極大地弘揚了道家文化風範。前面我們已經講了他對儒家文化的表現，其實，汪曾祺的作品中，儒家文化和道家文化是結合在一起的。他筆下的人物，如同他自己一樣，既具儒家文化精神，又具道家文化風範。《雞鴨名家》中的炕雞能手余老五、趕鴨能手陸長庚，《鑒賞家》中的送水果的葉三和畫家季匋民，都給人以仙風道骨之感；《陳小手》中的婦產科男醫生陳小手，穿白袍，騎白馬，來無影，去無蹤，淡泊名利，潔身自好；《釣魚的醫生》中天天外出垂釣的醫生王淡人等，都給人淡泊無爲之感。在汪曾祺筆下，道家文化是人物的人格修養和處世之道，具有某種特別的文化之美。

尋根文學中，對道家文化能有獨特體會，並予以較好表現的是阿城。阿城的《棋王》是對道家文化哲學的成功的藝術演繹，棋呆子王一生的藝術人生實際上正是道家文化精神的現實體現。在風雨如磐的暴烈的政治革命年代裏，王一生這個人性柔弱的人物，卻「結境在人廬，而無車馬喧」，知足常樂，隨遇而安，在訪棋友悟棋道中怡然自得。對王一生來說，「何以解憂，唯有象棋」，下棋是他用來躲避外界干擾、保持內心寧靜自由的最好方式。這種藝術人生，使人很容易聯想到道家的淡泊自然、清靜無爲的人生處世風範。請看作品結尾作者的一段人生感悟：

> 不做俗人，哪兒會有這般樂趣？家破人亡，平了頭，每日荷鋤，
>
> 卻自有眞人生在裏面。識到了，即是幸，即是福。

這實際上是道家的「知足常樂，平淡是眞」的處世哲學的現實講義。

不僅僅是《棋王》，在阿城其它的作品中，也都到處體現著道家文化精神。如他的《樹王》和《孩子王》，甚至包括寫雲南邊地人物風流的《遍地風流》，在人物活動背景的鋪墊，人物形象的塑造，人物情感的處理，及小說的語言

節奏上，都體現出道家文化神韻。這些作品中故事的背景大多是遠離都市的深山老林或窮鄉僻壤，環境簡淡蕭疏，寂寞清淡，而這正是道家文化的蘊藏之地。這些作品中的人物，如肖疙瘩（《樹王》）、王七桶（《孩子王》），如同王一生（《棋王》）一樣，都是一些世俗奇人，表面口拙舌笨，沉樸木訥，但卻臨危不亂，身懷絕技，其實也正體現出道家文化那種藏而不露、出手不凡的文化精神。還有在情感表達上，這些人物也都內斂節制，不鳴則已，一鳴驚人。王一生與九人車輪大戰，力敵群雄；肖疙瘩為保護大樹不惜挺身而出，以一敵眾，最後更是以生命來殉大樹；王七桶為了幫孩子贏得字典，在短時期內完成了常人無法想像的工作任務。這些人外表都普普通通，但一出手，就令人驚奇。還有阿城小說中的語言，也簡單樸素，以一當十，凝練傳神，行筆節奏也優游不迫，不疾不徐。這些，都體現出道家文化神韻。這樣，阿城的小說不僅在思想上，而且在文本結構上，都體現出道家文化風範。這是阿城的小說歷來為人稱奇、為人所難以企及的地方。

其實，在實際的文本中，儒、道往往相互交織。中國傳統文化是一個渾然一體的體系，所謂的儒家文化和道家文化的區分只是為了論述的方便，在實際上，二者其實是相互交織，共生互補的。在上述阿城的《棋王》中，除了主導的道家文化外，儒家文化也同樣有著體現。在王一生超然淡泊的道家處世方式中，其實也有著儒家的「一簞食，一瓢飲，在陋巷，人不堪其憂，回也不改其樂」（《論語》）的執著和堅定；與九位象棋高手的車輪大戰，既體現著主人公王一生的精神超越，也體現著其樂觀進取的人生精神。在王一生的身上，儒、道其實是共生互補的，只是側重點不同而已，共同體現出民族傳統文化精神。

除了主導的儒家文化和道家文化之外，尋根文學還探討了中國傳統文化哲學的其它分支。尋根作家中，將儒釋道、佛老思想、甚至占卜、民間方術等盡情吸納的是賈平凹。無論是韓玄子、天狗身上的儒家氣質和道德觀念，還是《太白山記》、《商州初錄》中透露出的世外桃源般與世無爭的道家理想，它們都有吸引賈平凹的地方，也都能賦予作品獨特的哲學意蘊。賈平凹的哲學興趣顯然不是經典的儒釋道可以包括的，除了這些國粹之外，賈平凹對於民間文化、甚至江湖文化也都情有獨鍾。這些都構成了他作品中既豐富又駁雜的文化世界，賈平凹也因此而成為當時的尋根作家中最具有中國民間藝術氣質的、最具有中國民族文化特色的一位。在這方面，可以與莫言相媲美，

各有所長。賈平凹的這種文化書寫，一直延續至今，成爲尋根文學中藝術生命比較持久的作家之一。

（三）對民族文化心理的揭示

民族文化心理是一個民族文化意識的深層積澱，是民族集體無意識的體現，也是一個民族區別於他民族的精神標記。人是文化的載體，在有關民族性的諸多因素中，其實最有震撼力和說服力的，還是體現爲民族個體的人。在很多時候，民族與民族之間的差異，正是體現爲個體生命的差異，其生活方式、思維方式、其性格、命運、心理，都是最深邃動人的部分。對民族文化心理的揭示，體現出尋根文學民族化追求的深度和力度。

對民族文化心理的揭示和批判是 20 世紀以來中國文學的一個傳統和未完成的任務，從而也成了 20 世紀以來中國文學民族化追求的重要內容和表現。從魯迅先生那裡，開始了對「國民性」的揭示和批判。魯迅先生對「國民性」的揭示和批判，可謂鞭闢入裏，入木三分，從而鑄就了其作品厚重的歷史文化價值。魯迅筆下的阿 Q，典型地代表了中國人的精神形象，從而成爲世界文學形象畫廊中具有中國民族特色的獨特的「這一個」，其所體現的「精神勝利法」，是中國民族文化心理的高度概括，體現出鮮明的民族特色。

尋根文學中，一些作家直接繼承了魯迅先生的衣缽，對國民文化心理予以揭示和批判。比如韓少功、李銳和後來的莫言等人，其作品中對國民文化心理的揭示，都有著明顯的魯迅的影響。但與魯迅對國民文化心理力透紙背般的批判不同，尋根作家們對國民文化心理也有批判，但力度卻不如魯迅，更多的是解剖和審視，目的是著眼於國民性重建，是一種文化改良。尋根作家們對國民文化心理的揭示基於他們對文化的認識。在他們看來，人不僅是文化的創造者，同時還不可避免地成爲他所創造的文化的產物，這是歷史的必然。因而有人與人的不同，進而有一個民族和其它民族的不同。特別是對中國這樣一個有著幾千年封建文化傳統、數百年間一度對外界封閉的傳統國度，特定民族文化傳統對人的制約作用就更爲明顯、深刻。即便在今天已經發生了巨大變遷的改革時代裏，民族文化心理結構的調整、變化、乃至重構，就整體而言，也是一個緩慢而痛苦的適應過程，有時甚至還具有相對的穩定性。所以，民族文化心理與民族文化息息相關，什麼樣的文化就會決定什麼樣的文化心理。文化心理的改變，前提必須是文化的改變。而對於一個民族來說，其民族文化無法拒絕，只能通過不斷的優化、改進，才能促其新生。

這種主張，其實就是一種文化改良主義。所以，尋根文學的文化尋根，最終演變爲一場以民族文化重建爲宗旨的文化改良主義運動。

尋根文學中，對民族文化心理的揭示，有著多方面的表現，以下幾位作家比較典型。

第一個是高曉聲。高曉聲是新時期農民文化的代言人，對農民文化心理有著深刻的體察和表現。他的《李順大造屋》和《陳奐生上城》等作品通常被視爲反思文學和改革文學，並沒有被視爲尋根文學。但這兩部作品對民族文化心理的揭示，卻具有相當的文化深度，可以視爲廣義的尋根文學作品。因爲尋根文學並沒有一個明確的範疇，致力於民族文化發掘或民族文化心理剖析的，通常都可以納入尋根文學創作陣營。李順大一生聽黨的話，跟著形勢走，沒有自主意識，是一個政治上的「跟跟派」，造屋歷史幾起幾落。他的身上，有中國傳統農民勤勞的一面，也有愚忠的一面，是特定歷史時期中國廣大農民文化心理的典型代表。而陳奐生則是一個當代的阿 Q，復活了阿 Q 身上的「精神勝利法」。他之前因爲貧窮，家裏老是揭不開鍋，在人前抬不起頭，精神上備受壓抑。聯產承包責任制後，他憑藉勞動很快摘掉貧困帽子，並有糧食節餘。吃飽了肚子的農民，精神上的需要開始出現了。他爲了買一頂新草帽而上縣城，順便用自家生產的糧食做了一些油繩去城裏賣。忙亂中，他被人騙了兩毛錢。因爲心疼這兩毛錢，卻意外生病，被縣委吳書記送進了縣招待所。在招待所裏，陳煥生上演了一齣精彩的阿 Q 式的鬧劇。他捨不得掏五塊錢的住宿費，要用變相的發泄的方式找回這五塊錢的價值。當最後還是不得不花費這五塊錢的時候，他只能通過自欺自慰的方式，獲得一種心理平衡。這就是一種農民式的阿 Q 心理，作者將它賦予了新的時代內涵。高曉聲的這種寫法，使他的作品一定的程度上具有魯迅先生的國民性批判特徵。只是與魯迅對阿 Q 等人物的辛辣的諷刺批判不同，高曉聲對筆下的人物更多的是溫和的諷刺和熱愛。

第二個作家是張承志。寫於 1982 年的《黑駿馬》，其中就有著大量的對蒙古民族文化心理、特別是民族文化劣根性的揭示和批判。小說中以老奶奶額吉和索米婭爲代表的兩代草原上的女人，如同世世代代的女人一樣，因襲著生活的重負，對生活中的愚昧、落後和負性因素無動於衷，文化心理麻木，缺乏現代文明的理性之光。面對索米婭被強姦懷孕的不幸事實，她們表現出的是自然的母性，是無奈的忍讓，是盲目的順從，而不是現代文明的理性和

抗爭。這種文化的混沌、愚昧和停滯狀態，才是讓作者最感到痛心的地方，也是最能打動讀者的地方。這種文化心理的揭示和對草原文化的現代反思，深化了這部作品的精神意蘊，使它遠遠超出一般的愛情題材書寫，而具有震撼人心的精神力量。

第三個作家是韓少功。韓少功的《爸爸爸》是尋根文學中對民族文化心理揭示和批判達到相當深度的文化力作。其中的丙崽，在文化的含義上，歷來被人們將它與魯迅先生筆下的阿Ｑ相比較，認爲是又一個阿Ｑ。這種文化的定位顯然很高。丙崽是民族文化劣根性之集大成，是一個文化怪胎。它思維混亂，語言不清，猥瑣醜陋，生命力頑強，是民族文化畸形發展的產物。小說中，對民族文化心理的揭示並不僅僅局限於丙崽，而是表現了整個雞頭寨人的文化心理。這些人同樣都思維混亂，愚昧不清，缺乏理性精神，比如普遍表現得迷信，狹隘、偏激，對待丙崽一忽兒貶，一忽兒捧，全然見不出現代理性精神的指引。小說中，雞頭寨象徵的是整個中國，其中山寨居民的文化心理，在象徵的意義上，也就是整個中國國民的文化心理。這種民族文化心理的揭示和國民劣根性批判，使韓少功的這部作品被認爲具有魯迅的國民性批判的風格，從而也奠定了它在尋根文學乃至整個新時期以來的中國文學中的重要地位。

這種民族文化心理的揭示，還可見於張煒、鄭義和李銳等人的作品之中。

山東作家張煒的《古船》，是一部表現民族文化心理的深刻力作。作品以膠東半島上的窪狸鎮爲中心，表現了隋、趙、李三個家族從解放前到改革開放期間長達幾十年間的紛爭，折射出中華民族在邁向新生過程中的沉重腳步。小說中的三個家族代表了三種文化，以隋抱樸、隋見素爲代表的隋家是民族資本家代表，體現的是儒家的文化精神；以四爺趙炳和趙多多爲代表的趙家是流氓無產者的代表，體現的是封建主義文化；以李之常爲代表的李家是知識分子文化的代表。小說重點塑造了四爺趙炳和隋抱樸這兩個人物形象，並通過他們的較量和對比，引發人們對這二者所代表的歷史及文化的反思。四爺趙炳是趙姓的族長，是窪狸鎮的精神領袖。這是一個封建惡霸和流氓惡勢力的集中體現者，表面道貌岸然，而實則心狠手辣，卑鄙無恥。他通過流氓造反的方式，鬥倒隋家，踐踏李家，把持著窪狸鎮的幾乎所有的一切，如同一個土皇帝。他以保護的名義霸佔隋含章二十多年，將其當成自己發泄的玩具，直至最後含章忍無可忍，拔出剪刀將其小腹刺傷。而隋抱樸作爲老

隋家的長子，一直為其剝削階級的家庭出身贖罪。他隱忍苟且，遇事忍讓，一直遭受著四爺和趙多多等的欺侮而不反抗。他長期地將自己關在磨坊裏，閉門思過，讀書。他讀的最多的兩本書是屈原的《天問》和馬克思的《共產主義宣言》。他反對弟弟隋見素的睚眥必報和急功近利的浮躁、淺薄做法，以忍字當先，「吾日三省吾身」。最後，當窪狸鎮粉絲廠遭遇「倒缸」時，是他——粉絲廠過去的主人——隋抱樸臨危受命，挺身而出，力挽狂瀾，挽救了粉絲廠，拯救了窪狸鎮，贏得了人們的重新尊敬。作者高度肯定了隋抱樸身上的儒家隱忍精神和反思精神，讚揚了他的濟世和擔當精神。作者對這些不同文化的代表人物，在天翻地覆的時代變革中的文化心理進行現代審視，對建國以來的農民文化和儒家文化，及知識分子文化，進行了一次深入的思考。這種文化視角的深刻剖析，使《古船》這部作品成為新時期以來一部表現農村改革的深刻厚重的優秀文化力作。

鄭義的《老井》既濃墨重彩地表現了民族傳統文化，特別是其中的儒家文化規範對人的制約作用，同時也用了大量筆墨表現了這種文化的現實主體——主人公孫旺泉，面對這種文化重壓和個體生存之間的關繫時，所表現出的特定的文化心理。這種文化心理的發掘，既具有深刻的文化意義，也具有相當的人性深度，發人深思。孫旺泉之所以特別震撼人心，就在於人物與命運和自然的抗爭中所體現出的深厚的悲愴和力量。而支配孫旺泉行為的，是民族的傳統文化心理。擺在孫旺泉面前有兩種道路選擇：一是留在家鄉為鄉親們打井；二是與戀人趙巧英遠走高飛。孫旺泉最終選擇了留下來打井，拒絕了戀人趙巧英。對於孫旺泉來說，他不無屈辱地留在家鄉替村民挖井，更多的是出於一種傳統的儒家文化使命感。這種使命感幾乎支配了他的一切，如他為了弟弟能夠娶上媳婦而主動到寡婦段喜鳳家入贅，既有對家庭的責任感，又忍辱負重；挖井過程中，他堅韌耐勞，上下求索，知其不可為而為之，等等。這些文化使命感壓得孫旺泉身不由己，抬不起頭。「孫旺泉本是英雄小龍再世，自帶幾分神氣兒。但積歷史、道德、家庭、個性的包袱於一身，漸漸，竟由人變成一口井，一口嵌死於井壁的石。」〔註69〕然而，孫旺泉畢竟與祖輩不同，他受過新式教育，有著自己的愛情理想。但在愛情與打井的選擇上，他最終還是身不由己地選擇了打井。這說明，在深厚的民族傳統文化

〔註69〕　鄭義：《太行牧歌——談談我的習作〈老井〉》，《中篇小說選刊》1985 年第 4 期。

意識面前，新生的文化意識根本無法匹敵。在這種新與舊的文化心理鬥爭中，他只能以一種不屈服的姿態，屈服於他所實際生存的那種文化規範。文化的悲劇體現爲人的悲劇。

　　與鄭義對民族文化心理剖析相仿的，是李銳對國民性的審視。在李銳的《厚土》系列中，繼續體現出現實主義文學直面生活的那種深沉凝重的力量。《厚土》集中展示了傳統文化心理愚昧、麻木、呆滯和令人痛心的一面，表達的是對國民性的批判性的藝術思考。早在四十年代，社會學家費孝通就把廣大中國農村地區稱之爲「鄉土社會」，在《鄉土中國・無訟》篇中，他認爲這種社會的秩序不是靠一個外在的權力來強制推行，而是靠群體中的每一個分子從教化中養成的主動性的服膺於傳統的習慣來維持。在「生活各方面，人和人的關係，都有著一定的規則。行爲者對於這些規則從小就熟習，不問理由而認爲是當然的。長期的教育已把外在的規則化成了內在的習慣。維持俚俗的力量不在身外的權力，而是在身內的良心。」〔註 70〕《厚土》從多方面揭示了民族文化心理中的這種習慣性心態，這在前文第五章第一節關於尋根文學的文化啓蒙主義部分論述中，已經有所分析。其中的每部作品，幾乎都是一個令人心酸的鄉村文化幽默。《厚土》系列突出地表現了那種早已爲人們所習慣的、具有高度生存適應性的傳統文化心理對農民生存方式和生活心理的支配和主導作用，在對國民性展示的同時，表達的是一種批判性的藝術思考。如果《厚土》的全部指向僅止於此，充其量也不過達到了某種社會學和文化批判的層次，還不是一種藝術的觀照。而更重要的是，讀者從對奇異詭譎的故事和場景的渲染裏，看到的是別一樣的文化，是某種特定的民族文化心理，而不是人，人不過是這種文化的道具和符號。鄭義的《遠村》、《老井》可以說也是如此，其中的人物都缺少主體能動性，任由文化主宰，也不過是文化的道具和符號而已。同《厚土》系列一樣，這些作品的價值，就在於深切地表現了農民別無選擇的不變的生存條件和生存處境，揭示了在那塊土地上「生於斯，死於斯」的農民的眞實的生活狀況及其內心世界。其中，農民在無可迴避的、世代延續的生存處境中，默默地忍耐地生活下去，與此同時所凝鑄成的特定心態和思維方式，是對中國農民精神世界最深刻的寫照，是中華民族性格和精神世界的重要組成部分。

〔註70〕費孝通：《鄉土中國生育制度》，北京大學出版社，1998 年 5 月第 1 版，第 55 頁。

　　這種思考，使李銳曾多次反覆地自問：「中國是什麼？中國是一個成熟得太久了的秋天。」〔註71〕對中國人和中國做審視後的剖析，從而將民族的根本和實質挖掘出來，這種傳統以魯迅的小說爲先河，並在他的作品中體現得最爲深刻，這才是有關民族性的最重要的意念。

　　李銳超出其它作家的地方，不僅在於他在文化和人之間所採取的獨特的眼光，更值得注意的是他「對『國民性』『劣根性』或任何一種文化形態」的態度，他認爲再不應該把上述這些「當作立意、主旨或是目的，而應當把它們變成素材，把它們變成血液裏的有機成分，去追求一種更高的文學體現。在這個體現中，不應以任何文化模式的描述的完成當作目的。……而還給人們一個眞實的人的處境。」〔註72〕這種思考，也許更爲純粹，更少文學的功利色彩。對「國民性」的批判性的藝術展現，使李銳的作品在民族文化心理的挖掘上，具有相當的深度和力度，呈現出獨特的民族化風格。在尋根作家中，不乏想方設法要營造出文學效果的人，李銳的姿態，可以算是特別的一種。

（四）具有中國文化特色的形式追求

　　除了內容上的民族化追求外，尋根作家們還普遍地表現出形式上的民族化追求。在藝術表現上，尋根作家們普遍地採用具有中國文化特色的藝術形式，以區別於傳統的小說，更與外來的小說相區別。形式是作品的外衣，尋根文學形式上的文化特色，是其民族化追求的重要表現和組成部分。

　　尋根作家們重返民族形式是與他們的理論主張緊相一致的。尋根作家們所尋的「根」——傳統文化，既指向傳統文化的內容，又指向傳統文化的形式。而內容和形式是相互制約的，特定的內容需要特定的形式表達；而反過來，特定的形式可以使特定的內容得到更好地彰顯。對於尋根文學而言，內容上的民族化追求是第一位的，而形式上的民族化追求則要退居其次。尋根文學形式上的民族化追求，是爲了更好地爲其內容上的民族化追求服務。這種形式上的民族化追求，在尋根作品中，主要表現爲以下幾個方面。

　　第一、文體寫作。這是最能體現尋根文學民族化追求的一種藝術表現形式。尋根作家們普遍地不約而同地採用中國古典小說文體形式，反映了尋根文學對形式民族化的有意追求。這主要包括兩個方面：一、新筆記體。二、

〔註71〕李銳：《〈厚土〉自語》，《上海文學》1988 年第 10 期。
〔註72〕李銳：《〈厚土〉自語》，《上海文學》1988 年第 10 期。

神話傳奇體。筆記體小說是我國古代文人小說的一支，它的特點是，篇幅短小，言簡意賅，形式自由，韻味雋永，在對客體的有限描述中，注重主體精神抒發和人格修養，怡情養性。像我國古代的《閱微草堂筆記》、《容齋隨筆》、《聊齋誌異》、《世說新語》等，都屬於這種筆記體小說。這種小說因其與民族傳統文化的千絲萬縷的聯繫而被稱爲「文化」小說，也叫「文人小說」，它是我國古代一種較具代表性的民族小說形式。「新筆記體」小說是這種古筆記體小說的當代承傳和藝術變種。李慶西曾專門寫過一篇文章《新筆記體小說：尋根派也是先鋒派》，他對「新筆記體」小說的認識是：「『新筆記小說』及其對古典筆記體的繼承和發展，可以說是文體意識上的「尋根」，這跟當今小說界的整個『尋根』思潮相吻合。事情不是簡單地回到過去。『新筆記小說』作家對中國筆記傳統的認同，首先意味著主體精神的復活。在古典的自由境界的映照下，現代人的個性意識被昇華了。作家們借助這股隨意的文體，揭示了世界的另一副格局，也完成著自己的心靈構造。」「作爲新時期小說的一項文體實驗，『新筆記小說』體現著一種新的小說觀念。這種自由、隨意的文體，必然伴隨著思維的開放性，同時表明它與一切既定的規範格格不入，尤其對那種缺乏現實主義態度的『現實主義『文學不屑一顧。」所以，他認爲，「新筆記體」小說既是尋根派，也是先鋒派。〔註73〕尋根作家們對這種小說文體的偏愛，既有文化表達上的考量，借這種充滿擬古和文化氣息的小說文體來更好地爲其文化主張服務，同時也有破除傳統現實主義寫作規範的心理動因。這種「尋根」與「先鋒」的雙重特性，或者說內容和形式的有機結合，在尋根文學中得到了充分的反映。這種新筆記體小說，在新時期以來很多作家筆下，都有所表現，如孫犁的《芸齋小說》、汪曾祺的《陳小手》、《故里雜記》、《故里三陳》、《橋邊小說》等、林斤瀾的《矮凳橋風情》系列、王蒙的《在伊犁》系列、賈平凹的《太白山記》、阿城的《遍地風流》、何立偉的《小城無故事》、李銳的《厚土系列》、韓少功的《史錄三遺》、《馬橋詞典》等，從事這種文體實驗的作家還有很多，如陳村、趙長天、高曉聲、徐曉鶴、蔡側海、聶鑫森、蕭建國等人。這種小說文體在新時期還得到相當一部分作家的倡導，如汪曾祺、李慶西、賈平凹等，其影響力一直延伸到現在，成爲當代一種富於文化氣息和私人化色彩的小說文體，受到很多作家的青睞。尋根作家們對這種小說文體的普遍鍾愛，充分反映了他們對形式民族化的有意追

〔註73〕 李慶西：《新筆記體小說：尋根派也是先鋒派》，《上海文學》1987 年第 1 期。

求。

二、神話、傳奇體。先看神話。神話與各個民族的早期文化相連，是一個民族童年時代文化的反映，在神話中蘊涵著該民族本真的文化內容。每個民族都有自己的神話，但每個民族的神話又是各不相同的，從而呈現出鮮明的民族文化特色，這是神話的固有屬性。與西方神話中的勇敢、力量、智慧等特徵相比，中國神話多神秘怪誕的色彩。尋根文學中有較多的神話描寫，這是他們理論主張的實踐。如韓少功對不規範文化的倡導，對那些「鮮見於經典，不入正宗」的「俚語、野史、傳說、笑料、民歌、神怪故事、習慣風俗、性愛方式等等」〔註74〕的肯定；李杭育推崇中原文化之外的少數民族文化，主張「以老莊的深邃，吳越的幽默，去糅合絢麗的楚文化，將歌舞劇形式的《離騷》、《九歌》發揚光大，作爲中國文學的主流」。在李杭育看來，「老莊、荊楚和吳越都講鬼神，但態度各異。老莊從認識論上去講，帶著哲學的莊嚴；楚人『信巫祝，好淫祀』，滿懷激情地謳歌鬼神，態度天真，虔誠；吳越民族則幽默地遊戲鬼神，開端午風氣之先，『斷髮文身』，龍（神）人不分，同江嬉戲。就我們今天的眼光來看，諸夏、荊楚和吳越的文化哪一個都比那個規範美麗，且它們又各有異彩，枝繁葉茂。」〔註75〕他們認爲民族文化的「根」恰恰就蘊藏在這些文化領域內。對其中內容之一的「神怪故事」的主張，使尋根文學呈現出較多的神話色彩。

尋根文學的神話寫作是對中國傳統神話寫作的當代繼承，有著大量的表現。如韓少功的《爸爸爸》中，雞頭寨人關於家族歷史的唱古敘述中，就有神話的因素：

> 姜涼是我們的祖先，但姜涼沒有府方生得早。府方又沒有火牛生得早。火牛又沒有憂耐生得早。憂耐是他爹媽生的，誰生下憂耐他爹呢？那就是刑天——也許就是晉人陶潛詩中那個『猛志固常在』的刑天吧？刑天剛生下來的時候，天像白泥，地像黑泥，疊在一起，連老鼠也住不下。他舉起斧頭奮力大砍，天地才得以分開。可是他用勁用得太猛啦，把自己的頭也砍掉了，於是以後成了個無頭鬼，只能以乳頭爲眼，以肚臍爲嘴，長得很難看的。但幸虧有了這個無頭鬼，他揮舞著大斧，向上敲了三年，天才升上去；向下敲了三年，

〔註74〕韓少功：《文學的「根」》，《作家》1985年第4期。
〔註75〕李杭育：《理一理我們的「根」》，《作家》1985年第6期。

地才降下來。這才有了世界。

刑天的後代怎麼來到這裡呢？——那是很早以前，很早很早以前，很早很早很早以前，五支奶和六支祖住在東海邊上，發現子孫漸漸多了，家族漸漸大了，到處都住滿了人，沒有曬席大一塊空地。怎麼辦呢？五家嫂共一個舂房，六家姑共一擔水桶，這怎麼活下去呵？於是，在鳳凰的提議下，大家帶上犁耙，坐上楓木船和楠木船，向西山遷移。他們以鳳凰為前導，找到了黃泱泱的金水河，金子再貴也是淘得盡的。他們找到了白花花的銀水河，銀子再貴也是挖得完的。他們最後才找到了青幽幽的稻米江。稻米江，稻米江，有稻米才能養育子孫。於是大家唱著笑著來了。

同樣，王安憶《小鮑莊》中關於小鮑莊家族歷史的敘述中，也有神話的因素：

小鮑莊人的祖上是做官的，龍廷派他治水。用了九百九十九天時間，九千九百九十九個人工，築起了一道鮑家壩，圍住九萬九千九百九十九畝好地，倒是安樂了一陣。不料，有一年，一連下了七七四十九天的雨，大水淹過壩頂，直瀉下來，澆了滿滿一窪水。那壩子修得太堅牢，水連個去處也沒有，成了個大湖。直過了三年，湖底才乾。

小鮑莊的這位先人被黜了官。念他往日的辛勤，龍廷開恩免了死罪。他自覺對不住百姓，痛悔不已，捫心自問又實在不知除了築壩以外還有什麼別的做法，一無奈何。他便帶了妻子兒女，到了鮑家壩下最窪的地點安家落戶，以此贖罪。從此便在這裡繁衍開了，成了一個幾百口子的莊子。……這位祖先是大禹的後代，於是，一整個鮑家都成了大禹的後人。

這種神話數字（七和九的重複疊加）和神話源頭的敘述（大禹神話），充滿了神話色彩。這種敘述方式，評論家黃子平將之視為「擬神話」，而王一川則將之視為「家族神話」。鄭義的《老井》中同樣編織了一個家族神話，其中有多種神話敘述。對此，王一川認為：

這部神話由四則「苦難而美麗的傳說」組成。（1）孫家始祖與村名神話，其功能是展示家族神話與「井」的神話的同一，交代旺泉所生存於其中的神話氛圍。（2）偷龍、綁龍祈雨神話，意在點明

尋找水源或打井乃孫家家族精神，應當而且必須代代相傳。（3）小龍神話，表明旺泉乃小龍再生，由此再次展示家族精神已經完成交接。（4）扳倒井神話，由孫總在驚喜中認同，暗示孫家打井精神（傳統性）可以與現代科學技術（現代性）達成同一；它由旺泉的科學打井精神得到傳承，表明這種家族傳統能夠、而且已經實現了現代化。這四則家族神話的共同功能，是使堅韌、悲壯的打井傳統家族化。〔註76〕

這種神話敘述，在賈平凹的《古堡》和札西達娃的《西藏，隱秘歲月》、《繫在皮繩扣上的魂》等作品中，都有明顯表現。這些作品對其中神秘色彩的渲染，都較爲典型地體現出了中國神話的民族特徵。

再看傳奇。作爲對中國神話傳統貧血狀態的補充，中國文學中的傳奇卻是很豐富很成熟的。從唐傳奇到宋評書，再到明清的志人志怪小說，再到近現代各種奇異題材小說，傳奇作爲一門小說藝術日益豐富和完善，並成爲中國文學傳統中的一門獨立的特殊的小說文體。它以故事性、設懸念、情節的大開大合和首尾呼應的故事結構等作爲主要藝術特徵。尋根文學繼承了這種民族化的小說文體。阿城的《棋王》，就是一部世俗生活傳奇。王一生作爲一個普普通通的知青，外表與常人無異，但卻身懷絕技，同時與九位象棋高手進行車輪大戰，鬥敗當地所有象棋高手，從而令人稱奇。還有小說中那個教王一生下棋的撿破爛的老頭，其實也是一個民間隱藏的象棋高手，是一個江湖奇人。這就是所謂的「不露聲色，盡得風流」。這種貌似寫實的敘述，往往令人吃驚和感到意外，具有特別的扣人心弦的藝術效果，這就是傳奇的藝術功效。類似的寫作，還可以見於他的那些表現雲南邊陲地區民族風情的《遍地風流》等作品。

鄭萬隆對東北鄂溫克族原始狩獵文化的描寫，對於現代的文明社會來講，也是一種文化傳奇，它帶來的是一種驚險、野蠻、殘酷、新奇的藝術體驗。「異鄉異聞」系列中，每一個作品都可以說是一部人物或文化傳奇。《老棒子酒館》中對陳三腳的描寫，堪稱是江湖人物傳奇；《黃煙》可視爲是鄂倫春民族文化傳奇；《老馬》、《野店》可以說是男女情愛傳奇等等。這些作品對於當代讀者來講，往往具有一種文化刺激和文明對比的意味，帶來一種奇異

〔註76〕王一川：《傳統性與現代性的危機——「尋根文學」中的中國神話形象闡釋》，《文學評論》1995 年第 4 期。

的邊地文化體驗。比如《老馬》中，透過敘述者「我」的兒童視角，講述了父母親之間的情愛恩怨。「父親」殺死了情敵——母親的曾經的戀人，卻把對方騎的馬精心飼養，直至其老死，以此來折磨母親，警示自己，抒發內心的某種特定情感。《野店》中的男主人公「他」，因爲窮娶不起相處多年的戀人，而只能眼睜睜地看著她被暴發戶惡棍福庚娶走，並很快被折磨致死。「他」在女方死後三天，帶著錢趕回來，要替女方送葬和復仇。他把女方屍體重新挖出，用酒精好好清洗，裏上白布，準備重新隆重安葬。他要找福庚報仇，卻遭聞訊趕來的福庚槍擊。愛情的悲劇在此體現爲人的悲哀，其實也是一種弱者的文化的悲哀。這種邊地文化書寫，會給普通讀者一種情感的或心靈的震撼，帶來一種傳奇般的審美體驗。

還有莫言的「紅高粱系列」，就是一部典型的「新英雄傳奇」，是現代傳奇寫作的典範文本。小說中「我爺爺」余占鰲和「我奶奶」戴鳳蓮之間的自由奔放的愛情，以及「我爺爺」率領的土匪抗日行爲，充滿了野性和血性，體現了人物身上的野性和原始生命活力，是民間的英雄人物傳奇。這部作品，無論是內容，還是形式都奪人眼目地突出了尋根文學的民族化追求。尋根文學的後期，這種傳奇寫作表現得很普遍，甚至有走向泛濫之勢，這與其文本的故事化、傳奇化審美走向有關。

第二、寓言化寫作。尋根文學在內容的表達上，大多追求一種「民族寓言」式的敘事效果，體現出寓言化寫作的特徵。所謂「寓言」，按美國學者阿勃拉姆斯的解釋，乃是指「講述一系列前後連貫的事情，還表明了另外一系列相關的意思。」〔註77〕弗雷德里克・傑姆遜在談到第三世界國家民族寫作時認爲：「第三世界的本文，甚至那些看起來好像是關於個人和力比多趨力的本文，總是以民族寓言的形式來投射一種政治：關於個人命運的故事包含著第三世界的大眾文化的社會受到衝擊的寓言。」他以魯迅的《狂人日記》和《阿Q正傳》爲例，分析其中的寓言化因素，認爲：「所有第三世界的本文均帶有寓言性和特殊性，我們應該把這些本文當作民族寓言來閱讀。」〔註78〕無疑，中國屬於第三世界國家，尋根作家們的「民族寓言」寫作，乃是由其

〔註77〕 《簡明外國文學詞典》湖南人民出版社1987年第1版11頁。

〔註78〕 【美】弗雷德里克・杰姆遜：《處於跨國資本主義時代的第三世界文學》，見張京媛主編：《新歷史主義與文學批評》，北京大學出版社1993年版，第234、235頁。

在世界文化坐標中的地位和自身的文化立場所決定的，是以民族文化的張揚來凸顯自己的民族文化身份。這正像傑姆遜教授在一次接受訪問言及第三世界小說中的寓言現象時所認定的：「那是想從理論上證明第三世界與我們不同。」〔註79〕這種「不同」，顯然是基於一種文化性的差異。而尋根作家對民族傳統文化的追尋，目的就是要製造出這種不同民族文化審美中的「不同」。這種「不同」的文化意味，在傑姆遜看來，就是「民族寓言」──第三世界國家的作家們總是極力賦予其民族文化以某種特別的象徵性的文化意味，希望引起世界的關注。所以，傑姆遜認為：《阿Q正傳》中，「未莊」在象徵的意義上，就是「中國」，「阿Q在寓言的意義上就是中國本身。」

　　尋根文學的一些經典作品，如韓少功的《爸爸爸》、阿城的《棋王》、鄭萬隆的《老棒子酒館》、王安憶的《小鮑莊》、鄭義的《遠村》和《老井》、莫言的《紅高粱》等，都是對民族文化的發掘，都是中國特定的文化語境中的民族敘事，實際上都可以當作「民族寓言」來讀。「雞頭寨」、「小鮑莊」、「老井村」等在象徵的意義上，就是中國的縮影或化身。其中的人物，以及圍繞這些人物的敘事，比如白癡丙崽的故事、棋呆子王一生下棋的故事、豪俠仗義的陳三腳英雄般地死去的故事、小英雄撈渣「仁義」死亡的故事、楊萬牛「拉邊套」的故事、孫旺泉捨身挖井的故事、「我爺爺」和「我奶奶」的俠義風流的故事、窪狸鎮地底下的重見天日的古船的故事等等，實際上都可以當作一個個「民族寓言」來看，某種程度上都是我們民族的縮影和化身。這些故事彷彿是久遠的傳說，若隱若現，神秘朦朧，但故事所要傳達的意味卻是那麼地清晰明白，與現實息息相關。這些故事的語境和主人公們的生存處境似乎與我們無關，但它們指涉的彷彿就是我們的生活和現實的生存處境，具有強烈的即時性的敘事效果。比如「我爺爺」和「我奶奶」的故事，既是家族歷史，又映照著現實，用先輩的血性風流來映照後世的卑怯猥瑣。這些故事的文化意味如此豐富，如此綿長，這正是寓言的美學效果。正是寓言性寫作手法的運用，使上述的這些故事具有相當強的藝術概括力，也具有相當強的現實震撼力。

　　這種寓言化寫作在尋根文學中主要表現為兩種形式：一、空間寓言。尋根文學對於蠻荒的、時間不明的詭異空間的開拓，呈現為一種「空間化」的寓言表述。這種寓言表述將「中國」及其文化本質確認為一個由特異的文化

〔註79〕王寧選編：《後現代主義》，社會科學文獻出版社1993年第1版，149頁。

和生存方式構成的社會，這種社會在空間上可以無限展開，卻無時間屬性，彷彿一潭死水。王安憶《小鮑莊》中的「小鮑莊」、韓少功《爸爸爸》中的「雞頭寨」、鄭萬隆「異鄉異聞」系列中的東北邊地、鄭義《遠村》中的「遠村」和《老井》中的「老井村」等，都是「中國」的縮影或化身。其中，「中國」作爲一個文化性的代碼，似乎是一個特異的、輪迴的、靜止的文明空間，可以無限地延展，而時間在此卻似乎停滯，千年如此，恒古如斯。

　　《爸爸爸》中，雞頭寨彷彿是一個與世隔絕的世外村落，是一個獨立的空間存在，其中基本上見不到時間的痕跡，只能偶而地通過打火機、梳子、鏡子之類的現代文明的象徵物來與時間建立一種若有若無的聯繫。不僅如此，小說中還運用了大量的象徵手法，使小說具有一種神秘的抽象的整體象徵的意味。在寓言的意義上，雞頭寨顯然指向那種僵化的、凝滯的、未開化的、靜態的前文明中國。鄭萬隆的「異鄉異聞」系列，講述的是特定文化空間中的現代傳奇故事，其故事空間大多與現代文明世界隔絕。《小鮑莊》中，小鮑莊是一個靜態的停滯的農業文明的村落。故事的背景雖然延伸到了 20 世紀 70 年代，但時間似乎早就失去意義，小鮑莊人千年一日，恪守傳統「仁義」文化。在寓言象徵的意義上，小鮑莊顯然是農業中國的縮影。小說中的時間意識非常淡薄，幾乎看不出時間所帶來的變化。作品的結尾，王安憶引述了一段民謠：

　　　　有二字添一豎念千字，
　　　　秦甘羅十二歲做了宰相。
　　　　有一字添一豎帶一鈎念丁字，
　　　　丁朗又刻苦孝敬他的娘。
　　　　一二三四五六七八九十，
　　　　十九八七六五四三二一，
　　　　珍珠倒轉簾那麼一小段。

　　這段民謠除了傳達出濃厚的帶有滄桑感的歷史意味外，其實還有著特別的文化寓意，它表明了時間的自我循環。這意味著，對小鮑莊而言，時間不是直線前進，而是循環往復的，周而復始。在「從一到十」和「從十到一」的不間斷的逆向數字循環運動過程中，時間一邊在前進，一遍在不斷地自我消除，循環往復。這使小說在時間上呈現爲封閉迴環狀態，使小說最終變成了一個關於空間的敘事，成爲一個關於中國及其文化存在的「空間寓言」。

　　二、時間寓言。與空間寓言相伴的，是時間寓言。尋根文學中，時間寓言表現爲兩種：一種是對時間的拒絕。實際上，上述關於空間寓言的論述中，都包含有這種拒絕時間的時間寓言性質，比如與世隔絕的「雞頭寨」、靜態停滯的「小鮑莊」、永遠走不出的「老井村」等，幾乎都是被時間包圍、被時間遺忘的空間存在。在寓言的意義上，其實都象徵了中國文明的僵化停滯、封閉循環。另一種是表現中國文明在世界時間前行進程中的落後感，有一種急於趕超的焦慮意識。這種「時間寓言」，與20世紀80年代上半期中國作爲發展中的第三世界國家所處的落後的歷史發展階段直接有關，表現出一種文明落後的急迫感和焦灼感。尋根文學中，相當多的作品都表現出這種落後的時間意識，如鄭義的《遠村》、《老井》、札西達娃的《繫在皮繩扣上的魂》、《西藏，隱秘歲月》、張煒的《古船》等，都有對時間前進的無盡的感慨和對於文化滯後的巨大的焦慮感。鄭義的《遠村》和《老井》，從物質貧困的角度，表現了中國文明發展的落後，及由此所帶來的人的逼仄的生存境遇。楊萬牛所處的時代，已經是新中國，但由於拿不出彩禮，只能眼睜睜地看著自己心愛的女人嫁給別人，而自己只能屈辱地給他人「拉邊套」。歸根結底，是經濟的貧困導致了文化的落後，導致了人物命運的悲哀。小說中，通過主人公楊萬牛，作者直接抱怨：「這窮山溝子裏，狼、狐多，石頭多，就是缺個錢」（《遠村》），從而直接表達了對當地物質貧困和經濟落後的無奈和不滿。在這部作品中，作爲「空間寓言」象徵的中國的縮影——「老井村」，最終又演變成一個關於時間、關於發展的「時間寓言」。而札西達娃的《繫在皮繩扣上的魂》、《西藏，隱秘歲月》等作品，都是關於時間寓言的表達，從作品標題就直接表明了時間之於藏民族文化發展的意義。《古船》中，那條發掘出來的在地下沉睡了幾百年的神秘的「古船」，在具象的意義上，當然象徵著古老的中國；但在時間意義上，它其實暗示了中華民族曾經的「昏睡百年」和如今的揚帆起航。這顯然是一種時間意識表達，一種由於文明落後而產生的趕超心理，一種面向新時代的積極樂觀的文化精神。自進入新時期以來，中國當代文學中充滿了這種時間意識表達，這當然是蓬勃發展的當代中國社會現實的反映。在尋根作家們的筆下，這種充滿焦慮感的時間心理，往往都被以一種「時間寓言」的形式予以表達。

　　第三、語言的民族化。這種民族形式的追求，還體現爲尋根作家們對民族語言的運用。不同的文化有不同的語言，不同的語言表徵著不同的民族文

化。對於語言與文化之間的關係，羅蘭‧巴爾特認為：「文化，就其各個方面來說，是一種語言。」〔註80〕相當多的尋根作家都意識到了語言與文化之間的對應關係。汪曾祺認為：「寫小說就是寫語言。」〔註81〕同時他又認為：「語言是一種文化現象，語言的背景是文化，一個作家對傳統文化和某一特定地區的文化瞭解得愈深切，他的語言便愈有特點。所謂語言有味無味，其實是說這種語言有沒有文化。」〔註82〕李杭育則主張「從文化背景上找語言」：「我一直在尋找某種語言，以便用來表述我所意識到的吳越文化及其當代內容。」〔註83〕阿成則直接有「語言文化說」：「語言是什麼，當然是文化。」〔註84〕韓少功在《文學的「根」》一文中，也是從語詞的消失與發現著手，來探尋楚文化的流變。所有這些，都指明了語言之於寫作的重要意義。尋根作家們所追求的語言是一種有文化背景的語言，而這種文化背景，當然不是別的內容，而是中華民族的傳統文化。語言的這種文化內涵，表明了尋根文學對語言民族化的追求。

　　這種追求，在尋根文學中得到了個性化的充分表現。阿城對明清古典白話語言的師承，形成了其語言的士大夫氣和質樸平實的特點。他的《棋王》，沒有華麗的辭藻，全篇詞彙量固定在兩千個左右，體現了中華民族語言的魅力不在其量而在其質的特點。韓少功對湘西方言俚語的研究和熱愛，形成了其語言的鄉土氣息和含混晦澀的特點，《爸爸爸》就是這樣一篇含混晦澀的帶有原始色彩的呈現出濃厚鄉土氣息的文化小說。賈平凹對秦漢文化的感悟和對傳統文言與地方方言的喜好，形成了其語言的半文半白的倣古氣息和樸拙厚實的特點，「商州」系列反映了這一點。李杭育對吳越文化的發掘和受這種文化中的「幽默、風騷、遊戲鬼神和性意識的開放、坦蕩」〔註85〕的影響，形成了其語言幽默、明朗與樂觀的格調，這一點在《土地與神》中表現得格外鮮明。鄭萬隆對東北邊陲文化的書寫，形成了其語言剛硬、冷峻的色彩，他的「異鄉異聞」系列體現出了這一點，等等。語言是文學的物質外殼，語

〔註80〕轉引自趙毅衡：《文學符號學》，中國文聯出版公司，1990年版，第89頁。
〔註81〕汪曾祺：《中國文學的語言問題》，《汪曾祺文集‧文論卷》，江蘇文藝出版社1993年版，第1頁。
〔註82〕汪曾祺：《林斤瀾的矮凳橋》，《汪曾祺文集‧文論卷》，江蘇文藝出版社1993年版，第141頁。
〔註83〕李杭育：《從文化背景上找語言》，《文藝報》1985年8月31日。
〔註84〕阿城：《文化制約著人類》，《文藝報》1985年7月6日。
〔註85〕李杭育：《理一理我們的「根」》，《上海文學》1985年第5期。

言的民族化追求，形成了尋根作家們的藝術個性和獨特風格，推動了中國當代文學的多樣化發展。

三、民族化追求的失落

尋根文學的民族化追求是 20 世紀 80 年代中期中國民族文化意識高漲的表現，也是結果。它將「五四」新文學以來民族化與現代化這兩種矛盾對立的發展方向試圖整合起來，並取得了一定的成就。但尋根文學也是新時期以來文學民族化追求的頂點和終結。隨著尋根文學啓蒙意義的迷失，其民族化追求也就流於片面和形式，最終，在新潮小說和先鋒文學那種全盤西化的形式實驗衝擊下，土崩瓦解。

尋根文學民族化失落的最根本的原因，是由於其啓蒙意義的迷失。前面我們已經說過，與「五四」以來那種形式的民族化不同，尋根文學更注重內容的民族化追求，因爲相比較於形式，民族文化作爲一種特定的內容表達，更富於民族意味，更能體現民族特色。但是，在尋根文學興起和發展的過程中，始終缺乏一種先進的思想理念和明確的文化指引，相當多的尋根作家隨著文化尋根的深入，逐漸感到困惑茫然，空有尋根的熱情，卻辨不清尋根的方向，更看不到尋根的出路。這導致相當一部分尋根文學作品最終放棄了文化意義追求，而流於民族形式和故事審美。形式本來是爲內容服務的，當內容已經被放逐時，形式也就無所附麗，往往也就成爲了內容本身，成了寫作目的，這就落入了爲形式而形式的藝術漩渦。這種本來是先鋒文學中才出現的形式實驗熱衷，在尋根文學中的出現，表明了尋根文學的衰落及其藝術轉向。尋根文學之後，先鋒文學形式實驗大潮的興起，可以說與此不無關係。正是因爲卸掉內容的沉重負擔，先鋒作家們才得以輕裝上陣，在歷史和文化的藝術天地，無所顧忌地進行形式實驗。而尋根文學的故事化審美則演變爲後來的新歷史小說故事虛構，借助於歷史與文化的外衣，編織曲折複雜的故事，以曲折複雜的故事情節而不是其中的歷史文化意蘊來吸引和打動人。越到尋根文學的後期，這種形式和內容的雙重轉變越發明顯。這導致尋根文學很快偃旗息鼓，尋根作家們風流雲散，改弦易幟，其民族化追求也就此告終。直到 20 世紀 90 年代之後，在先鋒文學面向現實進行藝術轉向之後，當代文學中的民族化意識才在一定的程度上得到復甦。

其次，現代化對民族化的壓制。尋根文學的民族化是實現現代化、走向

世界的手段，民族化本身不是目的，而是手段、途徑。但在 20 世紀 80 年代上半期的中國，人們對現代化的熱情遠遠大於對民族化的熱愛，這使民族化的發展受到現代化的強大壓制和衝擊。在當時人們簡單的觀念認識中，現代化就是西方化，而民族化則是本土化。而在新時期以來，中國社會的總體的發展趨向是面向西方，追求現代化，本土化則被視爲落後的象徵。雖然尋根文學打出了回歸民族文化傳統的旗幟，但在骨子裏，他們還是西方化的。尋根文學和先鋒文學都出現於 1985 年，前者可謂曇花一現，而後者則聲勢浩大，二者對中國當代文學的發展影響也不可同日而語。先鋒文學那種拒絕內容的西化的形式實驗，對尋根文學的民族化的內容和形式，予以全面瓦解和取代。這是尋根文學的歷史宿命，也是新時期文學現代化的必然結果。

再次，還有一個重要原因，那就是尋根作家們寫作心態的問題。尋根文學興起的 20 世紀 80 年代上半期，正值西方文化霸權主義在中國開始橫行之時。尋根文學中，最早出現了新時期以來中國文學和文化領域中，最具有文化意味的「後殖民主義」寫作現象，這對於尋根文學的民族化追求造成毀滅性的打擊。直到今天，這種文化間不平等的「後殖民主義」寫作現象還在延續，只不過有的時候予以了一定的形式轉換和僞裝。比如近些年，一些作家爲博取西方讀者關注，而投其所好，表現出某種寫作中的「漢學心態」〔註86〕特徵等。

尋根文學對民族文化的「根」的誇張、放大式的集中寫照，在充分展示

〔註86〕 何謂「漢學心態」？這個概念較早由溫儒敏提出，他在《談談困擾現代文學研究的幾個問題》（載《文學評論》2007 年第 2 期）中，提出「漢學心態」這個說法，後又在《文學研究中的「漢學心態」》（載《文藝爭鳴》2007 年第 7 期）文中對此進一步闡發：「我這裡提出要克服『漢學心態『，帶有學術反思的含義，這種不正常的心態主要表現在盲目地『跟風』。這些年來，有些現當代文學研究者和評論家，甚至包括某些頗有名氣的學者，對漢學、特別是美國漢學有些過分崇拜，他們對漢學的『跟進』，真是亦步亦趨。他們有些人已經不是一般的借鑒，而是把漢學作爲追趕的學術標準，形成了一種樂此不疲的風尚。所以說，這是一種『心態』」。溫儒敏的這種觀點主要是從學術研究角度出發，批評當前國內學術界一些人以國外漢學，尤其是美國漢學馬首是瞻、盲目跟進的不良心態和做法。而從寫作的角度來看，還有另外一種「漢學心態」，主要是意識形態上的叛逆性和對西方「他者」的主動迎合。對此，學者張曉峰在《中國當代作家的「漢學心態」》（載《文藝爭鳴》2012 年第 8 期）一文中進一步認爲：「如果說在當前的文學研究中，『漢學心態』主要表現在學術思路和方法上，那麼，在新時期以來的當代文學創作中，『漢學心態』則致力於如何引起『西方』和『漢學界』的注意，並獲得其承認。」

民族文化性的同時，也呈現出「後殖民主義」文化現象。「後殖民主義」文化，簡單地說，就是後期資本主義的一種文化邏輯與策略，是發達資本主義國家針對欠發達的廣大第三世界國家的一種新的文化霸權表現形式，是殖民主義時代結束後出現的又一種新的殖民主義文化景觀。由於世界民主獨立運動的興起，世界範圍內的殖民主義文化體系走向崩潰。但是這種形式上的崩潰並不代表殖民主義文化現象的真正終結。由於長期殖民主義統治所造成的廣大第三世界國家與發達資本主義國家在政治、經濟、文化上的不平等，在彼此的文化交往上面，這種文化上的殖民主義現象仍是不可避免。但與以往的殖民主義時代單向式的強權性的文化輸入不同，這種新的殖民主義文化現象是在一種所謂的「民主」的幌子下進行的。發達資本主義國家憑藉著自身的霸權地位和文化優勢，對處於弱勢地位和弱勢文化的第三世界國家的那些被壓抑、被埋沒了的接近消失的本土傳統文化表現出興趣，並通過一些文化機構來充當這些文化的認定者和仲裁人。而第三世界國家為了迎合發達資本主義國家文化看客的心理，則更加賣力地發掘本土民族文化，加以包裝，以獲得西方文化機構的欣賞和認可為榮，並將之當成文化發掘的動力。這實際上是一種新型的文化上的「看」與「被看」的關係，是一種新的殖民主義強權文化表現形式。而對於第三世界國家來講，他們卻從這種顛倒了的文化關係中，看到了本民族文化振興的可能和走向世界的希望。於是他們紛紛轉向對自己本民族傳統文化的挖掘，並將這種努力的結果呈現於西方文化機構面前，以博得他們的欣賞和青睞，這就是所謂的後殖民主義文化現象。在這種不平等的文化交往中，儘管第三世界國家文化可能會呈現出某種片面的繁榮，但它根本無法改變自身的落後的文化地位和資本主義世界的文化關係模式。轟動一時的拉美「爆炸文學」，就是這種後殖民主義文化現象的表現和這種文化關係的結果。阿里斯圖亞斯、馬爾克斯、略薩等作家紛紛獲得諾貝爾文學獎，使這種文化關係模式得到了極大推廣，對第三世界國家的文學產生了強有力的刺激。

　　無疑，中國的尋根文學運動受到拉美「爆炸文學」的極大影響，馬爾克斯的《百年孤獨》幾乎在中國掀起了一場魔幻現實主義的旋風。早在 1986 年，陳思和就指出：「拉美魔幻現實主義作家關於印地安文化的闡揚，對中國年輕作家是有啓發的。那些作家都不是西方典型的現代主義作家，而是『土著』，但在表現他們所生活於其間的民族文化特徵與民族審美方式時，又分明是滲

透了現代意識的精神，這無疑爲主張文化尋根的中國作家們提供了現成的經驗。馬爾克斯的獲獎，毋庸諱言是對雄心勃勃的中國年輕作家的一種強刺激。」〔註 87〕但是，應該承認，中國的尋根作家們對拉美文學影響的接受，在他們的初衷裏，並沒有考慮到後殖民主義文化的因素，他們只是從拉美文學身上看到了民族傳統文化之於一個民族文學的意義。拉美文學的成功，使他們看到了本民族文學走向復興走向世界的可能，看到了民族化之於本民族文學現代化實現的光輝前景。尋根作家們對拉美文學的接受，更多的是內容上的啓發，而不是方法上的借鑒。而且在尋根作家們的文化意圖裏，民族化還是其對抗西方文化中心主義和文化霸權的一種策略，如韓少功認爲，中國文學應該具有中國民族特色，不能「模仿翻譯作品來建立一個中國的『外國文學流派』」，「在文學藝術方面，在民族的深厚精神和文化物質方面，我們有民族的自我，我們的責任是釋放現代觀念的熱能，來重鑄和鍍亮這種自我。」〔註 88〕而李杭育則主張文學的民族個性，認爲「中國的文學總該有點中國的民族意識在裏邊，這個說法大約是不過份的。倘使我們的文學裏沒有一點自己的氣味，自己的面孔，那我們又何必做人做文呢？我們跑到世界上去，人家問起來，我們算什麼人呢？我們的作品算是個什麼東西呢？」〔註 89〕表達的也是同樣的主張。

但是，尋根文學是一次理論意圖和文本實踐相脫離的文學運動，尋根作家們理論上的美好初衷與文本的實際美學效果之間出現了巨大的裂縫，導致了尋根作家們尋根意圖的落空。尋根作家們原本希望通過內容和形式上的民族化追求，來開闢新時期文學的現代化道路。但是，由於歷史文化的美學力量淹沒了尋根作家們的尋根追求，導致了尋根文學意義的虛空和文本的故事化、傳奇化走向，使尋根作家們的民族化追求也就流於片面和形式。如果說上述的尋根文學的民族化追求確實體現出了濃厚的民族文化特色，代表了新時期文學民族化追求的成就，那麼，在這之外的或曰繼之而起的，還有另外一些作家的另外一種民族化追求，像馮驥才的《神鞭》、鄧友梅的《那五》、《煙壺》等，一些民間傳統文化中的腐朽性的東西像辮子、八旗子弟、三寸金蓮、陰陽八卦、煙壺等，在這些作家的筆下化腐朽爲神奇，得到了審美性的藝術

〔註87〕 陳思和：《當代文學中的文化尋根意識》，《文學評論》1986 年第 6 期。
〔註88〕 韓少功：《文學的「根」》，《作家》1985 年第 4 期。
〔註89〕 李杭育：《「文化」的尷尬》，《文學評論》1986 年第 2 期。

呈現。由於去掉了意義的追尋，這些作家在對這些「國粹」進行描寫時，不免流於欣賞和把玩，這就使尋根文學的民族化追求在客觀上呈現出一種後殖民主義文化景觀。此外，還有像莫言的《紅高粱》等，雖然也有對意義的明確追求，但對民間神話中的綠林土匪「我爺爺」、「我奶奶」的誇張式的藝術呈現，特別是在經過張藝謀的電影藝術包裝之後，同樣也呈現出後殖民主義文化色彩。這種後殖民主義文化現象，在 20 世紀 80 年代中期的中國文化藝術界，成了相當一部分人的藝術追求，並在某些藝術領域如電影、美術等獲得了成功。這種藝術追求，對於後期尋根文學而言，同樣如此。「後殖民主義」文化景觀的出現，表明尋根文學的民族化追求走向了極端，走向了片面和形式，標誌著尋根文學民族化道路的破產。自此，作為一種思潮的尋根文學運動走向終結，而新時期文學的民族化追求也就走向了瓦解。

　　站在今天，回望 20 世紀 80 年代的文學發展歷程，我們可以清晰地看到 80 年代中國作家們探詢文學現代化的努力。從當初的「現代派熱」到「文化熱」，表明作家們將探詢的目光從西方現代藝術轉向民族傳統文化，但尋根文學的民族化追求仍然無法實現新時期文學的現代化。既然民族化的道路走不通，作家們只好再次將視線投向西方，這就是尋根之後新潮小說的出現和先鋒文藝思潮的興起。但較之最初的「現代派熱」，這一次的西化努力要成熟得多，影響和建樹也都要大得多。但這條路仍然走不通，作家們只好又一次地向本民族文學與文化傳統靠近，這便是 20 世紀 90 年代之後先鋒文學的集體轉型。正是這種反反覆覆、持續不懈的努力，中國當代文學才得以一步步地前進，一步步地向現代化邁進。

　　這讓人再次想到李陀的那句話：「現在的尋根派，恰恰就是昨天鼓吹向西方現代派借鑒的一撥人」，但「問題是尋根讓這些偽尋根派，這種做尋根狀的人搞壞了。」〔註90〕說「尋根派」實質上是「現代派」，今天已經不會有太大的爭議。李陀說當初的那些尋根派是「偽尋根派」，並指責他們把「尋根」搞壞了，這個問題比較複雜。客觀地說，李陀的指責是有一定道理的。文化是一個大的命題，是文學取之不盡、用之不竭的寶庫。尋根文學張揚起文化的大旗，卻曇花一現，這不能不說與這些作家們的準備不足和急功近利的寫作態度有關。20 世紀 90 年代之後，當代文學中的文化書寫仍然取得了豐碩的成果，莫言、賈平凹、陳忠實、阿來、遲子建等作家，都自覺地不約而同地張

〔註90〕李歐梵：《文學：海外與中國》，《文學自由談》1986 年第 5 期。

揚起了文化的旗幟。陳忠實的《白鹿原》、莫言的《檀香刑》、賈平凹的《秦腔》、阿來的《塵埃落定》、遲子建的《額爾古納河右岸》等作品，都具有濃厚的民族文化意識，以強勁的文學事實推動了中國當代文學中的民族文化書寫，再次證明了文化之於文學的巨大魅力。這些作品都呈現出濃厚的民族化特徵，這是尋根文學藝術生命的延續。

但是，尋根文學的民族化努力及其藝術成就，如前所述，有目共睹，不可否認。尋根文學的民族化追求，是新時期以來中國文學民族化追求的最集中表達，是面對著洶湧而來的西方文化大潮的本能抗拒，是在全球化的文化大潮中，對民族文化母體的依戀和回歸。雖然尋根文學的藝術建樹有限，但有一點值得肯定的，那就是尋根作家們為本民族文學的出路上下求索的藝術精神。而且正是經過尋根作家們的努力，終於使文學的民族化與現代化相掛鉤，使民族化成為現代化的必經之途和組成部分。這對於中國當代文學來講，是一份貢獻，更是一份警醒，防止了中國當代文學的片面化發展。雖然尋根文學的失落標誌著新時期以來中國文學民族化努力的終結，但自此，民族化的意識在中國當代文學中生根立足，對後來文學的發展產生了深遠的影響。比如對先鋒文學而言，民族化就是一種糾偏，防止其過分的歐化傾向；對新歷史小說而言，民族化也是體現其藝術魅力和贏得讀者的一個重要標誌，這只要看看蘇童的《妻妾成群》、陳忠實的《白鹿原》、王安憶的《長恨歌》、莫言的《檀香刑》、遲子建的《額爾古納河右岸》等作品，就可以理解。這些作家們的努力，繼續了尋根文學的文化探尋宗旨，把中國當代文學的民族化追求推進到一種新的境地。2012 年，莫言獲得諾貝爾文學獎，以強有力的文學事實，指明了中國當代文學民族化的發展前景。莫言的獲獎，可以說是尋根文學民族化追求結出的一個碩果，表明了中國當代文學民族化追求所取得的藝術成就。

結語：在路上的尋根

　　尋根文學已經過去三十餘年了，曾經轟轟烈烈的尋根文學運動，也早已經偃旗息鼓，化爲歷史的浮雲。從文學研究角度來看，雖然關於尋根文學的研究每年都絡繹不絕，但在日新月異的中國當代文壇，顯然已經趨於冷落，不再成爲文壇關注的焦點。甚至在不少人的意識裏，尋根文學已經成爲過去時，早已經終結了。

　　那麼，尋根文學眞的已經過時了嗎？答案顯然是否定的。尋根文學沒有過時，更不會終結。不僅如此，可以說文化尋根已經化爲中國當代文學的常態，成爲中國當代文學介入歷史與現實的一種獨特方式。只要檢閱三十餘年來中國當代文學的創作實踐，以及中國當代社會持續升溫的傳統文化熱潮，就不難體會。尤其是近年來，隨著國家主流意識形態部門對傳統文化意識的重視，中國當代文學與文化中的尋根趨勢還會得到加強。可以說，尋根文學，或曰文化尋根，不但沒有終結，而且還任重道遠，正在行進的路上。

　　三十餘年來，中國當代文學中出現了眾多優秀的文化尋根之作，如陳忠實的《白鹿原》、韓少功的《馬橋詞典》、張煒的《九月寓言》、莫言的《檀香刑》、王安憶的《長恨歌》、遲子建的《額爾古納河右岸》、阿來的《塵埃落定》等等。也正是這些作品的出現，才奠定了中國當代文學的創作實績。這些作品能夠持續受到讀者喜愛的原因，除了其中獨特的情節設置之外，文化因素，或者說文化意識的濡染，是打動和吸引讀者的一個重要原因。與當代文學中那些依靠花樣翻新、奪人耳目的形式實驗之作相比，這些文化尋根之作具有更爲強大的感染力，藝術生命力也更爲持久。從影視文化方面來看，相當多的優秀的當代文化之作相繼被搬上螢幕，受到國內外觀眾的好評，如莫言的

《紅高粱》、蘇童的《妻妾成群》、阿來的《塵埃落定》等，其中的文化因素是這些作品打動讀者、走出國門的一個重要原因。除了文學作品外，影視文化上持續上演的文化尋根現象，也在事實上成為一股熱潮，推動著文化尋根的發展。如多年來中央電視臺持續播映的《百家講壇》節目，其實就是一種民族傳統文化推廣，湧現出諸如于丹、易中天等解讀傳統文化經典的名家。近幾年來，中央電視臺播放的《舌尖上的中國》節目，受到觀眾的熱烈歡迎，其實也是一種飲食文化尋根。為什麼這些節目會受到觀眾普遍歡迎，那是因為它們都與民族傳統文化相關，與中國讀者或觀眾的文化心理相吻合，觸發了他們被壓抑的民族文化熱情，調動了他們潛藏的民族文化記憶。記得 2014年的夏天，中央電視臺還在電視上公開宣傳，為即將播映的百集電視劇《記住鄉愁》面向全球華人徵集主題歌詞。這個活動本身，可以說就是一次公開的文化尋根宣傳。什麼是鄉愁？鄉愁就是文化之愁。為什麼要記住鄉愁？那是因為故鄉正在離我們遠去。隨著中國城市化進程的加劇，成片成片的村莊正在被城鎮取代，故鄉正在快速地消失。那些曾經充滿詩意和浪漫的鄉村原野上，正在矗立起一座座現代化的高樓。對那些失去了土地和牲畜的農民來說，對那些居住在這些由鋼筋水泥堆砌而成的冷硬的高樓裏面的人們來說，對那些離鄉背井或身處異國他鄉的人們來說，故鄉概念日漸淡薄，已經從一個實體性的概念，逐漸演變成為一個精神性的概念。總有一天，那些因為各種原因離開或喪失家園的人們，會發現自己如同一片飄零的落葉，無鄉可尋，無處歸根，更不知鄉愁是啥滋味。在當代中國這種社會文化劇變之際，中央電視臺適時提醒大家記住鄉愁，頗具文化敏感性，可以說是準確把握住了這根社會文化神經。

　　文化尋根孕育於現代性的文化語境之中，是對現代性的文化反思。只要傳統與現代之間的矛盾衝突存在，文化尋根就不可能斷絕。當前中國社會正處於傳統文化與現代文化劇烈衝突之中，高速行進的中國現代化列車正在以史無前例的速度衝擊著中國傳統的社會規範，改變著中國社會的結構。一方面傳統文化正在土崩瓦解，傳統的倫理道德規範正在遭受廣泛質疑和顛覆；另一方面，現代化在促進中國社會快速發展、在給人們帶來極大便利的同時，也切切實實地讓人們嘗到了現代化的惡果。環境污染、大氣污染、食品污染、疾病肆掠、人性異化、周邊一觸即發的戰爭威脅等等，正在改變著國人的生存方式，挑戰著國人的生存安全。這種傳統與現代之間的文化衝突，正是文

化尋根得以產生的溫床。越是這兩種文化衝突激烈的時候，文化尋根的意義和重要性就越發突出。當前中國社會正在倡導民族傳統文化意識，其實是在有意識地進行全民文化尋根，是對現代化所帶來的負面效應的警醒和有意消解。

從世界文化發展來看，全球化已是大勢所趨。在世界一體化的進程當中，如何凸顯和確保自己的文化身份，是擺在每一個民族面前的迫切問題。文化尋根是對文化多樣性的發掘和對文化多元化的倡導，是對民族文化身份的自我認同和對西方文化霸權的潛在抗拒。當前的中國，正在快速地融入世界。作為一個文明古國和文化大國，作為一個落後趕超型的第三世界文化國家，文化尋根是中華民族重獲民族文化身份、重建民族文化自信、抗拒西方文化霸權的重要手段，也是中國當代文學融入世界文學的重要途徑。尋根文學給中國當代文學引入了文化人類學的視角，而文化人類學其實是一種建立在多元和平等基礎上的世界性的文化視角，是未來世界文學的發展方向和評價尺度。對中國當代文學來講，文化人類學意識還很薄弱，還有廣闊發展空間。所以，在世界化進程方面，中國的尋根文學和文化尋根，還任重道遠，有著嚴峻的歷史使命。

從審美角度來看，文化尋根既是一種文化發掘過程，又是一種審美過程。由於文化之中本身包含了藝術審美的因素，所以，對文化的發掘過程，可以說又是一種審美活動過程。尋根文學出現之前，中國當代文學基本上是一種政治化文學，審美意識極為淡薄。從尋根文學開始，中國當代文學開始有意識地表現出對審美問題的關注，從文學藝術角度來看，這無疑是一種巨大的進步。隨著當代中國商品經濟的快速發展，實利主義盛行，欲望泛濫無邊，道德倫理退化，種種現代化的負面效應滋生，當代中國人的內心正在日漸沙漠化。精神空虛，價值迷惘，內心荒蕪，焦慮不安，無所適從等等，當代中國人正在經歷著嚴重的人文精神危機。在 20 世紀 90 年代的中國大陸學術界，曾經針對這些問題發起過一場聲勢浩大的人文精神大討論活動，持續數年，引起無數關注。如今，這個問題依然存在，而且越發嚴重，勢必還會長存。傳統文化是一個民族精神生活的結晶，優秀的傳統文化能夠滋潤人的內心，陶冶人的情操。尋根文學對民族傳統文化的發掘，是對當代國人內心的精神補給，能夠滋潤他們乾涸的內心，喚醒他們內心曾經失落的詩意和美感，重建當代人心靈的綠洲，具有心靈治療的特別的藝術功效。

　　所以，在現代化、全球化和商品化的今天，文化尋根將會長期存在，尋根文學不會過時，更不會終結。尋根文學還在行進的路上，將會伴隨著中國當代文學的發展，緊跟中國社會現代化和文學世界化的進程，走向深入，持續到永遠。

參考文獻

一、主要參考書目

1. 【美】詹姆遜：《後現代主義與文化理論》，唐小兵譯，北京大學出版社 1997 年版。

2. 【美】艾愷：《世界範圍內的反現代化思潮》，貴陽：貴州人民出版社 1991 年。

3. 【美】喬納森·弗里德曼：《文化認同與全球性過程》，郭建如譯，商務印書館 2003 年版。

4. 【美】馬泰·卡林內斯庫：《現代性的五副面孔》，周憲譯，北京：商務印書館，2010 年。

5. 【美】海登·懷特：《後現代歷史敘事學》，陳永國、張萬娟譯，中國社會科學出版社 2003 年版。

6. 【美】韋勒克·沃倫：《文學原理》，劉象愚等譯，三聯書店 1984 年版

7. 【法】列維一斯特勞斯：《結構人類學——巫術·宗教·藝術·神話》，陸曉禾、黃錫光譯，文化藝術出版社 1989 年版。

8. 【法】伊夫·瓦岱：《文學與現代性》，田慶生譯，北京大學出版社 2001 年版。

9. 【英】湯因比：《歷史的話語》，張文傑譯，廣西師範大學出版社 20002 年版。

10. 【英】安東尼·吉登斯：《現代性的後果》，田禾譯，譯林出版社 2000 年版。

11. 費孝通：《鄉土中國 生育制度》，北京大學出版社，1998 年 5 月第 1 版。

12. 洪子誠：《中國當代文學史》，北京大學出版社，1999 年 8 月

13. 王鐵仙等：《新時期文學二十年》，上海教育出版社，2001 年 4 月版。

14. 張京媛主編：《新歷史主義與文學批評》，北京大學出版社 1993 年版。

15. 劉小楓：《現代性社會理論緒論——現代性與現代中國》，上海：上海三聯書店 1998 年版。

16. 陳定家主編：《全球化與身份危機》，河南大學出版社 2004 年版。

17. 陳仲庚：《現代性與中國當代文學轉型》，雲南人民出版社，2003 年版。

18. 黃子平：《「灰瀾」中的敘述》，上海文藝出版社，2001 年。

19. 許志英：《「五四」文學精神》，江蘇文藝出版社 1991 年 5 月。

20. 王德威：《想像中國的方法》，三聯書店 1998 年版。

二、主要參考論文

1. 季紅眞：《文明與愚昧的衝突》，《中國社會科學》1985 年第 3、4 期。

2. 季紅眞：《歷史的命題與時代抉擇中的藝術嬗變——論「尋根文學」的發生與意義》，《當代作家評論》1989 年第 2 期。

3. 陳思和：《中國新文學對文化傳統的認識及其演變》，《復旦學報》1986 年第 3 期。

4. 陳思和：《當代文學中的文化尋根意識》，《文學評論》1986 年第 6 期。期。

5. 李書磊：《文學對文化的逆向選擇——評尋根文學思潮及其論爭》，《評論選刊》1986 年第 5 期。

6. 李陀、李歐梵等：《文學：海外與中國》，《文學自由談》1986 年第 5 期。

7. 王曉明：《不相信的和不願意相信的——關於三位「尋根」派作家的創作》，《文學評論》1988 年第 4 期。

8. 李慶西：《尋根：回到事物本身》，《文學評論》1988 年第 4 期。

9. 張學軍：《尋根文學的地域文化特色》，《山東大學學報》1994 年第 4 期。

10. 李潔非：《尋根文學：更新的開始（1944～1985）》，《當代作家評論》1995 年第 4 期。

11. 孟繁華：《啓蒙角色再定位——重讀「尋根文學」》，《天津社會科學》1996 年第 1 期。

12. 張清華：《歷史神話的悖論和話語革命的開端》，《山東師範大學學報》1996 年第 6 期。

13. 王一川：《傳統性與現代性的危機——「尋根文學」中的中國神話形象闡釋》，《文學評論》1995 年第 4 期。

14. 葉舒憲：《文化尋根的學術意義和思想意義》，《文藝理論與批評》2003 年第 6 期。

15. 蕭鷹：《論新時期文學現代主義的轉化》，《文藝研究》，2000 年第 5 期。

16. 吳俊：《關於尋根文學的再思考》，《文藝研究》2005 年第 6 期。

17. 曠新年：《尋根文學的指向》，《文藝研究》2005 年 6 期。

18. 劉忠：《「尋根文學」的精神譜系與現代視野》，《河北學刊》2006 年第 3 期。

19. 韓少功、李建立：《文學史中的「尋根」》，《南方文壇》2007 年第 4 期。

20. 宋君健：《二十世紀八十年代文化熱回瞻》，《雲夢學刊》2008 年第 6 期。